Mary Simses

Der Sommer der Blaubeeren

Mary Simses

Der Sommer der Blaubeeren

Roman

Aus dem Amerikanischen
von Carolin Müller

blanvalet

Die amerikanische Originalausgabe erschien 2013 unter dem Titel
»The Irresistible Blueberry Bakeshop & Café«
bei Little, Brown and Company, New York.

MIX
Papier aus verantwortungsvollen Quellen
FSC® C014496
FSC
www.fsc.org

Verlagsgruppe Random House FSC® N001967
Das FSC®-zertifizierte Papier *Holmen Book Cream* für dieses Buch
liefert Holmen Paper, Hallstavik, Schweden.

6. Auflage
Deutsche Erstveröffentlichung Mai 2014 bei Blanvalet,
einem Unternehmen der Verlagsgruppe Random House GmbH, München.

Redaktion: Ivana Marinovic
Das Gedicht »Mending Wall« von Robert Frost
wird auf den Seiten 137 und 268 zitiert
nach der deutschen Übersetzung »Beim Mauerflicken«
von Dieter F. Zimmer, erschienen in einem Band
mit Gedichten von Robert Frost, herausgegeben von Eva Hesse,
Verlag Langewiesche-Brandt, Ebenhausen, 1963.
ES · Herstellung: sam
Satz: Uhl + Massopust, Aalen
Druck und Einband: GGP Media GmbH, Pößneck
Printed in Germany
ISBN 978-3-442-38217-0

www.blanvalet.de

Für Bob und Morgan,
und in Erinnerung an Ann und John

1

Eine kalte Begrüßung

»Stehen bleiben, das ist gefährlich!«

Ich hörte jemanden schreien, aber es war zu spät. Die Holzplanken des Piers bogen sich erst unter mir und gaben dann nach. Bretter splitterten, morsches Holz brach, und ich stürzte drei Meter tief in den eisigen Golf von Maine.

Vielleicht hätte ich den Mann, der mir die Warnung zurief, auf den Kai laufen sehen können. Wenn ich mich bloß etwas nach rechts gedreht hätte, hätte ich bemerkt, wie er wild mit den Armen winkend über den Strand zum Pier gerannt kam. Aber ich hatte den Sucher meiner Nikon-Kamera ans Auge gepresst und zoomte gerade etwas jenseits des Wassers heran – die Statue einer Frau in einem vom Wind gebauschten Kleid, die einen Korb voller Trauben trug.

Noch während ich mich mit rudernden Armen, pochendem Herzen und vor Kälte klappernden Zähnen wieder nach oben kämpfte, merkte ich, dass ich abtrieb, und zwar ziemlich schnell. Eine starke, mächtige Strömung wirbelte mich herum und zog mich fort vom Kai. Ich kam hustend an die Oberfläche, das Meer um mich herum schäumte aufgewühlt und voller Sand. Ich trieb noch immer ab, bewegte mich weg vom Pier und dem Strand, Wellen schwappten über mir zusammen, füllten meinen Mund und meine Nase mit Salzwasser. Ich spürte, wie meine Arme und Beine allmählich taub wurden, ich konnte nicht aufhören zu zittern. Wie konnte das Meer Ende Juni bloß so kalt sein?

Ich versuchte, gegen die Strömung anzuschwimmen, legte meine besten Kraulkünste an den Tag, trat so fest ich konnte und schob das Wasser weg, bis meine Gliedmaßen schmerzten. Doch ich driftete weiter in tieferes Gewässer ab, die Strömung war noch immer zu stark.

Du warst eine gute Schwimmerin, als du noch in Exeter warst, versuchte ich, mir selbst Mut zuzureden. *Du kannst es ans Ufer schaffen.* Die kleine Stimme in meinem Kopf wollte zuversichtlich klingen, aber es gelang ihr nicht. Panik durchfuhr mich bis in meine Fingerspitzen und Zehen. Etwas hatte sich in den Jahren, die dazwischen lagen, verändert. Zu viel Zeit, die ich sitzend an einem Schreibtisch verbracht und mich um juristische Schriftstücke und Erwerbsverträge gekümmert hatte, Zeit, in der ich offenbar nicht den Schmetterlingsstil trainiert hatte.

Plötzlich ließ die Strömung, die mich erfasst hatte, abrupt nach. Ich war umgeben von schwarzen Wassermassen mit weißen Schaumkämmen. Vor mir erstreckte sich das offene Meer, dunkel und unendlich. Ich drehte mich um, und zuerst konnte ich nichts anderes als noch mehr Wasserhügel erkennen. Dann schaukelte ich auf einem Wellenkamm hoch, und der Strand mit dem Pier tauchte auf, weit weg und winzig. Ich fing wieder an zu kraulen, nahm Kurs Richtung Ufer – schnaufte, ruderte, schnaufte, ruderte. Es war schrecklich anstrengend und meine Beine fühlten sich so schwer an. Sie wollten nicht mehr weiterstrampeln. Sie waren einfach zu müde.

Ich hörte auf und trieb auf der Stelle, meine Arme waren so erschöpft, ich hätte weinen können. Ich spürte einen brennenden Schmerz am Kinn, und als ich mein Gesicht berührte, hatte ich Blut am Finger. Ich hatte mich an irgendetwas geschnitten, vermutlich beim Sturz.

Der Sturz. Ich wusste nicht einmal, wie es hatte passieren können. Ich wollte bloß die Stadt vom Wasser aus sehen, so wie Gran, meine Großmutter, sie gesehen haben musste, als sie hier in den 40er-Jahren aufgewachsen war. Also war ich über den Strand gelaufen, hatte ein Gatter geöffnet und den alten Bootsanlegesteg betreten. Einige Planken fehlten, und Teile des Geländers waren weggebrochen, aber alles schien in Ordnung, bis ich auf ein Brett trat, das sich etwas zu weich anfühlte. Ich konnte den freien Fall fast noch einmal spüren.

Eine Welle schwappte mir ins Gesicht und ich bekam den Mund voll Wasser. Ich spürte, wie sich die Nikon verdrehte und gegen meine Brust stieß, und mir wurde bewusst, dass sie noch immer an meinem Hals hing, wie ein Stein, der mich hinunterzog. Die Kamera würde nie mehr funktionieren. Das wusste ich. Mit zitternden Händen zog ich mir den Riemen des Fotoapparats über den Kopf.

Ich musste an meinen letzten Geburtstag denken – Abendessen im *May Fair Hotel* in London, mein Verlobter, Hayden, wie er mir eine in Silberpapier verpackte Schachtel und eine Karte reicht. »Glückwunsch zum fünfunddreißigsten, Ellen – ich hoffe, das wird deinem

Wahnsinnstalent gerecht.« In der Schachtel befand sich die Nikon.

Ich öffnete die Hand und ließ den Riemen durch meine Finger gleiten. Ich sah zu, wie die Kamera in die Finsternis hinabsank, und spürte, wie es mir das Herz brach, wenn ich mir nur vorstellte, wie sie am Meeresgrund lag.

Und dann kam mir der Gedanke, dass ich es nicht zurück schaffen würde. Dass es einfach zu kalt und ich zu müde war. Ich schloss die Augen und ließ mich von der Dunkelheit einhüllen. Um mich herum hörte ich nichts als das Rauschen des Meeres. Ich dachte an meine Mutter und wie schrecklich es wäre, sie nie wiederzusehen. Wie würde sie zwei Todesfälle in knapp einer Woche verkraften – erst meine Großmutter und dann ich?

Ich dachte an Hayden und wie ich ihm noch heute Morgen, bevor ich aufbrach, versichert hatte, dass ich bloß eine, höchstens zwei Nächte in Beacon bleiben würde. Und wie er mich gebeten hatte, eine Woche zu warten, damit er mich begleiten könne. Ich hatte Nein gesagt, es sei bloß ein Kurztrip. Keine große Sache. *Heute ist Dienstag*, rief ich mir meine Worte in Erinnerung, *ich bin morgen wieder in Manhattan*. Und jetzt, nur drei Monate vor unserer Hochzeit, würde er erfahren, dass ich nicht mehr zurückkomme.

Ich spürte, wie ich mich aufgab, ich überließ mich dem Wasser, und es fühlte sich ruhig an, so friedlich. Ein Bild meiner Großmutter in ihrem Rosengarten huschte mir durch den Kopf. Sie lächelte mich an.

Erschrocken öffnete ich die Augen. Durch die dunklen Berge des sich auftürmenden Wassers konnte ich den Pier sehen und an dessen Ende war etwas – nein, jemand. Ich sah zu, wie ein Mann ins Wasser sprang. Er tauchte wieder auf und fing in beachtlichem Tempo an, in meine Richtung zu kraulen. Ich konnte seine Arme aus dem Wasser schnellen sehen.

Er kommt, um mich zu holen, dachte ich. *Gott sei Dank, er kommt mich holen. Noch jemand ist hier draußen, und er wird mir helfen.* In meiner Brust fühlte ich plötzlich eine Wärme aufsteigen. Ich zwang meine Beine, stärker zu strampeln, und es kam wieder Leben in meine Muskeln. Ich streckte den Arm hoch und versuchte, meinem Retter ein Zeichen zu geben, damit er mich besser sehen konnte.

Ich sah zu, wie er näher kam, und meine Zähne klapperten so heftig, dass ich kaum noch atmen konnte. Ich glaube nicht, dass ich jemals zuvor so einen starken Schwimmer gesehen hatte. Die Wellen schienen ihm eher lästig. Endlich war er nah genug, damit ich ihn hören konnte. »Halt durch!«, schrie er, sein Atem ging heftig, sein Gesicht war gerötet, seine dunklen Haare klebten ihm nass am Kopf. Als er mich erreichte, hatten meine Beine bereits versagt, und ich trieb auf dem Rücken.

»Ich bring dich zurück!«, rief er. Er holte ein paarmal Luft. »Tu einfach, was ich dir sage, und klammer dich nicht an mich, sonst gehen wir beide unter.«

Ich war nicht so dumm, mich an ihn zu hängen, obwohl mir nie bewusst gewesen war, wie leicht ein ertrinkender Mensch diesen Fehler machen konnte. Ich nickte, um ihn wissen zu lassen, dass ich verstanden hatte, und wir blickten einander, auf der Stelle treibend, an. Alles, was ich sah, waren seine Augen. Er hatte unglaublich blaue Augen – hellblau, fast eisblau wie Aquamarine.

Und dann war mir das alles trotz meiner Erschöpfung ganz plötzlich unangenehm. Ich war noch nie gut darin gewesen, Hilfe von anderen anzunehmen, und einer seltsamen Regel der umgekehrten Proportionalität folgend, war es für mich umso unangenehmer, Hilfe anzunehmen, je extremer die Situation war. Meine Mutter würde sagen, es liege an unserer guten alten Yankee-Abstammung. Hayden würde sagen, es sei bloß törichter Stolz.

Alles, was ich wusste, war, dass ich mich in diesem Moment wie eine Idiotin fühlte. Eine Jungfrau in Nöten, die auf einem Steg einbricht, abtreibt und es nicht mehr ans Ufer schafft, nicht in der Lage ist, auf sich selbst aufzupassen.

»Ich kann selber … zurückschwimmen!«, rief ich mit zitternden Lippen. »Neben dir schwimmen«, fügte ich hinzu, meine Beine fühlten sich an wie Betonklötze.

Der Mann schüttelte den Kopf. »Nein. Keine gute Idee. Brandungsrückströme.«

»Ich war … im Schwimmteam«, bekam ich heraus, während wir von einer Woge angehoben wurden. Meine Stimme klang krächzend. »Privatschule.« Ich hustete. »Exeter. Wir haben es … bis zu den Landesmeisterschaften geschafft.«

Er war jetzt so nah, dass sein Arm meine Beine streifte. »Ich übernehm jetzt das Schwimmen.« Er atmete tief durch. »Du machst, was ich sage. Mein Name ist Roy.«

»Ich bin Ellen«, stieß ich atemlos hervor.

»Ellen, du legst deine Hände an meine Schultern.«

Er hatte breite Schultern. Die Art von Schultern, die aussahen, als kämen sie von echter Arbeit, nicht vom Fitnesstraining. Er blinzelte, als er mich ansah.

Nein, das mache ich nicht, dachte ich, als ich mit meinen tauben Händen weiter durchs Wasser pflügte. Ich schwimme selbst an Land. Jetzt, wo ich weiß, dass jemand bei mir ist, kann ich es schaffen. »Danke, aber ich komm klar, wenn ich nur …«

»Hände auf meine Schultern«, sagte er mit erhobener Stimme. Diesmal war es keine Option.

Ich griff nach seinen Schultern.

»Jetzt leg dich zurück. Halt die Arme gestreckt. Breite die Beine aus und bleib so. Ich übernehme das Schwimmen.«

Ich kannte dieses Manöver, Ziehen eines erschöpften Schwimmers, aber ich war noch nie selbst der erschöpfte Schwimmer gewesen. Ich lehnte mich zurück, meine Haare breiteten sich wie ein Fächer um meinen Kopf herum aus. Ich spürte einen lauwarmen Fleck Sonne auf meinem Gesicht. Wir schaukelten mit den Wellen, unsere Körper trieben schwebend über die Wellenkämme hinweg.

Roy schob sich im Wasser über mich, und ich schlang seinen Anweisungen folgend meine Beine um seine Hüften. Er schwamm in Brustlage mit dem Kopf über Wasser los, und ich entspannte mich langsam, während ich mich tragen ließ. Ich schloss die Augen und spürte, wie sich unter seinem Hemd die Muskeln bei jedem Zug anspannten. Seine Beine waren lang und muskulös und schlugen kraftvoll zwischen meinen Beinen. Seine Haut roch nach Salz und Seetang.

Ich hörte seine Bewegungen, die durchs Wasser schnitten, und spürte die Wärme seines Körpers. Ich öffnete die Augen und sah, dass wir uns parallel zum Ufer bewegten. Ich verstand, was passiert war. Ich war tatsächlich von einem Brandungsrückstrom erfasst worden und hatte das in meiner Panik nicht begriffen. Und deshalb hatte ich auch nicht die wichtigste Regel im Falle von derartigen Strömungen beachtet – nicht dagegen anzukämpfen, sondern parallel zum Ufer zu schwimmen, bis man aus der Strömung ist, und dann erst zurückzuschwimmen.

Bald darauf drehten wir Richtung Strand. Flüchtig sah ich ein paar Menschen am Ufer stehen. *Wir haben's gleich geschafft,* dachte ich, überwältigt vor Erleichterung. Ich konnte es nicht erwarten, wieder Boden unter den Füßen zu spüren, zu wissen, dass ich nicht mehr alleine in der Dunkelheit trieb.

Als das Wasser flach genug war, dass Roy stehen konnte, zog er mich hoch und stützte mich, indem er seine Arme um meinen Rücken legte. Er atmete schwer. Angesichts der Höhe, in der mein Kopf an seiner Brust lehnte, konnte ich schätzen, dass er mindestens eins fünfundachtzig war, gut zwanzig Zentimeter größer als ich.

»Hier kannst du stehen«, sagte er, und Wasser tropfte aus seinem Haar.

Ich löste mich sanft von ihm und nahm seine Hände, als er sie mir hinhielt. Ich setzte meine Füße ab und stand in dem brusthohen Wasser. Ich fühlte mich wie im Himmel, als ich den Sand unter mir spürte und wieder auf festem Boden verankert war. Hinter mir wogte noch immer das Meer und wälzte dunkel heran, aber nur ein paar Schritte vor mir leuchtete der Strand wie ein neues Versprechen in der Spätnachmittagssonne. Ich spürte, wie sich meine Muskeln entspannten, und einen Moment lang war mir nicht einmal mehr kalt. Ich spürte bloß den Kitzel der Verbindung mit der Welt um mich herum. *Ich bin noch da,* dachte ich. *Ich bin in Sicherheit. Ich lebe.*

Ein Schwindel erfasste mich, und ich musste lachen. Ich ließ Roys Hand los und fing an, mich im Kreis zu drehen, eine benommene Ballerina im Wasser. Ich lachte und wirbelte herum und schwenkte die Arme. Roy sah mir verdutzt zu. Ich fragte mich, ob er wohl dachte, ich hätte den Verstand verloren. Und wenn schon, es war mir gleich. Ich war aus dem Abgrund des offenen Meeres wieder auf festen Boden zurückgekehrt, und es gab nichts auf der Welt, was sich so gut anfühlte wie dieser eine Moment.

Ich trat näher an Roy heran und blickte ihm in die Augen. Dann schlang ich meine Arme um seinen Hals und küsste ihn. Ein Kuss dafür, dass er mir das Leben gerettet hatte – ein Kuss, der von einem Ort in mir kam, von dem ich gar nicht gewusst hatte, dass er existierte. Und er erwiderte meinen Kuss. Seine warmen Lippen schmeckten wie das Meer, seine Arme, stark und verlässlich, hielten mich fest, als drohten wir beide zu ertrinken. Ich wollte nichts mehr, als mich in diese Umarmung zu stürzen. Und dann wurde mir bewusst, was ich da tat, und ich wich schnell zurück.

»Tut mir leid«, sagte ich atemlos. Plötzlich wurden mir auch all die Leute bewusst, die uns beobachteten. »Ich … ich muss los.« Ich drehte mich um und watete so schnell ich konnte durch das Wasser zum Strand. Ich zitterte, meine Klamotten waren pitschnass, meine Augen brannten vom Salz, und die Verlegenheit, die ich ein paar Augenblicke zuvor verspürt hatte, war nichts gegen das. Ich wusste nicht, was über mich gekommen war, was in mich gefahren war, ihn zu küssen.

»Ellen, warte einen Moment!«, rief Roy, während er mich einholte. Er versuchte, meine Hand zu nehmen, aber ich wich ihm aus und stapfte weiter durchs Wasser. Tu so, als wäre nichts geschehen, dachte ich. Es ist nie passiert.

Zwei Männer in Jeans kamen vom Strand aus auf uns zugerannt. Der eine trug ein gelbes T-Shirt. Der andere hatte eine Red-Sox-Baseballmütze auf dem Kopf und einen Werkzeuggürtel um die Hüfte gebunden, mit einer Wasserwaage daran, die beim Laufen hin und her schwang.

»Roy, alles klar? Ist sie okay?«, fragte der Mann mit dem gelben T-Shirt und half mir ans Ufer.

»Ich denke, sie ist okay«, erwiderte Roy, als er aus dem Wasser gewatet kam, die Jeans klebte an seinen Beinen.

Der Red-Sox-Typ legte den Arm um mich, bis ich auf dem Sand stand. »Alles okay mit Ihnen?«

Ich versuchte zu nicken, aber ich zitterte so heftig, ich glaube nicht, dass sich mein Kopf bewegte. »Kalt«, ächzte ich, meine Zähne klapperten.

Ein stämmiger Mann mit Bart und stoppeligen Haaren kam auf mich zu. Auch er trug einen Werkzeuggürtel und hatte eine braune Lederjacke in der Hand. Er legte sie mir um die Schultern und machte den Reißverschluss vorne zu. Das Innenfutter fühlte sich dick und kuschelig an, wie eine Fleecedecke. Ich war froh um das wärmende Gefühl.

Der gelbe T-Shirt-Mann fragte: »Möchten Sie, dass ich einen Krankenwagen rufe? Dass man Sie ins Krankenhaus nach Calvert bringt oder so? Sie wären bestimmt gleich hier.«

Ich hatte keine Ahnung, wo Calvert war, aber das Letzte, was ich wollte, war in ein Krankenhaus eingewiesen zu werden, wo das Personal vermutlich meine Mutter anrufen würde (nicht gut) und Hayden (noch schlimmer).

»Bitte«, sagte ich zitternd, »ich will bloß hier weg.«

Roy kam rüber und stellte sich neben mich. »Ich fahr dich heim.«

Oh nein, dachte ich und spürte, wie meine Wangen vor Verlegenheit rot anliefen. *Jemand anderes muss mich heimbringen. Ich kann nicht mit ihm fahren.* Ich sah die anderen Männer an, aber keiner machte Anstalten, mich zu begleiten.

»Komm«, sagte Roy und berührte meine Schulter.

Ich marschierte zügig über den Sand los. Er schloss auf und ging dann schweigend voran. Wir gingen bis zum Kai am anderen Ende des Strandes, wo gerade ein Haus gebaut wurde. Drei Männer befanden sich auf dem Dach und hämmerten Schindeln fest. Ich folgte Roy zu einem matschigen Parkplatz vor dem Haus, und er öffnete die Tür eines blauen Ford Pick-ups.

»Sorry für das Durcheinander«, meinte er, als er eine Werkzeugkiste, ein Maßband, eine Wasserwaage und ein paar Bleistifte vom Vordersitz räumte. »Schreinerwerkzeug.« Wasser troff aus meiner Kleidung, als ich auf dem Sitz Platz nahm, und eine Pfütze bildete sich auf der Gummimatte unter mir. Ich sah auf meine Füße hinunter, die von einer feinen Sandschicht bedeckt waren.

»Ich weiß nicht, was da draußen passiert ist«, sagte ich fast flüsternd. »In der einen Sekunde stand ich noch auf dem Pier und in der nächsten …« Mich fröstelte, und ich schlug den Jackenkragen hoch.

Roy drehte den Zündschlüssel um, der Motor keuchte und knatterte, dann sprang er an. »Du bist nicht von hier, oder?«, fragte er. Die Anzeigen auf dem Armaturenbrett lebten auf und das Radio leuchtete in warmem, gelbem Licht.

Ich schüttelte den Kopf und murmelte: »Nein.«

»Die Brandungsrückströme können hier ziemlich heftig sein«, erklärte Roy. »Und der Pier ist in keinem guten Zustand. Ein Glück, dass ich dich gesehen habe.«

Ich schloss die Augen gegen die aufflackernde Erinnerung an die Strömung und den Pier, aber mehr noch gegen die Erinnerung an den Kuss. Ein Bild von Hayden kam mir in den Sinn – sein warmes Lächeln, die blonde Locke, die ihm immer in die Stirn fiel, das kleine Zwinkern, das er mir zuwarf, wenn ihm etwas gefiel, seine sanften braunen Augen, seine *vertrauensvollen* Augen … Ich könnte ihm niemals sagen, was passiert ist.

»Ja, ein Glück«, sagte ich.

Roy sah mich an, und mir fiel auf, dass er ein paar winzige Falten an der Stirn hatte. Seine Augenbrauen waren dunkel, aber mit ein paar grauen Härchen.

»Danke«, sagte ich. »Dass du mich gerettet hast.«

Er warf einen Blick nach hinten und legte den Rückwärtsgang ein. »Klar.« Er nickte, schaltete wieder in den ersten Gang und hielt dann am Ende des Parkplatzes an der Straße. Wir warteten, bis einige Autos vorbeigefahren waren. Er klopfte mit den Fingern aufs Lenkrad.

»Du warst wirklich gut da draußen. Wo hast du so gut schwimmen gelernt?«, begann ich nach einer peinlichen Pause.

Roy zog die Augenbrauen hoch. »Das ist ja ein ziemliches Kompliment von jemandem, der … wo bist du noch mal geschwommen? Bei den Landesmeisterschaften?«

Ich wusste, dass das ein Witz sein musste, aber sein Gesicht verriet keine Spur eines Lächelns.

»Ach … ja, na ja, das ist eine Weile her«, erwiderte ich, während ich zusah, wie ihm Wasserperlen aus dem Haar aufs Hemd tropften.

Sein Haar war dicht und dunkel und wellig, mit ein paar grauen Strähnen, die seine Gesamterscheinung noch verbesserten. Ich fragte mich unwillkürlich, wie er wohl in einem Anzug aussähe.

»Also … warst du mal Rettungsschwimmer?«, fragte ich.

Er bog auf die Straße. »Nein.«

»Wo hast du's dann gelernt?«

»Einfach so«, sagte er mit einem Schulterzucken und streckte die Hand aus, um die Heizung anzustellen. »Wo bist du untergebracht?«

Einfach so? Ich fragte mich, wie jemand *einfach so* dermaßen gut schwimmen lernte. Ich hielt meine Hände vor die Lüftung. Er hätte bei der Olympiade antreten können, wenn er dafür trainiert hätte.

»Also, wo bist du untergebracht?«, fragte er noch einmal.

»Im *Victory Inn*«, antwortete ich und bemerkte eine winzige Narbe neben seiner Nase, gleich unter dem linken Auge.

Er nickte. »Bei Paula. Und wie lange bist du in der Stadt?«

»Nicht lange«, sagte ich. »Überhaupt nicht lange.«

»Tja, du solltest dir diesen Schnitt anschauen lassen.«

»Welchen Schnitt?« Ich klappte die Sonnenblende herunter, aber da war kein Spiegel.

Er zeigte auf mein Gesicht. »Am Kinn.«

Ich fasste mir vorsichtig ans Kinn. Da war Blut an meinen Fingern.

Roy hielt und setzte den Blinker. »Ich kenne einen Arzt in North Haddam …«

Ich spürte, wie mir die Hitze ins Gesicht stieg, und ich wusste, meine Wangen waren wieder knallrot. »Nein, nein«, entgegnete ich schnell. »Das ist nicht nötig, wirklich.« Die Vorstellung, dass er mich noch in einen anderen Ort zu einem Arzt fuhr, war … na ja, verstörend aus irgendeinem Grund. Das wollte ich nicht.

»Ist aber kein Problem«, sagte Roy. Er lächelte, und mir fiel auf, dass er Grübchen hatte. »Ich war mit dem Typ in der Schule, und ich bin sicher, er …«

»Hör zu«, sagte ich und hob abwehrend die Hände, mein Gesicht glühte. »Ich bin dir für deine Hilfe wirklich dankbar, aber vielleicht ist es besser, wenn ich jetzt aussteige und den restlichen Weg laufe. Es ist nicht weit, und ich hab schon viel zu viel von deiner Zeit in Anspruch genommen.«

Die kleinen Fältchen an seiner Stirn wirkten plötzlich tiefer. »Du gehst auf keinen Fall zu Fuß«, sagte er. »Ich wollte nicht aufdringlich sein«, fügte er hinzu. »Ich hab bloß gedacht, du solltest das checken lassen.«

Er berührte mein Gesicht an der Seite, kippte meinen Kopf leicht nach hinten, damit er den Schnitt besser sehen konnte, und ein Beben durchlief mich.

»Schon okay«, sagte ich kerzengerade. »Ich … ähm …

reise morgen ab«, stammelte ich, »und … äh … ich geh dann in Manhattan zu meinem Arzt.«

Roy zuckte wieder mit den Schultern. »Wie du willst«, meinte er, fuhr wieder los und bog in Richtung *Victory Inn* ab.

Ich schaute aus dem Fenster und überlegte, ob ich etwas zu dem Kuss sagen sollte, ihm erklären sollte, dass es mir leidtat. Schließlich wollte ich nicht, dass er dachte, dass … ich wollte nicht, dass er irgendetwas dachte.

»Es tut mir leid, was vorhin passiert ist«, sagte ich.

Er schaute mich überrascht an. »Du musst dich nicht entschuldigen. Brandungsrückströme sind gefährlich. Da kommt man leicht in Schwierigkeiten …«

»Nein, ich meinte nicht die Strömung«, widersprach ich, als er an den Straßenrand neben dem *Inn* ranfuhr. »Ich meinte das andere …« Ich konnte es nicht aussprechen.

Er hielt, lehnte sich im Sitz zurück und ließ die Hand übers Lenkrad gleiten. »Mach dir keinen Kopf«, sagte er mit einem Schulterzucken. »Es war bloß ein Kuss.«

Falls das bewirken sollte, dass ich mich besser fühlte, ging der Schuss nach hinten los. Jetzt fühlte ich mich gekränkt, als ob es ihn kaltgelassen hätte.

»Weißt du«, platzte ich heraus, »die Leute in Maine sollten ihre Stege besser in Schuss halten.« Ich hörte die Gereiztheit in meiner Stimme, konnte sie aber nicht abstellen. »Ich hätte mich ernsthaft verletzen können, als ich durch das Ding eingebrochen bin.«

Roy schaute mich verwundert an. Schließlich sagte er: »Ich bin froh, dass du dich nicht verletzt hast – eine talentierte Schwimmerin wie du. Und ich bin froh, dass ich da war, um dich zu retten.« Er klappte seine Sonnenblende herunter, die Spätnachmittagssonne tauchte den Vordersitz in goldenes Licht.

Ich dachte, er mache sich wieder über mich lustig, aber dann sah ich, dass sein Gesichtsausdruck ernst war.

»Nun«, sagte er jetzt mit einem Lächeln, »es gibt eine Sache, die die Leute hier in Maine können, und das ist Lesen. Und wenn du das Schild gelesen *hättest*…

Wovon redete er? Wie, die Leute in Maine konnten lesen? Welches Schild?

»Natürlich kann ich lesen«, sagte ich und fühlte mich jetzt noch mehr in der Defensive, nicht in der Lage, meinen scharfen Ton unter Kontrolle zu bringen. »Ich war vier Jahre auf dem College und drei Jahre an der juristischen Fakultät. Da habe ich jede Menge gelesen.«

»Juristische Fakultät.« Roy nickte bedächtig, als sei ihm gerade etwas klargeworden.

»Ja, juristische Fakultät«, sagte ich und starrte auf sein Profil. Er hatte leichte Bartstoppeln, die ich unter anderen Umständen wohl attraktiv gefunden hätte, damals in meinen Tagen als Single. Aber jetzt ging er mir einfach nur auf die Nerven.

Er wandte sich mir wieder zu. »Also, bist du Rechtsanwältin?«

»Ja«, sagte ich.

»Und in welcher Fachrichtung bist du … äh, tätig?«

»Gewerbliche Immobilien.«

»Aha.« Er kratzte sich am Kinn. »Dann weißt du also, was ›Unbefugtes Betreten‹ bedeutet?«

Natürlich wusste ich, was ›Unbefugtes Betreten‹ bedeutete, aber es war kein Fachbereich, mit dem ich viel zu tun hatte.

»Ja«, behauptete ich und setzte mich ein bisschen aufrechter hin. »Ich weiß alles über ›Unbefugtes Betreten‹. In meiner Kanzlei bin ich quasi *die* Expertin, wenn es um ›Unbefugtes Betreten‹ geht. Ich betreue alle Fälle, bei denen es darum geht.«

Ein Toyota hielt uns gegenüber, und Roy gab dem Fahrer ein Zeichen, dass er fahren könne. »Also eine *Expertin* auf diesem Gebiet«, meinte er mit hochgezogenen Augenbrauen. »Braucht man dafür einen extra Abschluss?«

Einen extra Abschluss? Was für eine lächerliche Frage. »Nein, natürlich braucht man dazu keinen …« Ich unterbrach mich, denn das Glitzern in seinen Augen sagte mir, dass er mich diesmal definitiv aufzog.

»Okay«, meinte er. »Also bei deinem Hintergrund, bei allem, was du gelesen hast, und wo du doch eine Expertin bist, warum hast du dann das BETRETEN-VERBOTEN-Schild am Pier nicht gelesen? Oder falls du es doch gelesen hast, warum hast du ihn trotzdem betreten?«

Von welchem BETRETEN-VERBOTEN-Schild redete er da bitte, und warum nahm er mich so ins Kreuzverhör? Ich spürte ein Rinnsal meinen Rücken hinunterlaufen, als ich mich vage daran erinnerte, am Strand neben dem Pier ein Schild gesehen zu haben. Hatte etwa BETRETEN VERBOTEN darauf gestanden? War das wirklich darauf zu lesen gewesen? *Nein, das kann nicht sein,* dachte ich. Sonst hätte ich hier ein Riesenproblem. Dann hätte er nämlich jedes Recht dazu, mich für eine totale Idiotin zu halten.

»Ich habe nirgends ein BETRETEN-VERBOTEN-Schild gesehen«, sagte ich zu ihm. »Da war keins. Es wäre mir aufgefallen.«

Roy zupfte ein Stück Seetang von seinem Hosenbein und schnippte es aus dem Fenster. »Tja, vielleicht ist es dir nicht aufgefallen«, entgegnete er, »aber da ist ein Schild. Dort wird ein neues Haus gebaut. Genau genommen arbeite ich daran. Und die Bootsanlegestelle und das Haus stehen auf demselben Grundstück. Das Schild wurde aufgestellt, damit die Leute dem Grundstück fernbleiben.« Er blickte mich an. »Besonders dem Pier.«

Ich schaute wieder hinunter auf meine sandigen Füße und die Wasserpfütze, die sie umgab, während ich versuchte, die Bruchstücke zusammenzusetzen. Ich versuchte noch einmal, mir Pier und Strand vorzustellen. Ja, jetzt erinnerte ich mich an das Schild. Weiß mit schwarzer Beschriftung. Was stand darauf? Oh Gott, ich glaube, da stand wirklich BETRETEN VERBOTEN. Mir wurde mulmig. Offenbar hatte ich es überhaupt nicht beachtet. Wie hatte ich bloß direkt an dem Schild vorbei auf den Steg spazieren können? Das Ganze war mir jetzt furchtbar peinlich. Als gute Schwimmerin hätte ich nicht in den Brandungsrückstrom geraten dürfen, und als Anwältin hätte ich den Pier nicht unbefugt betreten sollen. Mit einem lauten Klicken löste ich meinen Gurt. Ich würde nichts dazu sagen. Ich könnte niemals zugeben, was ich vermasselt hatte.

»Weißt du was?«, sagte ich, in dem Bewusstsein, dass meine Stimme zitterte und dass sie sich gegenwärtig eine Oktave höher anhörte. »Du kannst dem Besitzer sagen, dass er sein Grundstück in einem besseren Zustand halten soll.« Meine Kehle war wie zugeschnürt, als ich mich daran erinnerte, wie ich auf dem Pier eingebrochen war. »Sie können von Glück sprechen, dass ich nicht verletzt wurde.« Ich hielt inne. »Oder gestorben bin.« Ich fuchtelte mit dem Zeigefinger vor Roys Gesicht herum. »Dafür könnte man jemanden verklagen. Das Ding müsste eigentlich abgerissen werden.«

So, jetzt weiß er Bescheid, dachte ich, gerade als sich ein Sandklumpen aus meinen Haaren löste und auf meinen Schoß plumpste.

Roys Gesichtsausdruck änderte sich kaum, aber irgendetwas in seinem Blick und dem Zug um seinen Mund sagte mir, dass er mich ziemlich lustig fand. Ich wischte den Sand von meinen Shorts auf den Boden.

Er schaute erst auf den Boden, dann wieder zu mir. »Der Pier *wird* auch abgerissen. Deshalb ist das Gatter da.«

»Tja, aber das Gatter war nicht *abgeschlossen*«, erwiderte ich. Langsam fing der Schnitt an meinem Kinn wirklich zu brennen an.

»Hätte es aber sein sollen.«

»Tja, war es aber nicht. Oder wie wäre ich sonst da rausgekommen?«

Er sah so aus, als wolle er etwas sagen, aber ich redete schnell weiter. „Vielleicht solltest du dem Besitzer sagen, dass er das BETRETEN-VERBOTEN-Schild direkt auf dem Pier anbringt und nicht irgendwo mitten im Sand.« *Gutes Argument*, dachte ich. *Sie sollten es da aufstellen, wo es auch wirklich Sinn macht.*

Er drehte sich zu mir um, und diesmal bestand kein

Zweifel. Er grinste – ein ironisches Grinsen, das mir das Gefühl gab, ich sei die Maus und er die Katze. »Ach«, meinte er. »Also hast du das Schild doch gesehen?«

Meine Güte. Jetzt war ich in meine eigene Falle getappt. Der Kerl war wirklich unausstehlich, abscheulich, unerträglich. Ich spürte die Hitze hinter meinen Augen und wusste, ich würde gleich in Tränen ausbrechen. Aber das würde er nicht zu sehen bekommen. Ich öffnete die Beifahrertür, sprang aus dem Auto und ließ den triefenden Sitz zurück. »Danke fürs Mitnehmen«, sagte ich noch und versuchte, tough zu klingen, damit ich nicht zu heulen anfing. Ich knallte die Tür zu und ging auf den Eingang des Gasthauses zu. Da hörte ich Roy mir nachrufen.

»Ellen. Hey, Ellen!« Er hatte sich aus dem Beifahrerfenster gelehnt. Seine Stimme klang eindringlich, und sein Blick war ernst. Keine Spur mehr von dem Glitzern, als er mich aufgezogen hatte.

Also gut, dachte ich mir. *Soll er loswerden, was er zu sagen hat.* Ich ging zurück zum Wagen.

»Ich dachte mir bloß, das könnte dich interessieren«, meinte er. »Bei *Schiffsbedarf Bennett* ist gerade Ausverkauf.« Jetzt kehrte sein Lächeln zurück, und seine Augen leuchteten auf. »Auf Schwimmwesten gibt es dreißig Prozent.«

2

Der Brief

Nass, erschöpft und bis auf die Knochen blamiert, stapfte ich die Treppe zum *Victory Inn* hoch. Dann machte ich die Tür auf und spähte in die Lobby. Paula Victory, die Besitzerin, saß an ihrem Tisch hinter dem hohen Rezeptionsschalter aus Holz, mit dem Rücken zu mir. Sie summte vor sich hin. Alles, was ich wollte, war, rauf in mein Zimmer zu flitzen, mich unter die dampfend heiße Dusche zu stellen und den Pier, das Meer und Roy zu vergessen. Was ich nicht wollte, war, dass Paula mich so sah.

Denn die Frau konnte ziemlich neugierig sein, an der Grenze zu unverschämt. Heute Morgen, als ich eingecheckt hatte, hatte ich sie dabei erwischt, wie sie meinen Verlobungsring anstarrte. Und dann hatte sie auch noch die Nerven besessen, mich zu fragen, ob er echt sei. Jetzt würde sie wahrscheinlich wissen wollen, warum ich ihn nicht trug. *Weil meine Finger eine Stunde nach meiner Ankunft in Ihrer Stadt angeschwollen sind wie Hot Dogs!* Ihren Gesichtsausdruck hätte ich liebend gerne gesehen. Gott sei Dank gab es den Zimmersafe, dachte ich, als ich die nackte Stelle an meinem Finger rieb und mir meinen *Van Cleef & Arpels*-Ring heil und wohlbehalten darin vorstellte.

Ich atmete tief durch und duckte mich. Dann schlich ich mich, noch immer tropfend, am Rezeptionsschalter vorbei und schaffte es durch die Lobby auf die andere Seite. *Gott sei Dank*, dachte ich und zupfte etwas Seetang von meinem Bein. Ich konnte mir lebhaft vorstellen, dass Paula wissen wollte, warum ich pitschnass war, und wessen Wagentür sie gerade draußen zuknallen gehört hatte, und was diese New Yorker Besucherin überhaupt hier in Beacon wollte.

Als ich aus dem Eingangsbereich in den Flur trat, hörte ich ihre Stimme hinter mir. »Haben Sie Ihren Badeanzug vergessen, Miss Branford?«

Ich blieb nicht stehen und antwortete nicht. Ich nahm einfach zwei Stufen auf einmal in den dritten Stock hinauf und wünschte mir, ich wäre schon auf dem Weg nach Hause. Ich wollte zurück nach New York und bei Hayden sein, mich mit ihm aufs Sofa kuscheln und *Sleepless in Seattle* schauen. Ich wollte mit meinen Fingern durch seinen dichten Haarschopf fahren und die Konturen seines frisch rasierten Gesichts nachzeichnen. Wir würden eine Flasche *Pétrus* öffnen und uns etwas zu essen liefern lassen von *Saint Tropez*, dem kleinen Bistro an der East 60th Street. Aber stattdessen fror ich und war *hier*.

Hayden hatte recht gehabt. Ich hätte gar nicht herkommen sollen. Ich hätte Omas Brief einfach zur Post bringen sollen, anstatt den ganzen Weg hier hochzufahren und ihn selbst zu überbringen. Oder ich hätte noch ein Weilchen warten sollen, bis ich wieder klarer im Kopf war, bevor ich die Fahrt antrat. Seit dem Tod meiner Großmutter war erst eine Woche vergangen. Wir hatten uns so nahegestanden, und ich stand noch immer unter Schock. Vielleicht war das auch der Grund dafür, dass ich das BETRETEN-VERBOTEN-Schild nicht beachtet hatte.

Aus der Tasche meiner Shorts zog ich das durchnässte geflochtene Band, an dem der Zimmerschlüssel hing. Ich schloss die Tür auf und hängte die Lederjacke über den Stuhl in der Ecke. Dann schälte ich mich aus meinen nassen Sachen und wickelte mich in ein Handtuch. Ich schaute auf meine Uhr – Viertel nach sechs. Ich nahm mein Handy vom Nachttisch, setzte mich auf den Badewannenrand und rief Hayden an. Es klingelte zweimal, dann hörte ich ein Klicken.

»Ellen?«

Ich seufzte erleichtert. »Hayden.«

»Ich hab schon versucht, dich anzurufen«, sagte er. »Alles okay?«

Ich kniff die Augen so fest ich konnte zusammen, damit ich nicht zu weinen anfing. Ich wollte, dass er mich festhielt. Ich wollte seine Arme um mich spüren. »Alles gut«, sagte ich, aber ich konnte das Zittern in meiner Stimme hören.

»Wo warst du denn heute Nachmittag? Ich hab ein paarmal versucht, dich anzurufen.«

Ich musste an den durchgebrochenen Steg denken und an die Nikon, die von der Strömung über den Sand am Meeresgrund gezerrt wurde. Ich dachte an Roy und seinen Rettungsgriff. An den Kuss konnte ich nicht denken. »Ich war spazieren«, sagte ich mit einem Stich im Herzen.

»Oh, das ist gut. Das hat dir bestimmt gutgetan, nach der langen Fahrt. Also, wie läuft deine erste Reise nach Maine? Wie ist Beacon so?«

Wie ist Beacon so? *Ich glaube nicht, dass du das wirklich wissen willst*, dachte ich. *Du und Mom, ihr hattet recht*. Es war keine gute Idee herzukommen. Wenn man bedachte, was schon passiert war. Vielleicht war Beacon einfach ein Unglücksort. Vielleicht war Gran deshalb von hier fortgezogen, sobald sie alt genug war.

»Beacon?«, fragte ich. »Ich schätze, es ist wie die meisten Kleinstädte.« Ich holte tief Luft. »Hayden, ich habe nachgedacht… du hattest wahrscheinlich recht mit der ganzen Sache hier. Ich meine, was hätte es schon ausgemacht, den Brief einfach mit der Post zu schicken. Ich dachte, ich könnte noch heute Abend wieder zurück nach New York fahren. Wenn ich losfahre so gegen…«

»Was?« Er klang entsetzt. »Ellen, du bist gerade erst angekommen. Warum solltest du das tun?«

»Aber als ich heute Morgen los bin, hast du gesagt…«

»Ich weiß, was ich gesagt habe, Schatz, aber ich wollte bloß… na ja… *praktisch* denken. Und ich hab mir Sorgen gemacht, weil du allein da hochfährst. Ich dachte mir, du könntest dich vielleicht einsam fühlen. Es ist viel zu spät, jetzt noch zurückzufahren.«

Viel zu spät. Ich hätte heulen können. Ich starrte auf den runden Häkelteppich auf dem Badezimmerboden – hellblaue, rote und goldene Fäden zu dem Bild eines Kompasses verknüpft. »Ich wünschte, du wärst jetzt hier.«

»Du weißt, ich wäre auch mitgekommen«, sagte er, »wenn ich morgen nicht das Peterson Meeting hätte.«

Ich wusste genau über das Peterson Meeting Bescheid. Hayden und ich waren nicht nur verlobt, sondern auch Partner in derselben Anwaltskanzlei, auch wenn er in der

Prozessabteilung tätig war. »Hör zu«, fuhr er fort. »Du hast selbst gesagt, dass dich deine Großmutter nicht darum gebeten hätte, wenn es ihr nicht wirklich wichtig gewesen wäre.«

Ich blickte hoch zu dem gerahmten Druck über dem Handtuchhalter – ein Segelschiff, das in der Dämmerung in einen Hafen mit Leuchtturm einläuft. »Ich weiß, aber vielleicht hatte meine Mutter recht, als sie meinte, dass Gran am Ende wahrscheinlich gar nicht mehr wusste, was sie redete. Vielleicht war sie schon im Delirium. Vielleicht dachte sie, Chet Cummings wohnt nur die Straße runter. Wer weiß?«

»So ist sie eben, deine Mutter, Ellen. Ich weiß doch, wie sehr du deine Großmutter geliebt hast, und ich weiß auch, dass es dir wichtig ist, diesen Brief zu überbringen. Und ich bin stolz auf dich, dass du es tust.«

In das Handtuch gewickelt auf der Badewanne sitzend, dachte ich an meine Großmutter an ihrem letzten Tag. Es war erst eine Woche her, dass wir zusammen in ihrem Wohnzimmer in Pine Point saßen, der Stadt in Connecticut, in der sie seit Jahren gelebt hatte und in der meine Mutter noch immer wohnte. Ich konnte Gran vor mir sehen, wie sie da anmutig auf dem blassblauen Sofa gesessen hatte, das silberne Haar wie immer im Nacken zu einem Knoten zusammengebunden. Sie kritzelte mit einem Füllfederhalter die Antworten in das Kreuzworträtsel des *Wall Street Journal.*

»Ellen, ein Wort mit fünf Buchstaben für ›hinreichend‹?«, fragte sie mich.

Ich dachte einen Moment nach, lehnte mich auf meinem Stuhl zurück und biss in einen Apfel. Durch das

Erkerfenster konnte ich die Schieferterrasse hinter dem Haus sehen, umgeben von dem Rosengarten und dem Grünstreifen, der sich den Hügel hinunter erstreckte bis zu dem Eisentor am Ende der Auffahrt. Rasenmäher surrten in der Ferne wie träge Bienen.

»Passabel?«, schlug ich vor. »Nein, das ist zu lang.«

Ein leichter Windhauch kam durchs geöffnete Fenster und brachte den Geruch von frisch geschnittenem Gras und Rosenblättern mit sich.

Meine Großmutter murmelte etwas und drehte dann die Zeitung um, damit ich sie sehen konnte. Auf der Seite neben dem Rätsel war eine Bohnenstange von einem Model zu sehen, das ein schwarzes, kastig wirkendes Kleid aus einem glänzenden, knittrigen Stoff anhatte.

»Sieht aus wie eine Mülltüte«, bemerkte Oma. »Was ist nur mit den Kleidern passiert, wie sie Jackie Kennedy getragen hat? Also, die war noch eine echte Ikone.«

»Jacky *Onassis*«, korrigierte ich sie.

Sie winkte ab. »Sie wird immer Jackie Kennedy sein. Niemand hat diesen Kerl als ihren Ehemann akzeptiert.«

»Tja, ich denke, sie selbst schon, Oma.«

»Papperlapapp«, sagte meine Großmutter. »Was konnte sie schon an ihm finden? Natürlich war er reich, aber attraktiv war er nicht gerade. Nicht so wie *sie*.«

Ich stand von meinem Stuhl auf und setzte mich neben meine Großmutter aufs Sofa. »Na ja, vielleicht war er ja auf seine Weise attraktiv«, sagte ich. »Vielleicht hat sie sich bei ihm sicher gefühlt. Wie eine Art Vaterfigur. Immerhin war das mit dem Attentat sicher eine schreckliche Erfahrung für sie.«

»Das ist kein Grund zu heiraten«, erwiderte sie kopfschüttelnd und schaute mich mit ihren grünen Augen eindringlich an.

Meine Großmutter fing wieder an, etwas in das Kreuzworträtsel zu kritzeln. »Ah«, murmelte sie. »Das Wort lautet ›genug‹«, und sie fing an, es zu buchstabieren, aber als sie beim Buchstaben U angekommen war, hielt sie inne. Ihr Körper verkrampfte sich und ihr Kopf sackte zurück an die Sofalehne. Ihre Augen waren geschlossen, und in den Winkeln zeichneten sich tiefe Falten ab, als würde sie sie zusammenkneifen. Ihr Mund wirkte starr. Ich wusste, sie hatte Schmerzen.

»Oma?« Ich nahm ihre Hand. »Alles okay? Was ist los?« Mein Herz klopfte.

Ihr Körper verkrampfte sich erneut. Dann ließ sie den Kopf auf die Brust sinken.

»Oma!«, schrie ich erschrocken. Ich drückte ihre Hand fester. Das Zimmer schien zu kippen, alles bewegte sich von mir weg. »Oma, *bitte*«, flehte ich. »Sag mir, dass es dir gutgeht.« Mir war schlecht.

Dann sagte sie meinen Namen, mit schwacher, gehauchter Stimme.

»Ich bin da«, sagte ich. »Ich bin da, Oma.« Ihre Haut war kalt. Ich konnte die zerbrechlichen Knochen unter der Oberfläche spüren. »Ich ruf den Krankenwagen.«

»Ellen«, flüsterte sie wieder. Ihr Gesicht war weiß, ihre Augen noch immer geschlossen.

»Nicht reden«, meinte ich. »Es wird alles gut.« Ich weiß nicht, wen ich damit mehr überzeugen wollte – Großmutter oder mich selbst.

Ich nahm das Telefon und wählte die Notrufnummer. Ich musste fest drücken, weil sich meine Finger wie Wackelpudding anfühlten. Ich musste den Straßennamen zweimal buchstabieren, obwohl er ganz leicht ist. Hill Pond Lane. Wahrscheinlich hatte ich viel zu schnell gesprochen. Danach rannte ich in die Küche und schrie Lucy, die Haushälterin meiner Großmutter, an, sie solle meine Mutter aus dem *Doverside* Jachtclub rufen und dann den Krankenwagen an der Auffahrt hereinwinken, wenn sie ihn sah.

Ich rannte zurück zu meiner Großmutter. Ihre Augen waren halb geöffnet, aber unbeweglich. Sie starrte mich an. Dann packte sie mich mit einer Kraft, die mich überraschte, und zog mich näher zu sich heran. Mein Ohr war ganz nah an ihrer Wange, und ich konnte ihr Lavendelparfüm riechen. »Bitte«, sagte sie, das Wort kaum mehr als ein Lufthauch. »Da ist ein Brief... den ich geschrieben habe. Im Schlafzimmer.« Ihr Griff wurde noch fester. »Du ... musst ihn zu ihm bringen ... Ellen.«

»Oma, ich ...«

»Bring ihm den Brief. Bitte ... versprich es mir.«

»Natürlich«, sagte ich. »Ich verspreche es. Ich mache alles, was ...«

Ihre Finger lösten sich von meinem Arm, und ein leichter Atemhauch drang aus ihrem Mund. Dann lag sie reglos da.

Noch am selben Abend suchte ich nach dem Brief und fing mit dem Tischchen neben dem Bett meiner Großmutter an. In der Schublade fand ich drei Stifte und einen Schreibblock mit blanko Blättern, zwei Brillen, eine Packung Minzbonbons und eine Ausgabe von Gabriel García Márquez' *Hundert Jahre Einsamkeit*.

Ich durchsuchte ihren Schreibtisch – einen antiken Kirschholzsekretär aus Paris. Dort lag die jüngste Ausgabe der lokalen Wochenzeitung *Pine Point Review*. Als ich die mittlere Schublade öffnete, fand ich ein Adressbuch. Ich blätterte darin herum und fühlte mich beim Anblick ihrer geschwungenen Handschrift abwechselnd getröstet und traurig. Aber da war kein Brief.

In ihrem begehbaren Schrank kam mir der Geruch von Lavendel entgegen. Dort hingen Chanel-Kostüme neben Kaufhauskleidern von der Stange. In den Regalen lagen Pullis in allen Farben von Pfirsich bis Preiselbeere. Ich strich mit der Hand über einen rosa Pullover. Der Kaschmirstoff fühlte sich an wie eine Wattewolke.

Auf einer eingebauten Frisierkommode stand eine Auswahl an Fotografien in Silberrahmen. Eine zeigte meine Großeltern am Tag, als mein Großvater seinen Abschluss an der medizinischen Fakultät der Universität Chicago gemacht hatte. Er hatte den Arm um Gran gelegt. Sie standen vor einem steinernen Gebäude mit einem imposanten gotischen Spitzbogen. Das Kinn leicht nach oben gestreckt, blickte sie in die Kamera, und eine Perlenkette umspielte ihren langen Schwanenhals. Mein Großvater sah sie an, mit einem breiten Lächeln über dem ganzen Gesicht.

Ein ovaler Rahmen enthielt ein Foto von meiner Großmutter und mir im Alamo Square, einem Park gegenüber vom Haus meiner Großmutter in San Francisco. Ich war damals zehn, also musste Gran fünfundfünfzig gewesen sein. Als ich das Foto betrachtete, traf mich die Erkenntnis, wie ähnlich wir uns sahen. Wir hatten dieselben grünen Augen und langes kastanienbraunes Haar, auch wenn Gran ihres immer hochgesteckt getragen hatte. Ich konnte mich an den Tag erinnern, als das Bild gemacht wurde. Ich hatte einen Fotoapparat um die Schulter gehängt, und ein paar Touristen, die dachten, wir seien ebenfalls zu Besuch in der Stadt, hatten uns angeboten, uns zusammen zu fotografieren. Wir standen vor einem riesigen Beet voller roter Blumen und lächelten beide in die Kamera. Im Hintergrund konnte man das gelbe Haus meiner Großmutter sehen.

Ich stellte das Foto zurück und fing an, ihre Kommodenschubladen zu öffnen, wobei ich mir selbst immer wieder sagte, dass ich nur das tat, worum sie mich gebeten hatte. Ich stöberte eine Schublade durch, in der sie alles Mögliche gesammelt hatte: Kleidungskassenzettel und Gebrauchsanweisungen für längst nicht mehr existente Geräte, mit Klammern gebündelte Geldscheine aus Fremdwährung, die von Reisen ins Ausland übriggeblieben waren, Geburtstags- und Weihnachtskarten, die sie über viele Jahre bekommen hatte, und eine Kopie der Bekanntmachung, als ich bei *Winston Reid* Partner geworden bin.

Ich kehrte zurück ins Schlafzimmer und setzte mich auf die Bettkante. Was auch immer sie geschrieben hatte, es war nicht hier. Vielleicht hatte sie ja gar nichts geschrieben, dachte ich mir. Vielleicht war sie am Ende nur im Delirium gewesen.

Die Bücherregale meiner Großmutter waren beladen mit Romanen und Biografien und Familienfotos, und ich sah quer durchs Zimmer zu ihnen hinüber, während ich überlegte, was ich als Nächstes tun sollte. Ich betrachtete die Gemälde an der Wand. Seestücke und Landschaften. Sie hatte sogar einige der Fotos rahmen lassen, die ich als junges Mädchen gemacht hatte – Treibholz am Strand und ein altes Paar Turnschuhe.

Ich zog noch einmal die Schublade des Nachttischs auf, und mein Blick fiel auf *Hundert Jahre Einsamkeit*. Als ich es herausnahm, flatterte ein Blatt blassblaues Papier zwischen den Seiten heraus. Omas Initialen waren am Kopf des Briefbogens eingeprägt: RGR – Ruth Goddard Ray. Ich erkannte die hohen, aufrechten Buchstaben ihrer Handschrift, als ich nachsah, an wen der Brief adressiert war: Chet Cummings. Unter dem Namen stand auch die Adresse: 55, Dorset Lane, Beacon, Maine. Es sah aus wie ein Entwurf; der Bogen war voller Streichungen und Änderungen, aber ich wusste, dass ich den Brief gefunden hatte.

Ich atmete tief durch und fing an zu lesen.

Lieber Chet,

ich habe schon so oft daran gedacht, Dir zu schreiben, aber jedes Mal habe ich gezögert. Ich schätze, ich malte mir aus, dass Du mir den Brief ungeöffnet zurückschicken könntest und ich ihn dann in meiner Post fände – »Zurück an Absender« mit Deiner Handschrift darauf vermerkt – und mich die abgestempelte Briefmarke anstarren würde. Oder vielleicht würdest Du ihn auch einfach ignorieren und ihn gleich in den Mülleimer werfen, zu den Orangenschalen, dem Kaffeesatz und der Zeitung von gestern, und ich würde nie erfahren, was geschehen ist. Ausgleichende Gerechtigkeit so oder so. Trotzdem wollte ich mich dieser Enttäuschung nicht aussetzen.

Vielleicht war es mein achtzigster Geburtstag, der in mir den Drang geweckt hat, Dir nach zweiundsechzig Jahren endlich zu schreiben, und mir den Mut gab, auch mit den Folgen, wie auch immer sie sein mögen, umzugehen. Nachdem ich nun acht Jahrzehnte überlebt habe, fühle ich, dass es an der Zeit ist, Angelegenheiten zu klären, die ich viel zu lange vernachlässigt habe, und was noch wichtiger ist, Wiedergutmachung zu leisten.

In Wahrheit hätte ich diesen Brief gar nicht früher schreiben können, weil ich erst seit Kurzem weiß, wo Du bist. Das Letzte, was ich gehört hatte, war, dass Du in South Carolina bist. Das war vor ungefähr fünfzehn Jahren. Aber dann, eines Tages letzten März, erfuhr ich, dass Du wieder nach Beacon gezogen bist. Ich suchte am Computer die Adresse eines Rosenzüchters in New Hampshire. Ohne darüber nachzudenken, tippte ich Deinen Namen ins Suchfeld ein und fügte »Beacon, Maine« hinzu. Und plötzlich warst Du da! An der Dorset Lane. Du kannst dir nicht vorstellen, wie überrascht ich war. Mit einem kleinen Tastenklick hatte ich Dich gefunden. Ich glaube, ich hielt vor diesem Computer ganze dreißig Sekunden lang den Atem an, als ich Deinen Namen erblickte. Danach brauchte ich noch weitere drei Monate, bis ich mich wirklich dazu durchringen konnte, Dir zu schreiben. Aber nun sitze ich hier, habe Stift und Papier vor mir, und was ich Dir sagen will, ist, dass es mir sehr leidtut, was zwischen uns passiert ist, und ich schreibe Dir auch, um Dich zu bitten, mir zu verzeihen. Ich habe Dich geliebt, Chet. Ich liebte Dich so sehr, und ich liebte auch, was wir zusammen hatten – unsere Zukunftsträume, Träume von einem gemeinsamen Leben in Beacon. Als Du nach Chicago kamst und ich Dir *sagte, dass ich Dich nicht mehr liebe, habe ich gelogen. Ich denke, ich wollte mich selbst davon überzeugen, weil ich glaubte, dass es so einfacher sei – mit einem klaren Bruch. Zumindest war es das, was ich damals glaubte. Und alles, was ich von da an tat, tat ich mit diesem Gedanken – ein klarer Bruch.*

Ich weiß, was Dich mein Gehen letztendlich gekostet hat, und das werde ich mir selbst nie verzeihen können. Wenn ich Dich nicht verlassen hätte, wie ich es getan habe, dann hättest Du Beacon nicht den Rücken gekehrt und somit auch nicht das verloren, was Dir so viel bedeutet hat. Dafür habe ich mich seither verantwortlich gefühlt, und es tut mir leid. Ich hoffe, Du kannst mir verzeihen.

Ich habe viele wundervolle Erinnerungen an unsere gemeinsame Zeit. Es würde mich glücklich machen, wenn ich wüsste, dass wenigstens ein paar Deiner Erinnerungen an mich auch gute sind. Ich frage mich, ob Du auch manchmal daran denkst, wie wir unter der Eiche saßen, und die Zikaden zirpten und nachts die Grillen. Oder wie im Winter die Blaubeersträucher von Eis überzogen waren, was ihnen immer dieses unwirkliche Aussehen gab. Oder wie wir in dem Büdchen am Straßenrand immer für Deine Mutter Kuchen verkauften. Immer wenn ich Blaubeeren sehe, muss ich noch immer an Dich denken.

In liebevoller Erinnerung,
Ruth

Ich stand im Schlafzimmer meiner Großmutter, mit dem Brief in der Hand, und stellte mir vor, wie sie einem Mann schrieb, mit dem sie seit über sechzig Jahren nicht mehr gesprochen hatte. Was war das für eine Liebe, die sie verbunden hatte? Sie muss damals achtzehn gewesen sein, ein ganz junges Mädchen. Nach all den Jahren schrieb sie ihm, um ihn dafür um Verzeihung zu bitten, ihn verlassen zu haben. Ich saß auf dem Bett meiner Großmutter, hielt das blaue Blatt Papier in der Hand und dachte über Chet Cummings nach und darüber, wie er wohl reagieren würde, wenn ich ihm den Brief überreichte. War er wirklich ihre wahre Liebe gewesen? Hatten sie eine geheime Romanze gehabt, über die sie nie zu sprechen gewagt hatte?

In mein nasses Handtuch im Badezimmer des *Victory Inn* gewickelt und noch immer das Handy am Ohr, fragte ich mich, wie das Leben meiner Großmutter wohl verlaufen wäre, wenn sie Chet Cummings geheiratet hätte. Dann hätte sie nie das große Haus im Tudorstil gehabt, mit seinen sechs Schlafzimmern und dem Rosengarten, mit dem Springbrunnen und den Rasenanlagen, die im Sommer so grün waren und so himmlisch dufteten, wenn sie gemäht wurden. Sie hätte meine Mutter in Beacon zur Welt gebracht, und meine Mutter wäre vielleicht auch dageblieben und hätte geheiratet und mich dort zur Welt gebracht. Und ich wäre als Mädchen vom Lande aufgewachsen, das in einer Kleinstadt lebt, isoliert und weit weg von allem, was ich so liebe. Ich konnte mir das Leben ohne meine Lieblingsmuseen, die Jazzclubs und Cafés an jeder Ecke, den Broadway und die Brooklyn Bridge gar nicht vorstellen. Ohne all das erschien mir das Leben so trostlos.

»Bist du noch dran?«, fragte Hayden.

Ich wechselte das Telefon ans andere Ohr. »Ja, tut mir leid. Ich hab nur an Gran denken müssen. Ich hab mich gefragt, wie es wohl gewesen wäre, wenn sie in Beacon geblieben wäre.«

»Tja, glücklicherweise ist sie das ja nicht«, sagte Hayden. »Sonst hätte ich dich vielleicht nie kennengelernt.«

Ein Wassertropfen fiel aus meinen Haaren und landete auf meiner Lippe. Ich konnte das Salz schmecken. »Ja«, sagte ich. »Glück.«

Ich schaute hinunter auf den Kompass-Teppich. Vielleicht musste ich mehr über diesen Teil des Lebens meiner Großmutter herausfinden. Es war so, als würde ich ihr dabei helfen, die letzten fehlenden Buchstaben ins Kreuzworträtsel einzusetzen.

»Ich schätze du hast recht, Hayden«, seufzte ich. »Ich sollte bleiben und den Brief überbringen. Sie hat mich darum gebeten, und ich hab es ihr versprochen.« Ich zog die Knie an meine Brust, schlang die Arme um sie und klemmte das Handy mit der Schulter ans Ohr. »Aber du fehlst mir.«

»Du fehlst mir auch.«

»Ich bin morgen Abend zurück«, sagte ich. »Spätestens am Donnerstag.«

»Perfekt, weil das Abendessen am Freitagabend ist, und es gibt nur einen Menschen, den ich da unbedingt an meiner Seite haben will.«

Das Abendessen konnte ich auf keinen Fall verpassen. Hayden wurde dabei von der Organisation *New York Man of Note* für all sein ehrenamtliches Engagement der letzten Jahre geehrt, vom Vorsitz im Bündnis für Alphabetisierung bis zur Fundraising-Kampagne für das Guggenheim.

»Keine Sorge«, sagte ich, »ich werde viel früher zurück sein. Das will ich um nichts in der Welt verpassen.« Ich schloss die Augen und stellte mir vor, wie Hayden seine Auszeichnung vom Bürgermeister überreicht bekäme. Ich freute mich so, dass er auf diese Weise Anerkennung erfuhr. Und es konnte sich bloß positiv auf seine Kandidatur für den Stadtrat nächstes Jahr auswirken. Nicht dass er dabei Hilfe bräuchte.

Sein Vater H. C. Croft war dienstältester Senator in Pennsylvania und Leiter des Finanzkomitees im Senat. Sein Onkel Ron Croft war zwei Legislaturperioden lang der Gouverneur von Maryland gewesen, und seine Cousine Cheryl Higgins war Kongressabgeordnete für Rhode Island. Darüber hinaus war seine verstorbene Großtante Celia eine Suffragette gewesen. Neben Stahl, mit dem die Croft-Familie zu Reichtum gekommen war, war Politik ihr Geschäft, und darin waren sie Naturtalente. Ich kannte Haydens Vater und Onkel ziemlich gut, und sie waren beide charmante, charismatische Männer, die die Aufmerksamkeit der Menge auf sich ziehen konnten, ob sie nun einen Wohltätigkeitsball besuchten oder in einem Baumarkt vorbeischauten. Die Medien überschlugen sich bereits über seine Entscheidung zu kandidieren.

»Ich bin so stolz auf dich«, sagte ich. Dann schickte ich ihm einen Kuss durchs Telefon.

Als ich auflegte, sah ich, dass ich einen Anruf von meiner Mutter verpasst hatte. Mein Herz fing an zu zappeln wie ein Fisch auf dem Trockenen. Ich konnte jetzt nicht mit ihr reden. Zumindest noch nicht. Sie hatte einen sechsten Sinn, wenn es darum ging zu merken, dass etwas mit mir nicht stimmte, und ich hatte nicht die Absicht, sie aus der Fassung zu bringen, indem ich ihr erzählte, dass ich ins Meer gefallen und beinahe ertrunken war. Und ganz sicher würde ich ihr nicht erzählen, dass ich einen völlig Fremden geküsst hatte. Sie wäre so besorgt, dass sie wahrscheinlich sofort nach Beacon käme. Also beschloss ich, ihr eine SMS zu schicken. **Alles gut, hübsches Hotel, ruf dich an. XOX**. Okay, ich fühlte mich deswegen schuldig, ja. Ich bog die Wahrheit ein wenig zurecht. Ziemlich sogar, denn nichts davon entsprach den Tatsachen. Aber bis morgen würde mir schon einfallen, was ich ihr sagen könnte.

Ich drehte die Dusche auf, damit das Wasser warm wurde. Morgen würde ein rundum besserer Tag werden. Um zehn Uhr hatte ich eine Telefonkonferenz, aber die würde bloß etwa eine Stunde dauern, und direkt im Anschluss würde ich bei Chet Cummings vorbeischauen, mich kurz nett mit ihm unterhalten, ihm den Brief geben und dann gleich zurück nach Manhattan fahren. Dann wäre ich gerade rechtzeitig zu Hause für einen Wodka Tonic und das Abendessen auf der Terrasse, falls es draußen nicht zu heiß wäre. Wunderbar.

Ich prüfte die Wassertemperatur der Dusche mit einer Hand. Es war bloß lauwarm. Paula hatte mich davor gewarnt, als sie mir das Zimmer gezeigt hatte. »Das heiße Wasser braucht ein wenig, bis es vom Boiler im Keller hier hochkommt«, hatte sie erklärt und die Arme dabei ausgestreckt, um mir den weiten Weg zu demonstrieren.

Ich wartete noch eine Minute, und schließlich füllte sich das Badezimmer mit angenehmem Dampf. Ich stand auf dem Kompass-Teppich und sah zu, wie die Buchstaben N,

S, O und W langsam verschwanden, als der Dunst mich einhüllte.

Ich stieg in die Dusche und ließ das heiße Wasser über Kopf und Rücken hinunterprasseln. Ich fuhr mir mit der Hand durchs Haar, während ich das klebrige Salz vom Wasser fortspülen ließ. Es war himmlisch. Dann leerte ich eine kleine Flasche Shampoo über meinen Kopf, schäumte es gut auf und atmete den sauberen, blumigen Duft ein. Gerade als ich das Shampoo auswaschen wollte, sank die Wassertemperatur abrupt ab. Plötzlich war das Wasser ein eisiger Strahl, und ich stand zitternd darunter und verfluchte das *Victory Inn*, verfluchte Beacon, verfluchte ganz Maine. Und dann kamen mir die Tränen.

3

Medienrummel

Als ich im Halbdunkel des Zimmers erwachte, glaubte ich, dass ich wieder in unserer Wohnung in New York wäre, und für den Bruchteil einer Sekunde war ich glücklich. Aber dann machten meine Augen fremde Umrisse aus, und mit einem dumpfen, einsamen Schmerz in meiner Brust fiel mir wieder ein, dass ich in Beacon war. Ich erinnerte mich an den Pier und das Meer und das eiskalte Wasser, den Mann, wie er sich hineinstürzt und …

Oh, mein Gott, der Kuss. Was hatte ich mir bloß dabei gedacht? In Gedanken ging ich die Szene noch einmal durch. Ich hatte *gar nicht* nachgedacht, das war das Problem. In der einen Sekunde stand ich da und schaute ihn an, und im nächsten Augenblick hatte ich praktisch den Verstand verloren. Versuchte ich etwa, meine eigene Hochzeit zu sabotieren? Wollte ich gar nicht heiraten? Nichts von alldem ergab einen Sinn. Natürlich wollte ich heiraten. Ich liebte Hayden, und ich wollte seine Frau werden. Dessen war ich mir sicher.

Ich rollte mich auf den Rücken und rieb mir die Augen. Ich würde einfach nicht mehr daran denken. Heute war ein neuer Tag, ein Neuanfang, und es würde ein guter Tag werden, denn ich überbrachte den Brief meiner Großmutter. Ich versuchte, mir Chet Cummings vorzustellen. Ging er auf einen Stock gestützt? Lebte er allein, oder hatte er jemanden, der sich um ihn kümmerte? War er nett oder ein schrulliger alter Mann? Würde er sich überhaupt an Großmutter erinnern?

Laut dem Wecker auf dem Nachttisch war es erst Viertel nach sieben – zu früh, um einem achtzigjährigen Mann einen Besuch abzustatten. Mein Plan war es, gleich nach meiner Telefonkonferenz um zehn zu Chet Cummings Haus zu fahren.

Ich sah mich im Zimmer um und konnte nicht glauben, wie ich hier gelandet war. Meine Sekretärin, Brandy, hatte gemeint, sie habe mir die *Ocean View Suite* gebucht, aber wer auch immer dieses Zimmer so getauft hatte, sollte besser noch einmal zurück auf die Hotelfachschule. Es war ein kleines Zimmer mit Parkettboden, einem geflochtenen Teppich und einer Mahagonikommode (eine *Antiquität*, hatte Paula stolz betont), auf der ein großer weißer Krug in einer weißen Schüssel stand. Eine weiße Tagesdecke lag auf dem Mahagonibett. Es gab keinen Sekretär oder Tisch und bloß den einen unbequemen Stuhl mit Holzlehne in der Ecke. Und es gab nicht mal eine Minibar. (Mini-*was?*, hatte Paula gefragt, als ich mich danach erkundigte.)

Und das Schlimmste von allem war, dass das Zimmer überhaupt keinen Meerblick hatte. Die beiden Fenster gingen zum Vorgarten, der Straße und den anderen Häusern hinaus. Ich stieg aus dem Bett und kramte in meiner Aktenmappe, bis ich die Buchungsbestätigung, die Brandy mir gegeben hatte, gefunden hatte.

Victory Inn
37 Prescott Lane, Beacon, Maine
Deluxe-Suite mit Meerblick
Zwei Nächte

Deluxe-Suite mit Meerblick. Da hatte ich es.

Ich ging ins Bad und machte mich frisch, der Schnitt an meinem Kinn war nicht so schlimm wie angenommen und mit etwas Make-up kaum noch auszumachen. Ich zog mir Hose und Pulli an. Dann ging ich nach Paula suchen, damit ich ihr den Fehler mitteilen und sie mich in das richtige Zimmer verlegen konnte. Ich sah am Empfang und in der Lounge nach, dann im Speisezimmer und fand sie schließlich am Treppenabsatz im zweiten Stock, wo sie sich mit einem Zimmermädchen unterhielt. Ich konnte die Augen kaum von Paulas Hose wenden – sie war knallgelb und über und über mit Dackeln bedruckt.

»Entschuldigen Sie, Paula«, sagte ich, »ich glaube, es hat da eine kleine Verwechslung gegeben. Meine Sekretärin hatte mir eine Deluxe-Suite mit Meerblick gebucht.« Ich reichte ihr die Bestätigung. »Aber das Zimmer, in dem ich untergebracht bin, ist … na ja, es hat keinen Meerblick.«

Paula schob die Unterlippe etwas vor, als sie auf das Blatt Papier äugte. »In welchem Zimmer sind Sie denn?«

»Zimmer zehn.«

»Steht da zehn an der Tür?«, fragte sie, zog einen Bleistift hinterm Ohr hervor und kratzte sich mit dem Radiergummiende am Kopf.

Ich nickte. »Ja.«

»Ah, dann ist es Zimmer acht.«

Wie, fragte ich mich, konnte es Zimmer acht sein? Handelte es sich hierbei etwa um ein spezielles Zählsystem der Hoteliers in Maine, das ich nicht kannte? »Aber an der Tür steht zehn.«

Paula schob den Bleistift wieder hinters Ohr und gab mir die Buchungsbestätigung zurück. »Es ist Zimmer acht«, flötete sie vergnügt. »Das ist unsere Deluxe-Suite, das beste Zimmer des Hauses, und es hat *sehr wohl* Meerblick.«

»Aber ich habe geguckt und ich kann das Meer nirgends sehen«, erwiderte ich und fragte mich, ob ich bei der Versteckten Kamera gelandet war und plötzlich ein Filmteam auftauchen und sich schlapplachen würde, weil alles ja so lustig war.

»Oh, der Blick ist auch nicht vom *Zimmer* aus zu sehen«, meinte Paula gelassen. »Da müssen Sie schon aufs Dach hinaufgehen.«

»Wie bitte?«

»Aufs Dach rauf«, wiederholte sie in einem Ton, der andeutete, dass das doch klar sein sollte. »Da ist eine Tür neben Ihrem Schrank. Gehen Sie die Treppe hinauf und Sie kommen aufs Dach. Wir haben ein paar hübsche Gartenstühle hinaufgestellt.«

Gartenstühle. Auf dem Dach.

»Na gut, dann lassen wir das mit dem Meerblick erst mal beiseite«, sagte ich, denn ich nahm an, dass ich leicht bessere Unterkünfte finden könnte, vielleicht direkt in der Stadt. »Da wäre noch eine Sache. Ich müsste Ihr Business-Center benutzen, um etwas für meine Telefonkonferenz um zehn auszudrucken.«

Paula spitzte die Lippen, als sie und das Zimmermädchen sich ansahen. Keine von beiden sagte etwas.

»Einen Drucker«, meinte ich. »Ich hätte da ein Dokument, das ich ausdrucken müsste …«

Paula sah mich ausdruckslos an.

»Der Drucker ist leider *etwas* defekt«, sagte sie schließlich. »Manchmal gibt es Papierstau.« Sie machte eine verdrehte Handbewegung. »Vielleicht liegt's an der salzigen Luft.« Sie sprach es *salzige Lu-huft* aus. »Aber Sie können es gern versuchen.«

Etwas kaputt. Ich wandte mich ab und blickte durch das runde Fenster am Treppenabsatz. Ein Mann und eine Frau zogen ihre Koffer zu dem Parkplatz hinterm Haus. *Die haben Glück*, dachte ich. *Sie fahren nach Hause.*

»Aber Sie haben schon ein Business-Center für Gäste?«, fragte ich wieder an Paula gewandt. »Meine Sekretärin hat explizit danach gefragt. Sind Sie sicher, dass sie keinen funktionierenden Drucker haben?« Ich konnte nicht glauben, dass ich dieses Gespräch hier wirklich führte. Vermutlich hätte ich auch in einem Ritz-Carlton im Stadtzentrum mit richtig heißem Wasser und WLAN auf dem Zimmer untergebracht werden können, aber Brandy hatte darauf bestanden, dass es hier gemütlicher sei.

Das Zimmermädchen zog die Augenbrauen hoch und wechselte den Handtuchstapel von einem Arm auf den anderen. Ich konnte die Ecke eines Tattoos an ihrem Hals aufblitzen sehen. Es sah aus wie ein Papagei.

Paula gab ihr ein Zeichen weiterzuarbeiten. »Na ja, wir haben … mal sehen, einen Drucker, ein Fax und einen Computer. Ich zeig sie Ihnen«, zählte sie auf, als sie mich in den ersten Stock und dann in die Lobby hinunterführte.

Vielleicht nannten sie es ja nicht Business-Center, aber zumindest hatten sie die technischen Gerätschaften hier.

»Hier ist es.« Sie öffnete eine Tür hinter ihrem Rezeptionsschalter. In einem winzigen Kämmerchen stand ein alter Computer auf einem verstaubten Faxgerät. Dahinter erhob sich ein Monitor, der noch aus den 80er-Jahren stammen dürfte, und ein Drucker, dessen Netzkabel, aus dem Drähte sprossen wie Unkraut, leblos herunterbaumelte.

»Das ist das Business-Center?« Das war doch wohl nicht ihr Ernst. Langsam machte sich bei mir Frust breit. Erst das Zimmer und jetzt dies hier. Ich würde einen Beschwerdebrief an die Hotelaufsicht schreiben müssen. Dieses Haus hier war ein Witz.

»Der Drucker da funktioniert doch nicht mal«, bemerkte ich und zeigte hin.

Paula beugte sich über den Drucker und glotzte ihn an, als könnte sie ihn so zum Laufen bringen. »Ach, ich glaube, das kann ich reparieren lassen.«

Jetzt fiel mir nichts mehr ein. Ich starrte Paula an, die sich wieder mit dem Bleistift am Kopf kratzte, ging dann durch die Lobby und verließ das Hotel. Ich wusste nicht, wohin ich gehen sollte. Ich wusste bloß, dass ich hier rausmusste.

Die Morgenluft roch nach Salz und dem Wechsel der Gezeiten. Ich nahm ein paar tiefe Atemzüge und versuchte, mich zu beruhigen. Ich blieb auf dem Gehsteig stehen und drehte mich noch einmal zum *Victory Inn* um. Ich fragte mich, warum mich Brandy überhaupt dort untergebracht hatte. Mit seinen drei Stockwerken, weißen Schindeln, blauen Fensterläden, zwei Schornsteinen und einer Rundumveranda stand das Haus etwa fünfzehn Meter von der Straße zurückversetzt neben einem grauen Gebäude, in dem die *Beacon Historical Society* untergebracht war. *Es könnte eigentlich fast als hübsch durchgehen*, dachte ich, *wenn man es mal modernisieren würde.*

Nachdem ich ein paar Straßen weitergelaufen war, bog ich um die Ecke in die Paget Street ein, die Hauptstraße, die durch Beacons winziges Stadtzentrum führte. Rechts befand sich eine Ufermauer und dahinter das Meer, Schaumkronen glitzerten in der Sonne. Auf dem Mauerrand saßen eine junge Mutter und ihre beiden Söhne, die etwas in einem Eimer betrachteten – Muscheln vielleicht oder Einsiedlerkrebse. Oder vielleicht war es auch bloß ein Eimer voller Sand. Ich wünschte mir, ich hätte meine Fotokamera dabei. Es hätte ein hübsches Foto abgegeben.

Ich ging weiter, vorbei an *Tindall & Griffin Rechtsanwälte*, *Harborside Immobilien* und am *Magic Beauty Salon*, die sich allesamt in alten, aber gepflegten Häusern befanden. Ich hielt Ausschau nach einem Hotel oder einer anderen Unterkunft, aber ich konnte nichts entdecken. Etwas weiter die Straße hinunter kam ich an der örtlichen Bankfiliale vorbei, deren einst rote Ziegelfassade zu einem blassen Rosa ausgebleicht war, und an einem weißen Schindelhaus mit einem Schild, auf dem *Schneiderei Frank* stand.

Ich fragte mich, welche der Gebäude wohl schon zu Zeiten meiner Großmutter hier gestanden hatten. Bestimmt einige von ihnen. Es stimmte mich fröhlich, sie mir in dieser Straße vorzustellen, wie sie die gleiche Aussicht genoss und über denselben Strand lief. Schließlich war es ihre Heimatstadt, der Ort, an dem sie aufgewachsen war. Ich fühlte mich, als wandelte ich auf ihren Spuren.

Ich ging an einem Lokal vorbei, das *The Antler* hieß und, der Neonbierreklame im Fenster nach zu schließen, so etwas wie ein Pub war. Etwas weiter die Straße hinunter sah ich das *Three Penny Diner*, ein weißgetünchtes Backsteingebäude mit Blumenkästen voller roter Geranien an den Fenstern, die ihre Köpfe reckten, um etwas von der kühlen Sonne Maines zu erhaschen. Plötzlich merkte ich, wie hungrig ich war, und ging hinein.

Drinnen roch es nach Zimtschnecken. Eine junge Bedienung führte mich in eine Nische, und ich bestellte Kaffee.

»Etwas zu essen?«, fragte sie.

»Haben sie frisches Obst?«

Sie nickte. »Blaubeeren, Melonen, Bananen, Blaubeeren und Blaubeeren.« Sie grinste.

»Ich schätze, dann nehme ich die Blaubeeren.«

Sie beugte sich vor. »Das ist die hiesige Spezialität«, flüsterte sie. »Aber ich persönlich würde einen Cider-Donut vorziehen.«

»Bitte?«

»Einen Cider-Donut. Die Donuts hier sind *soooo* gut.« Sie zog das Wort wie ein Karamellbonbon. »Wir machen sie selbst.«

Ich schüttelte den Kopf. »Ich nehm bloß das Obst«, sagte ich. »Ich esse keine Donuts, aber trotzdem danke.«

Auf dem Tisch befand sich eine kleine Jukebox, und ich überflog die Liste der Lieder. Ich entdeckte »The Way You Look Tonight«, einen alten Jerome-Kern-Song, den ich sehr mochte. Ich warf ein paar Münzen in die Maschine, und Rod Stewarts Stimme ertönte durch die blechern klingenden Lautsprecher.

Die Bedienung kam mit einem Becher Kaffee, einer Schale Blaubeeren und einem Teller mit einem Cider-Donut zurück. »Der geht aufs Haus«, meinte sie, als sie den Donut vor mich hinstellte. »Sie werden ihn lieben, glauben Sie mir.«

Der Kaffee war kräftig und heiß, und die Blaubeeren waren größer und süßer als alle, die ich je gegessen hatte. Ich schielte zu dem Donut hinüber, der mit feinen Zuckerkristallen bestäubt war. Wie eine der Sirenen aus der griechischen Mythologie schien er mich zu locken. *Na gut*, dachte ich, *ein kleines Stückchen wird mich schon nicht umbringen*. Er zerschmolz geradezu auf meiner Zunge, noch warm und süß und fluffig. Ich nahm noch ein Stück und, bevor ich michs versah, war der Teller leer. Na schön, vielleicht hatte Beacon doch etwas für sich.

Um drei vor zehn saß ich auf meinem Bett, dem einzig bequemen Platz im Zimmer, und wählte die Nummer für die Telefonkonferenz. Ich hörte bloß Rauschen. Als ich den Empfang überprüfte, sah ich, dass ich praktisch keinen Balken hatte. *Kein Wunder*, dachte ich. Ich hatte kein Netz. Ich nahm den Hörer des Zimmertelefons ab und musste feststellen, dass die Leitung tot war. Totale Funkstille. Nicht mal ein Knacksen.

Wieder nahm ich mein Handy und flitzte hektisch durchs Zimmer, um Netz zu bekommen. *Ich brauche ein paar Balken, komm schon, ich brauch Balken!* Das war ein wichtiges Gespräch, und ich musste die Verbindung hinbekommen. Wie konnte alles bloß so schiefgehen?

Dann erinnerte ich mich an das Badezimmer und mein Telefonat mit Hayden am Abend zuvor. Die Verbindung war astrein gewesen. Ich rannte hinein, klappte den Toilettendeckel hinunter, öffnete mein Laptop und setzte mich. Die nächsten neunzig Minuten erteilte ich Rechtsberatung im Zuge eines Zweihundertmillionen-Dollar-Immobiliendeals, während ich auf einem Klo hockte.

Als das Gespräch vorüber war, zog ich vor dem Badezimmerspiegel meinen Lippenstift nach und frischte meinen Lidschatten auf. Dann nahm ich eine braune Versandtasche mit unserem Firmennamen darauf – *Winston Reid Jennings Rechtsanwälte* – und steckte den Brief meiner Großmutter zur sicheren Aufbewahrung hinein. Auf den Umschlag schrieb ich: Mr. Cummings.

Als ich zur Zimmertür ging, fiel mein Blick auf die Bauarbeiter-Lederjacke, die über der Stuhllehne hing, wo ich sie zum Trocknen aufgehängt hatte. Die könnte ich eigentlich auch noch schnell zurückbringen, dachte ich, als ich sie mir schnappte.

Die Jacke war noch immer feucht, aber das Leder fühlte sich geschmeidig an. Sie hatte ein weiches Futter und hübsche Nähte. Ich warf einen Blick auf das Label. *Orvis*. Ich dachte, die verkauften bloß Hundebetten und Campingausrüstung, aber das hier war eine schöne Jacke. Ich fand eine Plastiktüte im Schrank und steckte die Lederjacke hinein.

Paula saß hinter ihrem Empfangsschalter, aß gerade eine Karotte und strich eine Zeitung glatt, als ich in die Lobby kam.

»Miss Branford«, sagte sie, »ich denke, der Drucker ist bis heute Nachmittag repariert.«

»Danke«, erwiderte ich und fragte mich gleichzeitig, wer um alles in der Welt dieses alte Ding noch repariert bekam, »aber ich brauche ihn nicht mehr. Ich habe meinen Anruf ohne den Ausdruck erledigt.« Ich wollte weitergehen, hielt dann aber noch einmal inne. »Übrigens, ich werde ziemlich sicher heute noch auschecken.« Ich zog die Augenbrauen hoch. »Für den Fall, dass jemand die Suite möchte.«

Paula blickte mich kurz an und wandte sich dann wieder ihrer Zeitung zu. »Ihre Reservierung ist aber für zwei Nächte.« Sie nahm einen Bissen von ihrer Karotte.

Langsam begann die Tüte mit der Lederjacke sich schwer anzufühlen. »Ja, ich weiß, aber wahrscheinlich habe ich hier schon heute alles erledigt. Natürlich können Sie die Extranacht berech…«

»*Boah!*« Paula sperrte den Mund auf und hielt mitten in der Handbewegung inne, mit der sie die Karotte gerade wieder zum Mund führen wollte. »Da ist jemand durch den Pier am Marlin Beach eingebrochen. Das steht hier in der *Beacon Post*.« Sie hielt die Zeitung näher vor ihre Nase. »Gestern Nachmittag, gleich bei dem neuen Haus, das dort gerade gebaut wird. Und das, obwohl dort ein BETRETEN-VERBOTEN-Schild steht!«

Mein Magen schlug einen Purzelbaum. »Echt?«, sagte ich, aber der Laut kam mir nicht wirklich über die Lippen.

Stand da etwa auch mein Name drin? Konnte das sein?

Ich wollte nicht, dass Paula erfuhr, dass ich es war. Ich wollte nicht, dass irgendwer wusste, dass ich es war. Ich war immer stolz darauf gewesen, alles unter Kontrolle zu haben und jede Situation souverän zu meistern. Den Vorfall am Pier wollte ich am liebsten ausradieren.

Ich machte einen Schritt auf Paula zu und versuchte, mich zu beruhigen. Niemand an diesem Strand kannte meinen Namen. Er konnte gar nicht in der Zeitung stehen.

»Ich hoffe, es ist alles gut gegangen«, sagte ich und versuchte, besorgt dreinzublicken. »Was steht denn noch da?«

»Ach, nicht viel. Irgendein Feriengast«, Paula hielt inne, »der fast ertrunken wäre.«

Ertrunken? Hatten sie das da reinschreiben müssen? Ich war ja nicht wirklich am Ertrinken gewesen. Bloß … ein wenig erschöpft, das ist alles.

Paula sah mich an, mit geneigtem Kopf und gespitzten Lippen. »Ein Mann ist rausgeschwommen … um Hilfe zu leisten. Die Identität von keinem der Beteiligten konnte geklärt werden.«

Etwas legte sich in mir um. »Ein Mann ist rausgeschwommen?« Ich versuchte, unbeteiligt zu klingen. »Glück gehabt«, bemerkte ich.

»Hm?«, machte Paula, die noch immer in die Zeitung starrte.

»Sie hatte Glück, dass er da war.« Ich kam näher an den Schalter heran und versuchte, einen Blick in die Zeitung zu erhaschen, aber Paula faltete sie zusammen und drehte sie um.

»Gut geraten«, meinte sie und nahm noch einen Bissen von der Karotte.

»Bitte?«

Sie sah mich an. »Dass es eine Frau war.«

Hatte ich das gesagt?

Oh, mein Gott, das hatte ich. *Denk nach, denk. Sag etwas.* Ich winkte ihr noch einmal zu und eilte zur Tür. »Na ja, statistisch gesehen hatte ich eine fünfzigprozentige Chance, richtigzuliegen. Es war bloß … gut geraten.« Ich konnte Paulas Blick im Rücken spüren, als hätte ich dort eine Zielscheibe. Ich verließ eilig das Hotel, hastete die Eingangstreppe hinunter und zwang mich, mir keine Gedanken zu machen. Mein Name stand nicht in dem Artikel, sonst hätte Paula bestimmt etwas gesagt.

Ich ging hinter das Haus zum Parkplatz. Die Sonne glänzte auf der schwarzen Lackierung meines BMWs, und das Hoteldach spiegelte sich darin. Ich programmierte das Navi auf 55 Dorset Lane, wo Chet Cummings wohnte, und drehte die Musik an. Diana Kralls Stimme erfüllte den Wagen mit einer schnelleren Version von Irving Berlins »Let's Face the Music and Dance«. Ich konnte Großmutter direkt sagen hören: *Musikalisch gesehen, bist du im falschen Jahrzehnt geboren.* Bei diesem Gedanken musste ich lächeln.

Die weibliche Computerstimme aus dem Navi lotste mich in Richtung Dorset Lane, und während ich fuhr, versuchte ich, mir Chet vorzustellen. Schneeweißes Haar, faltiges Gesicht und freundliche Augen. Er würde mich zum Tee einladen und mir alles über seine Liebesgeschichte mit Gran erzählen und wie sie geendet hatte. Er wäre noch immer ein wenig wehmütig. Aber nicht wütend.

Er würde mir Kekse zum Tee anbieten – wahrscheinlich

Pepperidge Farm. Vermutlich die mit dem Aprikosengelee in der Mitte, die hatte Gran gern gemocht. Und er würde mich durch sein Haus führen und mir ein altes Fotoalbum mit Bildern von Gran zeigen.

Ich bog in die Dorset Lane, eine Wohnstraße, gesäumt von älteren, aber gepflegten Häusern, und hielt vor der Nummer 55. Chet Cummings' Heim war ein zweistöckiges weißes Schindelhaus mit grünen Fensterläden und einem gemauerten Schornstein. Ein Backsteinweg führte bis zur Veranda, die sich über die ganze Hausvorderseite erstreckte. Der Vorgarten war umgrenzt von einer gut ein Meter hohen Buchsbaumhecke.

Das Haus sah aus, als sei es erst kürzlich frisch gestrichen worden. *Der Mann muss kompetente Helfer haben*, dachte ich, damit er alles in einem so guten Zustand erhalten konnte. Ich bemerkte einen grünen Audi in der Auffahrt, als ich den Umschlag mit dem Brief meiner Großmutter nahm und aus dem Wagen stieg.

Hier bin ich also, Oma. Ich hoffe, du siehst mir jetzt zu, dachte ich, als ich die Stufen zur Veranda erklomm. Ich war gleichzeitig nervös und aufgeregt, den Mann zu treffen, der meiner Großmutter einmal so wichtig gewesen war. Ich atmete tief durch und klopfte an die Fliegengittertür, dass der Rahmen klapperte. Dann starrte ich gespannt die Holztür dahinter an und wartete darauf, dass Chet Cummings sie öffnen würde.

Ich lauschte nach Schritten, dem Knarren von Treppenstufen, dem Stampfen über Holzdielen, aber da war nichts. Nur irgendwo die Straße runter bellte ein Hund. Vielleicht lebte Chet ja alleine und hörte nicht mehr gut. Vielleicht hatte er ein Hörgerät. Gran hatte eines getragen. Es fiepte immer, wenn die Batterie schwach wurde.

Ich öffnete das Fliegengitter und klopfte an die hölzerne Eingangstür. Ein weißer Volvo-Kombi kam die Straße herunter und hielt vor dem Nachbarhaus. Eine Frau stieg aus. Ich schätzte sie auf vierzig. Sie trug zwei Tüten Lebensmittel ins Haus und starrte mich dabei an. Ihre blonden Haare wippten beim Gehen.

Ich klopfte erneut, diesmal lauter. *Er muss da sein*, dachte ich. *Sein Wagen ist hier*. Ich fragte mich, ob er vielleicht sein Hörgerät ausgeschaltet hatte. Ich ging seitlich um das Haus und schaute durch ein Fenster. Ich konnte ein Esszimmer erkennen mit einem Tisch und Stühlen aus Kiefernholz. Auf zwei Stühlen stapelten sich Papiere, als würde jemand die Post von Monaten durchsehen. Mitten auf dem Tisch lag seitlich ausgestreckt eine schwarzbraune Katze. *Also mag er Katzen*, dachte ich. Ich selbst war immer schon ein Hundemensch gewesen.

Ich ging einmal um das Haus herum, spähte durch Fenster und klopfte daran. Als ich bei der Küche angekommen war, rief ich: »Mr. Cummings?! Mr. Cummings, sind Sie da?« Ich klopfte ans Fenster. »Ich muss mit Ihnen sprechen. Bitte. Ich bin extra aus New York hergekommen!« Das Einzige, was ich hörte, war Vogelgezwitscher.

Enttäuscht ging ich über den Rasen zum Auto zurück. Ich war so gespannt darauf gewesen, ihn zu treffen, mit ihm zu reden, um herauszufinden, was damals passiert war, und nun fühlte ich bloß Enttäuschung und Leere. *Komm später wieder*, sagte ich zu mir. *Er ist achtzig, er wird da sein. Er kann ja nicht ewig wegbleiben.*

Ich fuhr in die Stadt zurück und nahm die Paget Street am Strand entlang bis zu der Baustelle für das neue Haus. Erleichtert darüber, dass Roys Pick-up nicht dastand, parkte ich meinen Wagen neben einem staubigen Jeep. Zwei Männer brachten gerade Teerpappe auf dem Dach an, indem sie Nägel einschlugen.

Die Vordertür war offen, also ging ich hinein, die Jacke in der Hand. Drinnen sah es aus wie in einem Labyrinth, mit Trägern, wo später Wände stehen würden, und überall verliefen Kabel und Drähte und Rohre. Eine Kreissäge heulte, und Handwerker liefen mit Druckluftnaglern und Bohrmaschinen herum. Orangefarbene Verlängerungskabel schlängelten sich über den Boden zwischen Sägemehl und Holzspänen.

Ich ging bis nach hinten durch und blieb im Türrahmen eines großen Raums stehen. Durch das Fenster konnte man das Meer sehen, das sich hinter dem Haus erstreckte, schwarze mit Flechten bedeckte Felsen ragten aus dem Wasser. Rechts lag der Pier, durch den ich eingebrochen war. Am Gatter fiel mir eine neue schwere Kette mit Vorhängeschloss auf. Holzabsperrungen blockierten den Steg noch seitlich, damit man auch vom Strand aus keinen Zutritt hatte.

»Kann ich Ihnen helfen?«

Erschrocken drehte ich mich um und sah einen Mann auf einer Trittleiter stehen, dessen dicker Bauch sich über den Gürtel seiner Jeans wölbte. Er warf einen kurzen Blick auf meine Leinenhose und das Seidenoberteil, während er mit einem Tacker ein Kabel an einem Balken befestigte.

»Ja«, sagte ich. »Ich suche jemanden, der gestern hier gearbeitet hat. Kurze Haare, Bart.«

Der Mann nahm einen Bleistift und machte eine Markierung an den Balken. »Oh«, erwiderte er, »Sie meinen Walter.« Er stieg von der Leiter und ging zu dem hölzernen Treppenskelett hinüber. Ich folgte ihm. »Walter? Wo bist du hin?«, rief er und stieg die Stufen hinauf, während ich unten wartete.

»Was ist denn, Hap?«, ertönte eine Stimme irgendwo über uns.

»Hier ist 'ne Dame, die dich sprechen will.«

Einen Moment später kam Walter herunter, eine Bohrmaschine in der Hand. »Hast du gesagt …« Er blieb stehen, und ein breites Lächeln machte sich auf seinem Gesicht breit. »Hey, wie geht es Ihnen? Alles klar?« Er stieß Hap an. »Das ist die Frau, die gestern eingebrochen ist.«

Hap nickte. »Ach ja, davon hab ich gehört. Roy ist Ihnen hinterhergeschwommen, was?« Er grinste und musterte mich von oben bis unten. Ich fragte mich, was sie wohl über den Vorfall geredet hatten. Hatte einer von ihnen den Kuss mitbekommen? Himmel, ich hoffte nicht. Ich spürte, wie mein Hals und meine Wangen rot anliefen.

»Ja«, sagte ich, »er hat … äh … geholfen …«

»Wie geht es Ihnen heute?«, erkundigte sich Walter und fuhr sich mit der Hand über den Wuschelkopf. »Das muss Sie ja ziemlich mitgenommen haben.«

»Es geht mir gut, danke«, antwortete ich und ging aus dem Weg, als zwei Männer ein paar Kanthölzer vorbeitrugen. »Ich bin bloß vorbeigekommen, um …«

»Roy ist ein richtig guter Schwimmer«, unterbrach mich Hap mit einem Augenzwinkern. »Sie hatten noch mal Glück, beim Ertrinken und allem.« Er zog sich die Jeans hoch und schob das Hemd wieder hinten in die Hose, wo es herausgerutscht war.

»Na ja, ich war ja nicht wirklich am Ertrinken«, meinte ich und straffte meine Schultern. »Ich bin eigentlich eine sehr gute Schwimmerin. Ich war im Schwimmteam in der Schule, und wir …«

»Hey, Walter«, erklang eine tiefe Stimme aus dem oberen Stockwerk, »ich bräuchte hier mal deine Hilfe.«

Walter machte eine Kopfbewegung in Richtung Treppe. »Tut mir leid. Wir haben morgen eine Inspektion. Geht gerade alles ein bisschen drunter und drüber.«

»Oh, klar«, sagte ich. »Ich will Sie auch gar nicht aufhalten. Ich wollte Ihnen bloß Ihre Jacke wiederbringen.« Ich reichte ihm die Plastiktüte. »Danke, dass Sie sie mir geliehen haben.«

Er starrte die Plastiktüte an. »Meine was?«

»Ich hätte sie noch reinigen lassen, aber ich reise schon heute wieder ab und wollte sichergehen, dass Sie sie zurückbekommen.«

Er nahm die Tüte entgegen und sah hinein. »Oh, okay«, meinte er dann. »Das ist nicht meine Jacke, sondern Roys. Aber ich kümmere mich darum, dass er sie bekommt. Er arbeitet gerade woanders.«

Roys? Das war Roys Jacke? Die Jacke mit dem kuscheligen Futter? Die, die so flauschig warm war?

»Ja, gut«, sagte ich. »Ich will bloß, dass ihr Besitzer sie zurückbekommt, also wenn Sie sie … äh … Roy zurückgeben könnten …« Ich drehte mich um und ging, bevor ich den Gedanken abschließen konnte, und fühlte mich plötzlich ein wenig seltsam.

Im Wagen gab ich die Adresse des *Victory Inn* ins Navi ein. Nachdem ich ein paar Mal abgebogen war, sah ich ein rotes Schindelhaus mit einem Schild, auf dem *Grover's Deli* stand. *Das muss die Meerluft sein*, dachte ich, als ich merkte, dass ich schon wieder hungrig war, und auf den Parkplatz fuhr.

Eine Menschentraube stand im hinteren Bereich des Ladens vor der Theke und wartete darauf, Mittagessen zu ordern. Ich nahm eine der Speisekarten und sah mir die Auswahl an. Es gab verschiedene verlockende Salate, wildes Blattgemüse mit Ziegenkäse, Pecannüssen, Rosinen und Apfelstücken. Auch der Thunfischsalat sah lecker aus – Langflossenthun, Selleriewürfel, Zwiebeln, Kapern und Mayonnaise an gemischten Blattsalaten.

Weiter unten auf der Karte entdeckte ich Sandwiches. Roastbeef und Brie mit Tomatenscheiben auf getoastetem französischen Baguette. Das klang hervorragend, doch auf den Brie würde ich verzichten müssen – zu viel Cholesterin. Aber ohne Brie war es doch nichts weiter als ein gewöhnliches Roastbeef-Sandwich, oder? Das Chickensalad-Sandwich sah auch lecker aus, mit jungem Blattspinat, Tomaten, Sprossen, Trauben und Gorgonzola, aber da war schon wieder das Käseproblem. Dann entdeckte ich etwas, das wirklich meine Aufmerksamkeit erregte – das Thanksgiving Spezial. Pikant gefüllte Truthahnbrust mit frischer Preiselbeersoße auf Vollkornbrot. Perfekt.

Hinter der Theke waren ein Junge im Teenageralter und eine schwangere Frau damit beschäftigt, die Salate und Sandwiches zuzubereiten, sie gaben Suppe aus, packten Kekse ein und gaben Bestellungen in weiße Pappschachteln. Während ich wartete, bis ich dran war, studierte ich das Nachspeisenregal. Zitronenkuchen, Karottenkuchen, Double Chunk Brownies, Haselnussrollen, Schokocroissants, Brotpudding, Blaubeerkuchen, Erdbeer-Rhabarber-Pie.

Erdbeer-Rhabarber. Das war der Lieblingskuchen meiner Großmutter gewesen, und sie machte ihn besser als irgendwer sonst. Die Erinnerung an ihre Küche in San Francisco streifte mich wie ein leichtes Schultertippen. Ich war neun, als sie mir beibrachte, wie man diesen Kuchen machte. Ich weiß noch, wie sie Musik von Rosemary Clooney aufgelegt und mir jeden einzelnen Schritt demonstriert hatte, während ich es ihr nachtat.

Wir verkneteten das Mehl, die Butter, eine Prise Salz und Eier zu einem Teig, rollten ihn dann zu Kugeln und gaben ihn zum Kaltstellen in den Kühlschrank. Als er bereit war, rollten wir den Boden rund aus. Ich machte meinen immer zu dünn, und Gran musste mir helfen, die Risse auszubessern. »Du musst schnell sein«, sagte sie immer und zeigte mir, wie man kleine Teigstücke vorsichtig in die Löcher klopfte. Ihre Finger bewegten sich wie die eines Zauberers. »Sonst lässt die Wärme deiner Fingerspitzen die Butter im Teig zerlaufen, und dann klebt er bloß an deinen Fingern fest.«

Wir vermischten den Rhabarber und die Erdbeeren mit Zucker und Zitronenschale, ein wenig Zimt, etwas Vanille, ein bisschen Tapioka und Mehl und schließlich noch mit ein paar anderen Dingen, an die ich mich nicht mehr erinnere, und gaben die Füllung auf den Boden. Dann bedeckten wir das Ganze noch mit einer Schicht Teig, den wir rundherum am Rand mit dem Boden zusammendrückten und mit der Gabel anpieksten, damit der Dampf durch die winzigen Löcher entweichen konnte.

Während die Kuchen im Ofen backten, tanzten Gran und ich durch die Küche zu Musik von Sinatra oder Shirley Horn und ich spähte eine Million Mal in den Ofen. Und nach dem Abendessen, wenn wir den Kuchen schließlich probierten, dann fühlte ich mich wie im Himmel. Ein kleines Stück Pie, ein wenig süß, der Teig außen leicht und buttrig. Die Karteikarte, mittlerweile alt und vergilbt, auf die Gran mir mit blauer Tinte das Rezept aufgeschrieben hatte, besaß ich noch immer.

»Was wünschen Sie, Miss?«

Ich blickte auf und sah einen Mann mit einer Schürze, einem Notizblock und gezücktem Stift, bereit, meine Bestellung aufzunehmen.

»Ich hätte gerne das Thanksgiving Spezial, bitte«, sagte ich zu ihm. Dann ging ich zum Kühlschrank und hielt nach einem Perrier Ausschau, entschied mich dann aber doch für ein stilles Wasser. Als meine Bestellung fertig war, wollte mir der Schürzenmann die Schachtel reichen. Dann lächelte er, und kleine Fältchen bildeten sich in seinen Augenwinkeln, die mich an ein trockenes Bachbett erinnerten.

Er schnippte mit den Fingern. »*Wusst* ich's doch, dass ich Sie schon mal irgendwo gesehen habe. Sie sind doch die Frau, die ins Meer gefallen ist, oder? Die Schwimmerin!«

Der Junge hinter der Theke sagte etwas zu der schwangeren Frau, und diese meinte: »Ja, vor Marlin Beach!«

Dann hörte ich jemanden hinter mir flüstern: »Ein Mann hat sie gerettet, sie wäre beinahe ertrunken.« Und dann ertönte leises Gemurmel von den Leuten, die hinter mir in der Schlange standen.

Oh Gott, dachte ich, *das ist ein Albtraum*. Ich wollte bloß noch mein Mittagessen und dann raus hier. Ich spürte alle Blicke auf mir, als ich meine Schachtel entgegennahm.

Der Schürzenmann beugte sich über die Theke zu mir. »Lassen Sie mal stecken«, sagte er und winkte ab. »Sie haben es sich verdient, das geht aufs Haus.«

Ich schüttelte den Kopf. »Nein, nein«, wehrte ich ab. »Das ist sehr nett von Ihnen, aber ich bestehe darauf. Ich möchte zahlen. Wirklich.«

Als ich zur Kasse am Eingang flitzte, dröhnte die Stimme des Schürzenmanns durch den ganzen Laden: »Phil, das Thanksgiving Special wird nicht berechnet. Das ist *die Schwimmerin*!«

Weil er angewiesen worden war, mir nichts zu berechnen, winkte mich Phil, der Kassierer, durch und weigerte sich, mein Geld zu nehmen. »Wir sind einfach froh, dass Sie noch leben, Lady«, sagte er, und sein rundes Gesicht wirkte völlig ernst, als er seinen Mund entschlossen zusammenpresste. »Nahtoderfahrung und so.«

Das Ganze war mir so peinlich, dass ich nicht wusste, was ich tun sollte. Ich nahm einen Zehndollarschein und knallte ihn auf die Ladentheke. Er zuckte mit den Schultern, legte das Geld in die Kasse und winkte den nächsten Kunden heran. Dann zwinkerte er mir zu. »Ihr Foto ist aber nicht gut getroffen.«

Foto?

Die Frage hatte sich kaum in meinem Kopf gebildet, da sah ich auch schon die Antwort. Am anderen Ende der Kasse, auf zwei Kisten, lagen riesige Stapel der *Beacon Post*. Auf der Titelseite, über das komplette rechte Viertel der Zeitung, prangte in Farbe das Foto eines Mannes und einer Frau in brusttiefem Wasser. Über dem Gesicht des Mannes lag ein Schatten, aber das Gesicht der Frau war deutlich erkennbar. Ihre Kleider klebten auf ihrer Haut, die Haare zerzaust und sandig. Ihre Körper schmiegten sich aneinander, und sie waren dabei, sich leidenschaftlich zu küssen.

4

Mehr als tausend Worte

Ich stand an der Kasse, hielt den Atem an und starrte auf das Foto, wohl in der Hoffnung, dass sich die Frau, wenn ich sie nur lange genug fixierte, in jemand anderen verwandeln würde. Mein Blick wanderte zu den großen schwarzen Buchstaben über dem Foto: FRAU BEI MARLIN BEACH VOR ERTRINKEN GERETTET. Meine Knie gaben nach, als ich auch noch die Bildunterschrift las: »Wieder wohlbehalten an Land, nachdem das Opfer von einem Brandungsrückstrom aufs Meer hinausgezogen worden war.«

Um mich herum entstand Gedränge. »Das ist die Frau, die beinahe ertrunken wäre«, raunte ein Mann. Und dann krähte ein Kind: »Mami, warum kann die nicht schwimmen?«

Ich drehte mich zu dem Kind um. »Ich *kann* schwimmen«, sagte ich bestimmt und verschränkte trotzig die Arme.

Das war's, dachte ich. Ich musste diesen Irrsinn beenden. Was, wenn Hayden jemals dieses Foto zu Gesicht bekam? Wie könnte ich ihm das begreiflich machen, wenn ich es nicht mal mir selbst erklären konnte? Und was, wenn die

Medien davon Wind bekamen? Ich meine, *richtige* Medien, aus New York, wo man mich erkennen würde. Vielleicht war die Chance gering, aber trotzdem fing das Herz in meiner Brust an zu rasen, wenn ich nur daran dachte, was mit mir – mit Hayden passieren würde. Das konnte ich nicht riskieren.

Die erste Maßnahme, die ich ergreifen musste, war, alle Ausgaben der Zeitung aus diesem Laden verschwinden zu lassen. Ich beugte mich über die Ladentheke zu Phil. »Entschuldigen Sie«, flüsterte ich. »Was würde es kosten, wenn ich die alle kaufen würde?« Mit zittriger Hand zeigte ich auf die Zeitungen.

Phil sah mich blinzelnd an. »Sie wollen *alle* kaufen?«

»Ja«, sagte ich. »Alle.«

Sein Mund zuckte eine Sekunde lang, dann lächelte er. »Ach, verstehe. Als Souvenir.«

Jemand hinter mir flüsterte: »Sie wird sie mit Autogrammen verkaufen.«

»Bitte«, flehte ich und versuchte, ruhig ein- und auszuatmen, so wie Hayden es mir immer riet, wenn ich nervös war oder dabei war, die Nerven zu verlieren. »Ich werde *keine* Autogramme draufgeben und ich werde sie auch *nicht* verkaufen.« *Einatmen … Ausatmen …* »Ich will sie bloß *kaufen*. Bitte, was kostet das?« Ich zückte mein Portemonnaie.

Phil kratzte sich am Kinn. »Tja, da müsste ich sie erst mal zählen. Wir bekommen jeden Tag fünfhundert Exemplare und jedes kostet fünfzig Cent …«

»Okay«, sagte ich hastig, »Fünfhundert mal fünfzig ist …«

»Ja, aber wir haben schon einen Haufen verkauft«, meinte

Phil kopfschüttelnd. »Also, lassen Sie mich sehen …« Er kniff die Augen zusammen und blickte Richtung Decke.

Ich holte vier frische Fünfzigdollarnoten heraus. Zwei Zwanziger und einen Zehner.

»Nehmen Sie einfach das hier«, krächzte ich und schob ihm das Geld hin. »Ich zahle für die kompletten fünfhundert.«

Phil beäugte das Geld, als sei es Fremdwährung. »Wow …« Dann kratzte er sich am Kopf. »Aber das ist zu viel.«

»Nein, bitte, nehmen Sie's«, erwiderte ich und schob die Scheine noch weiter zu ihm hin. »Ich bestehe darauf.«

Ich musste dreimal gehen, um alle Zeitungen in meinen Wagen zu schaffen. Also hastete ich hin und her und versuchte, den irritierten Blicken der anderen Kunden auszuweichen.

Ein Exemplar schleuderte ich auf den Beifahrersitz, der Rest landete im Kofferraum. Dann stieg ich ein, knallte den Rückwärtsgang rein und schoss auf die Straße hinaus. Ich war zehn Minuten unterwegs, ohne überhaupt zu wissen, wohin ich fuhr, bis ich an eine umzäunte Weide kam, auf der drei Pferde grasten. Ich fuhr von der Straße auf den Seitenstreifen.

Ich nahm die Zeitung vom Beifahrersitz und betrachtete das Foto lange. Für einen Augenblick konnte ich seine Umarmung wieder spüren, seine Lippen auf meinen. Ich schmeckte das Salzwasser. Und es war total …

Nichts. Es war gar nichts. Ich war eine glücklich verlobte Frau, die in drei Monaten heiraten würde und sich darauf freute. Ich saß da und stellte mir vor, wie ich den

Mittelgang der Kirche hinabschritt, Onkel Whit anstelle meines verstorbenen Vaters an meiner Seite, ich bei ihm untergehakt. Und Hayden würde mir zusehen, wie ich den Gang entlanggeschritten kam, mich erwarten, groß und gut aussehend, wie er war, sein Gesicht gebräunt vom Golf oder vom Tennis oder der Familienjacht, seine Haare sonnengebleicht. Und dann würde er mir dieses leise Nicken und das kleine Zwinkern schenken, das ich so sehr an ihm liebte.

Ich faltete die Zeitung auseinander.

Gestern Nachmittag brach eine Frau durch den Pier am Marlin Beach ein und wurde dabei vermutlich von einem Brandungsrückstrom erfasst. In einer mutigen Rettungsaktion sprang ihr ein Mann hinterher und brachte sie zurück ans Ufer. Das dankbare Opfer gab ihrem Retter einen Kuss. Weder das Opfer noch der Retter konnten bislang identifiziert werden. Der Zwischenfall ereignete sich, laut Dan Snuggler, dem Besitzer der Zoohandlung Snuggler in der Cottage Street, gegen vier Uhr nachmittags. Snuggler ging gerade mit seinem Pudel, Milarky, spazieren, als das Unglück geschah, und machte dieses Foto. »Es war eine ziemlich mutige Rettungsaktion«, so Snuggler. »Es sah so aus, als könne sie nicht schwimmen.« Snuggler hob außerdem hervor, dass sich der Bootssteg auf Privatgelände befinde, und fügte hinzu: »Vielleicht hätte sie besser das BETRETEN-VERBOTEN-*Schild beachten sollen.«*

Weitere Fotos finden Sie auf Seite 7.

Weitere Fotos? Meine Hand zitterte so sehr, dass die Seiten knisterten, als ich sie umblätterte – vier, fünf, sechs. *Gott sei Dank*, dachte ich, als ich auf Seite sieben angelangt war. Denn da waren keine weiteren Fotos von mir und Roy. Bloß Bilder von Dan Snugglers Pudel, der am Strand herumtollte, woraus sich für mich die Frage ergab, was man in dieser Stadt unter Journalismus verstand. Und was sollte überhaupt die Sache von wegen »mutige Rettungsaktion«? Und von wegen »Held«? Und dann auch noch das mit dem BETRETEN-VERBOTEN-Schild!

Ich schleuderte die Zeitung auf den Rücksitz, als mich die Erkenntnis traf, dass ich weitere Schadensbegrenzung leisten musste. Ich nahm die Tüte von *Grover's Deli* und holte mein Sandwich heraus. Ja, Schadensbegrenzung war hier auf jeden Fall angebracht, dachte ich mir, als ich hineinbiss. Truthahn und Füllung waren noch warm. Ich nahm noch einen Happen. Die Preiselbeeren waren kühl und erfrischend, und das Brot schmeckte wie selbst gebacken. Ich öffnete die Flasche Wasser und nahm einen Schluck.

Ich sah den Pferden zu, wie sie grasten und mit ihren Schweifen nach Fliegen schlugen. Auf keinen Fall konnte ich zulassen, dass dieses Foto weiter kursierte, selbst wenn mein Name nicht erwähnt und es bloß in der *Beacon Post* erschienen war. Es gab nur eine Lösung. Ich würde in jeden Laden der Stadt gehen, der die *Post* verkaufte, und alle Exemplare aufkaufen. Ich würde sie aus dem Verkehr ziehen und heute Abend irgendeine riesige Mülltonne finden, in der ich sie entsorgen würde.

Also fuhr ich durch die Stadt und legte sechs Stopps ein, die mit dem *Three Penny Diner* endeten. Der Duft der frisch gebackenen Cider-Donuts war einfach überwältigend. Ich legte zwei Zwanziger auf die Theke, schnappte mir ihre Zeitungen und ließ sie in meinem Kofferraum verschwinden. Ich fühlte eine Woge der Erleichterung, als ich den Deckel zuwarf. Der Fall mit der Schwimmerin war nun offiziell erledigt.

Mittlerweile war es fast zwei Uhr nachmittags. Ich gab wieder Chet Cummings Adresse in mein Navi ein und fuhr los. Als ich in der Dorset Lane ankam, stand der grüne Audi noch immer an Ort und Stelle. Ich klopfte mehrmals an die Tür und spähte noch einmal durchs Küchenfenster, doch das Haus schien leer zu sein.

Ich setzte mich ins Auto und fragte mich, was zu tun war. Ich könnte natürlich zurück ins *Victory Inn* fahren, mir meine Aktenmappe schnappen und etwas Arbeit erledigen. Das war eine Option. Aber es war so ein klarer Tag, und der Himmel war so unglaublich blau …

Ich lehnte mich auf meinem Sitz zurück, ließ die Meeresbrise durchs Fenster hereinwehen und sah mich in der Nachbarschaft um. Die meisten Häuser waren sehr alt – aus dem frühen 19. Jahrhundert schätzte ich. Jedes war von dunkelgrünem Rasen umgeben, mit Gärten voller gelber und purpurner Sonnenhüte, Lupinen, Margeriten, Heidekraut und Silber-Perowskien. Ich konnte mir Gran als junges Mädchen vorstellen, wie sie einen dieser Gärten hegte, genauso wie ich es sie so oft als erwachsene Frau habe tun sehen – ein Tuch in der Hand und einen gelben Schlapphut auf dem Kopf. Summend zupfte sie Unkraut oder schnitt verblühte Pflanzen zurück und verteilte hier und da noch etwas mehr Mulch.

Der Gedanke, dass ich sie nie wieder in ihrem Garten sehen würde, machte mich so traurig, dass ich die Augen zusammenkneifen musste, um die Tränen zurückzuhalten. Ich wollte mich einfach mit ihr verbunden fühlen. Vielleicht hatte ich gehofft, diese Verbindung durch Chet Cummings hier in Beacon zu finden. Aber vielleicht würde das so nicht passieren. Vielleicht war ich den ganzen weiten Weg umsonst gekommen.

Ich ließ meinen Blick noch einmal über die Häuser in der Straße schweifen und fragte mich, in welchem Haus meine Großmutter wohl aufgewachsen war. Was, wenn sie in *dieser* Straße gelebt hatte? Was, wenn ich gerade ihr Haus anstarrte? Und da wurde mir klar, dass es vielleicht *doch* noch etwas gab, das ich tun konnte. Ich könnte Omas Haus finden. Das war etwas, das ich leicht schaffen könnte. Immobilien waren schließlich meine Spezialität. Ich stellte mir vor, wie ich eine idyllische Straße entlangfuhr, auf der Suche nach Omas Häuschen, in dem Wissen, dass eines davon ihres gewesen sein musste. Langsam fing ich an, mich sehr viel besser zu fühlen.

Ich holte mein Handy heraus und recherchierte im Internet die Nummer der Gemeindeverwaltung von Beacon. Dort würde man wissen, wo ich die Dokumente über die örtlichen Liegenschaften finden konnte. Die Frau am Telefon teilte mir mit, dass sich die Unterlagen direkt bei ihr vor Ort befänden. Endlich klappte mal etwas auf Anhieb.

Die Gemeindeverwaltung in der Magnolia Avenue befand sich in einem roten Backsteinflachbau. Vier Fenster mit Holzläden zierten die Fassade und eine weiße Kuppel über der Flügeltür den Eingang. Es sah aus wie ein Gebäude aus den 60er-Jahren – nicht zu modern, aber auch nicht besonders alt.

Als ich es betrat, wehte mir ein Hauch Ammoniak entgegen. Einem Verzeichnis an der Wand entnahm ich die Zimmernummer des Grundbuchamts. Als ich an der Tür 117 ankam, wurde der Ammoniakmief von Pastaduft abgelöst. Eine Frau mit kurzen grauen Haaren und dem faltigen Gesicht eines Mopses saß hinter einem der Schreibtische und aß Penne alla Marinara von einem Plastikteller.

Um sie herum stapelten sich Unterlagen und Notizblöcke, haufenweise Aktenordner, aus denen Papiere hervorquollen, Stifte, Textmarker und bunte Büroklammern. Auf ihrem Namensschild stand: ARLEN FLETCH.

Sie legte ihre Plastikgabel nieder, blickte mich an und wartete darauf, dass ich etwas sagte.

»Mein Name ist Ellen Branford«, sagte ich und streckte ihr die Hand entgegen. »Aus New York«, fügte ich noch hinzu. Ich schenkte ihr ein strahlendes Lächeln.

Arlen betrachtete kurz meine Hand und schüttelte sie dann.

»Meine Großmutter hat in Beacon gelebt, als sie jung war.«

Arlen nickte und stocherte in ihrer Pasta herum. Eine kleine Dampfwolke stieg auf. Ich bemerkte eine gelbe Mikrowelle in einem Schrank im hinteren Bereich des Büros.

»Und sie ist vor Kurzem gestorben …« Ich wartete, ob es darauf eine Reaktion gäbe, aber Arlen sah mich bloß wieder an. Irgendwo den Flur hinunter war das Schlagen einer Tür zu hören, gefolgt von Lachen.

»Ich bin hier, um ein paar Dinge für sie zu erledigen«, fuhr ich fort, »und wo ich schon mal hier bin, würde ich gerne das Haus finden, in dem sie aufgewachsen ist.«

Arlen schob eine Gabelzinke durch die Öffnung in einer der Penne. Dann steckte sie sie sich in den Mund. »Ich nehme also an, dass Sie die Adresse nicht kennen.«

»So ist es«, antwortete ich, erleichtert über die Tatsache, dass sie sprechen konnte. »Die müsste ich erst herausfinden.«

Sie blickte hinunter auf ihren Plastikteller und betrachtet ihn mehrere Sekunden lang. Ich rechnete bereits damit, dass sie mir sagen würde, ich solle in zwanzig Minuten wiederkommen, damit sie zu Ende essen könnte. Stattdessen lächelte sie für den Bruchteil einer Sekunde und sagte: »Tja, da sind Sie hier richtig.«

Sie führte mich in den angrenzenden fensterlosen Raum, in dem es trocken und muffig roch. Abgesehen von einem Tisch mit zwei Computermonitoren erstreckten sich in dem Zimmer vom Boden bis zur Decke metallene Bücherregale. Ich wusste, dass die Computerdatenbank und die Bücher eine Kopie aller Grundbucheinträge enthielten.

Hier sammelte man die Hinterlegungen von Grundeigentumsurkunden, Hypothekenbriefen, Steuerpfandbriefen und Zwangsvollstreckungsbescheiden. Dazu kamen Konkursanzeigen, Auflagen, Beschränkungen und Nutzungsrechtserklärungen. Und irgendwo würde sich auch ein Grundbucheintrag für eine Immobilie mit dem Namen meiner Urgroßeltern befinden.

»Okay, also lassen Sie mich Ihnen zeigen, wie das hier funktioniert«, sagte Arlen. Sie griff nach einem Bleistift und schwenkte ihn herum wie einen Taktstock. »Erst kommt jemand mit einem Dokument hierher. Es könnte eine Grundeigentumsurkunde sein. Das kommt recht häufig vor. Oder es könnte auch ein Hypothekenpfandbrief sein oder ein …«

»Entschuldigen Sie …«, unterbrach ich sie mit erhobenen Händen, um sie davon abzuhalten, weiterhin ihre und meine Zeit zu vergeuden, und ihr zu erklären, dass ich als junge Immobilienanwältin schon Hunderte von Stunden in solchen Archiven recherchiert hatte. Aber sie machte ein so ernstes, strenges Gesicht, dass ich mich entschloss, besser den Mund zu halten.

»Verzeihung«, murmelte ich. »Ich dachte, ich hätte eine Frage, aber es hat sich erledigt.«

Sie nickte. »Also, dann sagen wir mal, es handelt sich um eine Grundeigentumsurkunde. Cecil oder ich – er sitzt dort drüben«, sie zeigte auf einen leeren Tisch, »wir jagen ihn durch dieses Ding.« Sie machte eine Kopfbewegung zu einer alten Zeitstempelmaschine.

»Damit wird die Urkunde mit dem Ort und dem Tag versehen, sodass kein Zweifel besteht, wann sie eingegangen ist.« Sie zeigte mit dem Bleistift auf mich. »Das kann sehr wichtig sein, wenn Leute darüber streiten, wem was gehört, wissen Sie.«

Das war das kleine Einmaleins des Immobilienhandels, aber ich biss mir auf die Zunge und ließ sie weiterreden.

»Dann machen wir eine Kopie davon und scannen es mit diesem Ding da ein«, sie zeigte auf einen Scanner, »und Alice, die dreimal pro Woche hier ist, speichert alles fein säuberlich in der Computerdatenbank ab, damit die Leute

Verkäufer, Käufer, Adresse oder was auch immer nachschlagen können.

Ich stand weiter geduldig da, während Arlen mir erklärte, wie man die Jahresverzeichnisse der Kreditgeber und -nehmer nach dem Namen meiner Urgroßeltern durchsah, und dass es, wenn ich den Namen finden sollte, darin einen Vermerk gäbe, in welchem der Bücher sich eine Kopie des Dokumentes finden ließe.

Während Arlen redete, fragte ich mich, ob ich den Namen meines Großvaters in diesem riesigen Berg von Büchern finden würde, der die Geschichte des Grundbesitzes von Beacon umfasste. Und wenn es mir gelänge, wo würde sich das Haus befinden und wie würde es aussehen? Wäre es aus Klinker oder aus Stein? Vielleicht wäre es ein Schindelhaus mit Fensterläden. Vielleicht hätte es auch so eine hübsche Veranda wie die von Chet. Andererseits könnte es mittlerweile aber auch einen hässlichen neuen Anbau haben oder, schlimmer noch, völlig heruntergekommen oder verfallen sein. Ich fing an, mir Sorgen zu machen. Was, wenn darin eine Kommune hauste? Oder es von einer Gruppe Drogendealer bewohnt wäre? Gab es in Beacon überhaupt Drogendealer? Fragen über Fragen.

Ich blickte auf und sah, dass Arlen mich anstarrte. Sie schien auf etwas zu warten.

»Wie bitte?«, fragte ich.

Sie wedelte mit ihrem Bleistift vor mir herum. »Hatten Sie schon mal mit der Steuerbehörde zu tun?«

Ich schüttelte den Kopf. »Nein.« Einige meiner Klienten zwar schon, aber darauf wollte ich nicht näher eingehen.

Arlens graue Augen schienen bei diesem Thema aufzuleuchten. »Sie wüssten es sicher, wenn Sie schon mal mit denen zu tun gehabt hätten«, meinte sie warnend. »Diese Leute von der Steuerbehörde – das sind Ungeheuer.«

»Ach so?«, räusperte ich mich. Als ich noch Jura studierte, war ich mit einem Kerl zusammen, der jetzt im Büro des Leiters der Steuerbehörde arbeitete. Ich hatte nie ein Ungeheuer in ihm gesehen, auch wenn ich später herausgefunden hatte, dass er, während wir zusammen waren, noch mit einer anderen etwas hatte. Vielleicht hatte Arlen ja gar nicht so unrecht.

Sie steckte den Bleistift in ihre Hosentasche. »Sie sollten hiermit anfangen.« Sie zeigte auf einen Bereich mit alt aussehenden Büchern mit Ledereinbänden. Es waren dicke Wälzer, deren Einbände abgewetzt waren und bereits abblätterten und dessen vergilbte Seiten aus sorgfältig verfassten Urkunden und anderen Dokumenten bestanden. Diese Bücher mussten die ältesten Aufzeichnungen enthalten.

»Dann können Sie sich bis da drüben vorarbeiten.« Sie ließ ihre Hand zur anderen Seite des Raums wandern, wo sie auf Regale voller Bücher mit Kunststoffeinbänden zeigte, ein moderneres Ablagesystem für Kopien, die bereits mit Schreibmaschine verfasst worden waren und später auch mit dem Computer. Schließlich deutete sie auf den Tisch mit den beiden flachen schwarzen Monitoren. »Alle Unterlagen der letzten fünfeinhalb Jahre befinden sich vollständig in unserer Datenbank, auf die Sie damit Zugriff haben«, erläuterte sie.

Ich nickte. »Danke. Ich denke, dann leg ich mal los.«

Ich setzte mich auf einen Metallstuhl und suchte nach

»Goddard«, dem Nachnamen meines Urgroßvaters. Ich beugte mich über die Jahresverzeichnisse über einen Zeitraum von zwanzig Jahren vom späten neunzehnten bis zum frühen zwanzigsten Jahrhundert. Obwohl jeder Katalog einen Abschnitt für jeden Buchstaben hatte, waren die Namen in jedem Abschnitt selbst nicht alphabetisch geordnet. Da stand Grant vor Gibson und Gates nach Goats. So war das eben in den alten Büchern. Die Leute kamen mit ihren Dokumenten, und die Schreiber sortierten sie in ihren Abschnitt, in der Reihenfolge, in der sie eingereicht wurden. Noch dazu waren die alten Einträge alle handgeschrieben, was die Durchsicht zusätzlich erschwerte. Nach zwei Stunden hatte ich noch immer nichts gefunden, meine Kehle war trocken, und in dem muffigen Raum bekam ich langsam Kopfschmerzen.

Arlen sortierte gerade einen Stapel Papiere, als ich an ihren Tisch trat.

»Haben Sie eine Frage?«, erkundigte sie sich.

Ich schüttelte den Kopf und seufzte entmutigt. Omas Haus zu finden wäre wundervoll gewesen. Es wäre so aufregend gewesen, persönlich davor zu stehen, an derselben Stelle, wo sie womöglich Jahrzehnte zuvor gestanden hatte. Ich war enttäuscht. Das konnte ich nicht leugnen.

»Nein, keine Frage«, erwiderte ich. »Ich denke, ich gebe auf. Danke noch mal für Ihre Hilfe.«

Ich drehte mich zum Gehen um und entdeckte dabei einen Satz gerahmter Postkarten, die neben der Tür hingen. Ich trat näher, um sie genauer zu betrachten. Es waren vergilbte Straßenszenen aus dem Stadtzentrum von Beacon. Sie zeigten Läden und Menschen, die den Gehsteig entlangliefen, und Automobile mit runden Kotflügeln und riesigen Lenkrädern. Eines der Fotos zeigte ein schlichtes weißes Gebäude, das früher anscheinend einmal das Rathaus gewesen war. Und auf einem anderen war ein Klinkerhaus umgeben von einer Rasenfläche zu sehen. Eine Eiche mit knorrigem Stamm stand davor wie ein runzeliger Wachposten. Unter der Postkarte stand: LITTLETON GRAMMAR SCHOOL, BEACON, MAINE.

Ich wandte mich noch einmal an Arlen. »Jetzt habe ich doch noch eine Frage«, sagte ich zu ihr und zeigte auf die Postkarte. »Wissen Sie, ob es diese Schule auch in den vierziger Jahren gab?« Wenn ja, dann war meine Großmutter dort sicher Schülerin gewesen.

Arlen kam herüber, setzte eine silberne Lesebrille auf und betrachtete die Postkarte so eingehend, als hätte sie sie noch nie zuvor gesehen. »Das ist die Littleton Volksschule«, meinte sie.

»Ja«, sagte ich. »Haben Sie eine Ahnung, wann die erbaut wurde?«

»Ich glaube, das muss in den Zwanzigerjahren gewesen sein.« Sie blinzelte und trat noch näher an die Postkarte heran. »Aber das kann ich Ihnen genau sagen, wenn Sie einen Augenblick Geduld haben.« Arlen ging zu einem Aktenschrank und durchsuchte ihn. Schließlich zog sie etwas aus einer Schublade heraus.

»Da ist es ja.« Sie wedelte mit einem Faltblatt vor mir herum. »Eine der Schulen hatte letztes Jahr ein Projekt über die Geschichte der historischen Gebäude in Beacon gemacht. Hier steht auch etwas über die Littleton Schule drin.«

Sie reichte mir die Broschüre. Auf der gelben Vorderseite war die Kinderzeichnung eines großen grünen Giebelhauses zu sehen. Innen waren Fotos von einem Dutzend historischer Gebäude mit Begleittexten versammelt. Ich blätterte darin herum und entdeckte eine Kopie der Postkarte. *Erbaut zwischen 1923 und 1924, wurde die Schule im Herbst 1924 eröffnet,* lautete es in der Beschreibung. Ja, meine Großmutter musste dort zur Schule gegangen sein.

»Die können Sie gern mitnehmen«, meinte Arlen und machte den Aktenschrank wieder zu. »Wir haben noch jede Menge davon.«

»Ich hätte da noch eine Frage«, sagte ich, »und ich wäre Ihnen für Ihre Auskunft wirklich dankbar.« Ich hielt die Broschüre umklammert. »Gibt es die Schule noch?«

Sie starrte mich mit weit aufgerissenen Augen an. »Ja, natürlich gibt es die noch. In der Nehoc Lane.«

Damit drehte sie sich um, ging zurück an ihren Tisch und nahm das Telefon zur Hand. Als ich an ihr vorbeiging, fiel mir ein winziger orangefarbener Fleck an ihrem Ärmel auf, und ich fragte mich, ob es Tomatensoße war.

Die kühle Spätnachmittagssonne und die frische Luft draußen waren mir eine willkommene Abwechslung nach dem stickigen Archiv. Ich gab Nehoc Lane in mein Navi ein. Sie war gut fünf Kilometer entfernt. Vielleicht hatte ich nicht das Haus meiner Großmutter gefunden, aber dafür ihre Schule. Langsam bekam ich ein besseres Gefühl, was Beacon betraf. Langsam bekam die Stadt so was wie einen Reiz.

Die Nehoc Lane war eine Wohnstraße mit vorwiegend weißen Häusern, die alle ein wenig von der Straße zurückversetzt lagen und so breiten Vorgärten voller Fliederbäumen und Hortensien Platz machten.

Die Schule sah noch fast genauso aus wie auf der Postkarte, aber es hatte auch einige bedeutende Veränderungen gegeben. Zum Beispiel gab es jetzt eine kreisrunde Zufahrt und einen kleinen Parkplatz vor dem Haus.

Ich bog ein und parkte. Dann ging ich langsam einmal um das Gebäude herum. Ich betrachtete den Schriftzug LITTLETON GRAMMAR SCHOOL 1924 über der Eingangstür, fuhr mit der Hand über die Backsteine und bemerkte, wie überraschend glatt sie waren. Ich betrachtete die Sprossenfenster und die dicken weißen Farbschichten auf den Leisten. Hinter dem Haus gab es einen Anbau aus hellroten neuen Backsteinen, und auf einer Seite der Schule befand sich ein großer Spielplatz mit Gummipflaster. Eine Gruppe Kinder spielte auf den Schaukeln und den Rutschen, während junge Mütter sich am Picknicktisch sitzend unterhielten.

Ich kehrte auf die Eingangsseite der Schule zurück, zu einer riesigen Eiche, deren Wurzeln sich an die Oberfläche geschoben hatten wie knorrige Finger. Die gigantische Baumkrone breitete ihre Äste über den Rasen aus wie ein grüner Regenschirm. Ich setzte mich darunter, lehnte mich mit dem Rücken an die furchige Rinde und stellte mir vor, wie meine Großmutter früher hier gesessen hatte. Vielleicht war sie damals sechs gewesen und es war ihr erster Schultag; vielleicht auch elf und sie war verknallt in einen Jungen. Ich konnte sie dort im Gras spüren, im Sonnenlicht, das sich durch die Äste schummelte, in dem noch warmen Fleckchen Erde unter mir.

Ich fuhr mit den Fingern eine Wurzel nach und spürte, wie mir die Tränen kamen. Sie liefen mir die Wangen hinunter und fielen auf meine Hose, wo sie dunkle Flecken auf dem Stoff hinterließen. »Du fehlst mir, Oma«, flüsterte ich mit erstickter Stimme. »Du fehlst mir. Und ich bin hierhergekommen, um deinen Wunsch zu erfüllen, aber leider läuft es nicht so, wie es sollte. Zuerst bin ich ins Meer gefallen und wäre beinahe … ich wäre beinahe ertrunken, Oma. Dann habe ich versucht, deinen Brief zu überbringen, aber es ist mir nicht gelungen. Und ich habe versucht, dein Haus zu finden, aber auch das habe ich nicht geschafft. Ich wünschte, ich wüsste, warum all das passiert. Ich wünschte, du könntest es mir sagen.« Ein Windhauch ließ das Laub über mir rascheln, und ich vergrub mein Gesicht in den Händen und schloss die Augen.

5

Ein ruhiger Ort zum Essen

Ich beschloss auf dem Weg zurück ins *Inn*, noch einmal zu Chet Cummings Haus zu fahren. Es war fünf Uhr nachmittags, als ich dort ankam. Der grüne Audi stand nach wie vor in der Auffahrt, aber es war noch immer niemand zu Hause, und ich fing an zu befürchten, dass er vielleicht für eine Weile weggefahren war. Vielleicht besuchte er Freunde, oder es gab einen Notfall in der Familie, und er würde erst in ein paar Tagen zurückkehren. Ich überlegte, ob ich den Brief einfach in seinen Postkasten werfen sollte, aber die Vorstellung war zu enttäuschend. Andererseits konnte ich auch nicht ewig in Beacon bleiben und darauf warten, dass er zurückkehrte. Ich wusste, dass meine Großmutter das verstanden hätte. *Also gut*, dachte ich. *Morgen ist Donnerstag. Ich habe noch immer eine Chance, das hier über die Bühne zu bringen. Ich komme morgen noch mal in aller Herrgottsfrühe hier vorbei, bevor er irgendwohin gehen kann. Wenn er auch dann nicht da ist, dann werfe ich den Brief einfach ein und fahre heim.*

Ich kehrte ins *Inn* zurück, und mir schwebte der Gedanke vor, erst in aller Ruhe zu Abend zu essen und dann noch ein paar Stunden zu arbeiten, bevor ich mich schlafen legte. Doch als ich die Stufen zum Eingang hoch und in die Lobby ging, klang es, als würde dort eine Party stattfinden. Drei Pärchen, allesamt schlank, gebräunt und in ihren Zwanzigern, hingen lachend und schwatzend am Empfang herum.

Die Männer trugen Polohemden und Khakihosen und hatten eine Meinungsverschiedenheit über die Entscheidung eines Linienrichters bei einem Tennisturnier. Die Frauen, alle mit langen, gazellengleichen Beinen, die nur so viel wie unbedingt nötig von ihren Miniröcken bedeckt waren, drängten sich um eine Broschüre. Da eine der Frauen das *Antler*, den Pub, den ich im Stadtzentrum gesehen hatte, erwähnte, fragte ich mich, ob es sich dabei vielleicht um einen Reiseführer handelte.

Ich musste schmunzeln bei der Vorstellung, was der Baedeker wohl über Beacon sagen würde.

Das Three Penny Diner: *Ein Muss für alle, die Resopaltische und Jukeboxen lieben. Auf keinen Fall sollte man sich die Donuts entgehen lassen.*

Das Victory Inn: *Wer eine Vorliebe für Hausdächer hat, sollte nach der Suite mit Meerblick fragen. Handytelefonate vom Badezimmer aus möglich.*

Als ich um die Ecke bog und den Kopf in die Lounge streckte, sah ich, dass dort Erfrischungen aufgebaut waren. Mehrere Flaschen Wein, Käseplatten, Kräcker und Schälchen mit Dips waren auf dem Tisch arrangiert worden, außerdem stapelweise Plastikbecher und Pappteller. Ich schenkte mir ein Glas Pinot Noir ein, von einem Weingut namens *Gallant River Winery* aus dem kalifornischen Napa Valley. Ich hatte noch nie davon gehört, aber Hayden würde es vermutlich kennen. Ich schnappte mir noch eine Handvoll Kräcker und verzog mich auf mein Zimmer.

Der Lärm aus der Lobby verfolgte mich auf meinem Weg die Treppe hinauf, und als ich eine der Frauen sagen hörte »Lasst uns hier zu Abend essen«, beschloss ich, besser auswärts essen zu gehen. Vielleicht hatte Paula eine Empfehlung für mich.

Während ich vor dem Schrank stand und überlegte, was ich anziehen sollte, klingelte mein Handy. Ich nahm meine Handtasche, kramte das Telefon heraus und rannte ins Badezimmer, wo ich den Klodeckel herunterklappte und mich draufsetzte.

»Hey, mein Liebling! Du klingst außer Atem.« Es war Hayden.

»Ich hab mir nur schnell das Handy geschnappt und bin aufs Klo geflitzt.« Ich streckte die Beine aus und stützte mich mit den nackten Füßen auf dem Badewannenrand ab.

»Oh, na ja, du kannst mich auch zurückrufen.«

»Nein, nein. Ich meine, ich muss vom Bad aus telefonieren, weil ich nur da Empfang habe.«

Es folgte ein kurzes Schweigen, dann sagte Hayden »Kein Empfang?«, in einem Ton, als hätte ich ihm gerade gesagt, ich hätte kein heißes Wasser – wenn ich darüber nachdachte, war das auch der Fall.

»Schon okay«, sagte ich, denn ich wollte nicht näher darauf eingehen. Er würde sich bloß Sorgen machen. »Hey, du glaubst nicht, was ich heute entdeckt habe.«

»Erzähl's mir.«

»Die Volksschule meiner Großmutter.«

»Die *was*?«

»Volksschule – ihre Schule eben. Ich bin hingefahren und habe sie mir angesehen. Sie ist immer noch hier in Beacon.«

»Sie muss ziemlich alt sein.«

»Ja, das ist sie. Sie wurde in den 20ern erbaut. Ich wollte eigentlich ihr Elternhaus finden, aber das hat nicht geklappt, stattdessen habe ich ihre Schule gefunden. Das war echt der Wahnsinn, Hayden, ich …«

»Schatz, warte mal eine Sekunde, ja? Mein anderes Telefon klingelt.«

Ich wartete einen Moment und starrte dabei den Druck an der Wand an – ein Leuchtturm, der sein strahlendes Licht übers Meer schickt, als Warnung vor Untiefen für die Seefahrer. Dann ging ich zurück ins Zimmer und nahm die Broschüre mit den Infos über die *Littleton School* zur Hand, damit ich es Hayden vorlesen könnte.

»Also, wann reist du ab?«, fragte er mich, als er wieder ans Telefon kam. »Ich hatte gehofft, du wärst schon auf dem Weg.«

»Das habe ich auch gedacht, aber ich konnte Chet Cummings noch immer nicht antreffen. Er ist nicht zu Hause.«

»Vielleicht ist er verreist, Ellen. Ich weiß, ich habe gesagt, dass ich es gut finde, dass du nach Beacon gefahren bist, aber du kannst ja nicht ewig dableiben und drauf hoffen, dass er auftaucht.«

»Ich bleibe nicht ewig hier. Ich wäre ja auch schon lieber auf dem Nachhauseweg.« Ich blickte aus einem der Fenster, hinaus in das weiche bernsteinfarbene Licht, das den Abend einläutete.

Wieder entstand eine Pause. »Versprich mir bloß, dass du morgen nach Hause kommst«, meinte Hayden. »Das Essen ist Freitagabend, und ich will mir keine Sorgen machen müssen, dass du am Freitag nach Hause rast, damit du rechtzeitig hier bist. Ich weiß doch, wie schnell du fährst, wenn du Angst hast, zu spät zu kommen. Das ist gefährlich.«

»Ich verspreche dir, ich werde nicht rasen«, erwiderte ich. »Das muss ich auch nicht, weil ich morgen ganz sicher abreisen werde. Ich schaue in der Frühe bloß noch ein letztes Mal bei Chet Cummings vorbei.«

In den Wasserleitungen in der Wand hinter mir fing es an zu gurgeln und zu scheppern: Das Rohrsystem kam plötzlich in Schwung.

»Was, wenn er dann immer noch nicht da ist?«, fragte Hayden. »Wie lautet dann dein Plan?«

»Dann lasse ich ihm den Brief einfach da«, antwortete ich, während Wasser durch ein Rohr in der Wand rauschte. »Ich komme morgen auf jeden Fall zurück.«

Es knisterte in der Telefonleitung.

»Hayden, ich glaube, du bist gleich weg.«

Es knisterte lauter.

»Ich kann dich nicht hören«, rief ich. »Ich rufe später noch mal an.«

Ich legte auf und sah auf die Uhr. Es war erst halb sechs. Viel zu früh für Abendessen. Ich blickte zum Bett hinüber und konnte spüren, wie mir fast die Augenlider zufielen. Vielleicht, wenn ich mich bloß für einen Moment hinlege…

Ich streckte mich auf der weißen Tagesdecke aus und

schob mir ein Kissen unter den Kopf. Die frischen Bettlaken dufteten nach Puder und Seife und nach sauberer Wäsche an einer Leine im Freien.

Als ich erwachte, war es schon fast dunkel. Unten vor dem Haus waren Stimmen zu hören und das Knallen von Autotüren. Ich rieb mir die Augen und sah auf die Uhr. Halb neun. Mein Magen fühlte sich leer an, ich brauchte dringend etwas zu essen.

Ich schlüpfte in eine graue Gucci-Hose, ein elfenbeinfarbenes Top und eine farblich passende Strickjacke. Nachdem ich kurz mit meinen strassbesetzten Jimmy-Choo-High Heels geliebäugelt hatte, entschied ich mich stattdessen für die flachen Tory-Burch-Sandalen. Ich legte die zweireihige Perlenkette um, die Großmutter mir hinterlassen hatte, und klipste den Verschluss vorne zu – eine silberne Muschel. Dann frischte ich mein Make-up auf und zog das aktuelle *Forbes Magazine* aus meiner Aktenmappe. Es war bestimmt gut, etwas zu lesen dabeizuhaben – alleine essen zu gehen war immer etwas langweilig.

Bevor ich am Treppenabsatz im ersten Stock ankam, konnte ich schon den Krach aus dem Speiseraum hören. Es war die Gruppe, die vorhin eingecheckt hatte, die den meisten Lärm zu machen schien. Ich rechnete damit, Paula anzutreffen, als ich durch die Lobby ging, aber sie war nicht da. Ich fand sie draußen auf der Veranda, wo sie eine Zigarette rauchte und sich mit der Hand durchs Haar fuhr. Unter der Verandabeleuchtung wirkte ihr kupferblondes Haar fast orange.

»Ziemliche Party da drinnen«, sagte ich und nickte in Richtung Tür.

Sie musterte mich von oben bis unten, während sie die Zigarette zwischen Zeige- und Mittelfinger hielt, und stieß dann eine lange Rauchfahne aus, wie die Abgaswolke einer Rakete. »Mhm.«

»Schätze, die haben Spaß.«

Sie nickte und blickte auf ihre Hände, inspizierte ihre Fingernägel, als würde sie gleich zu einer schnellen Maniküre schlendern.

Ich wühlte in meiner Handtasche nach meinem Autoschlüssel und kramte sie schließlich hervor. »Gibt es in der Stadt einen Laden, wo man in Ruhe zu Abend essen kann?«

Paula spitzte nachdenklich die Lippen und wiegte den Kopf hin und her. »Ich würde sagen im *Antler*. Da haben sie gute Steaks. Auch Fisch. Tolle Muschelsuppe.« Sie sprach es *Suppä* aus. »Und richtig guten Hackbraten. Sogar den Großstadtleuten scheint es zu schmecken.«

»Ach ja, *The Antler*«, meinte ich und zog die Strickjacke etwas fester um meine Schultern, als ein Windhauch das Gras zerzauste. »Scheint ein Pub zu sein. Glauben Sie, da ist es heute Abend ruhig?«

Paula zog die Nase kraus und schob die Unterlippe vor. »Mittwochabend?« Sie zuckte mit den Schultern. »Ja, ziemlich ruhig.« Sie drückte ihre Zigarette in einem Glasaschenbecher auf der Verandabrüstung aus. Dann ging sie wieder hinein.

Ich beschloss, bis zur Ortsmitte zu laufen. Die Abendluft war kühl, und ich fühlte mich schuldig, weil ich diese

Woche gar nicht im Fitnessstudio gewesen war. Die Straßenlaternen verliehen Beacon einen heimeligen orangenen Schimmer. Ich begegnete einem Dutzend Spaziergänger. Touristen spähten in die Schaufenster der Läden, und in den Büros machten gerade die letzten Angestellten Feierabend. Eine Handvoll Teenager hatte sich an der Ufermauer versammelt. Einer der Jungs nahm seine Baseballkappe ab und setzte sie einem der Mädchen auf, sie lachten.

Ich ging zum Eingang vom *Antler*, die gelbe Bierleuchtreklame strahlte wie ein einladendes Kaminfeuer im Fenster. Hackbraten. Von allem, was es zu essen gibt, warum würde jemand Hackbraten essen wollen? Gib mir ein schönes Stück Thunfisch oder ein einfaches Hühnerbrustfilet mit Weißweinsoße – aber Hackbraten? Tja. Vielleicht fanden manche Leute meinen Essensgeschmack genauso seltsam. Mit dem *Forbes Magazine* unterm Arm machte ich die Tür zu einem großen schummrigen Raum auf. Ich konnte eine Bar auf der linken Seite und Tischreihen auf der rechten Seite erkennen. Es lief Country, mit dem Klimpern einer Pedal-Steel-Gitarre und der rauen Stimme einer Frau, die etwas sang, was ich nicht entschlüsseln konnte. Lautes Stimmengewirr war zu hören, vermischt mit Gelächter und dem stetigen Klappern von Geschirr und Besteck. Ruhig war was anderes, aber nun war ich schon mal hier, und mein Magen knurrte. Als ich einen Schritt in den Gastraum machte, bemerkte ich ein handgeschriebenes Schild auf einer Staffelei gleich neben der Tür: JEDEN MITTWOCH – ZWEI VORSPEISEN ZUM PREIS VON EINER. Tja, das erklärte, warum so viel los war. Komisch, dass Paula das nicht gewusst hatte.

Der Fußboden vom *The Antler* bestand aus dunklen, glänzend polierten Dielen. Balken, an denen Lampen befestigt waren, verliefen quer unter der Decke – Schiffslaternen, Hängelampen aus Chrom, die wie große Glocken geformt waren, Messinglüster mit geschwungenen Armen, auf denen flackernde Flammenglühbirnen saßen. Die Bar war aus einem rötlichen Holz, das mit mehreren Schichten Lack gestrichen worden war. Dasselbe Holz war für die massiven Tische und Stühle verwendet worden, die den Raum füllten.

Alle Tische waren besetzt, genauso wie die meisten Barhocker. Ich durchquerte den Gastraum und blickte gerade vor mich hin, nahm jedoch um mich herum verschwommen Jeans, Khakihosen und T-Shirts wahr. Vereinzelt gab es auch Röcke und Sommerkleider, aber die meisten hier trugen Jeans. Ich fühlte mich overdressed.

Ich nahm am hinteren Ende der Bar in der Nähe der Tanzfläche Platz. »Your Cheatin' Heart« von Hank Williams drang aus den Boxen, die über unseren Köpfen hingen, herüber. Rechts von mir saßen ein Mann mittleren Alters und seine Frau, eine dralle Brünette, deren Haare zu einem hohen Pferdeschwanz zusammengebunden waren. Links von mir waren ein paar leere Barhocker, und dann folgten zwei Typen in ihren Zwanzigern mit Baseballkappen. Auf einer der Kappen stand LOBSTER POT.

Ein korpulenter Barkeeper mit graumeliertem Haar kam herüber, wischte die Theke mit einem Lappen ab und legte einen *Coors Light*-Bierdeckel vor mich hin, auf dem blaue Berggipfel im Licht schimmerten.

»Was darf es sein?«

Ich liebäugelte mit einem Glas Wein, aber dann sah ich ein Schild, auf dem stand DIE BESTEN MARGARITAS NÖRDLICH VON TIJUANA, und dachte mir, ach, was soll's.

»Ich nehm so einen«, sagte ich und zeigte auf das Schild.

Ich schlug meine Zeitschrift auf und blätterte ein wenig darin, aber es herrschte so ein Lärm um mich herum, dass ich mich nur schwer konzentrieren konnte. Stattdessen richtete ich meine Aufmerksamkeit auf einen Flachbildschirm, der hinter der Bar hing. Es lief eine Realityshow über einen Trucker, der während eines Schneesturms mit einem riesigen Sattelschlepper durch eine abgelegene Berggegend fährt. Ich fing schon an, aufgeregt mit dem Fahrer mitzufiebern und hätte beinahe an meinen Nägeln gekaut, als der Barkeeper den Margarita vor mich hinstellte.

Ich nahm einen großen Schluck und fragte nach einer Karte. Ich überflog die Auswahl, auf der Suche nach etwas Gesundem. Garnelen mit Reis und grünen Bohnen? Nein, die Garnelen waren frittiert. Zwei Hummer an Buttersoße. Zu viel und zu fettig … Es gab Hühnerbrustfilet, das in Ordnung wäre, wenn ich sie bitten würde, die Marinarasoße und den Käse wegzulassen.

Der Barkeeper bediente das Paar neben mir. Der Mann hatte den Hackbraten bestellt, und vielleicht war ich einfach bloß wirklich hungrig, aber das Gericht sah irgendwie verlockend aus. Es bestand aus einem Berg Kartoffelpüree mit einem Klecks glänzender Butter darauf, grünen Bohnen, die frisch zubereitet aussahen, und einer Scheibe Hackbraten, der nach Zwiebeln und Kräutern duftete. Und ich meinte auch, Pilze gesehen zu haben.

Ich rechnete mir den Fettgehalt aus und fragte mich, wie viele Kilometer ich laufen müsste, um die Kalorien wieder zu verbrennen. Wenn Hayden hier wäre, würde er etwas Gesundes für mich aussuchen. Ich schielte noch einmal zu dem Teller meines Tischnachbarn hinüber. Ja, da waren definitiv Pilze dabei.

Nun, Hayden war nicht hier, und ich fühlte mich plötzlich wie ausgehungert nach guter alter Hausmannskost, Futter für die Seele.

»Ich glaube, ich nehme den Hackbraten«, sagte ich zum Barkeeper.

»Noch 'ne Vorspeise?«

Eine Vorspeise. Ich überlegte, ob ich mir einen gemischten Salat bestellen sollte. Ich schielte rüber, was meine Nachbarn sonst noch so bestellt hatten. Die Frau löffelte irgendeine Suppe. Ich warf noch einen Blick in die Karte und seufzte. Wer A sagt, muss auch B sagen.

»Gerne«, meinte ich. »Ich nehme die Muschelsuppe.«

Ich wandte mich wieder dem Fernseher zu. Der Trucker wand sich mittlerweile auf einer sehr schmalen Straße die Flanke des Berges hinauf. Man sah die Totale der Vorderreifen, Ketten, die sich durchs Eis mahlen. Mein Fuß fing an zu zucken.

»Hey, Skip, kriegen wir noch 'ne Runde da hinten?«

Ich drehte mich um und sah jemanden an dem leeren Platz zu meiner Linken stehen, ein dürrer Mann in einem T-Shirt mit einem gelben Schwertfisch darauf.

»Logisch, Billy«, sagte der Barkeeper. »Ich bring's euch gleich. Tut mir leid, aber wir sind heute Abend ein bisschen unterbesetzt.«

Der Mann namens Billy schaute sich suchend an der Bar um. »Wo ist denn Sassy?« Dann sah er mich einen Moment lang an, und ich konnte seinen Blick spüren, als hätte ich ein Schild an der Stirn, auf dem AUSWÄRTIGE stand.

»Ach, sie musste nach Portland. Ihre Schwester ist operiert worden.«

Billy schüttelte den Kopf. »Oh, tja, ich hoffe, es ist alles gutgegangen. Grüß sie von mir, wenn du sie siehst.« Er ging hinüber zu einer kleinen Sitzecke, in der ein Sofa und einige große Sessel standen, daneben spielten ein paar Männer Darts.

Ich nippte an meinem Drink, während Skip weiter Cocktails mixte und sie an die Gäste an der Bar verteilte und an die drei Kellnerinnen, die im Restaurant kreisten wie Flugzeuge, die auf die Landegenehmigung warten. Dann füllte er eiskalte Krüge mit Bier aus dem Zapfhahn und sagte: »Bridget, kannst du die zu Billy und den Jungs da drüben bringen, ja?« Bridget, ein dünnbeiniges Mädchen mit gebleichtem platinblonden Haar, stellte die Krüge auf ein Tablett und ging damit zu den Dartspielern hinüber.

Ich schaute wieder in den Fernseher und stellte fest, dass der Trucker den Bergpass verlassen hatte und gerade an einem großen Rastplatz hielt, wo er offenbar die Nacht verbringen wollte. Gott sei Dank.

Da kam meine Muschelsuppe, und ich rührte eine Minute lang darin herum und betrachtete den Dampf, der aus der Schüssel aufstieg. Als ich den Löffel zum Mund führte, hatte ich plötzlich das Gefühl, beobachtet zu werden. Ich blickte auf und erwischte Skip dabei, wie er zu mir rüberstarrte.

Er schnippte mit den Fingern. »Sie *sind* es. Ich hab's mir schon gedacht – aber dann dachte ich, nein, das kann nicht sein, aber es stimmt. Sie sind es.«

»Wie bitte?«

Er grinste mich so breit an, dass ich die Lücke sehen konnte, wo ihm ein Backenzahn fehlte. »Sie sind die Schwimmerin! Hab Ihr Foto in der Zeitung gesehen. Was für ein Kuss!«

Ich stammelte etwas, aber er legte seine große Bärenpranke auf meine Hand, beugte sich zu mir und sagte: »Hören Sie, das geht aufs Haus. Das ganze Essen. Wir kümmern uns hier gut um die Touristen, besonders nach einer … äh Situation wie der Ihren.«

Ich schüttelte energisch den Kopf. Das Letzte, was ich wollte, war, mit der unfreiwilligen Schwimmrunde in Verbindung gebracht zu werden oder mit der Tatsache, dass ich beinahe ertrunken wäre, und schon gar nicht mit diesem Foto in der Zeitung. Ich schauderte, wenn ich nur daran dachte, dass Hayden dieses Bild jemals zu Gesicht bekäme. »Nein, nein, lassen Sie mal«, sagte ich. »Ich bestehe darauf …«

Aber Skip hatte bereits in den Turbogang geschaltet. Er trat einen Schritt zurück und fuchtelte mit den Händen herum. »Alle mal herhören, hier ist die Schwimmerin!« Er zeigte auf mich. »Die Frau, die beinahe ertrunken wäre. Die Schwimmerin!«

Ich konnte die Hitze in meinem Gesicht spüren, während ich vom Barhocker aufstand, um die Flucht anzutreten. Was passierte hier? Ich dachte, ich hätte jede Zeitung da draußen aufgekauft. Ich wollte aus der Tür und zurück in mein Hotel rennen. Ich wollte weg aus Beacon und nie mehr wiederkommen. Genau genommen wollte ich den ganzen Staat Maine nie wiedersehen.

Doch bei meiner Flucht kam ich nicht weit.

Ein rotgesichtiger Mann, auf dessen Hemd DAVE gestickt war, kam auf mich zugeeilt, gefolgt von einer ganzen Menschenhorde, und alle redeten durcheinander.

»Hey, Schwimmerin, kann ich Ihnen die Hand schütteln?«, fragte Dave.

»Noch einen Drink für die Schwimmerin!«, rief ein Mann mit einem weißlichen Haarschopf Skip zu. »Was für ein Glück, dass Sie noch leben.«

Oh Gott, es war wie ein Albtraum, in dem man versucht wegzulaufen, aber die Beine nicht funktionieren. »Ich war überhaupt nicht am Ertrinken«, erwiderte ich mit vor Schmach brennenden Augen. »Es war alles in Ordnung. Der Kerl, der mir geholfen hat … ich habe ihn bloß machen lassen, um ihn nicht zu beleidigen. Er … er hat ein schwaches Ego.«

»Ah, *lustig* ist sie auch noch«, jauchzte der weißhaarige Mann und haute mir auf die Schulter. »Nicht beleidigen.« Die Leute fingen an zu lachen.

»Hören Sie, ich muss jetzt wirklich los«, sagte ich und versuchte, mich durch die Menge zu drängen.

Eine Frau mit Kaugummi im Mund tippte mich an. »Hatten Sie eine Unterkühlung? Mein Cousin hatte das mal, und da hat sich seine ganze Haut geschält. Das war wirklich scheußlich.«

Reflexartig berührte ich meinen Arm. »Nein, ich hatte *keine* Unterkühlung.« Ich drehte mich weg.

Ein glatzköpfiger Mann nahm meine Hand und hörte gar nicht mehr auf, sie zu schütteln. »Ist Ihr Leben an Ihnen vorübergezogen, als sie ins Meer fielen?« Er wollte mich gar nicht mehr loslassen. »Weil, ich bin mal von der Leiter gefallen, wissen Sie, und ich schwöre, da ist mein Leben an mir vorübergezogen – sogar der Abend, an dem ich zu viel getrunken hatte und versucht habe, mich an die Schwester meiner Frau ranzumachen.«

»Wenn Sie nichts dagegen haben«, sagte ich und entriss ihm ruckartig meine Hand.

Eine Gruppe Schülerinnen aus Vermont fragte mich, ob ich mich jemals wieder ins Wasser trauen würde, und fing dann an, sich darüber zu streiten, ob ich es sollte oder nicht, und ein ehemaliger Polizist aus Bangor wollte wissen, ob ich auf Drogen war, als es passierte.

»Auf die Schwimmerin!«, rief jemand, und alle erhoben die Gläser … außer mir.

Dann reichte Skip einem Mädchen eine frische Margarita, die reichte sie weiter an einen Mann, der sie wiederum mir in die Hand drückte. Ich stürzte sie in wenigen Schlucken hinunter, während die Leute mich weiter mit Fragen darüber bombardierten, ob ich lebensmüde sei oder nicht.

Die Menge rückte mir immer weiter auf die Pelle, und langsam hatte ich das Gefühl, keine Luft mehr zu bekommen. Da rief Skip »Hey, jetzt lasst sie mal in Ruhe, sie hat schon genug durchgemacht«, und langsam zerstreute sich die Menge. Skip winkte mich zurück an meinen Platz an der Bar.

»Sie sehen ein wenig blass aus«, bemerkte er. »Ich denke, Sie sollten Ihre Suppe aufessen.«

Mir fiel auf, dass er bereits eine weitere Margarita an meinen Platz gestellt hatte. Ich starrte die Muschelsuppe an. Er hatte recht, ich war hungrig. Aber zuerst griff ich zur Margarita und trank sie in nur einem Zug halb leer. Ein warmes Gefühl durchströmte mich plötzlich.

Dann probierte ich die Muschelsuppe. Es waren reichlich Venusmuscheln darin, und ihr Geschmack wurde schön abgerundet durch Kartoffelwürfel, klein geschnittene Zwiebeln, Sellerie und zarten Dill. Die Kombination war himmlisch, und ich aß bis zum letzten Tropfen alles auf. Dabei gab ich mir alle Mühe, nicht darüber nachzudenken, was sonst noch alles drin war. Es musste Sahne dabei sein – ein ordentlicher Schuss – und ganz sicher auch Butter. Und ich schmeckte kleine Speckwürfel heraus. Hayden würde mich für verrückt erklären. Aber es war lecker. So was von lecker.

Es kamen immer noch mehr Leute ins *Antler* und drängten sich um die Bar. Getränke wurden über meinen Kopf hinweg an Gäste gereicht, die in zweiter oder dritter Reihe hinter mir anstanden. Die Musik pulsierte, Keith Urbans »Long Hot Summer« dröhnte aus den Boxen, und es fühlte sich so an, als würde der ganze Ort glühen und brummen.

»Skippy … hey, Skippy«, rief ich, konnte aber über den Lärm hinweg kaum meine eigene Stimme hören. Aus irgendeinem Grund fand ich das lustig, und umso lauter ich schrie, umso mehr musste ich lachen.

Ich hielt mein Glas hoch und zeigte drauf. »Was ist das

gleich? Was ist das noch mal, Skippy?« Ich konnte mich einfach nicht mehr an den Namen des Drinks erinnern.

Skip nickte und hielt den Daumen hoch, aber ich war mir nicht sicher, was er damit meinte. Ich rief noch einmal seinen Namen, hielt mein Glas hoch und versuchte so, seine Aufmerksamkeit zu bekommen. »Was ist das noch mal? Wie heißt es?«

Bevor ich schauen konnte, hatte Skip einen weiteren Drink in meine Richtung gereicht, und die Musik wurde noch lauter und schwungvoller. Die Leute drängten auf die Tanzfläche.

»Hey, willst du dich zu uns setzen?« Eine Frau mit Pagenschnitt und müden Augen stand neben mir. Sie erinnerte mich an eine Anwaltsgehilfin, die früher bei *Winston Reid* gearbeitet hatte. »Ich bin Bliss, und das ist Wendy«, sagte sie. Wendy sah aus wie der Cheerleadertyp, mit athletischer Figur und blonden Haaren.

Ich schüttelte ihnen die Hände und stellte mich vor. Ich freute mich über Gesellschaft.

»Ja, wir wissen, wer du bist. Du bist die Schwimmerin«, meinte Wendy, lächelte ihr strahlendes Lächeln und zog mich mit an einen Tisch, ganz in der Nähe der Dartspieler.

Wir versuchten, uns über die laute Musik hinweg zu unterhalten, aber alles, was ich mitbekam, war, dass sie Dentalhygienikerinnen waren, die heute einen Mädelsabend hatten.

Skip schickte uns eine Runde Drinks und die Karten rüber, mit der Botschaft, dass das Essen aufs Haus gehe. Der wievielte Drink war das jetzt? Und hatte ich nicht schon Essen bestellt? Mir war so, aber nur um sicherzugehen, bestellte ich noch mal Muschelsuppe und Hackbraten.

Bliss fing an, über einen Streit zu reden, den sie mit ihrem Büroleiter gehabt hatte, und ich lehnte mich zurück und beobachtete die Dartspieler. Vier Männer spielten 301, eine Spielvariante, die ich am College gelernt hatte, im dritten Studienjahr in Oxford, als ich mit Blake Abbott zusammen war. Blake war Engländer gewesen und ein Ass beim Darts, und er hatte mir beigebracht, wie man spielt.

Einer der Männer warf einen Dartpfeil, und der Typ namens Billy lachte und meinte: »Mann, Gordon, wo hast du heute nur deinen Arm gelassen?«

Gordon schnitt eine Grimasse. »Bleib mal auf dem Teppich. Glaubst du vielleicht, du könntest mich schlagen?«

Der Mann lehnte sich an die Wand und sagte: »Los, mach mal Platz, jetzt bin ich dran.« Er trat vor und warf drei Pfeile.

»Du wirfst wie ein Mädchen, Jake!«, rief einer der anderen Spieler. Ich konnte nicht feststellen, welcher, auch wenn ich glaubte, dass es der gewesen war, der Gordon hieß.

Was für ein blöder Spruch war das denn? Ich haute vor Bliss auf den Tisch. Vielleicht ein bisschen zu heftig, denn meine Hand schmerzte. »Habt ihr das gehört?«, fragte ich.

Bliss sah mich mit großen Augen an. »Was? Was denn?«

Mein Finger wackelte herum, als ich auf sie deutete und versuchte, folgende Worte zu formulieren: »Ich sag dir was. Einer der Typen da drüben …«

»Ja?« Bliss und Wendy sahen mich erwartungsvoll an.

Ich schüttelte den Kopf. »Tja, einer der Kerle da drüben hat zu einem der anderen Typen da drüben gesagt, dass er *wirft wie ein Mädchen*!« Ich spürte eine Welle der Entrüstung über mich kommen, die mir Gänsehaut bereitete. »Hasst ihr das nicht auch, wenn Männer so was sagen?«

Wendy beugte sich zu mir. »Ich hasse das total. In Dr. Beldens Praxis gab es einen Typen, einen Paradontologen, für den ich mal gearbeitet habe, und der hat immer solches Zeug von sich gegeben.«

Ich warf einen heimtückischen Blick zu den Spielern rüber, noch nicht ganz sicher, wer meine Empörung zu spüren bekommen sollte, aber ich war mir ziemlich sicher, dass es alle verdient hatten.

»Werfen wie ein Mädchen«, schnaubte ich verächtlich. »Was soll das denn bitte heißen? Dass Mädchen nicht werfen können? Dass sie nicht … was? Darts spielen können?

Ich war wütend. Ich war voller Zorn. Ich war betrunken. Und ich würde es ihnen zeigen.

Ich holte mein Portemonnaie aus meiner Handtasche und kramte im Scheinfach herum, bis ich einen Hundertdollarschein gefunden hatte. Dann strich ich mein Haar zurück und kletterte auf meinen Stuhl. Dort stand ich, schaute mich um und fühlte mich unbesiegbar. Ich würde diesen engstirnigen Kerlen eine Lektion erteilen – oder zwei.

»Okay, ich möchte was sagen!« Ich versuchte, mit meiner Stimme gegen den Krach anzukommen, aber es war unmöglich. »Hallo!«, brüllte ich und fuchtelte mit den Händen herum. »Hallo. Entschuldigung.« Ich versuchte, auf meinen beiden kleinen Fingern zu pfeifen, so wie es mir mein Vater beigebracht hatte, aber ich bekam bloß ein Zischen heraus.

Schließlich holte ich tief Luft und schrie: »Ruhe! Die Schwimmerin will etwas sagen!«

Alles um mich herum stoppte. Die Gespräche, das Gelächter, Diskussionen, Gläserklirren, Besteckklappern, alles kam zum Erliegen. Alle starrten mich an.

Ich hielte den Schein hoch und ließ ihn zwischen den Fingern schnappen. »Seht ihr diese hundert Dollar?« Ich ließ ihn erneut schnappen. »Ich wette, ich kann jeden von euch beim Darts schlagen. *Jeden von euch*«, wiederholte ich und beugte mich auf meinem Stuhl vor wie eine Galionsfigur am Bug eines Schiffes. »Auch den Idioten, der zu – wie war noch sein Name … Jake da drüben«, ich zeigte mit schlappem Finger in die grobe Richtung der Dartspieler, »gesagt hat, er werfe wie ein Mädchen!«

Ich grinste und wartete, welcher Berg von einem Mann wohl aus den Löchern kriechen und die Herausforderung annehmen würde. Auf dem Sofa in der Nähe der Dartscheibe rührte sich etwas. Dort saßen zwei Männer mit dem Rücken zu mir. Einer von ihnen stand auf, streckte seine Arme und drehte sich um. Er kam auf mich zu. Er war groß, hatte dunkles gewelltes Haar, ein eckiges Kinn und ein wettergegerbtes Gesicht. Er hätte alles sein können, vom Piloten bis zum Holzfäller. In einer anderen Situation hätte ich ihn durchaus attraktiv gefunden. Er trug verwaschene Jeans, ein blassblaues Hemd und eine braune Lederjacke. Als er näherkam und ins Licht trat, erkannte ich die Jacke, und meine Kehle war plötzlich wie zugeschnürt. Es war Roy.

»Ich schätze, dieser Idiot bin ich«, sagte er ruhig. »Ich nehme die Herausforderung an.«

Ich stieg vom Stuhl und spürte die Kälte der Ernüchterung in mir. Der Pier, der Rettungsgriff, *der Kuss*. Was hatte ich getan? Der letzte Mensch auf der Welt, den ich hätte wiedersehen wollen und jetzt …

»Äh … hi«, krächzte ich und versuchte, mit fester Stimme zu sprechen. Ich lächelte und winkte ihm lässig zu, als sei das alles keine große Sache.

Er stellte eine Flasche Bier auf den Tisch und legte eine Handvoll Dartpfeile daneben. »Ich sehe, du hast dich gut erholt.«

»Erholt?« Ich nahm einen der Dartpfeile und umfasste den Griff, in dem Versuch, ein Gefühl für sein Gewicht zu bekommen. Es hätte genauso gut ein Amboss sein können.

Er zog seine Jacke aus und hängte sie über einen Stuhl. »Von deinem Schwimmausflug neulich.« Ich hatte das Gefühl, ein Funkeln in seinen Augen zu sehen.

»Da gab es nichts zum Erholen«, entgegnete ich, hielt den Dartpfeil auf Ohrenhöhe und streckte den Arm zur Übung aus.

Er zuckte mit den Schultern. »Tja, dann ist ja gut. Übrigens, danke, dass du meine Jacke zurückgebracht hast.«

Ich nickte. »Kein Problem.« Ich korrigierte meine Handhaltung, in der Hoffnung, den Eindruck zu erwecken, diese subtilen Bewegungen wären Teil einer komplexen Strategie. »Ich wusste gar nicht, dass es deine Jacke war.«

Er nahm einen Schluck Bier. »Ich hoffe, du spielst besser

Darts, als du schwimmst«, sagte er, verschränkte die Arme und guckte mich an.

Das hoffte ich auch. Oxford gehörte der entfernten Vergangenheit an, und es war nicht gerade so, als hätte ich seitdem trainiert. Und dann kamen noch all die Drinks hinzu, die Skippy mir ausgegeben hatte, und …

»Ich bin eine ganz gute Dartspielerin«, erwiderte ich. »Ziemlich gut sogar.« Ich setzte ein breites, selbstbewusst wirkendes Lächeln auf.

Roy neigte den Kopf. »Na dann, was spielen wir? Cricket? 301? Shanghai?«

Ich dachte nach und versuchte, das einfachste Spiel vorzuschlagen, an das ich mich erinnern konnte. Eines, bei dem es keine komplizierten Punktezählungen gab, denn meine Rechenfähigkeit wäre im Moment sicher nicht die beste. Endlich hatte ich eine Idee.

Ich atmete tief durch. »Okay«, sagte ich. »Dead Presidents?«

Roy lachte. »Dead Presidents. Du willst Dead Presidents spielen?«

Nein, was ich wirklich wollte, war, mich vom Acker zu machen.

»Also gut, weißt du was? Wenn du als Erste einen Franklin triffst, dann kannst du deine hundert Dollar behalten und kriegst noch hundert von mir obendrauf. Wenn ich zuerst treffe, bekomme ich die Scheine.« Roy holte seine Brieftasche heraus und nahm fünf Zwanziger heraus. »Aber du musst Franklin mitten ins Gesicht treffen.«

Mitten ins Gesicht. Mitten ins Gesicht? *Unmöglich*.

»Klingt gut.« Ich zuckte mit den Schultern und winkte

ab, als wäre das etwas ganz Alltägliches für mich. Inzwischen waren die Leute von der Tanzfläche gekommen, eine Menschentraube hatte sich um uns herum gebildet, und irgendjemand hatte die Musik leiser gedreht. Schweißperlen bahnten sich den Weg meinen Rücken hinunter. Mir wurde heiß und leicht übel.

Roy ging zur Dartscheibe hinüber und entfernte Jakes Pfeile.

Okay, reiß dich zusammen, ermahnte ich mich. *Reiß dich zusammen*. Ich krempelte meine Ärmel hoch. *Triff einfach die verdammte Scheibe. Wirf keinen Mist, sodass die Dinger kreuz und quer danebengehen. Am Ende gewinnt er sowieso – aber sobald es so weit ist, bin ich raus hier.*

Roy stand mit einer Handvoll Pfeilen vor mir. »Sollen wir uns aufwärmen?« Der Anflug eines Lächelns lag auf seinem Gesicht, als er mir die Darts hinhielt.

Ich hätte mich eine Woche lang aufwärmen können, und es hätte nichts gebracht. Ich zuckte mit den Schultern. »Na ja, *ich* brauche mich nicht aufwärmen, aber wenn du darauf bestehst …« Ich nahm die Pfeile entgegen.

Okay, bringen wir's hinter uns. Ich trat an die Linie. Ich versuchte, den Barrel zu halten wie einen Bleistift, so wie Blake es mir beigebracht hatte, aber mein Arm fühlte sich an, als würde er zu jemand anderem gehören. Ich hielt den Pfeil auf Ohrenhöhe. Dann zielte ich und warf. Er landete in hohem Bogen genau auf der anderen Seite der Scheibe als der, auf die ich gezielt hatte. Es war mir gleich. Ich war einfach nur froh, dass ich die Scheibe überhaupt getroffen hatte.

Ich warf den zweiten Pfeil, indem ich noch einmal auf dieselbe Stelle zielte. Diesmal kam ich der Sache schon deutlich näher. Die nächsten fünf Würfe wurden immer besser, und als ich weiterübte, merkte ich, dass ich sogar Spaß an der Sache hatte – die Pfeile greifen, sehen, wie sie durch die Luft flogen und wie sie sich in die Scheibe bohrten. Ich warf die letzten beiden Pfeile zum Warmwerden. Sie landeten beide ungefähr dort, wo sie sollten, und das war genug, damit ich mich besser fühlte.

Angesichts Roys Aufwärmrunde hatte ich jedoch keinerlei Zweifel, wer das Spiel gewinnen würde. Er warf geschickt und präzise und überlegte vermutlich bereits, was er mit meinen hundert Dollar anfangen würde.

»Ich schätze, ich fange an«, sagte Roy, nachdem wir darum geworfen hatten, wer anfangen durfte, und sein Pfeil viel näher am Bull's Eye gelandet war als meiner. Keine Überraschung.

Ich nahm meinen Hundertdollarschein und faltete ihn so, dass Benjamin Franklins Gesicht zu sehen war. Dann schob ich den Schein unter den Double Ring, die Kreislinie, die dem Rand der Scheibe am nächsten war, über das 4-Punkte-Segment, das sich grob auf der Zwei-Uhr-Position der Scheibe befand.

Bitte lass es schnell vorüber sein.

»Okay«, sagte ich in heiterem, optimistischem Ton. »Ich bin so weit. Wir werfen immer abwechselnd, bis jemand Franklin trifft, richtig?«

Roy nickte. »Man muss aber sein Gesicht treffen.«

Ja, ja, das Gesicht. Ich wollte bloß die Scheibe treffen. Irgendwohin. Ganz gleich wo.

Roy nahm einen Dartpfeil, zielte und verfehlte den Rand des Scheins bloß um gut zwei Zentimeter.

»Wow«, hörte ich jemanden sagen, und Gemurmel wurde in der Menge um uns herum laut.

Als ich sah, wie nah sein Pfeil dem Ziel gekommen war, bildeten sich nun auch Schweißperlen über meiner Oberlippe. »Gar kein so schlechter Wurf«, kommentierte ich so lässig wie möglich.

Jetzt war ich an der Reihe. Ich hielt den Dartpfeil und versuchte, meine Hand zu entspannen. Mein Magen ballte sich wie eine Faust, und ich war so nervös, dass meine Haut prickelte. *Reiß dich zusammen. Reiß dich zusammen.*

Roy stand mit den Händen in den Hosentaschen locker an die Wand gelehnt da. Ich starrte das winzige grüne Gesicht auf der Scheibe an. Es schien vor mir herumzuzappeln. Ich schaute nach unten, um den Kopf klar zu bekommen. *Wirf einfach. Mach dich locker.* Ich hob den Kopf wieder und hielt den Dartpfeil auf Ohrenhöhe. Dann ließ ich ihn fliegen. Er machte einen sanften Bogen und landete mit einem satten Geräusch. Einen Moment lang herrschte völlige Stille, dann schrie eine Frau: »Sie hat getroffen!«

Ich stand wie angewurzelt da, während die Menge um uns herum durcheinanderrief und jubelte.

»Sie hat's geschafft!«

»Ein Wurf! Mit nur einem Wurf!«

Die Leute bestürmten mich, klatschend und lachend. Ich starrte noch immer die Scheibe an und spürte, dass meine Knie gleich unter mir nachgeben würden. Ich trat näher an die Scheibe heran und sah, dass ich nicht nur Franklin getroffen, sondern sogar seine Nase durchbohrt hatte.

Ich konnte es nicht glauben. Selbst wenn ich es noch

zehntausend Mal versuchen würde, das würde mir nie wieder gelingen. Ich löste den Pfeil und den Schein und betrachtete staunend das durchbohrte Gesicht.

Jemand fing an zu skandieren: »Die Schwimmerin ist 'ne Werferin! Die Schwimmerin ist 'ne Werferin!« Bald hatte die ganze Kneipe den Ruf übernommen. Die Leute klatschten, hauten auf die Tischplatten und riefen den Satz immer wieder.

Roy kam mit den fünf Zwanzigern in der Hand auf mich zu, der Lärm um uns herum war ohrenbetäubend. Er hatte sein Lächeln eingebüßt, aber seine Augen waren noch genauso blau wie zuvor. In seiner Jeans und dem Hemd, mit der Jacke über dem Arm, sah er plötzlich so gut aus, dass ich den Blick nicht abwenden konnte. Er schüttelte den Kopf, als könne auch er nicht begreifen, was soeben geschehen war.

»Gib nicht gleich alles auf einmal aus.« Er hielt mir grinsend das Geld hin. »Das hast du dir verdient. So was habe ich noch nie gesehen.«

Ich starrte die Scheine in seiner Hand an. Wie ein Zaubertrick, nachdem man das Geheimnis gelüftet hat, hatten sie ihren Reiz verloren. Ich wollte sein Geld gar nicht mehr. Es erschien mir nicht richtig, und er schien so … ich konnte es nicht genau ausdrücken.

Die Leute johlten weiter, bildeten einen Kreis um mich und Roy. Sie kamen immer näher. »Die Schwimmerin ist 'ne Werferin! Die Schwimmerin ist 'ne Werferin!« Mir wurde schrecklich heiß, und dann dieses Geschrei … Ich wollte, dass der Lärm aufhörte. Das Gedränge wurde mir einfach zu viel. Ich musste mich setzen.

Ich registrierte, wie mir Roy das Geld in die Hand drückte. Es fühlte sich nicht wie Geld an. Es fühlte sich an wie trockenes Laub. Der Raum um mich herum fing an sich zu drehen. Ich sah Roy an und versuchte, etwas zu sagen.

»Ich habe …« Ich wollte ihm sagen, dass ich so was auch noch nie erlebt hatte, aber mein Mund streikte, und alles, was ich noch tun konnte, war, auf mich zu zeigen, als spielten wir Scharade. Plötzlich tauchten schwarze Flecken um mich herum auf, entzogen Menschen und Gegenstände meinem Blickfeld, als würden sie ins Nichts gesogen. Meine Beine sackten unter mir weg. Jetzt waren die schwarzen Löcher überall, verschlangen den Raum. Eine letzte Sekunde lang sah ich Roys Gesicht. Dann verschwand es.

6

Ein Stadtmädchen dreht auf

»Hol einer mal noch ein nasses Handtuch her.«

Ich hörte die Stimme einer Frau.

»Schon okay, sie kommt zu sich«, sagte ein Mann. Seine Stimme war dicht an meinem Ohr.

Ich öffnete die Augen. Ich lag auf dem Rücken, auf etwas Hartem, und blickte hoch zu einer Menschenmenge, die auf mich herunterstarrte. Bruchstückhaft drangen ihre Gespräche zu mir durch.

»Ist sie okay?«

»Sie ist umgekippt.«

»Sollen wir den Notarzt rufen?«

Ich hörte Musik. Vielleicht befand ich mich mitten in einem Squaredance. Der Klang von Fiedeln und Banjos wirbelte in fröhlichem Rhythmus um mich herum.

»Okay, macht ihr mal ein bisschen Platz, bitte. Die Show ist vorbei.« Es war Roys Stimme. Ich drehte den Kopf und sah ihn mit sorgenvoll gerunzelter Stirn und sanftem Blick neben mir kauern. Ich konnte sein Aftershave riechen, irgendwas Frisches, aber ich war mir nicht sicher, was. Das Gedränge begann sich zu lichten.

»Was ist passiert?«, fragte ich und blickte hoch zu einer

Schiffslaterne, die von der Decke baumelte. Etwas Kühles lag auf meiner Stirn. Ich langte hin und berührte ein nasses Handtuch.

Roy kratzte sich am Kinn und lächelte zaghaft, sodass seine Grübchen wieder zum Vorschein kamen. »Ich würde sagen, du bist umgekippt.«

Ich stöhnte. Dann versuchte ich aufzustehen.

»Woho, nicht so schnell.« Er stützte mich mit der Hand am Rücken ab und half mir in eine sitzende Position.

Ich blickte mich um und sah einen überfüllten Raum mit Leuten, die an Tischen aßen, sich um die Bar drängten, Darts spielten. *The Antler*.

»Bist du okay?« Er stupste mich leicht am Arm an.

Ich atmete tief durch und nickte. »Ich denke schon«, seufzte ich. »Ich würde bloß gern aufstehen.«

Er nahm meine Hand, und ich stand langsam auf und strich meine Kleidung glatt. Ich fuhr mir mit den Fingern durchs Haar und versuchte zu lächeln.

»Danke.«

»Kein Problem. Besorgen wir dir mal einen Stuhl.«

Wir gingen zu einem Tisch an der Wand, während ich versuchte, mich daran zu erinnern, was geschehen war. *Bin ich ihm etwa in die Arme gefallen, als ich ohnmächtig wurde? Oh Gott, bitte sag mir, dass das nicht passiert ist.* »Hast du mich, äh, aufgefangen, als ich umgekippt bin?«

Er nickte.

Ich spürte, wie meine Wangen brannten. Erst der Kuss und jetzt das. Irgendwie konnte ich nicht aufhören, mich vor diesem Mann zu blamieren. »Na ja, danke … noch mal«, sagte ich leise.

Ich setzte mich auf eine rote Kunstlederbank und presste mir das nasse Handtuch an die Stirn. Roy schob sich einen Stuhl mir gegenüber zurecht. »Kein Problem … noch mal«, erwiderte er.

Die Fiedelmusik spielte noch immer, und ich merkte, dass es John Denver war, der da »Thank God, I'm a Country Boy« sang.

»Bleib einfach einen Moment sitzen, bis du dich wieder gesammelt hast«, meinte Roy.

»Mir geht's gut, wirklich.«

Er zeigte zur Tür. »Vielleicht sollten wir rausgehen und ein bisschen frische Luft schnappen. Willst du?«

Was ich wirklich wollte, war, aufhören, mich in dieser Stadt zum Affen zu machen. »Nein, danke«, erwiderte ich. »Mir geht's wirklich gut. Ich weiß auch nicht, was passiert ist.«

Eine Bedienung kam und stellte uns zwei Gläser Wasser auf den Tisch.

»Sieht so aus, als würdest du mir immer zu Hilfe kommen«, sagte ich.

»Ich war bloß zur rechten Zeit am rechten Ort.« Roy griff in eine der Vordertaschen seiner Jeans und zog einen zusammengefalteten Hundertdollarschein und fünf Zwanziger heraus. »Das gehört dir. Du hast es fallenlassen, als du, äh …«

Ich betrachtete das Bündel Geldscheine, mit dem kleinen Einstich in Präsident Franklins Nase. Ich wollte es nicht.

»Hier«, sagte er und drückte mir das Geld in die Hand.

Ich starrte es einen Moment lang an, holte dann mein

Portemonnaie heraus und stopfte das Geld ins hinterste Fach. »Ja … danke.«

John Denver beendete seinen Song, und das Klimpern einer elektrischen Gitarre trat an seine Stelle, ein paar Noten, gefolgt von der temperamentvollen Anweisung einer Frau: »Let's go, girls.« Shania Twains feurige Stimme erfüllte den Raum, als sie sang: »Man! I feel like a woman!«

Wir saßen eine Minute lang da, während die Tanzfläche sich wieder füllte, dann sagte Roy: »Vielleicht solltest du auch da raus. Klingt wie deine Art von Song.« Er zeigte auf die Tanzfläche voller ausgelassen herumhüpfender Menschen. »Wie wär's?«

Ein Tanz mit Roy. Wollte ich das wirklich tun? *Ach, zum Teufel*, dachte ich, während ich schon aufstand. »Na gut.« Ich spürte, wie ich rot anlief.

»Kannst du Two Step tanzen?«, fragte er, als wir einen Fleck auf der Tanzfläche gefunden hatten.

»Ich kenne den Texas Two Step.«

»Das sollte klappen.«

Mit einer Hand nahm er meine, legte die andere an meine Schulter und ließ dabei genug Platz zwischen uns – *der Tanzabstand*. Ich fühlte mich, als wäre ich wieder zwölf und in Trimmy Taylors Tanzstudio in Pine Point, wo ich aufgewachsen war.

Trimmy mit dem zierlichen Körperbau einer Tänzerin und ihren zahlreichen Liftings, die ihr immer ein etwas erschrockenes Aussehen verliehen, hatte uns stetig eingebläut: »Euer Tanzabstand, achtet auf euren Tanzabstand!« Ich konnte noch immer ihre dunklen, zu einem riesigen Dutt aufgetürmten Haare vor mir sehen und ihr blumiges

Parfüm riechen, wie sie an einem vorbeiwirbelte und dabei ihre Tanzpartner immer auf angemessener Distanz hielt.

Ich dankte Gott für Trimmy, als Roy anfing, mich über die Tanzfläche zu führen. Er bewegte sich so geschmeidig, ich hätte Kleber an den Füßen haben können, und es hätte nichts ausgemacht.

»Ich wusste ja schon, dass du ein guter Schwimmer bist, aber ich hatte keine Ahnung, dass du auch tanzen kannst«, sagte ich zu ihm, als wir uns an ein paar Drehungen wagten.

»Tja, Schwimmen ist nicht mein einziges Talent«, erwiderte er und wirbelte mich herum.

Mir fiel auf, dass wir das einzige Paar waren, das einen Two Step tanzte. Alle anderen bewegten sich bloß irgendwie. Wir kreisten auf der Tanzfläche, machten Drehungen und Figuren, von denen ich nicht geahnt hatte, dass ich mich noch daran erinnern konnte.

»Gibt es hier oben in Maine Tanzschulen, in denen man das lernt?«, fragte ich mit einem verwunderten Tonfall. Roy drehte mich noch einmal, und dann wirbelten wir zusammen herum, unsere Hände für einen Moment ineinander verschränkt, der Raum hielt uns in sanfter Umarmung.

Er legte seine Hand wieder an meine Schulter. »Vielleicht, vielleicht auch nicht.«

Roy sah mich an und grinste, ich grinste zurück, und dann musste ich lachen. Es fühlte sich toll an zu tanzen. Ich konnte mich nicht daran erinnern, wann ich *überhaupt* zum letzten Mal getanzt hatte.

»Sieht aus, als hätten sie alle Angst vor uns«, murmelte Roy, während meine Füße, seinen Bewegungen folgend, dahinglitten.

»Was meinst du?«

Er sah sich um und lachte. »Sie hauen alle ab.«

Ich sah, dass bloß noch ein paar Pärchen tanzten. Alle anderen hatten sich an den Rand der Tanzfläche verzogen und sahen uns zu.

Roy drehte sich und nahm dann wieder meine Hand. »Ich wusste gar nicht, dass Stadtmädchen so aufdrehen können.«

»Ich wette, es gibt jede Menge Dinge, die du nicht über Stadtmädchen weißt.«

»Na ja, eines weiß ich«, wandte er ein, während er mich weiter mühelos über die Tanzfläche führte. »Es ist gut, dass du nicht schwimmen kannst, weil …«

»*Einen* Moment!« Ich blieb stehen und tat beleidigt. »Ich erhebe Widerspruch gegen Ihre Darstellung des Vorfalls. Ich kann sehr wohl schwimmen, und ich war voll dabei, als du dazugekommen bist. Ich war bloß ein bisschen müde von der Strömung, das ist alles.«

»Okay, okay«, lenkte Roy ein und hob gespielt beschwichtigend die Hände. »Dürfte ich meine Aussage noch mal revidieren, Frau Anwältin? So drückt ihr Juristen es vor Gericht doch aus – *kann ich meine Aussage revidieren* – oder so was in der Art?«

Er nahm meine Hand, und wir fingen wieder an zu tanzen. »Ja, so in der Art«, sagte ich. »Gut, stattgegeben. Revidieren Sie.«

»Also gut, was ich sagen *wollte*, ist, dass es gut ist, dass du ein paar *Schwierigkeiten* beim Schwimmen hattest, denn sonst würden wir jetzt nicht hier tanzen, und du tanzt gar nicht schlecht.«

Der Song endete, und die Leute, die am Rande der Tanzfläche standen, applaudierten sogar. Roy trat zurück und klatschte für mich, und ich lachte und machte eine kleine Verbeugung. Dann kündigten ein paar einzelne Noten auf dem Klavier einen viel langsameren Tanz an. Es war dieser unbehagliche Moment, in dem ich nie weiß, ob ich stehenbleiben und warten soll, ob ich noch mal aufgefordert werde oder Danke sagen und mich hinsetzen soll.

»Danke«, sagte ich und wandte mich zum Gehen. Einige Pärchen kehrten auf die Tanzfläche zurück.

Roy griff nach meiner Hand. »Warte, du kannst noch nicht gehen, Schwimmerin. Das ist ein toller Song.« Er lächelte. Wieder waren seine Grübchen zu sehen.

Ich fragte mich, woher er wusste, um welchen Song es sich handelte, nur aufgrund der paar Noten, aber dann fiel mir ein, dass es mir bei Liedern, die ich besonders mochte, genauso ging. »Na gut«, meinte ich.

Er nahm wieder meine Hand, aber diesmal kam er ganz nah und zog mich an sich. Ich schlang den anderen Arm um seinen Hals, während Willie Nelson anfing »Always on My Mind« zu singen.

Oh Gott, langsam fühlte sich das alles komisch an. Ich tanzte eng zu einem Liebeslied mit einem Mann, der nicht Hayden war. Mit jemandem, der mir das Leben gerettet hatte. Es war komisch, aber auch irgendwie schön. Neben ihm kam ich mir klein wie eine Ballerina vor. Sein Arm um mich fühlte sich so stark an. Ich wusste nicht mal mehr, was meine Füße taten. Ich glitt dahin, seine Hand auf meinem Rücken. Mein Gesicht war seinem ganz nah. Sein

Aftershave, ich erkannte es jetzt, roch ein bisschen nach Zedernholz, es duftete gut.

Roy beugte seinen Kopf herab. »Hast du immer so viel Glück?«

»Was meinst du? So viel Glück, dass ich mir beim Hinfallen nicht alle Knochen gebrochen habe?«

Er lachte. »Na ja, das auch. Aber ich meinte beim Dartspielen.«

Er bewegte seine Hand ganz leicht auf meinem Rücken, und ein elektrisierendes Gefühl jagte durch meinen ganzen Körper. Ich tanzte mit jemandem, der nicht Hayden war, und fühlte mich … nun ja … ziemlich gut dabei.

»Ach, du denkst das war Glück?«, gab ich mit einem betont großspurigen Lachen zurück. »Ich muss dir sagen, dass ich früher am College in Oxford sehr viel Darts gespielt habe.«

»Hmm … Oxford … und du spielst noch immer?«

Ich lachte wieder. »Nicht wirklich, außer man zählt heute Abend mit.«

»Tja, vielleicht solltest du aber. Vielleicht könnte das der Anfang einer neuen Karriere sein.«

Ich wollte gerade sagen, dass Darts spielen nicht die Art von Beschäftigung war, die Hayden gefallen würde, aber ich ließ es bleiben.

»Es ist schwer, Zeit dafür zu finden«, seufzte ich stattdessen. »Mit dem Job und allem …« Ich dachte an Roys Beruf als Zimmermann und wie schön es wäre, einen Achtstundentag zu haben und das war's. Keine Überstunden bis spätabends, keine Arbeit, die man mit nach Hause nehmen muss, keine Arbeit am Wochenende.

»Aber du scheinst oft Darts zu spielen«, meinte ich. »Du bist gut.«

Er zuckte mit den Schultern. Dann flüsterte er: »Nicht gut genug, um dich zu schlagen.« Sein Atem fühlte sich ganz warm an an meinem Hals.

»Womit wir wieder beim Thema Glück angekommen wären«, erwiderte ich flüsternd. Ich schloss die Augen, und wir tanzten den restlichen Song schweigend weiter.

»Möchtest du was essen?«, fragte Roy, als wir an den Tisch zurückkehrten. »Das hilft, die Margaritas aufzusaugen.«

Ich wunderte mich, woher er wusste, was ich an diesem Abend getrunken hatte. »Das wäre tatsächlich nicht schlecht.« Mir fiel auf, dass ich wieder um mein Abendessen betrogen worden war, und fragte mich, ob ich hier überhaupt jemals richtig zum Essen käme. »Ich hätte furchtbar gern den Hackbraten.«

»Die Muschelsuppe solltest du auch probieren«, meinte er und sprach es genauso aus wie Paula – *Suppä*. »Die ist wirklich gut.«

»Okay, gerne«, sagte ich und dachte mir, ich könnte auch noch einen dritten Teller vertragen. Vielleicht würde ich es diesmal ja sogar schaffen, ihn aufzuessen.

Roy stand auf und ging zur Bedienung, die gerade ein paar Tische weiter stand, und ich sah, wie sie etwas in ihren Block notierte. Dann kam er zurück und setzte sich wieder.

»Also, wo hast du den Two Step gelernt?«, fragte er.

Vor mir stand ein kleiner Behälter mit verschiedenen Zucker- und Süßstoffpäckchen. Ich drehte die Schale in der Mitte des Tisches hin und her. »Trimmy Taylor.«

»Wer?« Roy grinste belustigt, so als hätte ich mir das eben ausgedacht.

Ich fing an, die Päckchen nach Farbe zu sortieren. Zucker auf die eine und Süßstoff auf die andere Seite. »Trimmy Taylor. Sie hat allen Jugendlichen in Pine Point das Tanzen beigebracht. In Connecticut, wo ich aufgewachsen bin.«

Roy nickte, aber ich hätte nicht sagen können, ob das auch bedeutete, dass er die Stadt kannte oder nicht. Er nahm eines der Süßstoffpäckchen und legte sie zu den anderen. Seine Hand streifte beinahe meine.

»Pine Point ist in Fairfield County«, erklärte ich. »In der Nähe von New York.«

»Ich weiß, wo Fairfield County ist«, sagte er und stand auf, ich hatte schon Angst, dass er gehen würde – dass ich ihn beleidigt oder irgendetwas Dummes gesagt hatte. Aber er kam bloß rüber auf meine Tischseite und setzte sich neben mich auf die Bank.

Ich spürte, wie ich eine Gänsehaut bekam. »Also«, fuhr ich fort und versuchte, ihn das Zittern in meiner Stimme nicht hören zu lassen. »Trimmy hatte ein Tanzstudio, und sie unterrichtete Gesellschaftstanz.« Ich lachte. »Sie war eine Million Jahre alt. Sie hat jedem in der Stadt das Tanzen beigebracht.«

Roy lächelte. »Wir hätten Trimmy hier gut brauchen können.«

Die Bedienung kam mit zwei Tellern Muschelsuppe und einem Korb Brötchen wieder. »Und wo hast du tanzen gelernt?«, fragte ich ihn, denn jemanden wie Trimmy Taylor konnte ich mir hier in Beacon beim besten Willen nicht vorstellen.

Er reichte mir den Brotkorb. »Also, *diesen* Tanz… lass mal sehen… den hat mir ein Mädchen beigebracht.«

»Oh.« Ich nahm mir ein Brötchen. »Deine Freundin?«, fragte ich und versuchte dabei, ganz sachlich zu klingen.

Er nickte. »Ja.« Dann fügte er hinzu: »Aber das ist schon eine Weile her.«

Ich verspürte unwillkürlich ein Gefühl der Erleichterung, dann fing ich mich wieder. Was tat ich da? Ich flirtete mit diesem Typen, obwohl Hayden zu Hause in New York auf mich wartete.

Roy rührte in seiner Suppe. »Also, was machst du eigentlich hier in Beacon?«

Ich riss ein Stück von dem knusprigen Brötchen ab und strich etwas Butter darauf. »Ich bin wegen meiner Großmutter hier. Sie hat mich darum gebeten, etwas für sie zu erledigen.«

»Hier in Beacon?«

»Ja«, sagte ich. »Sie hat früher mal hier gelebt.«

»Echt? Wann war das?«

»Ach, vor langer Zeit«, antwortete ich und kostete die Muschelsuppe. Diesmal schmeckte sie mir sogar noch besser. Die zarten Dillzweige machten sie einfach perfekt. »Weißt du, diese Suppe ist wirklich lecker.«

»Die sind hier bekannt dafür«, meinte Roy, und eine Weile konzentrierten wir uns aufs Essen.

Ich aß den Teller leer, ohne innezuhalten. »Ich glaube, ich war hungriger, als ich dachte«, stellte ich fest, als ich den Löffel weglegte.

Er sah mich an und lächelte. »Das kommt vom Tanzen. Und vom Darts spielen.«

Ich konnte einen Hauch von Bier in seinem Atem riechen, herb und süß. Er saß jetzt so nah neben mir, dass mich sein Arm ab und an leicht streifte. Ich fragte mich, ob ihm das bewusst war.

Der Hackbraten kam, und er war fantastisch. Ich genoss jeden Bissen und versuchte herauszuschmecken, was sie hineingetan hatten, dass er so köstlich wurde. Wir ließen uns mit dem Essen Zeit und bestellten am Ende noch Kaffee. Schließlich sah Roy auf seine Uhr.

»Es ist fast elf. Ich muss morgen früh raus.« Er ließ seine Hand auf dem Tisch liegen. Ich wollte sie berühren, sie nur einen Augenblick streifen.

»Ich auch«, sagte ich. »Ich geh besser zurück ins Hotel.« Ich spürte, dass ich noch immer einen kleinen Schwips hatte. »Ein Spaziergang wird mir guttun.«

»Gehen? Nein, lieber nicht. Ich fahre dich.« Roy schob sich von der Bank. »Das heißt, wenn du willst.«

Ja, ich wollte. Ich wollte nicht, dass der Abend endete. Noch nicht. Es fühlte sich alles zu gut an. »Klar, das wäre toll.«

Wir gingen zur Tür, durch den Gang, wo die Leute in kleinen Grüppchen zusammenstanden, vorbei an Tischen, an denen Gäste tranken und sich Geschichten erzählten, und vorbei an der Bar, an der sich Pärchen auf Barhockern einander zuwandten und wo Skip Weingläser aus einem Hängeregal holte.

Skip nickte Roy zum Abschied zu und musste gleich zweimal hingucken, als er merkte, dass ich mit ihm ging. Er warf uns ein großes, breites, zahnlückiges Lächeln zu.

»Hey!«, rief er und winkte mich zu sich. »Vergessen Sie

das nicht.« Ich ging an die Bar, und er reichte mir mein *Forbes Magazine*.

Ich musste beinahe lachen, als ich daran dachte, was mein ursprünglicher Gedanke dabei gewesen war. *Damit mir nicht langweilig ist.*

»Ach ja, danke«, sagte ich und stopfte es in meine Handtasche.

Draußen wehte eine salzige Brise, und auf der Straße war es still, abgesehen vom Rauschen der Wellen, die hinter der Ufermauer an den Strand rollten.

»Ich hab gleich um die Ecke geparkt«, meinte Roy, als wir an den nächtlichen Fassaden der nun geschlossenen Läden vorbeiliefen.

Der Himmel funkelte vor Sternen. »Ich fasse es nicht, wie klar es hier ist.« Ich zeigte hinauf. »Schau, da ist Orion.«

»Ja, ich kann ihn sehen«, sagte Roy. »Die drei Sterne da sind sein Gürtel und die dort seine Arme und Beine.« Er fuhr die Verbindungen mit den Fingern nach.

»Hier wirken die Sterne so viel heller und näher«, meinte ich. Sie spannten sich über uns wie ein Netz, das uns festhielt.

Roy sah mich wieder an. »Vielleicht sind sie das ja, Ellen. Vielleicht sind sie das.«

Er hielt mir die Beifahrertür auf, und ich stieg ein. Dann setzte er sich ans Steuer und warf seine Jacke nach hinten. Wir fuhren schweigend durch den Ort, vorbei am Strand und der Baustelle, auf der er arbeitete, eine der Nebenstraßen entlang und schließlich hinunter zum *Victory Inn*, dessen Veranda in ein warmes gelbes Licht getaucht war. Dann parkte er den Wagen am Straßenrand.

Ich hielt meine Lederhandtasche auf dem Schoß, und Roy sah auf meine Hände. Ich konnte seinen Blick spüren, und alles, woran ich denken konnte, war Hayden und was er wohl denken würde, wenn er wüsste, dass ich bei diesem Typen im Auto saß und ihn meine Hände anstarren ließ. Warum saß ich überhaupt hier und ließ meine Hände anstarren? Ich wusste, ich sollte hier weg, aber ich konnte mich nicht rühren.

Und dann fing Roy an, mit seiner Hand über meine Finger zu streichen. Über die Knöchel, über die Gelenke, jeden meiner Finger auf und ab. Ich fühlte mich, als wäre ich mit einem Stromkabel versehen worden, das man in die Steckdose gesteckt hatte. Eine Hitzewelle erfasste meinen ganzen Körper. Ich konnte kaum atmen. Er wandte mir den Kopf zu und beugte sich zu mir. Er ließ meine Hand los und wollte seinen Arm um mich legen. Dann hielt er plötzlich inne.

»Können wir dieses Ding hier aus dem Weg räumen?«, fragte er und stupste die Tasche auf meinem Schoß an. Wieder zeigten sich seine Grübchen.

»Klar«, hauchte ich kaum hörbar. »Ich stelle sie auf den Boden.«

Aber er hatte bereits danach gegriffen. Bloß dass er sie seitlich hochnahm und der halbe Inhalt herausfiel. Lippenstifte und Kugelschreiber kullerten zu Boden. Mein Handy und ein Haufen Kleingeld landeten klimpernd auf dem Sitz. Mein Portemonnaie und mein iPod flogen heraus, zusammen mit einer Handvoll Geldscheinen. Und schließlich segelte auch das Kuvert von *Winston Reid* heraus – das, auf dem MR. CUMMINGS stand und das den Brief meiner Großmutter enthielt.

»Entschuldige«, murmelte Roy und half mir, alles wieder einzusammeln. »Schätze, ich weiß nicht, wie man mit einer Handtasche umgeht.«

Ich fing an zu lachen. Dann hob er den Umschlag mit dem Brief meiner Großmutter auf, und ich sah sein Grinsen verschwinden. Ein alarmierter Ausdruck erfasste sein Gesicht.

»Was ist denn das? *Winston, Reid, Jennings – Rechtsanwälte*?«

»Das ist die Kanzlei, für die ich arbeite«, antwortete ich und hob meinen iPod auf.

»Deine Kanzlei.« Er klang wütend. Der Mann, der das Sternbild des Orion mit den Fingern nachgezeichnet hatte, war verschwunden, und ich hatte keine Ahnung warum.

»Was ist los?«

»Ich weiß, was du hier machst.« Seine Augen waren ganz kalt geworden. »Ich hätte gleich wissen müssen, dass das passiert.«

Ich hielt mein Handy und einen Lippenstift umklammert. »Hättest *was* wissen müssen? Wovon redest du?«

Er wedelte mit dem Umschlag vor mir herum. »Davon rede ich. Mich wegen dem Pier verklagen – weil du eingebrochen bist.«

Der Pier. Ihn verklagen. Ich stieg nicht durch.

»Ich verstehe nicht«, sagte ich. »Warum sollte ich dich wegen dem Pier verklagen? Ich bin eingebrochen, und du hast mir rausgeholfen.« Ich wollte gerade hinzufügen, dass ich, wenn ich jemanden verklagen wollte, bestimmt nicht ihn verklagen würde, sondern den Besitzer des Grundstücks und die Baufirma – also die, die eine dicke Brieftasche hatten –, nicht jemanden, der bloß dort arbeitete. Aber er gab mir nicht die Gelegenheit dazu.

»Ihr Anwälte aus der Großstadt«, presste er kopfschüttelnd hervor. »Ihr seid doch alle gleich. Keiner übernimmt mehr die Verantwortung für sich selbst. Immer ist jemand anderes schuld! Und ihr Anwälte seid schuld, dass es so weit gekommen ist.«

Wir waren alle gleich? Ich war schuld, dass es so weit gekommen war? Warum griff er plötzlich mich und meinen gesamten Berufsstand an? »Ich kapier noch immer nicht, warum du jetzt wütend bist«, meinte ich, »und ich begrüße es auch nicht, dass du mich und das, was ich tue, derart kritisierst.«

Er zeigte auf den Umschlag. »Du bist *Anwältin*. Anwälte verklagen Leute. Du hast doch selbst gesagt, dass du jemanden wegen dem Pier verklagen könntest.«

»Der Pier?«, sagte ich. »Meine Güte, alles, was ich damit sagen wollte, ist, dass er repariert gehört.«

Er schüttelte den Kopf. »Nein, das hast du nicht gemeint.«

Ich spürte, wie mir das Blut zu Kopfe stieg. Er versuchte, mir das Wort im Mund umzudrehen. Wofür hielt er sich? »Ich glaube, hier liegt ein Irrtum vor«, entgegnete ich. »Das, was in diesem Kuvert ist, hat nichts mit dir zu tun.«

Roy starrte mich herausfordernd an. »Ach, hat es nicht? Warum steht dann mein Name drauf?«

»*Dein* Name?«

»Ja, mein Name. Cummings.«

Cummings? Hieß er etwa Roy Cummings? Oh mein Gott, er hatte denselben Familiennamen. Langsam ergab die Sache einen Sinn. Jetzt musste ich ihm bloß noch erklären, dass er nicht Mr. Cummings war. Zumindest nicht *der*, den ich treffen musste. Und dass ich nicht hier war, um irgendwen zu verklagen. Ich war bloß hier, um den letzten Wunsch meiner Großmutter zu erfüllen. Das war zumindest das, was ich eigentlich hätte tun sollen. Aber zu diesem Zeitpunkt war ich bereits zu wütend. *Viel* zu wütend. Also schnappte ich mir meine Tasche und stieg aus.

»Du hast doch keine Ahnung!«, rief ich mit bebender Stimme, als ich bereits draußen vor der Wagentür stand. »Nicht von Anwälten, nicht von Klagen und ganz besonders nicht von mir! Und eins lass dir gesagt sein – ich bin lieber eine Großstadtanwältin aus New York als ein engstirniger Typ aus Maine, der voller Vorurteile ist.« Ich warf den Kopf zurück und richtete meine Augen direkt auf ihn wie eine Rakete auf ihr Ziel. »Wir sehen uns vor Gericht!«, rief ich und schlug die Tür zu.

Ich kochte vor Wut, als ich den Weg zum *Victory Inn* ging. Ich hoffte, er glaubte wirklich, dass ich ihn verklagen würde. Ich hoffte, es würde ihm Albträume bereiten. So ein arroganter Mistkerl. Himmel, was für ein Glück, dass ich mich nicht von ihm hatte küssen lassen. Was zum Henker bildete er sich überhaupt ein?

Die Eingangstür quietschte, als ich eintrat. Die Lobby war leer und dunkel bis auf den weichen Schimmer von zwei Wandleuchten und Paulas Computerbildschirm. Ich holte tief Luft und atmete langsam aus, in dem Versuch, mich zu beruhigen.

Und dann dachte ich mir, von wegen *ihn mich küssen lassen*. Ich hätte mich *niemals* von ihm küssen lassen! Das wäre nie passiert. Ich hätte ihn davon abgehalten. Ich war quasi drauf und dran gewesen, ihn davon abzuhalten. Ich war verlobt, Himmelherrgott! Mein Ring lag oben auf Zimmer zehn – oder Zimmer acht, wie auch immer. Ich hatte einen Verlobten, den ich von ganzem Herzen liebte und der zu Hause in New York auf mich wartete. Ja, und außerdem war er brillant – es gab kein Problem, das er nicht lösen konnte, und er war kultiviert und kleidete sich gut, und er war attraktiv und ein aufsteigender Stern am Polithimmel. Plötzlich sah ich Hayden vor mir, an seinem Schreibtisch in einem seiner Maßanzüge von *Savile Row*, vielleicht dem dunkelgrauen mit den Nadelstreifen, einem gestärkten weißen Hemd und der Hermès-Krawatte – vermutlich die blaue mit den Hs darauf, die so klein waren, dass sie gar nicht wie Hs aussahen.

Niemals wäre es zu diesem Kuss gekommen.

7

Das Haus am Comstock Drive

Draußen hupte ein Auto … zwei Mal, lang und nachdrücklich. Es herrschte kurz Ruhe. Dann wurde nochmals gehupt.

Meine Lider hoben sich, bis meine Augen halb geöffnet waren. Das Zimmer war schummrig, bis auf einen Lichtstrahl, der unter der Jalousie durchlugte. Ich drehte mich um und versuchte weiterzuschlafen, aber jeder meiner Muskeln tat weh, und ich hatte Kopfschmerzen.

Margaritas.

Ich versuchte zu schlucken, aber mein Mund war zu trocken.

Margaritas.

Ein Haarbüschel klebte auf meiner Stirn und ein paar Strähnen hingen mir im Mundwinkel.

Ein Stuhl. Jemand stand auf einem Stuhl und brüllte.

Ich strich die Haare weg.

Ich war es, die da auf dem Stuhl stand. *Oh, Gott.*

Leute jubelten. Leute erhoben ihre Gläser. Auf mich. Ich stand auf einem Stuhl und zeigte auf ein paar Typen, die Darts spielten.

Ein paar Typen, die …

Oooh.

Mein Magen fing an zu schlingern wie ein Planet, der von seiner Umlaufbahn abkommt.

Ein Hundertdollarschein und ein Einstich in Ben Franklins Nase und eine Wette, und ich warf Dartpfeile und Roy warf Dartpfeile und …

Roy.

Er war da gewesen. Jetzt erinnerte ich mich. Wir haben Darts gespielt und getanzt, und ich habe ihm von Trimmy Taylor und ihren Liftings und dem Tanzabstand erzählt. Wir haben Hackbraten gegessen, und Skip hat uns immer wieder mit Drinks versorgt, und dann hat Roy mich heimgefahren und gekü…

Moment, Moment.

Meine Augenlider sprangen auf als ich mich daran erinnerte, wie meine Tasche umgekippt war und alles auf den Boden von Roys Pick-up verstreut wurde. Und dann schwenkte er plötzlich ein Kuvert vor mir herum. Das Kuvert mit dem Brief meiner Großmutter darin. Er dachte, ich wollte ihn verklagen. Und sein Name war Cummings. Und er versuchte, mich zu küssen.

Vor dem *Inn* wurde wieder gehupt, und ich wäre am liebsten zum Fenster gestürzt und hätte gebrüllt: »Und da heißt es immer, New Yorker seien rücksichtslos!«, aber das hätte mich zu viel Anstrengung gekostet.

Ich legte mir das Kissen über den Kopf und stöhnte. Gott sei Dank, dass es nicht dazu gekommen war. Ich musste sehr betrunken gewesen sein. Habe ich mich etwa von seiner Fähigkeit, eine Nagelpistole zu benutzen oder ein PVC-Rohr zu verlegen, verführen lassen? Er hatte sich mir gegenüber furchtbar verhalten. Total unverschämt. Wie kam er bloß auf die Idee, ich würde ihn verklagen wollen? Und das ganze Gerede von Anwälten aus der Großstadt! Also bitte …

Ich wälzte mich herum, um einen Blick auf den Wecker zu werfen. Die Ziffern blinkten mit schmerzhafter Helligkeit. Wie konnte es bloß schon halb elf sein? Und welcher Tag war heute? Ich brauchte kurz, bis ich mir ausgerechnet hatte, dass heute Donnerstag war. Und ich hatte eigentlich geplant gehabt, schon um sieben aufzustehen.

Mein Kopf fühlte sich schwer an. Ich richtete mich im Bett auf, hockte einen Moment lang reglos da und bewegte mich dann ins Badezimmer. Der Blick in den Spiegel war erschreckend, besonders unter dem gelbgrünen Schein der Deckenbeleuchtung. Große, dunkle Mascara-Flecken hatten sich unter meinen Augen festgesetzt. Hatte ich etwa schon gestern Abend so ausgesehen?

Ich rieb mir das Make-up aus dem Gesicht, schwor dem Alkohol ab und zog mich dann an. Ich hatte das Handy mit ins Bad genommen, klappte den Klodeckel herunter, setzte mich darauf und rief Haydens Büro an. Seine Sekretärin Janice sagte, dass er sich in einem längeren Meeting befinde. Enttäuscht legte ich auf und hörte die beiden Anrufe auf meiner Mailbox ab, die meine Mutter hinterlassen hatte, als ich im *Antler* war. *Hast du den Brief schon abgegeben? Was ist passiert? Wann kommst du zurück?*

Ich wollte schon ihre Festnetznummer wählen, überlegte es mir dann aber anders. Ein langes, verworrenes Gespräch mit ihr hätte ich jetzt nicht überstanden, und wenn ich schon gestern Sorge gehabt hatte, dass ihr sechster Sinn anspringen würde, dann war diese Sorge heute umso berechtigter. Noch bevor ich Piep gemacht hätte, hätte sie gewusst, dass etwas nicht stimmt. Also schrieb ich ihr noch eine SMS: **Alles gut. Habe Mr. C noch nicht angetroffen, aber versuche es jetzt noch mal. Reise sicher heute noch ab. Ruf dich bald an. XOX**.

Ich hoffte, dass sie sich damit zufrieden gab, und schnappte meine Tasche und die Autoschlüssel von der Kommode. Schon bald würde ich ihr einen vollständigen Bericht abgeben können. Ich ging die zwei Treppen hinunter und durchquerte die Lobby, wo Paula gerade in ein Gespräch mit einem Mann vertieft war, der einen Wasserhahn und einen Schraubschlüssel in der Hand hielt. Sie nickte mir kurz zu, als ich vorbeiging.

Der Fahrersitz des Autos war warm von der Sonne. Ich machte das Fenster auf und wollte gerade das Navi einstellen, als ich merkte, dass ich es gar nicht mehr brauchte. Mittlerweile kannte ich den Weg zu Chet Cummings Haus. Kurz darauf bog ich in seine Straße und parkte in der Einfahrt hinter dem grünen Audi, der noch immer an derselben Stelle stand.

Niemand öffnete, als ich an die Tür klopfte. Ich wartete eine Minute, aber es rührte sich noch immer nichts. Ich spähte in ein paar Fenster, konnte aber kein Lebenszeichen entdecken. Wohin ging dieser alte Herr bloß jeden Tag? Arbeitete er irgendwo? Ich zog den Umschlag mit dem Brief meiner Großmutter aus meiner Tasche. Ich fuhr mit dem Finger über den Namen – Mr. Cummings –, während ich auf der Veranda herumstand und überlegte, was ich jetzt tun sollte. Na gut, dachte ich, dann wirst du den

Brief eben einfach hierlassen. Du wirst ihn hierlassen, aus dem *Inn* auschecken und dich auf den Weg machen. Du hast hier alles versucht, was dir möglich war. Gran würde es verstehen.

Ein Wagen bog in die Einfahrt des Nachbarhauses – die Nachbarin mit dem weißen Volvo. Ich winkte ihr zu, aber sie winkte nicht zurück. Nachdem sie aus dem Wagen gestiegen war, kam sie über Mr. Cummings Rasen auf mich zu. Sie trug ein schwarzes Trägertop und eine enge weiße Jeans, und mir fiel auf, dass sie eine hübsche Figur hatte. Sie marschierte direkt auf die Veranda und stützte die Hände in die Hüften, als gehöre ihr das Haus.

»Suchen Sie jemanden?«, fragte sie mit gerunzelter Stirn und schaute mich mit ihren dunklen braunen Augen an.

Ich war so überrascht, dass ich kaum sprechen konnte. »Ich suche Mr. Cummings«, stammelte ich schließlich.

Sie warf einen Blick auf den Briefumschlag in meiner Hand. »In welcher Angelegenheit suchen Sie ihn denn?«

Das war doch der Gipfel. Ich konnte nicht glauben, wie neugierig sie war. »Das ist eine Angelegenheit, die nur Mr. Cummings und mich etwas angeht«, erwiderte ich.

Sie beugte sich vor und ich konnte ihr schweres Parfüm riechen. »Nun ja, ich bin seine Nachbarin … *und* seine Freundin. Ich passe auf ihn auf.«

»Das ist sehr nett von Ihnen«, sagte ich und hörte, dass meine Stimme etwas spitz wurde. »Aber das ist eine persönliche Angelegenheit, und ich ziehe es vor, sie nicht mit jemand anderem zu besprechen.«

Ich steckte das Kuvert zurück in meine Tasche und marschierte die Verandastufen hinunter. Für wen hielt sie sich eigentlich? *Ich passe auf ihn auf.* Auf keinen Fall würde ich den Brief bei ihr lassen. Ich sah sie schon vor mir, wie sie ihn über den Dampfstrahl eines Wasserkochers hielt, ihn aufmachte und las. Ich würde ihm den Brief vom Postamt in Beacon aus zuschicken.

Zurück im *Inn* packte ich meine Kleidung in meine Reisetasche. Im Bad sammelte ich meine Kosmetikartikel ein, zog das Handyladekabel und das Laptopnetzteil aus der Steckdose über dem Waschbecken und überprüfte mein Make-up im Spiegel.

Ich sah mich ein letztes Mal im Zimmer um, bemerkte den feinen Sprung in der Porzellankanne auf der Kommode. Komisch, dass er mir nicht schon früher aufgefallen war. Ich warf noch einen letzten Blick ins Badezimmer, um sicherzugehen, dass ich alles mitgenommen hatte. Das Letzte, was mir ins Auge fiel, war das Bild mit dem Segelschiff, das in der Dämmerung im Hafen einläuft. Ich hatte mir nie die Mühe gemacht, auf den Namen des Schiffes zu achten, aber jetzt tat ich es. Auf dem Rumpf standen in blauer Schrift die Worte: JE REVIENS. *Ich komme wieder.* Ich schloss die Tür des Hotelzimmers hinter mir ab und ging nach unten.

Im Speisesaal herrschte reger Mittagsverkehr, als ich vorbeiging. Paula kam durch die Schwingtür aus der Küche.

»Verlassen Sie uns?«, fragte sie mit einem kurzen Blick auf meine Reisetasche.

»Ja«, sagte ich. Ich fühlte mich schlecht, weil ich meine Mission nicht erfüllt hatte. Zumindest nicht so, wie es sich meine Großmutter vorgestellt hatte. »Es wird Zeit für mich, dass ich aufbreche.«

Ich folgte Paula zum Empfang und schrieb meinen Namen in die Spalte ABREISE des Gästebuchs. Dann zog sie meine Kreditkarte durch.

»Ich hoffe, unser kleines Städtchen war Ihnen nicht zu langweilig«, sagte sie, als ich mir den Trageriemen meiner Laptoptasche über die Schulter schob. Ich sah den Anflug eines Lächelns auf ihrem Gesicht, wie ein Funken, der drauf und dran war, sich zu entzünden.

»Nein. Es war nett.«

Sie nahm einen Kugelschreiber und schob ihn sich hinters Ohr. »Tja, vielleicht kommen Sie ja mal wieder.«

Ich zuckte mit den Schultern und bemühte mich zu lächeln. »Ich denke, meine Geschäfte hier sind erledigt.« Ich rollte meine Reisetasche durch die Tür hinaus und zog sie hinter mir zu.

Die Luft war kühl, und ich machte das Fenster einen Spalt weit auf, um etwas von der Brise abzubekommen. Ich gab meine New Yorker Adresse ins Navi ein und wählte die landschaftlich reizvolle Route. Ich fuhr vorbei an grünen Feldern und an Gärten, in denen Kinder Fangen spielten, und während ich so dahinfuhr, stellte ich mir vor, wie ich all diese Szenen fotografieren würde, wenn ich meine Kamera dabeihätte. Ich kam an Blaubeerfeldern vorbei, wo man an kleinen Ständen am Straßenrand randvolle Schälchen mit Beeren und frische bunte Blumensträuße kaufen konnte. Ich musste an Gran und ihre Blaubeermuffins denken, und wie es ihr immer gelungen war, sie außen ein bisschen knusprig zu machen, während das Innere perfekt saftig blieb. Allein bei dem Gedanken an diese Muffins knurrte mein Magen vor Hunger.

Nach fünfzehn Minuten erreichte ich eine Steinmauer, die links die Straße entlangführte. Sie schien ewig weiterzugehen, aber von Zeit zu Zeit ergatterte ich einen Blick auf ein Feld jenseits der Mauer. Verblasste BETRETEN-VERBOTEN-Schilder tauchten in wahllosen Abständen auf, deren einst rote Schrift nun rosa geworden war. Das Feld erstreckte sich, von der Mauer gesäumt, immer weiter, hier und da lagen verstreut Geröll und Steine daneben. »›*Gute Zäune – gute Nachbarn*‹«, sagte ich laut, als ich mir dieses Zitat aus einem Gedicht von Robert Frost in Erinnerung rief.

Dann endete die Mauer und es tauchten wieder Häuser auf. Ich fuhr an einer Einfahrt vorbei, die mit Himmel-und-Hölle-Kästchen in Blau und Pink beschmiert war, und dann an einem Schild, das anzeigte, dass es geradeaus zum Highway ging.

Knapp hundert Meter weiter sah ich einen kleinen Laden. Auf dem Schild stand EDDY'S FOOD MART, auch wenn das *R* aus MART fehlte. Aber man konnte den Umriss dort, wo es gewesen war, erkennen. *Mat*, sagte ich für mich. *Eddy's Food Mat*. Es klang so, wie jemand aus Maine es aussprechen würde. Eine einsame, museumsreife, rot-weiße Zapfsäule stand vor dem Laden herum. Ich warf einen Blick auf meine Benzinanzeige und stellte fest, dass der Tank nur noch ein Viertel voll war, also fuhr ich ran. Ein Jugendlicher mit Sommersprossen und roten Haaren kam zum Auto geschlendert.

»Volltanken?«, fragte er und hielt sich die Hand zum Schutz vor der Sonne über die Augen, als er mich ansah.

»Ja, bitte.« Ich stellte den Motor ab. »Ich geh kurz in den Laden, okay?«

Der Junge antwortete mit einem Schulterzucken, das wohl »Wie Sie wollen« heißen sollte.

Im Laden war es kalt und dunkel, und die vier Regalreihen waren vollgestopft mit Schachteln und Dosen, mit Säften und Müslis, mit Gemüse, Brot, Milch, Eiern und Zeitschriften. Die Bodendielen knarrten, als ich zu den Kühlschränken im hinteren Bereich ging. Ich fand kein Perrier, dafür blieb mein Blick an etwas anderem hängen: *Higgis Root Beer*. Auf dem Etikett stand: ABGEFÜLLT IN MAINE MIT DEM EINZIGARTIGEN MAINE-AROMA, was auch immer das hieß. Ich nahm mir zwei Flaschen, ging zur Kasse und stellte das Root Beer auf die Ladentheke aus Eichenholz. Sie war ausgebleicht und übersät mit eingeritzten Botschaften. CHARLIE UND JUNE. FITZ WAR HIER. PETE RONIN IST EIN ARSCH.

Das Mädchen hinter der Kasse schaute mich mit ihrem runden Mondgesicht aus trägen Augen an. »Alles?«

»Ja, danke.« Ich kramte meinen Geldbeutel hervor und nahm ein Bündel Geldscheine heraus. Ganz unten entdeckte ich den Hundertdollarschein, der um fünf Zwanziger gefaltet war – mein Gewinn aus der Wette mit Roy. Ich steckte die Scheine zurück und nahm dafür einen Zwanziger ganz oben aus dem Bündel.

Die Kassiererin packte die Getränke in eine Papiertüte. Ich dachte an die Fahrt nach Hause und hoffte, dass ich nicht im Stau landen würde, als mich jemand an der Schulter antippte.

»Entschuldigung.«

Ich drehte mich um und sah eine junge Frau in roter Hose und blauer Bluse hinter mir, die eine Schachtel gefrorenen Brokkoli in der Hand hielt. Es war Arlen Fletch aus der Gemeindeverwaltung.

Sie beugte sich zu mir. »Ich hatte gehofft, dass ich Ihnen noch mal über den Weg laufe«, flüsterte sie, als würden wir Vertraulichkeiten teilen. »Erinnern Sie sich noch an mich? Aus dem Rathaus?«

»Ja, natürlich«, sagte ich lächelnd und griff nach meiner Tasche. »Wir haben uns über die Steuerbehörde unterhalten.«

Arlen zuckte zusammen wie ein Vampir vor einem Silberkreuz. Dann entspannte sich ihr Gesicht wieder. »Das haben Sie bei mir im Büro vergessen.«

Sie reichte mir einen kleinen Papierschnipsel, auf den ich *Frank und Dorothy Goddard*, die Namen meiner Großeltern, geschrieben hatte, nach denen ich in den Grundbuchakten gesucht hatte. Den Zettel hätte ich ohnehin weggeworfen. Wie seltsam, dass diese Frau ihn nicht nur aufgehoben, sondern auch noch mit sich *herumgetragen* hatte – in der Hoffnung, mich noch mal zu treffen. Da behaupte noch einer, die New Yorker seien komisch.

»Danke ... für's Aufheben«, sagte ich freundlich lächelnd, als ich den Zettel entgegennahm. »Und für Ihre Hilfe neulich.« Ich machte mich auf den Weg zur Tür.

Aber Arlen folgte mir, an den Bottichen mit frischem Getreide und den Tomaten vorbei. »Ach, kein Problem«, sagte sie und wich den Erbsendosen aus, die am Ende des Gangs aufgestapelt waren. »Ich dachte mir, dass ich Sie vielleicht noch einmal treffe. Manchmal passieren die Dinge einfach so.«

»Ja, also, danke noch mal«, murmelte ich, stieß die Tür auf und ging hinaus.

Ich bezahlte den Jungen mit den Sommersprossen für das Benzin und ging gerade zu meinem Auto, als ich merkte, dass Arlen mir weiter folgte, die Schachtel Brokkoli noch immer in der Hand. Ich blieb vor meinem Wagen stehen und zog die Schlüssel aus meiner Tasche. »Kann ich noch etwas für Sie tun?«

Ein Lächeln machte sich auf Arlens kleinem Mopsgesicht breit. »Ich hab es gefunden.«

»Ja, ich weiß.« Ich hielt den Papierschnipsel hoch, damit sie sehen konnte, dass ich ihn noch hatte. Erwartete sie etwa eine Belohnung?

Sie neigte den Kopf und zwinkerte mir zu. »Nein, Sie schauen auf die falsche Seite.« Sie wedelte mit der Hand. »Ich habe das *Haus* gefunden. Ich habe das Elternhaus Ihrer Großmutter gefunden. Sehen Sie? Da steht *Bradley G. Porter und Susan H. Porter*. Das sind die jetzigen Eigentümer.«

Ich schaute auf den Zettel und sah die Namen auf der Rückseite. Da stand außerdem die Adresse: *14 Comstock Drive*. »Sie haben das Haus meiner Großmutter gefunden?«

Arlen antwortete mit einem kleinen Schulterzucken. »Jaaa-woll.«

»Aber ich habe alle Register um neunzehnhundert und

weiß Gott was durchgesehen und konnte sie nicht finden.«

Arlen beugte sich wieder näher zu mir. »Tja, Sie müssen etwas übersehen haben, weil, ich habe sie gefunden.«

Am liebsten hätte ich sie umarmt. Ich wollte sie hochheben und herumwirbeln. Aber ich begnügte mich damit, ihr noch einmal zu danken.

»Ich gebe die Adresse in mein Navi ein und fahre gleich hin«, beschloss ich.

»Ihr Navi?« Sie hob die Augenbrauen. »Das brauchen Sie nicht. Es ist praktisch hier um die Ecke.« Sie fuhr mit einer umständlichen Wegbeschreibung fort, die viermal Abbiegen, eine Straßengabelung und einen Bach mit einschloss. Vielleicht merkte sie, dass ich blass wurde.

»Sie sehen ein bisschen verwirrt aus«, sagte sie. »Warten Sie.«

Arlen ging zu ihrem Wagen und kam mit einer zusammengefalteten Straßenkarte zurück. *Oh Gott*, dachte ich, *lass mich bloß mein Navi benutzen*.

Die Karte war vergilbt und müffelte wie ein feuchter Keller. Arlen pustete eine leichte Staubschicht weg. Dann faltete sie die Karte auseinander und breitete sie auf der Motorhaube eines Toyota aus.

»Es ist genau hier. Das ist der Comstock Drive.« Sie zückte einen rosa Stift und kreiste etwas ein.

»Sie fahren über die Route 55 und hier entlang, biegen dort links ab, dann rechts in die Algonquin, und dann biegen sie hier ein, in die Verrick, danach fahren Sie über den Bach und an der Weggabelung nach links.« Sie zeichnete den Weg mit ihrem Stift nach. »Dann kommen Sie zur

Kenlyn Farm. Mit der großen Steinmauer. Können Sie gar nicht verpassen. Sie fahren an der Farm vorbei, und dann ist es bloß noch ein paar Straßen weiter rechts.«

Mir fing der Schädel an zu brummen. Ich nahm die Karte, alles ignorierend außer der Schreibweise von Comstock, damit ich es nachher ins Navi eingeben konnte.

»*Kenlyn Farm?*«, fragte ich.

Arlen winkte wegwerfend. »Eine alte Blaubeerfarm. Aber sie wird nicht mehr bewirtschaftet. Es ist bloß ein großes Stück Land, aber Sie können es nicht verpassen. Steinmauer einmal rundherum.«

Ich war ziemlich sicher, dass sie von dem Ort sprach, an dem ich vorhin erst vorbeigefahren war.

»Hier, nehmen Sie die«, meinte Arlen und stupste mich mit der Karte an.

Ich bedankte mich erneut bei ihr, stieg ins Auto und sank in den Sitz. *Sie hat das Haus gefunden. Sie hat es gefunden*. Ich wollte es sehen und anfassen und riechen. Ich wollte vor der Eingangstür stehen, dort, wo früher meine Großmutter gestanden hatte. Ich wollte die Treppen nehmen, die sie früher benutzt hatte, und ganz in das Holz und die Wände und den Putz eintauchen.

Ich machte eine Flasche Root Beer auf und ließ die eiskalte Flüssigkeit meine Kehle hinunterlaufen. Ich dachte weiter an das Haus und wie es wohl aussehen würde. Aber diesmal hatte ich ein durch und durch gutes Gefühl. Es würde klein und gemütlich sein mit unebenen Böden, steilen Treppen und bescheidenen Zimmer, mit schiefen Decken. Es hätte schmale Flure und alte gläserne Türknäufe und eine gebeizte Mahagoniverkleidung, die satt glänzte vom sorgfältigen Polieren. Und überall, im Gebälk und im Putz und in den Farbschichten, würde ich meine Großmutter spüren.

Ich pfefferte die Karte auf den Beifahrersitz und gab Comstock Drive Nummer vierzehn in mein Navi ein. Es zeigte eine ganze Liste von Straßen in der Gegend an, die alle Comstock im Namen enthielten. Das war eine Comstock Lane in Louderville und der Comstock Circle in Tolland, aber nirgends ein Comstock Drive. Mit einem Seufzer langte ich hinüber nach Arlens Straßenkarte und versuchte, aus der Route schlau zu werden, die sie für mich markiert hatte.

Dann rollte ich vom Parkplatz, und bald darauf fuhr ich wieder an der Steinmauer vorbei. *Kenlyn Farm*, dachte ich. An der dritten Abzweigung nach der Farm bog ich in die Comstock ein.

Nummer vierzehn war ein Haus im neuenglischen Stil in einer Straße mit ähnlichen Bauten – weiße zweistöckige Schindelfassaden mit Veranden, die rundherum verliefen und weiße Holzgeländer hatten. Mansardenfenster spähten aus dem oberen Stock. Ein Ahorn stand im Garten vor dem Haus, und eine hölzerne Schaukel hing von einem seiner Äste. Eine Frau Anfang dreißig in Jeansshorts und einem Pulli vom Dartmouth College schubste ein etwa siebenjähriges Mädchen auf dieser Schaukel an.

Ich parkte, stieg aus und ging auf sie zu. »Hi«, grüßte ich und winkte. »Ich bin Ellen Branford.« Ich streckte der Frau meine Hand entgegen. »Ich bin aus New York, aber in Beacon zu Besuch. Meine Großmutter ist hier aufgewachsen.«

»Ach, wirklich?« Die Frau schüttelte mir die Hand. »Susan Porter. Das ist meine Tochter Katy.«

»Bitte entschuldigen Sie die Störung«, sagte ich, »aber der Grund, warum ich hier angehalten habe, ist, weil … na ja, meine Großmutter ist nicht bloß in Beacon aufgewachsen, sondern *hier*.« Ich machte eine Kopfbewegung zum Haus.

»In unserem Haus?« Susans Augen strahlten. »Sie machen Witze.«

Ich schüttelte den Kopf. »Nein. Ich habe die Adresse aus der Gemeindeverwaltung. Die Sache ist die … Ich habe mich gefragt …«

»Wollen Sie es sich ansehen?«, fragte sie und nahm Katys Hand.

Ich stieß einen Seufzer der Erleichterung aus. »Ja, bitte.« Ich folgte ihnen über den Rasen zum Haus, die Sonne wärmte mir den Nacken, ich dachte an Oma, die denselben Weg gegangen war. Vor langer Zeit hatten sich Erinnerungen an meine Großmutter in diesen Wänden abgesetzt. Ich hoffte, das Haus würde einige davon mit mir teilen.

Wir stiegen die Stufen zur Veranda hinauf, und Susan führte mich in ein lichtdurchflutetes Wohnzimmer, durch dessen Fenster eine sanfte Brise hereinwehte. Ich bewunderte einen offenen Kamin aus unbehauenem Stein, und Susan erzählte mir, dass er schon ursprünglich im Haus gewesen war. Ich versuchte, mir meine Großmutter als junges Mädchen in diesem Zimmer vorzustellen, aber ich konnte die Verbindung nicht herstellen.

Sie zeigte mir das Familienzimmer, wo Spielsachen und Stofftiere überall auf dem Boden verstreut herumlagen wie

Landminen. Ich folgte ihr in die Küche und das Esszimmer, das über eingebaute Schränke mit Glastüren verfügte.

»Ich glaube, die sind auch original«, meinte Susan und zeigte auf die Vitrinenschränke. Ich berührte das Mahagoniholz, aber auch hier gelang es mir nicht, etwas von Omas Gegenwart zu spüren.

Ein schmaler Treppenlauf führte in den zweiten Stock hinauf. Ich hatte das Gefühl, einen leichten Anflug von Lavendelduft zu riechen, als wir oben ankamen. Susan ging voraus durch ein blassgrünes Schlafzimmer, ein Kinderzimmer, das mit viel rosa Stoff ausgestattet war, und eine Art Gästezimmer mit einem Futon in der Ecke.

Es war ein altes Haus, und es war hübsch. Aber das war alles. Was auch immer ich zu sehen oder zu spüren erwartet hatte, war nicht hier. Welchen Einblick in das Leben meiner Großmutter ich hier auch hatte erhaschen wollen, er hatte keine konkrete Form angenommen.

Wir blieben im oberen Flur stehen. »Vielen Dank«, sagte ich und versuchte, nicht enttäuscht zu klingen. »Sie haben ein sehr schönes Zuhause, und ich bin Ihnen wirklich dankbar, dass Sie mich herumgeführt haben.« Ich sah die Treppe hinunter. »Ich versuche, mir hier meine Großmutter vorzustellen.«

»Wie lange ist es denn her?«, erkundigte sich Susan.

»Über sechzig Jahre«, antwortete ich. »Die Goddards haben hier gelebt, als …«

Susans Augen weiteten sich. Sie legte die Hand auf meinen Arm. »Die Goddards?«

Ich nickte. »Ja, der Mädchenname meiner Großmutter war Ruth Goddard.«

»Ruth Goddard?«, fragte sie noch einmal. »Sie war Ihre Großmutter?«

Ich trat einen Schritt zurück, ein wenig überrascht von ihrer Überschwänglichkeit. »Ja …«, antwortete ich zögernd. »Warum? Haben Sie schon mal von ihr gehört?«

»Kommen Sie mit«, sagte sie. »Das müssen Sie sich ansehen.«

Susan öffnete die Tür zu einem Gang, und sie und Katy führten mich ein paar steile schmale Stufen hinauf. Ich konnte die eingeschlossene Sommerhitze spüren, als wir auf dem Speicher ankamen.

»Wir bauen hier gerade ein wenig um, also achten Sie nicht auf das Chaos. Brad will sich hier ein Büro einrichten.«

Ich sah mich in einem riesigen quadratischen Raum mit Dachgauben an beiden Seiten um. An den Fenstern hingen alte Lamellenvorhänge. Sie waren halb geöffnet, und das Sonnenlicht fiel herein und hinterließ geometrische Muster auf dem dunklen Boden. Staubpartikel schwebten in der Luft um uns herum. Eine Kreissäge und ein Haufen anderer Werkzeuge standen neben einem Stapel Trockenbauwänden herum.

In einer Ecke war die alte Verkleidung bereits von der Wand gerissen worden, und die Balken lagen frei. Daneben war eine Fläche, auf der zwei Lagen übereinanderzuliegen schienen – Gipskarton und darunter Putz.

»Irgendwer hat den Gipskarton direkt auf den Putz angebracht?«, fragte ich. »Warum denn das?«

Susan zuckte mit den Schultern. »Ich weiß nicht. Vielleicht war der Putz dort in schlechtem Zustand, und sie wollten eine schnelle Lösung.«

Sie ging in eine dunklere Ecke des Raumes voran. »Was ich Ihnen zeigen wollte, ist das.« Sie deutete auf die Wand.

Es sah wie ein Gemälde aus. Es maß knapp einen Meter in der Höhe und etwa einen Meter zwanzig in der Breite. Ich trat einen Schritt näher heran. Ein junger Mann und eine junge Frau sahen einander an und hielten sich an den Händen. Im sorgfältig komponierten Hintergrund stand eine einzelne große Eiche vor einem Hain kleinerer Bäume und einer verwitterten roten Scheune.

Das Mädchen hatte ein langes moosgrünes Gewand an. Der Junge trug Hosen und ein Hemd in erdigem Braun. Sie waren von Wildpflanzen und Blumen und dem azurblauen Himmel umgeben. Es lag etwas beinahe Mystisches in dieser Szenerie, als wären die beiden selbst gerade erst der Natur entsprungen.

Ich streckte die Hand aus und strich über die Adern eines großen grünen Blattes. Die Farbe war warm und kühl zugleich, rau und glatt. Das Blatt schien unter meiner Berührung zum Leben zu erwachen. Ich konnte seine Energie fast körperlich spüren.

»Was ist das?«, fragte ich.

»Wir haben es gefunden, als wir den alten Gipskarton herausgerissen haben. Es war auf den Verputz aufgemalt.

»Es ist außergewöhnlich«, sagte ich. »Außergewöhnlich und schön.«

Sie nickte. »Können Sie die Schrift lesen? Dort oben.« Sie deutete hin. »Da stehen Namen über den beiden, und das Bild ist in der rechten unteren Ecke signiert.«

Ich spähte hinauf, und da standen tatsächlich Namen gleich über den Köpfen der zwei abgebildeten Menschen.

Über dem jungen Mann stand in winzigen gestochenen Buchstaben der Name *Chet*, über der jungen Frau las ich den Namen *Ruth*. Und in der rechten unteren Ecke des Gemäldes gab es, wie Susan gesagt hatte, eine Signatur. Ich entzifferte den Namen, der in der eleganten, aufrechten Schrift geschrieben war, die mir so vertraut war: *Ruth Goddard*.

8

Eine Fahrt nach Norden

Ich fuhr und nahm kaum noch mehr als den Asphalt vor mir wahr. Ob am Straßenrand nun Kiefern wuchsen oder Gänseblümchen, ob ein Reh in den Wald sprang oder ein Eichhörnchen einen Baum hinaufkletterte, ich bemerkte es nicht. Ich befand mich noch immer auf Susan Porters Speicher, und deshalb versäumte ich auch meine Abzweigung und landete im Stadtzentrum von Beacon.

Da ich mich noch immer ein wenig benommen fühlte, parkte ich vor der örtlichen Bank. Auf der gegenüberliegenden Straßenseite waren am Strand eine Handvoll Liegestühle und Strandhandtücher zu sehen, und ein paar Leute standen im Sand herum. Ich ging zur Ufermauer hinüber, setzte mich und atmete tief durch, während ich über meine Großmutter, Chet Cummings und das Gemälde nachdachte.

Der Himmel war voller üppiger weißer Wolken, und die späte Junisonne huschte über das Wasser. Ich drehte den Kopf und sah zu der Ladenzeile hinüber – das *Three Penny Diner*, das *Antler*, *Harborside Immobilien*, *Tindall & Griffin Rechtsanwälte*. Irgendetwas sah anders aus. Vielleicht war *Harborsides* Backsteinfassade aufgefrischt worden. Oder jemand hatte die weißen Schindeln der Anwaltskanzlei ordentlich gereinigt. Vielleicht standen auch bloß neue Geranien in den Fenstern des *Three Penny Diners*. Ihre roten Blüten sahen einfach ein bisschen strahlender aus. Ich saß da und sog die salzige Luft ein und stellte mir vor, dass meine Großmutter hier gesessen hatte, einen Pinsel in der Hand, neben sich Chet Cummings. Ich hatte etwas entdeckt – ein Fenster zum Leben meiner Großmutter. Ein Leben, von dem wir bisher nichts wussten. Das war ein Geschenk, unerwartet und wundervoll. Wie viel mehr es noch über sie zu erfahren gab, wusste ich nicht. Aber eines wusste ich: Ich würde Beacon nicht verlassen. Zumindest jetzt noch nicht.

Als ich auf den Parkplatz des *Victory Inn* fuhr, war ich überrascht, dass die Hälfte der Plätze bereits besetzt war. Schön für Paula, dachte ich, aber dann überkam mich die Sorge, dass sie mein Zimmer vielleicht schon wieder vergeben haben könnte.

»Haben Sie etwas vergessen?«, fragte sie, als ich in die Lobby trat. Sie musterte mich von oben bis unten. »Haben Sie Ihre Dartpfeile vergessen?«

Meine *Dartpfeile*? Langsam begriff ich, was die Leute meinten, wenn sie vom Kleinstadttratsch sprachen.

»Nein, ich …«

»Ach, Sie sind *richtig* zurückgekommen.« Sie zeigte auf meine Reisetasche.

»Ja«, sagte ich und holte mein Portemonnaie heraus. »Mir ist etwas dazwischengekommen, und ich muss noch ein paar Tage länger hierbleiben – vielleicht so bis Sonntag.« Mit einem kleinen Schnalzen legte ich meine Kreditkarte auf die Empfangstheke. »Ich hoffe, Sie haben noch ein Zimmer frei.«

Sie schlug das in Leder eingebundene Buch auf, blätterte ein paar Seiten um und rieb sich das Kinn. »Ich könnte Sie wieder in der *Ocean View Suite* unterbringen.«

»Perfekt«, sagte ich und trug meinen Namen und meine Adresse in die Spalte ANREISE ein. Mittlerweise wusste ich, wie das hier lief.

Paula händigte mir den Schlüssel mit dem geflochtenen Band aus, und ich stieg die zwei Treppen hinauf. Das Zimmer wirkte warm und gemütlich, als ich es betrat – die Drucke mit den Seefahrtsmotiven, die Waschschüssel mit dem Krug aus Keramik, das Bett mit der weißen Tagesdecke. Ich stellte meine Reisetasche auf dem Gepäckregal ab und räumte meine Kleidung ein. Ich stellte meine Kosmetika im Badezimmer auf den Rattankorb.

Aus meiner Aktentasche zog ich einen gelben Schreibblock und legte ihn auf den Spülkasten, zusammen mit einem weiteren Notizblock, auf dem eine Tuschezeichnung des *Victory Inn* zu sehen war. Ich kramte ein paar Kugelschreiber und Bleistifte hervor und stellte sie in ein Trinkglas. Das Glas stellte ich ebenfalls auf den Spülkasten zu den Notizblöcken und nickte zufrieden. Mein neues Büro.

Dann schloss ich den Toilettendeckel, setzte mich darauf, atmete tief durch und wählte Haydens Handynummer. Nach zweimal Klingeln hob er ab.

»Hayden, ich bin's.«

»Hey, wo bist du?« Er klang gutgelaunt, froh, meine Stimme zu hören. »Bist du schon durch Portland durch?«

Ich biss die Zähne zusammen und umklammerte das Handy etwas fester. »Um ehrlich zu sein, bin ich noch immer in Beacon. Im *Victory Inn*.«

»Du bist noch in Beacon? Ist alles in Ordnung? Ich dachte, du wärst schon auf dem Weg.«

Ich konnte die Sorge in seiner Stimme hören. »Ja, das dachte ich eigentlich auch«, erwiderte ich. »Aber es ist etwas passiert. Ich war schon auf dem Weg zum Highway, da ist mir die Frau aus dem Grundbuchamt über den Weg gelaufen und …«

»Die Frau aus dem was?

»Aus dem Grundbuchamt … im Rathaus.« Ich schaute hinunter auf den Kompass-Teppich mit den verschnörkelten Buchstaben der vier Himmelsrichtungen.

»Was wollte sie denn?«

»Sie hat die Adresse des Hauses gefunden, in dem meine Großmutter aufgewachsen ist. Also bin ich hingefahren, und die Besitzerin – eine Frau namens Susan Porter – hat mich reingelassen. Und rate mal, was da auf dem Dachboden ist.«

»Wo?«

»Auf dem Dachboden«, wiederholte ich. »Das glaubst du nicht. Da ist ein Bild, das meine Großmutter gemalt hat … an der Wand, unter dem Dach. Es ist unglaublich, Hayden! Die Besitzer haben renoviert und es dabei entdeckt … ein Gemälde von meiner Großmutter und Chet Cummings. Von den beiden zusammen. Sie hatte ihre Namen darauf geschrieben und es signiert. Und es ist wirklich gut. Ich meine, richtig, richtig gut!«

Ich dachte an das Bild von dem Mädchen und dem Jungen, die sich an den Händen hielten, und wünschte mir, Hayden wäre hier und könnte es sehen.

»Ich wusste nicht, dass deine Großmutter gemalt hat.«

»Nein, das ist ja das Erstaunliche daran«, sagte ich und erinnerte mich an die detaillierte Darstellung der Blumen und Blätter, den lebensechten Ausdruck auf den Gesichtern von meiner Großmutter und Chet Cummings. »Wir wussten das auch nicht.«

»Hast du Fotos davon gemacht? Hattest du deine Kamera dabei?«

Ich fühlte wieder, wie der Trageriemen der Kamera meinen Händen entglitt, und sah die Nikon still in die Dunkelheit hinabsinken. Meine Brust zog sich zusammen und Traurigkeit wallte in mir auf. »Nein, hatte ich nicht.«

»Wie schade.«

Ich nickte in stiller Zustimmung.

»Also«, sagte er, »dann machst du dich also morgen ganz früh auf den Weg. Ich denke, es ist besser, wenn du gleich bei Tagesanbruch losfährst, wenn du den Freitagsverkehr vermeiden willst. Es ist schon eine lange Fahrt ohne Verkehrsbehinderungen, aber darauf kannst du dich nicht verlassen, also wenn du aufbrichst, so gegen … lass mal überlegen …«

»Hayden«, unterbrach ich ihn, während ich nervös die Klopapierrolle in der Halterung drehte. »Ich komme nicht vor Sonntag zurück.« Ich wartete einen endlosen Moment des Schweigens ab.

»Moment … ich verstehe nicht. Was ist mit dem Dinner, bei dem ich ausgezeichnet werde, morgen Abend? Willst du damit sagen, dass du es verpassen wirst?«

Ich blickte zu Boden, die Schuldgefühle zerrten an mir wie die Schwerkraft. »Hayden, es tut mir wirklich, wirklich leid. Aber dieses Bild zu finden ist wie … es ist wie ein Zeichen, dass ich noch hierbleiben und die blinden Flecken im Leben meiner Großmutter auffüllen muss.« Ich rief mir das Bild von Großmutter und Chet ins Gedächtnis. »Und ich weiß, wer mir dabei helfen kann«, fügte ich hinzu. »Chet Cummings. Er kann mir Dinge über Gran erzählen, die ich nicht weiß, Hayden. Über ihre Kindheit, darüber, wie sie hier in Beacon aufgewachsen ist. Über ihr Bild. Dinge, die nicht einmal meine Mutter über sie weiß. Ich brauche … noch ein paar Tage.«

Es herrschte einen Moment Schweigen, und dann sagte Hayden: »Ich verstehe, Ellen.« Seine Stimme klang leise und resigniert. »Ich weiß, dass du das tun musst. Ich hatte bloß nicht damit gerechnet, dass es so lange dauern würde. Ich hatte mir wirklich gewünscht, dass du mit mir zu diesem Dinner gehst.«

»Ich weiß«, erwiderte ich. »Und ich mach es irgendwie wieder gut.« Ich drückte das Handy so fest, als wäre es seine Hand.

Früh am nächsten Morgen wachte ich mit einem Knoten im Magen auf. Es war Freitag, und ich fuhr nicht nach Hause. Ich stellte mir vor, wie Hayden seinen Kleiderschrank nach der richtigen Kombination aus Anzug, Hemd und Krawatte für das Dinner am Abend durchforstete. Sicher würde er sich meinen Segen zu seiner Auswahl wünschen, aber ich würde nicht da sein, um ihn zu unterstützen. Er würde sich wünschen, dass ich beim Dinner neben ihm sitze und sehe, wie er seine Auszeichnung bekommt und seine Dankesrede hält. Und ich würde nicht dasein.

Der kleine Safe in meinem Schrank sprang auf, nachdem ich mein Geburtsdatum über die Tastatur eingegeben hatte. Ich holte meinen Verlobungsring heraus, der Diamant strahlte im Licht der Zimmerlampe. Ich versuchte, den Ring wieder an meinen Finger zu stecken, aber er wollte nicht passen. Schließlich gelang es mir, ihn mithilfe von etwas Handcreme über den Knöchel zu bekommen. Er saß immer noch ziemlich eng, aber zumindest trug ich ihn wieder.

Ich setzte mich auf die Bettkante, drehte meine Hand und beobachtete, wie die Facetten des Diamanten das Licht einfingen. Als ich das Gespräch mit Hayden noch einmal in Gedanken durchging, fühlte ich mich noch schlechter. Dass ich das Dinner verpasste, war schlimm genug, aber wenn ich daran dachte, was er gesagt hatte, als ich ihm von Omas Gemälde erzählt hatte, wurde mir fast übel. *Hattest du deine Kamera dabei?*

Ich schloss die Augen, denn ich wollte nicht an die Nikon denken, aber ich musste feststellen, dass ich an nichts anderes denken *konnte*. Und dann wurde mir klar, dass ich nicht ohne die Kamera nach New York zurückkehren konnte. Ich musste ein Geschäft hier finden – wenn nötig, nach Portland fahren – und sie ersetzen.

Nachdem ich mich rasch angezogen hatte, eilte ich in den Speisesaal. Er war voll mit Gästen, die in der Nacht eingetroffen waren. Ich schaute mir die Auswahl auf dem Frühstücksbuffet an und blickte kurz auf die handgeschriebenen Etiketten vor jeder Speise. Der Eierauflauf mit Käse und Wurststückchen sah köstlich aus, und ich bildete mir ein, auch den Duft von Jalapeños darin auszumachen. Ich verharrte vor einem Tablett Bratäpfel mit Pecannussfüllung und zuckrig glänzender Glasur und folgte dann dem Duft von Zimt zu einer großen Schüssel hausgemachtem Müsli. Ich nahm die Platten mit Bananen-Nuss-Brot, Blaubeermuffins, Marmorkuchen, Frühstücksflocken, Bagels und eine große Schale mit frischem Obstsalat in Augenschein.

Alles davon sah verlockend aus, aber ich hatte es eilig loszukommen, also schnappte ich mir einen Bagel und eine Banane und ging Paula suchen. Ich fand sie vor der Küchentür, wo sie gerade mit dem Koch sprach, und fragte sie, ob sie einen guten Laden für Fotoapparate kannte.

Sie zog die Augenbrauen hoch. »Haben Sie nicht schon eine Kamera? Ich dachte, ich hätte Sie neulich mit einer gesehen.«

Ich fragte mich, ob es irgendetwas gab, was dieser Frau entging. »Ja, na ja, die Kamera ist *etwas defekt*«, erwiderte ich, um es mit Paulas eigenen Worten auszudrücken. Das brachte mich beinahe zum Schmunzeln, aber die Erinnerung an die verlorene Nikon war zu lebendig.

»Sind Sie Fotografin?«, fragte sie und legte den Kopf leicht in den Nacken, um mich besser betrachten zu können.

»Nicht wirklich. Ich mache das bloß als Hobby. Allerdings eines, das ich ziemlich ernst nehme.«

Sie schüttelte den Kopf. »Tja, in Beacon werden Sie keinen Laden für Fotoapparate finden. Da müssen Sie schon nach Lewisboro fahren. Da gab es mal einen Laden namens *Foto Brewster*. Vielleicht gibt es den immer noch.«

»Wie weit ist Lewisboro?«

»Ungefähr fünfundvierzig Minuten von hier«, meinte sie. »Das heißt natürlich mit meinem Auto, mit Ihrem dürften Sie die Strecke in einer halben Stunde schaffen.«

Plötzlich war mir mein BMW unangenehm, auch wenn ich nicht wusste, warum. Auf dem Parkplatz suchte ich mir die Telefonnummer und die Adresse von *Foto Brewster* auf dem iPhone heraus. Der Laden befand sich noch immer in Lewisboro, und als ich dort anrief, bestätigte mir der Mann, der dranging, dass sie auch Nikons im Sortiment hatten. Das war gut. Mit einem Seufzer der Erleichterung legte ich auf und begann, mich etwas unbeschwerter zu fühlen, als ich zu Chet Cummings Haus losfuhr.

Als ich in seine Straße einbog, wurde meine Stimmung allerdings schon wieder gedämpft. Ich konnte seine Einfahrt und den grünen Audi, der noch immer am selben Platz parkte, schon von Weitem sehen. Es stand kein anderes Auto dort, was wohl hieß, dass er wieder weg war. Ich fuhr langsam an das Haus heran und überlegte, ob ich trotzdem an die Tür klopfen sollte, nur um sicherzugehen. Aber dann sah ich den weißen Volvo vor dem Nachbarhaus stehen. Auf keinen Fall würde ich mich wieder mit dieser Nachbarin anlegen.

Entmutigt rollte ich am Haus vorbei, und im Vorbeifahren bemerkte ich einen Zettel an der Tür. Es war das erste Lebenszeichen, das ich gesehen hatte, wenn man die Katze nicht zählte. Am Ende der Straße wendete ich rasch und parkte ein paar Häuser weiter weg. Ich eilte zu Chets Haus und versteckte mich dabei hinter Bäumen, Sträuchern und Zäunen, damit die Nachbarin mich nicht sehen konnte. Als ich vor dem Haus angekommen war, hastete ich hoch auf die Veranda.

Die Nachricht war mit einem dicken schwarzen Filzstift auf einen weißen Zettel geschrieben und mit Malerkrepp an die Tür geklebt worden.

Mike –
ich bin um 5 wieder da.
CRC

CRC. Chester R. Cummings. Das war Chet. Also war er wenigstens nicht verreist. Er würde ab fünf wieder hier sein, und wenn ich schon ein bisschen früher vorbeikäme, könnte ich ihn abpassen. Das war perfekt. Ich war so aufgeregt, ich hätte gleich hier auf der Veranda einen Two Step tanzen können. Ich kehrte auf demselben Wege, versteckt hinter Bäumen und Sträuchern, wieder zu meinem Wagen zurück und hüpfte auf den Vordersitz.

Nachdem mein Plan, später wiederzukommen, nun stand, gab ich Lewisboro in mein Navi ein. Ich verließ Beacon und fuhr Richtung Norden über den von Kiefern gesäumten Highway. Vor mir erstreckte sich der Wald bis zum Horizont, darüber der weite, von Wolkenschwaden durchzogene Himmel. Es hätte ein tolles Foto abgegeben, und ich überlegte mir, welchen Bildausschnitt ich durch den Sucher wählen würde. Den Highway und die Baumkronen am unteren Bildrand, den restlichen Raum sollte der Himmel einnehmen.

Alles eine Frage der Bildkomposition.

Das hatte meine Großmutter immer wieder gesagt. Sie

hatte mir meine erste wirklich gute Kamera geschenkt, eine alte Nikon F. Robust und komplett analog. Sie verwendete noch Film, aber sie war damals auf dem höchsten Stand der Technik. Sie hatte sie mir in dem Sommer geschenkt, als ich dreizehn wurde und zwei Wochen lang in ihrem Haus in der Steiner Street in San Francisco zu Besuch war.

»Ich denke, es wird Zeit, dass du von deiner kleinen Kodakkamera zu etwas anderem aufsteigst«, hatte Gran gesagt, als sie zu mir in das Zimmer kam, in dem ich schlief, wenn ich zu Besuch war. Ich nannte es das Gartenzimmer, denn es hatte ein weißes Holzbett, einen lindgrünen Teppich und eine Tapete mit Ranken- und Blumendekor.

Sie hatte mir eine Schachtel überreicht, die in lavendelfarbenes Geschenkpapier gehüllt war. Daraus nahm ich eine schwere schwarze und chromfarbene Kamera mit einem schwarzen Riemen.

Nach einem Moment überwältigten Schweigens bekam ich schließlich ein Dankeschön heraus.

»Na ja, sie ist nicht ganz neu«, hatte meine Großmutter gesagt. »Aber der Mann, dem ich sie abgekauft habe, hat sie sehr pfleglich behandelt. Profis benutzen so eine, weißt du.« Sie zwinkerte mir zu.

Das wusste ich sehr wohl. Diese Kamera war ein Riesensprung von meiner alten Kodak, bei der man nichts weiter tun musste, als durch den Sucher zu gucken und den Auslöser zu drücken.

Die Nikon war eine ganz andere Liga und setzte voraus, dass ich mir einen gewissen Grad an Wissen über Spiegelreflexkameras aneignete. Ich musste lernen, wie man das Objektiv scharfstellte und wie ich die Belichtung einzustellen hatte, indem ich die Verschlusszeit und die Blende bestimmte. Das einzig Automatische daran war ein einfacher Belichtungsmesser.

Ich nahm die Bedienungsanleitung mit all ihren Eselsohren und Knitterfalten und verkroch mich in den Hobbyraum meiner Großeltern. Dort machte ich es mir auf einem der Sofas bequem und studierte das Handbuch zwei Stunden lang, bevor meine Großmutter kam und nach mir sah.

»Ich dachte, du hättest schon vier Filmrollen verschossen«, schnaubte sie durch die Tür. »Leg dieses Buch weg und komm mit mir mit.«

Ich folgte ihr nach unten und zur Haustür hinaus.

»Aber ich möchte doch all die Sachen mit der Blende und den Belichtungszeiten verstehen«, wandte ich ein, als ich hinter ihr über die Straße lief.

Sie führte mich zum Alamo Square, und wir erklommen den Hügel, wo die untergehende Sonne die Silhouette der Stadt in ein goldenes Licht tauchte.

»Ich muss das alles doch wissen, bevor ich gut darin sein kann«, protestierte ich. »Das ist nicht wie bei meinem alten Fotoapparat.«

»Unsinn.« Sie schnippte mit den Fingern. »Darüber würde ich mir keine Sorgen machen. Das kommt alles mit der Zeit.«

Die Kamera baumelte an dem langen Riemen um meinen Hals, während sie hinter mir stand und mich neckend am Zopf zog. Dann drehte sie mich behutsam einmal im Kreis, sodass ich die Stadt aus jeder Perspektive sehen konnte. Baumgruppen, Parkbänke, Wohnhäuser, die sich an die Hänge klammerten, die weiße Transamerica Pyramide, das Rathaus von San Francisco und die Reihe heller viktorianischer Häuser, die von allen nur *Painted Ladies* genannt wurden und zwischen denen sich das Haus meiner Großeltern einschmiegte.

»Aber wenn ich es nicht richtig mache, dann werden die Fotos zu hell oder zu dunkel oder …«

»Was sind wir heute technisch!« Sie lachte und legte den Arm um mich. »Das Allerwichtigste«, begann sie und zeigte mit ausgestrecktem Arm auf die Skyline vor uns, »ist die Bildkomposition – das, was deine Augen zu fotografieren aussuchen. Was ins Bild kommt und was ausgeklammert wird.« Sie zeigte auf die Kamera. »Wenn du durch diesen Sucher guckst, musst du wissen, was einen Sinn ergibt. Du musst dich immer fragen, ob es nicht noch einen besseren Blickwinkel auf die Szene vor dir gibt – vielleicht einen interessanteren oder einen, an den du vorher einfach nicht gedacht hast. Es gibt so viele verschiedene Arten, ein und dasselbe zu betrachten, Ellen.«

Sie beugte sich etwas herab, um mit mir auf einer Höhe zu sein, und fasste mich am Kinn. »Das ist etwas, was dir niemand beibringen kann. Entweder man hat es oder man hat es nicht.« Sie küsste mich auf den Scheitel. »Aber da brauchst du dir keine Sorgen zu machen. Ich habe deine Fotos gesehen. Du *hast* es.«

Ich bin nie auf den Gedanken gekommen, das Wissen meiner Großmutter über Fotografie infrage zu stellen. Ich habe mich nie gefragt, welche Kompetenz sie hatte, mit solcher Autorität darüber zu sprechen. Ich schätze, ich dachte einfach, Großmütter wüssten alles.

Später an jenem Abend, als meine Eltern sich fertigmachten, um zum Essen zu gehen, erzählte ich meiner Mutter, was Gran mir gesagt hatte.

»Was weiß deine Großmutter schon über Bildkomposition?« Meine Mutter lachte und griff nach einer Dose Haarspray.

Ich starrte auf den Badezimmerboden mit seinen winzigen schwarz-weißen Schachbrettmusterfliesen, während meine Mutter einen Nebel aus Chemikalien auf ihrem Kopf versprühte. Ich fühlte mich um Omas willen verletzt, aber ich wusste nicht, wie ich sie verteidigen sollte. Es gab nichts Konkretes, was ich als Beweis für ihr Wissen hätte vorbringen können. Und doch wusste ich, dass das, was meine Großmutter gesagt hatte, stimmte.

Zweiunddreißig Minuten nachdem ich Beacon verlassen hatte, nahm ich die Ausfahrt nach Lewisboro und folgte dann der Beschilderung bis zur Einkaufsstraße. *Foto Brewster* befand sich im Erdgeschoss eines alten zweistöckigen Backsteingebäudes, eingeklemmt zwischen einem Antiquitätenladen und einem Herrenausstatter namens *Ross Martin*.

Ich betrat einen schmalen, länglichen, schummrig beleuchteten Laden. Die Luft roch trocken, nach Speicher und alten Zeitungen, aber der Laden war vollgestopft mit Kamerabedarf – Gehäuse, Objektive, Stative, Filter, Blitzgeräte und viele andere Gegenstände in alten Vitrinen aus Eichenholz. Hinter der Ladentheke unterhielt sich ein Mann mit einer silbergrauen Brille gerade mit einem Jungen und dessen Vater über Blitzgeräte.

Er nickte mir zu. »Es kümmert sich gleich jemand um Sie«, meinte er. Dann ging er durch eine Tür hinter der Ladentheke, und ich hörte ihn rufen: »Paps! Paps, da ist Kundschaft – kommst du raus?«

Einen Moment später tauchte ein alter Mann auf. Seine Stirn war von tiefen Falten durchzogen, Furchen beinahe, die sich auch um seine Mundwinkel herum zeigten. Schneeweißes Haar bedeckte seinen Kopf wie feiner Flaum.

»Womit kann ich Ihnen behilflich sein, Miss?«, fragte er.

Ich nannte ihm mein Kameramodell und fragte ihn, ob er ein solches vorrätig hatte.

Er kratzte sich an der Wange und blickte nachdenklich zur Decke. Dann sagte er: »Nun ja, Miss, dieses Modell ist gerade von einem neuen abgelöst worden, das ein klein bisschen anders ist. Aber Sie haben Glück.« Seine Augen blitzten auf. »Wir haben das neue Modell auf Lager, und ich kann es für sie holen. Mal sehen, wie es Ihnen gefällt.«

Er nahm einen Schlüssel und öffnete eine Vitrine hinter mir. Er räumte ein paar Kartons um und holte dann eine Kamera heraus und stellte sie auf die Ladentheke. »Ich nehme an, Sie sind mit Nikon-Kameras vertraut?«

Ich nickte. »Ja, ich benutze sie schon seit Jahren.«

Er lächelte. »Seit Jahren? Das ist schön.«

»Ich hatte schon eine alte Nikon F«, erzählte ich. »Ich mag noch immer das Gefühl, eine dieser alten Kameras in den Händen zu halten.«

Der Mann schlug mit der Hand auf den Tisch. »Wem sagen Sie das?« Er sah mich mit offenem Mund an. »Also, das war eine Kamera«, schwärmte er. »Eine große Sache zu damaliger Zeit, auch wenn man sich das bei all den digitalen Dingern, die wir heutzutage verkaufen, gar nicht mehr richtig vorstellen kann. Alles muss einen verflixten Computer eingebaut haben.« Er schüttelte den Kopf.

»Ich weiß, was Sie meinen«, stimmte ich ihm zu. »Diese alten Kameras waren viel einfacher. Aber ich schätze, der Fortschritt lässt sich eben nicht aufhalten.«

»So ist das wohl«, seufzte er. »Also, wenn Sie die besonderen Vorteile dieser Kamera kennen wollen, müssen Sie warten, bis mein Sohn Mark den Kunden bedient hat.« Er zeigte mit wackelndem Finger zu Mark hinüber.

»Oh, kein Problem«, sagte ich. »Ich denke, ich kann mir selbst ein Bild machen.«

Er reichte mir die Kamera. »Also gut, Miss, dann versuchen Sie's mal.«

Ich schaltete die Kamera ein und hielt den Sucher an mein Auge. »Sie fühlt sich etwas schwerer an«, murmelte ich, während ich auf ein Schild hinter der Ladentheke zoomte. WIR AKZEPTIEREN VISA UND MASTERCARD. Ich machte ein Foto.

Dann richtete ich die Linse Richtung Schaufenster und schoss ein Foto von einer Frau, die draußen vorbeiging. Sie hatte einen pinken Anglerhut auf dem Kopf.

»Also, Sie hatten eine Nikon F«, meinte der Mann und kratzte sich wieder an der Wange.

Ich betrachtete die Fotos, die ich soeben gemacht hatte, auf dem Display. Der Hut der Frau leuchtete gestochen scharf. »Ja, meine Großmutter hat sie mir eines Sommers geschenkt.«

»Das ist aber ein tolles Geschenk«, meinte der Mann.

Ich nickte. »Tja, sie war ja auch eine tolle Großmutter.« Ich machte ein Foto von einer Vitrine voller Kamerataschen. »Übrigens«, sagte ich, während ich wieder auf das Display schaute, um das Ergebnis zu begutachten, »sie hat früher mal in Maine gelebt. Deshalb bin ich hier.«

Der Mann begann, die Schachteln mit den Blitzen auf einem Regal hinter ihm umzuräumen. »Ach, wirklich? Wo lebte sie denn genau? Hier in Lewisboro?«

Ich scrollte durch das Menü der Kamera. EINSTELLUNGEN, AUFNAHMEN, WIEDERGABE. »Sie ist in Beacon aufgewachsen.«

Der Mann drehte sich um und starrte mich an. »In *Beacon*? Ich bin auch in Beacon aufgewachsen. Wie heißt Ihre Großmutter denn?«

»Ihr Mädchenname war Ruth Goddard.«

Er riss die Augen auf. »Ruthie? Ruthie Goddard ist Ihre Großmutter?« Er haute wieder auf die Ladentheke. »Nicht zu fassen!« Er legte den Kopf zurück und grinste. »Ich bin mit Ruthie zur Schule gegangen.«

»Sie kannten sie?«, fragte ich überrascht. »Sie kannten meine Großmutter?« Ich spürte, wie mein Puls sich beschleunigte und ein Kribbeln meine Arme hochlief.

»Aber ja. Ich kannte sie schon, seit wir kleine Kinder waren. Zweite Klasse, denke ich. Wo lebt sie denn jetzt?«

Ich schaute zu Boden. »Na ja«, räusperte ich mich, »sie ist leider vor einer Woche verstorben.« Als ich den Kopf wieder hob, schaute mich der Mann mit sanften, freundlichen Augen an.

»Oh, tut mir sehr leid zu hören, Miss … Miss … wie heißen Sie eigentlich?«

»Ellen Branford«, antwortete ich und streckte ihm die Hand entgegen.

»Wade Shelby«, erwiderte er und schüttelte energisch meine Hand. »Ruthie war ein nettes Mädchen. Gute Künstlerin auch. Sehr talentiert.«

Ich stellte die Kamera auf die Ladentheke. »Ja, ich habe gerade erst erfahren, dass sie gemalt hat.«

»Ah, verstehe«, meinte er. »Donnerwetter, sie war eine echte Künstlerin. Das hat sie aufs College gebracht. Sie hat Kunst studiert.«

Hat sie aufs College gebracht? Kunst studiert? Nein, da musste er sich irren. Gran war in Stanford und hat einen Abschluss in Literaturwissenschaft gemacht, nicht Kunst. Jetzt verwechselte er sie mit jemand anderem.

»Ja, sicher«, beteuerte er. »Sie ging fort, um Künstlerin zu werden, ein richtig ausgebildeter Profi.« Er zog die Augenbraue hoch. »Und dann ist sie nie zurückgekehrt.«

»Was meinen Sie?«

Wade beugte sich näher zu mir. »Na ja, sie war mit diesem Jungen befreundet, Chet«, flüsterte er. »Alteingesessene Beaconer Familie. Netter Typ. War ziemlich ernst zwischen den beiden. Alle dachten, sie würden heiraten. Aber dann ging Ruthie weg ans College, und das Nächste, was wir hörten, war, dass sie einen anderen Jungen kennengelernt hatte. Irgendeinen Arzt oder Medizinstudenten.« Er zuckte mit den Schultern. »Und das war's. Dieser feine Großstadtpinkel hat sich Ruthie geschnappt.«

»Der Arzt?«

Wade nickte.

Ich versuchte mir vorzustellen, wie meine Großmutter

mit Chet zusammen war, dann ans College ging, Chet verließ und heiratete … Es war ein bisschen seltsam zu hören, dass mein Großvater als *Großstadtpinkel* bezeichnet wurde.

»Ich kann nicht glauben, dass Sie meine Großmutter kannten«, sagte ich. »Ich habe so viel Neues über sie erfahren, seit ich nach Maine gekommen bin.« Ich holte meine Kreditkarte heraus und legte sie auf den Ladentisch.

»Möchten Sie die Kamera haben?«

Ich nickte und Wade packte sie wieder sorgsam in die Schachtel. Dann zog er die Kreditkarte durch die Lesemaschine.

»Was ist aus Chet geworden?«, wollte ich wissen.

»Chet? Kann ich mich nicht genau erinnern«, erwiderte er und reichte mir den Bon und einen Kugelschreiber. »Aber er war ein netter Kerl.« Er schob die Schachtel in eine Tüte. »Ich wünschte, ich könnte Ihnen mehr erzählen, wo sie doch Ihre Großmutter war.« Er kam um die Ladentheke herum und überreichte mir die Tüte. Dann sah er mich an, ein Auge halb zugekniffen. »Wissen Sie, wer vielleicht mehr wissen könnte?«

»Wer?«

Er nickte bedächtig. »Lila Falk. Sie war eine gute Freundin von Ruth.«

Ich nahm die Tüte. »Lila Falk?«

»Genau«, meinte er. »Soweit ich gehört habe, lebt sie noch immer in Maine. In einem Pflegeheim. In Kittuck, glaube ich. Ja, wenn jemand etwas weiß, dann vermutlich sie.«

Ich nahm den Kugelschreiber und notierte mir den Namen Lisa Falk und Kittuck auf die Rückseite des Kassenzettels. »Ich bin in Beacon untergebracht«, sagte ich. »Wo ist Kittuck?«

»Nördlich«, erklärte Wade und machte eine vage Handbewegung. »Nördlich von Beacon, nördlich von hier.«

»Wie weit nördlich?«, erkundigte ich mich.

»Was für ein Fahrzeug haben Sie?«

»Mein Wagen?«, fragte ich. »Ein BMW.«

Er lächelte. »Dann können Sie es in einer Stunde schaffen.«

9

Mr. Cummings

Ich saß nur ein paar Häuser vom Fotoladen entfernt in meinem Wagen und suchte über den Internetbrowser meines iPhones nach dem *Saint Agnes Pflegeheim*. Es war nicht schwer, die Telefonnummer zu finden, denn es war das einzige Altersheim in Kittuck. Anscheinend war es auch das einzige in einem Umkreis von mehreren Kilometern. Das Werbebanner, das auf der Seite aufpoppte, verkündete »Wir versorgen die Gemeinden von Kittuck, North Prouty, South Prouty und Loudon«, und dann waren noch eine Reihe weiterer Orte aufgelistet.

Die Frau, die meinen Anruf entgegennahm, sagte mir, dass Lila Falk tatsächlich dort lebte, legte mir jedoch nahe, dass es besser wäre, wenn ich ihr meinen Besuch erst tags darauf abstatten würde.

»Am Freitagnachmittag ist es alles immer ein bisschen hektisch«, meinte sie. »In Kürze startet das Musikprogramm, und dann basteln einige unserer Bewohner noch. Aber morgen ist nichts los. Können Sie dann kommen? Vielleicht so um eins oder zwei?«

»Ja«, sagte ich. »Ich denke, das kann ich einrichten.«

Um vier bog ich in die Dorset Lane ein, wohl wissend, dass ich viel zu früh dran war. Aber ich wollte nicht riskieren, Chet Cummings zu verpassen. Ich sah gleich, dass etwas anders war – ein blauer Pick-up parkte neben dem Audi. *Jetzt aber, Oma*, dachte ich, und mein Puls beschleunigte sich wieder. Endlich würde ich ihm den Brief übergeben.

Ich parkte vor dem Haus, nahm das Kuvert mit dem Brief darin und ging zur Haustür, wo ich laut anklopfte. Nachdem ich noch ein paarmal geklopft hatte, reagierte noch immer niemand.

Er muss da sein, dachte ich, als ich die Verandastufen zum Rasen hinunterstieg. Ich drehte mich um und starrte auf das Haus. Vielleicht hatte er sein Hörgerät ausgeschaltet. Ich ging um das Haus herum und spähte in die Fenster. Als ich ans Esszimmer kam, sah ich eine marineblaue Windjacke über einer der Stuhllehnen hängen, und ich bemerkte, dass die Poststapel, die ich zwei Tage zuvor dort gesehen hatte, fort waren.

Ich war schon fast wieder vor dem Haus angekommen, als ich eine Leiter aus Aluminium am Boden liegen sah. Ich blieb stehen und blickte erst hinauf zu dem Fenster über mir und dann wieder zur Leiter. Das könnte klappen, dachte ich. Chet Cummings hatte vermutlich sein Hörgerät ausgeschaltet, oder er schaute fern und hatte die Lautstärke ganz aufgedreht, so wie Gran es auch immer gemacht hatte. Er musste oben sein, und es gab nur einen Weg, das herauszufinden.

Ich steckte mir den Brief meiner Großmutter in die Hosentasche und schaffte es, die Leiter gegen die Hauswand zu stellen. Ich erklomm ein paar Stufen, ermahnte mich, besser nicht nach untenzuschauen, und kletterte weiter. Als ich durch das Fenster oben linste, sah ich ein Zimmer mit einem grauen Teppich, einem Holztisch, auf dem Bücher und Papiere lagen, und einer weißen Regalwand, ebenfalls voller Bücher. Auf einem der Regalbretter stand etwas, bei dessen Anblick mir fast das Herz stehenblieb – eine alte analoge Kamera. Ich wusste, was es nicht war – es war keine Nikon –, aber ich konnte nicht sagen, was für ein Modell es dann war. Eine Leica vielleicht? Ich strengte meine Augen an, um den Herstellernamen zu erkennen.

Und dann hörte ich unter mir eine Stimme. Die Stimme eines Mannes. Eine wütende Stimme.

»Was zum Teufel tun Sie da?«

Ich erstarrte und klammerte mich an die Leiter, wobei meine Fingerknöchel weiß hervortraten. Dann sah ich nach unten. Bekleidet mit Jeans, einem dunkelblauen T-Shirt mit dem verwaschenen Aufdruck TOWN LINE KLEMPNERBEDARF und einer Baseballkappe auf dem Kopf stand dort Roy. *Roy*. Irgendwie schien ich ihn einfach nicht loszuwerden. Er war einfach überall. Und schon wieder erwischte er mich in einem sehr peinlichen Moment. Ich schaute mich um, ob nicht irgendwer ein Foto schoss.

»Ich habe hier etwas zu erledigen«, erwiderte ich mit kühlem Ton. Ich war noch immer wütend auf ihn, wegen seines unmöglichen Benehmens, nachdem wir das *Antler* verlassen hatten. Und was ich hier machte, ging ihn schließlich überhaupt nichts an.

Er hob die Hand an die Stirn, um die Sonne abzuschirmen, und kniff die Augen zusammen. »Meine Güte, das … das bist ja du!«

Ich kletterte so würdevoll ich konnte die Leiter hinunter und spürte die ganze Zeit über Roys Blick auf mir. »Ja, das bin ich«, sagte ich und stieg von der letzten Sprosse. Ich blickte ihn herausfordernd an, und mir fielen die Bartstoppeln an seinem Kinn auf.

»Was *machst* du denn hier? Und warum schnüffelst du da oben herum?«, fragte er.

»Was *ich* hier mache?«, fragte ich entrüstet. »Was machst *du* hier?« Ich bürstete mit der Hand etwas Schmutz von meiner Hose. »Verfolgst du mich? Oder was ist hier los?«

Er blickte mich entgeistert an. »*Ich dich* verfolgen? Ich würde sagen, es ist genau andersherum.«

»Schau, ich habe hier was zu erledigen«, seufzte ich. »Ich versuche, jemanden zu finden.«

Roys Blick wanderte erst zur Leiter und dann zu mir. »So versuchst du, Leute zu finden? Indem du heimlich in ihre Fenster schaust?«

Ich warf den Kopf in den Nacken und stellte mich aufrecht hin. »Ich denke nicht, dass ich dir hier Rede und Antwort stehen muss.« Er war genauso schlimm wie Chets Nachbarin. »Ach, und wo wir schon dabei sind«, fügte ich hinzu. »Schon mal was von ›unbefugtem Betreten‹ gehört? Dessen machst du dich nämlich gerade strafbar.«

Er zeigte auf mich. »Nein, *du* bist diejenige, die hier etwas unbefugt betritt. Das ist mein Haus.«

Sein Haus? *Sein* Haus? Wie konnte das sein? Mein Hirn fing sofort an zu rattern, und ich überlegte fieberhaft, was hier schiefgelaufen war. Die Adresse stammte aus dem Brief meiner Großmutter, und ich hatte sie außerdem abgeglichen mit zwei Adressverzeichnissen aus dem Internet und der Webseite des Finanzamtes. Chester R. Cummings, 55 Dorset Lane. Das war diese Adresse. Trotzdem hatte ich offensichtlich irgendwo einen Fehler gemacht. Roys Name war zwar Cummings, aber er war der falsche Cummings. Ich konnte nicht glauben, dass ich vier Tage verschwendet hatte. Ich verpasste Haydens wichtige Ehrung heute Abend und wusste immer noch nicht, wo Chet Cummings wohnte.

»Ich wusste nicht, dass das dein Haus ist«, erwiderte ich. »Sonst wäre ich gar nicht hergekommen. Ich habe mich wohl in der Adresse getäuscht, das ist alles.« Ich drehte mich um und marschierte in Richtung Vorgarten davon.

»Also lässt du deine Prozessunterlagen gar nicht hier?«, rief mir Roy hinterher.

Ich fuhr herum. »Wie bitte?«

Er kam näher, starrte mich an, nahm dann seine Baseballkappe ab und fuhr sich durchs Haar. »Oder vielleicht hast du ja einen anderen gefunden, den du verklagen kannst.« Er setzte seine Kappe wieder auf. »Ich habe keine Angst vor Anwälten aus der Großstadt. Die kochen auch bloß mit Wasser wie alle anderen auch.«

»Hör mal, ich versuche bloß, einen Brief zuzustellen. Ich schätze, Cummings ist ein verbreiteter Name hier in der Gegend.« Ich seufzte und zuckte dann mit den Schultern. »Ich hoffe, Chet Cummings ist umgänglicher als du.« Ich drehte mich um und marschierte durch den Vorgarten in Richtung meines Wagens davon.

»Du suchst Chet Cummings?«, rief Roy mir nach.

Ich ging weiter. Ich hatte ihm nichts weiter zu sagen. Ich würde ins *Inn* zurückfahren und versuchen, die Sache zu klären. Rausfinden, wo ich einen Fehler gemacht hatte. Vielleicht würde ich es herausbekommen, vielleicht auch nicht. So oder so, war's das dann. Ich hatte mein Bestes getan, um den Wunsch meiner Großmutter zu erfüllen, und so enttäuschend es war, sich eine Niederlage einzugestehen, ich war mit meinem Latein am Ende.

Und dann rief mir Roy noch etwas hinterher: »Ich kenne ihn.«

Ich hielt inne. Er kannte Chet Cummings. Er *kannte* ihn. Ich hatte das falsche Haus und den falschen Cummings gefunden, aber er kannte ihn. In New York stünden die Chancen, dass so etwas passiert, bei einer Milliarde zu …

Aber ich war nicht in New York. Ich war in Beacon, und die Wahrscheinlichkeit, dass hier so etwas passierte, war vermutlich ziemlich hoch.

»Du kennst ihn?«, sagte ich und drehte mich zu Roy um.

»Das will ich meinen«, erwiderte er. »Er ist mein Onkel.«

»Dein *Onkel*? Chet Cummings? Bist du sicher? Ich meine, dass es der Chet Cummings ist, von dem ich spreche?«

Roy nickte. »Ja, ich sollte doch wohl meine eigene Familie kennen.«

Seine Familie. Ich konnte es kaum glauben. Meine verklärte Vorstellung von Chet und mir, wie wir bei Tee und Keksen in einer gemütlichen Küche sitzen, tauchte wieder vor meinem geistigen Auge auf.

Aber dann sah mich Roy argwöhnisch an. »Dann bist du also diejenige, die hier schon seit Tagen herumschnüffelt«, meinte er und machte eine vage Handbewegung in Richtung Haus.

Ich spürte, wie mein Nacken heiß wurde und die Hitze auf mein Gesicht übergriff. »Ich hab nicht herumgeschnüffelt.«

»Eine meiner Nachbarinnen hat erzählt, dass da immer wieder eine Frau vorbeigekommen sei. Sie hat geklopft, durch die Fenster gespäht und meinen Namen gerufen. Meine Nachbarin meinte, sie hätte ein schwarzes Auto gehabt mit einem New Yorker Kennzeichen.« Er zeigte auf meinen BMW. »Ist das deiner?«

Warum brachte er mich immer in die Defensive? Ich stemmte die Hände in die Hüften. »Ja, das ist mein Wagen. Und ja, ich war hier. Ich habe deinen Onkel gesucht.«

Etwas flackerte in Roys Augen. »Also hast du nicht nach mir gesucht.«

Warum hätte ich nach *ihm* suchen sollen, mit seinem verlotterten Stoppelbart und der verschlissenen Jeans? »Nach *dir*?« Ich lachte. »Ich hab's dir ja gerade gesagt – nein.«

Er starrte mich an. »Was willst du von meinem Onkel? Willst du ihn auch verklagen?«

Mir reichte es langsam. Ich warf die Hände in die Luft. »Herrgott noch mal, ich bin nicht hier, um irgendjemanden zu verklagen. Meine Großmutter hat mich gebeten, ihr einen Gefallen zu tun, nur das hat mich nach Beacon geführt.«

Roy nickte mit leicht geöffnetem Mund. »Ach, dann ist deine Großmutter also diejenige, die jemanden verklagen will?«

Eine graue Wolke zog am Himmel vorbei. Ich schloss die Augen und zählte bis zehn. Ich musste mich beruhigen, oder ich wäre morgen schon wieder eine Schlagzeile in der *Beacon Post*. Aber diesmal vermutlich als Teil eines Polizeiberichts im Zusammenhang mit einem Mord.

»Niemand verklagt hier irgendwen«, presste ich schließlich hervor. »Es geht überhaupt nicht um eine Klage.« Ich stapfte weiter über den Rasen auf mein Auto zu, dachte an meine Großmutter, mein Versprechen, ihren Brief zu überbringen, und daran, wie alles nur so schief hatte laufen können. *Es tut mir leid, Oma*, dachte ich. *Es tut mir so leid.* Tränen traten mir in die Augen.

Und dann spürte ich ein Zupfen an meiner Bluse.

»Ellen, warte …«

Ich fuhr herum, meine Hände zitterten. Alles, was ich seit der Beerdigung meiner Großmutter unterdrückt hatte – die Wut über ihren Tod, den Schmerz, die Trauer, die Einsamkeit – brach aus mir heraus.

»Meine Großmutter ist letzte Woche gestorben!«, rief ich. Tränen rannen mir über die Wangen und tropften auf meine Bluse. »Ich bin wegen ihr hier. Weil sie mich direkt vor ihrem Tod noch gebeten hat, deinem Onkel etwas zu überbringen – einen Brief. Und ich hab ihn in einen Umschlag meiner Kanzlei gesteckt, weil … ich weiß auch nicht, ich wollte einfach, dass er heil bleibt.« Ich blickte zu Boden. »So, das war's. Mir ist völlig egal, was du denkst.«

Ich wandte mich zum Gehen, aber Roy fasste mich am Arm. »Warte einen Moment, Ellen. Bitte.« Irgendwo fing ein Windspiel an, im Wind zu klimpern. »Das mit deiner Großmutter tut mir leid. Es tut mir wirklich leid.«

Eine Biene schaukelte träge über einer Kleeblüte und flog dann fort, während der Himmel allmählich zuzog. Ich merkte, wie sehr ich den Wunsch, ja das Bedürfnis, hatte, mit jemandem über meine Großmutter zu sprechen.

»Wir standen uns sehr nahe«, sagte ich mit brechender Stimme. »Sie hat mir so viel bedeutet. Und jetzt ist sie fort. Und ich bin hier, und alles geht schief, und ich schaffe es nicht, ihr ihren Wunsch zu erfüllen, und ich habe das Gefühl, sie schlimm zu enttäuschen …«

Roy schüttelte den Kopf. »Ich bin sicher, du enttäuschst sie nicht. Und ich schulde dir eine Entschuldigung. Es tut mir wirklich leid.«

Ich wischte mir mit der Hand die Tränen weg. »Ich versteh das nicht. Warum hast du gedacht, dass ich dich verklagen will?«

»Weil es nun mal das ist, was Anwälte so tun. Als ich den Umschlag deiner Kanzlei gesehen habe, auf dem mein Name stand …«

»Nicht alle Anwälte verklagen bloß Leute«, sagte ich. »Ich auf jeden Fall nicht.«

Er nickte. »Okay.«

Wir standen schweigend im Vorgarten herum, und dann fragte er, ob ich den Brief dabeihätte. Ich zog den Umschlag aus meiner Tasche, und wir setzten uns auf eine Holzbank. Roy nahm seine Baseballkappe ab.

»Was steht drin?« Er griff nach dem Umschlag, aber ich hielt ihn fest.

»Tut mir leid, aber ich kann das nicht mit dir besprechen. Da wirst du deinen Onkel fragen müssen. Wohnt er hier?«

Roy nickte.

»Ich muss ihm den Brief persönlich übergeben.«

Roy betrachtete den Umschlag in meiner Hand und sah dann mich an. »Ellen, alles, was meinen Onkel betrifft, betrifft auch mich.«

»Tja … ich weiß, dass du dich um ihn kümmerst, aber …«

»Nein, das meine ich nicht damit.« Die Farbe seiner Augen verwandelte sich in ein stilles, trübes Blau, und sein Mund nahm einen resignierten Zug an. Er senkte die Stimme. »Du wirst das mit mir ausmachen müssen, weil mein Onkel gestorben ist.«

Ich hatte das Gefühl, als wäre alle Luft aus meiner Lunge gewichen und hätte sie leer und leblos zurückgelassen. Die eine Sache, die ich für meine Großmutter noch hätte tun können, war mir nun unmöglich gemacht geworden. Den Mann, den sie als junges Mädchen geliebt hatte, gab es nicht mehr.

»Das tut mir leid«, flüsterte ich und starrte benommen auf den Umschlag und den Namen Cummings. »Wann ist er …« Ich verstummte, als mich ein Regentropfen am Arm traf, und blickte zum roten Salbei, der in Roys Vorgarten wuchs.

»Im März.«

Vor drei Monaten, dachte ich. *Nur drei Monate.* »Das tut mir so leid«, sagte ich noch einmal. Es tat mir leid. Leid für Roy, leid für mich, dass ich meine Mission verfehlt hatte, und es tat mir leid für meine Großmutter.

Roy legte mir die Hand auf die Schulter. »Glaubst du nicht, du solltest mich in die Sache einweihen?«

Die Fliegengittertür öffnete sich einen spaltbreit, und

die schwarzbraune Katze, die ich vor zwei Tagen schon auf dem Tisch im Esszimmer hatte liegen sehen, kam die Verandastufen herunter und über den Rasen spaziert. Sie sprang auf die Rückenlehne, zwischen Roy und mich, und schnupperte an meinen Haaren. Dann rieb sie ihren Kopf an meiner Wange.

»Mr. Puddy, komm her.« Roy nahm die Katze, die offenbar ein Kater war, auf den Arm.

Ich streckte die Hand aus und strich über Mr. Puddys samtweichen Kopf.

»Ich habe dir schon alles gesagt, was ich weiß«, sagte ich. »Meine Großmutter wollte, dass ich deinem Onkel den Brief gebe.« Ich konnte das Schnurren des Katers hören, der sich in Roys Armen ausgestreckt hatte.

»Darf ich ihn sehen?« Roys Stimme war leise, fast ein Flüstern.

Ich hielt den Umschlag fest, wollte ihn nicht hergeben. So war das alles nicht vorgesehen gewesen. Ich hätte mit Chet reden sollen. Das fühlte sich nicht richtig an.

Roy setzte den Kater ab, und der sauste zwischen Haus und Hecke hin und her. »Ellen, ich würde den Brief wirklich gerne sehen. Bitte.« Er streckte seine Hand aus.

Schließlich reichte ich ihm den Umschlag zögernd. »Also gut.«

Er hielt ihn einen Augenblick in der Hand, bevor er ihn öffnete. Dann zog er das blassblaue Blatt Papier heraus, das bedeckt war mit der Handschrift meiner Großmutter, und fing an zu lesen. Nach einer Weile blickte er auf. »Warum hat sie gedacht, mein Onkel würde ihn zurückschicken oder wegwerfen?«

»Lies einfach weiter«, sagte ich und spürte noch einen Regentropfen auf meiner Haut.

Roy wandte sich wieder dem Brief zu, blickte aber bald wieder auf. »Sie wollte etwas wiedergutmachen.« Er warf mir einen fragenden Blick zu. »Was denn?«

Ich schüttelte den Kopf. »Ich weiß es nicht. Ich hatte gehofft, dein Onkel könnte es mir sagen.«

Roy las weiter. »South Carolina«, überlegte er. »Ja, mein Onkel hat dort lange Zeit gelebt, aber ungefähr vor drei Jahren ist er nach Beacon zurückgekehrt. Klingt so, als hätte es deine Großmutter ziemlich überrascht, ihn hier zu finden.«

Er setzte die Lektüre weiter fort und nickte von Zeit zu Zeit. »Ah«, sagte er nach einer Weile. »Dann waren sie also ein Liebespaar.«

»Ja. Sie waren ein Liebespaar.«

»›Wenn ich dich nicht verlassen hätte, wie ich es getan habe‹«, las Roy aus dem Brief vor, »›dann hättest du Beacon nicht verlassen und somit auch nicht das verloren, was dir so viel bedeutete. Dafür habe ich mich seither verantwortlich gefühlt, und es tut mir leid.‹« Er sah mich an. »Was meinte sie mit der Sache, die ihm so viel bedeutet hat? Was sollte das sein?«

Ich schüttelte wieder den Kopf. »Ich weiß nicht, was das alles bedeutet. Sie hat mir nichts zu dem Brief gesagt, bloß, dass ich ihn überbringen soll.«

Roy strich das Blatt Papier mit der Hand glatt. Dann las er sich den Brief noch einmal ganz durch, während ein paar Regentropfen auf die Holzbank fielen. »Also, wir wissen, dass sie ihn für einen anderen Mann verlassen hat.«

Ich nickte. »Ja, meinen Großvater.«

Roy zog die Augenbrauen hoch. »Ah, dein Großvater.« Er drehte sich auf der Bank zu mir, und ich spürte, wie sein Bein meines streifte. »Aber wir wissen nicht warum.«

»Warum sie ihn verlassen hat?« Ich sah hinauf in den sich verdunkelnden Himmel. »Warum verlässt man jemanden? Ich schätze, sie hat sich in meinen Großvater verliebt … zumindest ein bisschen mehr.«

»Mein Onkel war toll«, sagte Roy.

Ich lächelte. »Mein Großvater auch.«

Er warf wieder einen Blick auf den Brief, als könne er irgendwo zwischen den Zeilen Spuren seines Onkels entdecken. Dann fuhr er mit dem Finger über die winzige Narbe neben seinem Auge. »Mein Onkel war dabei, als das hier passierte.«

Ich betrachtete die Narbe, eine feine, gebogene Linie, und fragte mich, wie es sich wohl anfühlen würde, sie zu berühren. »Woher stammt sie?«

»Vom Fahrradfahren-Lernen«, sagte er. »Ich bin hingefallen und hab mir eine Platzwunde geholt. Außerdem war mein Arm gebrochen.« Er blickte auf seinen rechten Arm. »Ich war sechs.«

»Und dein Onkel …«

»Er hat mich aufgehoben und ist mit mir ins Krankenhaus gerast. Hat meine Hand gehalten, als sie den Knochen richteten und mir den Gips anlegten und während sie mir die Platzwunde am Auge nähten. Ich wäre vor Angst fast gestorben. Er hat zu mir gesagt, wenn ich durchhalte, dann bekäme ich eine Tapferkeitsmedaille.«

Ich lächelte. »Das ist lieb.«

Roys Augen funkelten. »Ja, das war es.« Er legte den Kopf in den Nacken. »Ob du's glaubst oder nicht, er hat mir sogar wirklich eine geschenkt. Er kam noch am selben Abend rüber und gab mir eine Schachtel. Mit schwarzem Samt ausgeschlagen. Und darin lag eine Medaille. Ein Tapferkeitskreuz. Von meinem Großvater. Er hatte es im Zweiten Weltkrieg bekommen und es Onkel Chet geschenkt.«

»Du machst Witze.«

»Nein, mach ich nicht. Und Onkel Chet bestand darauf, dass ich es annahm, obwohl ich wusste, dass es etwas war, das ihm sehr viel bedeutete. Ich habe es noch immer auf meinem Schreibtisch. In der Schachtel.«

»Was für eine Geschichte.« Ich war so gerührt von der Geste seines Onkels, dass es mich noch trauriger machte, die Möglichkeit, ihn zu treffen, verpasst zu haben.

»Er war wie ein zweiter Vater für mich«, sagte Roy und fuhr mit der Hand über das raue Holz der Bank. »Mein Vater war beruflich viel auf Reisen, und mein Onkel Chet sorgte sozusagen dafür, dass ich als Kind nicht auf dumme Gedanken kam. Er hatte einen kleinen Jachthafen, da trieb ich mich immer rum, half ihm beim Reparieren der Boote, flickte Schiffsrümpfe, bastelte an den Motoren rum, solche Sachen. Er hat mir beigebracht, wie man mit Werkzeug umgeht – Werkzeug zu lieben. Die Idee, dass man etwas selbst reparieren kann, etwas selbst *machen* kann … « Roy sah mich mit solcher Intensität an, dass ich Chet Cummings' Präsenz beinahe spüren konnte. »Das war es, was ihn antrieb.«

»Er muss sehr talentiert gewesen sein«, sagte ich.

Der Wind raschelte im Gras, Roy lehnte sich auf der Bank zurück und blickte auf den Rasen. »Wenn etwas kaputt war, konnte Onkel Chet es reparieren. Er dachte gar nicht daran, etwas wegzuwerfen und stattdessen etwas Neues zu kaufen.« Er hielt inne und beobachtete einen Vogel, der übers Gras hüpfte. »Er war ein toller Kerl, und ich bin froh, dass er am Ende bei mir gelebt hat.«

Ich sah zum Haus hinüber, während immer mehr Regentropfen die Bank sprenkelten. »Also, das ist dein Haus.«

»Mit allem Drum und Dran.«

»Aber als Name des Besitzers taucht immer Chester R. Cummings auf. Das ist doch dein Onkel.«

»Nein«, sagte Roy. »Das bin ich, Chester Roy Cummings. Aber ich wurde immer schon Roy genannt.«

»Ah«, sagte ich. »Das erklärt einiges.«

Ich sah die Blätter der Buche im Windhauch schimmern und dachte an Chet Cummings, der Roy all sein Wissen und Können weitervermittelt hatte, und was für ein kostbares Erbe das war. »Du kannst dich glücklich schätzen, einen Vater *und* einen Onkel wie Chet gehabt zu haben«, sagte ich. »Ich hatte so gut wie keinen Vater. Er starb, als ich vierzehn war.«

»Das ist sehr jung.«

Ich nickte und versuchte, mich an das Gesicht meines Vaters zu erinnern, versuchte, die Details zu fassen, die über die Jahre schemenhaft geworden waren. Ich wusste, dass es mit der Erinnerung an meine Großmutter genauso kommen würde.

»Es ist hart, jemanden in diesem Alter zu verlieren«,

meinte Roy. »Na ja … in jedem Alter.« Er sah hinunter auf den Brief. »Ich wünschte, ich könnte dir helfen, Ellen, aber ich weiß nicht, was dahintersteckt – hinter dieser Entschuldigung.« Er faltete den Brief noch einmal auseinander und warf einen Blick darauf. »Hat deine Großmutter je etwas über meinen Großvater erzählt?«

»Nein, sie hat fast nie über Beacon gesprochen. Deshalb war es mir ja auch so wichtig, ihn zu treffen.«

Roy seufzte. »Tja …« Er reichte mir den Brief.

Die Luft trug den metallischen Geruch eines nahenden Gewitters in sich, und ich fragte mich, wann sich der Himmel auftun würde, um uns bis auf die Haut zu durchnässen.

Ich merkte, dass Roy den Brief in meiner Hand immer noch anstarrte. Und dann sah ich, dass sein Blick auf meinen Verlobungsring geheftet war.

Ein langer Moment des Schweigens setzte ein. Schließlich sagte er: »Du heiratest.«

»Ja«, antwortete ich. Plötzlich fühlte ich mich komisch, spürte etwas Schweres in meiner Magengrube.

Er stützte sich auf die Knie, riss ein paar Grashalme aus und betrachtete sie aufmerksam. »Er ist mir bisher nicht aufgefallen.«

»Ich hatte ihn abnehmen müssen«, sagte ich mit schuldgetränkter Stimme, so als hätte ich ihn irgendwie getäuscht. »An meinem ersten Tag hier sind meine Finger angeschwollen.« Ich versuchte zu lachen. »Noch schlimmer als jetzt.« Ich hielt meine Hand hoch. »Vielleicht die Salzluft …«

Er nickte und drehte einen Grashalm zwischen seinen Fingern. Dann ließ er ihn vom Wind fortwehen.

Ein Regentropfen landete auf dem Brief und verursachte eine kleine blaue Tintenpfütze. Ich tupfte sie mit dem Finger weg, dann faltete ich das Blatt Papier zusammen und steckte es zurück in den Umschlag.

Mr. Puddy schlenderte vorbei und strich um Roys Beine. »Die Geschichte hinter dem Brief ist also die, dass er sie geliebt hat, aber sie deinen Großvater liebte.«

Regentropfen trafen meine Arme wie Nadelstiche. Ich stand auf und blickte hoch zum Himmel, der nun in rauchigem Grau über uns hing.

»Wie war der eine Satz noch mal?«, fragte Roy. »›Es war leichter so – mit einem klaren Bruch. Zumindest war es das, was ich damals glaubte.‹ Mir scheint, deine Großmutter hat es bedauert, meinen Onkel verlassen zu haben.«

»Oh nein, sie war glücklich verheiratet«, entgegnete ich und erschauerte, als weitere Tropfen meine Haut trafen.

Keiner von uns sagte etwas. Schließlich reichte ich ihm den Brief. »Du solltest ihn haben.«

Eine Sekunde standen wir da, und jeder hielt ein Ende des Umschlags. Dann ließ ich los. »Tja, das war's dann wohl. Ich werde bald abreisen.«

»Ja, ich schätze, das war's«, murmelte er, und ein Donnergrollen war in der Ferne zu hören.

Seine Augen wirkten traurig und müde. Wir schüttelten uns die Hände, aber als es an der Zeit war loszulassen, hielt er meine Hand mit seiner fest. Sein Blick war so durchdringend, dass ich schließlich wegsehen musste. Er hielt noch immer meine Hand, während der Regen immer dichter auf das Laub prasselte und das Donnergrollen immer lauter wurde.

Jeden Moment würden wir uns mitten in einem Wolkenbruch befinden. Mr. Puddy maunzte und rannte quer durch den Garten davon, die Stufen zur Veranda hinauf. Ich sah ihn an, wie er da vor der Haustür hockte, und ein Teil von mir fragte sich, was ich wohl sagen würde, wenn Roy mich auf die Veranda bitten würde und ins Haus.

Stattdessen ließ er meine Hand los. »Also dann«, sagte er und setzte sich die Baseballkappe auf. »Dann gute Heimfahrt, Schwimmerin.«

Der Regen trommelte wütend herunter, als ich zum Auto rannte. Ein Donnern krachte über den Himmel und ich warf schnell die Tür hinter mir zu. Ich schaltete meine Scheibenwischer gerade rechtzeitig ein, um Roy ins Haus laufen zu sehen, die Katze dicht hinter ihm. Dann war die Veranda leer, und ich fuhr los, das Wasser lief in Strömen meine Windschutzscheibe hinunter.

10

Die Bibliothek

Als ich am nächsten Morgen die Jalousie hochzog, war der Himmel klar. Rosa Wolken hingen am blauen, sonnenklaren Himmel. Alle Zeichen des gestrigen Regens waren verschwunden, aber die Erinnerung an Roy Cummings lief durch mich hindurch wie eine Farbader in einem Stein – der weiche Blick in seinen Augen, als ich ihm von meiner Großmutter erzählte, die liebevolle Art, mit der er über seinen Onkel gesprochen hatte, und sein großes Verständnis dafür, wie es war, einen geliebten Menschen zu verlieren.

Ich beugte mich aus dem Fenster und sah, dass nebenan in der *Beacon Historical Society* etwas los war. Autos parkten die Straße rauf und runter, und die Leute schlängelten sich wie die Ameisen bis zum Eingang des grauen Gebäudes. Ich sog die kühle salzige Luft ein und sah einem Jungen auf einem Fahrrad hinterher, der die Straße entlangraste. Das Klacken seiner Schaltung wurde immer leiser, bis er außer Sichtweite bog. Was für ein perfekter Tag für eine Fahrradtour, dachte ich, und wünschte mir, ich hätte ein Fahrrad dabei. Ich fragte mich, ob es hier wohl einen Laden gab, wo man welche mieten konnte. Ich stellte mir vor, wie ich eine gewundene Landstraße hinuntersauste, meine Kamera über der Schulter und kein Navi, das mir den Weg anzeigte. Und dann fiel mir ein, dass Samstag war, und ich einen Termin mit Lila Falk hatte.

Samstag.

Oh Gott, gestern Abend war Haydens Ehrung gewesen, und ich hatte ihn noch nicht einmal angerufen. Er würde denken, es sei mir völlig egal. Und jetzt stand ich hier und träumte von Fahrrädern und … Roy Cummings.

Ich schnappte mir mein Handy, riss das Ladekabel aus der Wand und stürzte ins Bad. Auf dem Display stand: VERPASSTER ANRUF: HAYDEN CROFT. Ich setzte mich auf den Klodeckel und wippte nervös mit meinen Füßen, während ich die Nachricht abhörte: *Hey, Ellen, jetzt ist es so halb eins, und ich bin gerade heimgekommen. Du hast wirklich einen tollen Abend verpasst. Alle haben nach dir gefragt. Meine Dankesrede ist mir, denke ich, ganz gut gelungen. Ich glaube, du wärst stolz auf mich gewesen.*

Ich vergrub mein Gesicht in den Händen und schloss die Augen. Ich fühlte mich schrecklich. Natürlich war ich stolz auf ihn. Und ich war sicher, dass ihm seine Rede hervorragend gelungen war. Ich stellte ihn mir vor, wie er auf dem Podium stand, keine Notizen, und einfach das sagte, was ihm am Herzen lag. Später hatte ihm der Bürgermeister sicher noch die Hand geschüttelt, und sie hatten nett miteinander geplaudert.

Auf Haydens Handy sprang sofort die Mailbox an, nachdem ich seine Nummer gewählt hatte. Ich hinterließ eine Nachricht, eine locker-leichte, fröhliche Nachricht, in der ich ihm gratulierte und ihm sagte, ich könne es nicht erwarten, ihn wiederzusehen. Am Ende schickte ich ihm noch ein paar Küsse durchs Telefon.

Ich legte auf und dachte mir, wie glücklich ich doch war, Hayden in meinem Leben zu haben. Lieb, loyal, ehrlich. Jemand, den jeder gern zum Freund hätte. Ein Mann, den keine Frau übersehen konnte. Ganz zu schweigen davon, dass er ein Croft war. Und er wollte *mich* heiraten.

Also, wo lag das Problem? Warum war ich aufgewacht und hatte an Roy Cummings gedacht? Ich war nicht an Roy interessiert. Nicht auf diese Weise jedenfalls. Ich meine, er war ja ganz nett, wenn man erst einmal über seine Anwaltsparanoia hinwegsah. Und auf seine Weise war er auch irgendwie charmant – eben auf seine ganz eigene jungenhafte Kleinstadtart. Und ich musste zugeben, dass er gut aussah. Ehrlich gesagt, war er sogar ziemlich attraktiv. Wenn ich ihn nicht kennen würde und ihm mitten in Manhattan auf der Straße begegnen würde, bin ich sicher, ich würde …

Ich umklammerte mein Handy. Ich musste damit aufhören. Ich klang ja langsam so, als fühlte ich mich zu ihm hingezogen. Ich war verlobt, ich liebte Hayden, ich würde heiraten. Es musste einen logischen Grund dafür geben, warum ich diese merkwürdigen Gefühle Roy gegenüber hatte. Sie konnten ja nicht aus dem Nichts kommen. Ich starrte das Leuchtturmbild an der Badezimmerwand an und versuchte, mir darüber klarzuwerden, so wie ich auch eine Rechtsfrage lösen würde, indem ich alle Aspekte immer wieder neu sortierte, bis das Ganze einen Sinn ergab. Ich, Hayden, unsere Hochzeit. Oma, Beacon, Roy, der Pier, *The Antler*.

Und nach einer Weile dämmerte es mir. Ich würde in drei Monaten heiraten. Das bedeutete, ich würde bald aus dem Umlauf sein. Kein Flirten mehr, keine Verabredungen. Ich würde eine verheiratete Frau sein. War es da nicht logisch, dass ich mich noch einmal vergewissern wollte, dass ich auch für andere Männer attraktiv war? Dass ich noch immer diese Anziehungskraft hatte? Ja, natürlich war es das. Falls ich bei Roy ein winziges Kribbeln fühlen sollte … dann war *das* der Grund. Ich wollte mir bloß beweisen, dass ich *es* noch hatte. Leuchtete das nicht ein? Ich drehte meinen Verlobungsring am Finger, und das Atmen fiel mir wieder leichter. Natürlich leuchtete das ein.

»Was ist da nebenan los?«, fragte ich Paula, als ich mir einen Blaubeermuffin und ein Glas Orangensaft vom Frühstücksbuffet holte.

Paula tauschte gerade eine leere Kaffeekanne gegen eine volle aus. »Das alljährliche Picknick. Eine Wohltätigkeitsveranstaltung. Es gibt Spiele, Wettbewerbe … es werden Sachen versteigert.« Ein verschmitztes Lächeln trat in ihr Gesicht. »Letztes Jahr hat Troy Blanchard das höchste Gebot für ein Jahr Maniküre und Pediküre beim *Magic Beauty Salon* gemacht. Kennen Sie den Salon?«

Ich nickte. »Ja, den hab ich schon gesehen.«

»Hat gesagt, es sei für seine Frau«, fuhr Paula fort, und um ihre Augen bildeten sich kleine Fältchen vor Vergnügen. »Aber Poppy Norwich hat ihn einmal dort gesehen, mit der Hand im Nagelhaut-Weichmacherbad.« Sie kicherte. »Oh, wir haben ihn deswegen so aufgezogen. Ich glaub nicht, dass er das noch mal macht.«

»Schätze nicht«, grinste ich, brach ein Stück vom Muffin ab und biss hinein. Er war ein bisschen trocken und hatte nicht ansatzweise genug Blaubeeren. *Warum es einen Blaubeermuffin nennen, wenn überhaupt keine Blaubeeren drin sind?*, hätte Gran jetzt gesagt. Ich nahm einen großen Schluck Orangensaft und dachte mir, dass sie den Leuten hier noch einiges beibringen könnte.

Paula legte einen Stapel Servietten auf den Tisch und drehte sich dann zu mir um. »Sie sollten nebenan vorbeischauen, wenn Sie etwas über Beacon erfahren wollen. Da gibt's allerhand zu sehen.«

»Ach, wirklich?«, sagte ich.

»Klar. Historisches Zeug, wissen Sie. Und wo Ihre Großmutter doch aus Beacon stammt …«

Meine Großmutter, die aus Beacon stammt … Hatte ich ihr das erzählt?

Die meisten Besucher des Picknicks waren bereits im Garten hinter dem Haus, liefen umher, unterhielten sich mit Bekannten oder sahen ihren Kindern beim Eierwerfen und beim Dreibeinlauf zu.

Ich blieb lieber drinnen, wo es ruhig war. Ich flanierte durchs Haus, die Bodendielen knarrten, als ich von Zimmer zu Zimmer ging. In einem Raum befand sich eine Sonderausstellung von Lithographien der traditionsreichen New Yorker Druckerei *Currier and Ives*. In einem anderen waren ausgesuchte alte Sepia-Fotografien der Innenstadt von Beacon ausgestellt. Ich war begeistert, als ich feststellte, dass es viele der Gebäude auf den Fotos heute noch gab. Ein weiterer Raum war voller antiker Möbel, darunter ein reizendes altes Sofas, ein Sekretär und eine hohe Kommode aus Kirschholz.

Im letzten Raum waren Bilder von lokalen Künstlern ausgestellt. Das älteste Gemälde von einem Schiff auf hoher See war zweihundertfünfzig Jahre alt. Es gab idyllische Hafenszenen und Darstellungen von Mädchen, die durchs Meer wateten und ihre ballonartigen Röcke über Wellenhöhe gerafft hatten. Und es gab Landschaften – Felder, Wälder und Höfe mit träge grasenden Kühen auf grünen Weiden.

Aber das Bild, bei dem ich stehenblieb und das meinen Herzschlag aussetzen ließ, war das von einem zweistöckigen gelben Schindelgebäude mit weißen Verzierungen um die Fenster. Rote Backsteinstufen führten zu einer blauen Eingangstür hinauf, über der ein Schild hing mit der Aufschrift: BLUEBERRY CAFÉ. Rosa Kletterrosen rankten sich vergnügt am Spalier neben der Tür hinauf, und durch die Fenster hindurch konnte man Gäste an kleinen Holztischen sitzen sehen.

Ich kannte das Haus. Heute war die Fassade weiß, nicht mehr gelb, und die Stufen waren aus Holz statt aus Backstein, aber ich erkannte gleich, dass es die Schneiderei in der Innenstadt war. Ich wusste auch, wer es gemalt hatte. Ich hätte den Stil überall wiedererkannt, aber die Signatur bestätigte es. In der unteren rechten Ecke hatte meine Großmutter ihre Unterschrift gesetzt.

Ich trat näher an die Leinwand heran und berührte den Rahmen, fuhr mit dem Finger die kunstvolle Schnitzerei nach. Dann berührte ich das Gemälde, die blaue Tür und das Schild darüber und stellte mir vor, wie die Hand meiner Großmutter die Farben mischte und sie mit dem Pinsel auf die Leinwand auftrug. Ich konnte nicht glauben, dass ich ein weiteres Bild von ihr gefunden hatte. Jetzt waren es schon zwei. Beacon gab langsam seine Geheimnisse preis, und ich freute mich wahnsinnig, dass ich es war, der sie enthüllt wurden. Ich betrachtete jeden Bereich der Leinwand eingehend – die Art, wie Gran die verwitterten Schindeln festgehalten hatte, wie sich die Rosen im Fenster spiegelten, die Farbexplosion der blauen Tür. Dann las ich die Begleitkarte an der Wand daneben: BLUEBERRY CAFÉ VON RUTH GODDARD. *Dieses Bild gewann den ersten Platz beim Beacon Kunstfestival 1950.*

Das Beacon Kunstfestival. Erster Platz. Wie fantastisch! Gran hatte die höchste Auszeichnung gewonnen. Aber was genau war das Beacon Kunstfestival? Und gab es noch weitere Bilder von ihr? Ich hatte zwei gefunden. Es könnte noch mehr geben. Musste. Wenn Gran so gut gemalt hat, wenn sie den ersten Preis gewonnen hatte, dann musste es einfach noch mehr geben.

Ich winkte eine Frau heran, die einen Anstecker an ihrem Pulli trug, der sie als ehrenamtliche Helferin auswies, und fragte, ob es noch mehr Informationen über die Bilder oder die Künstler gebe. »Sie war meine Großmutter«, erklärte ich und zeigte auf das Bild, erstaunt, dass die Frau nicht genauso aus dem Häuschen war wie ich.

»Oh, da müssen Sie mit Flynn sprechen, Liebes.«

»Wer ist Flynn?«

»Flynn Sweeny«, sagte sie. »Er ist der Direktor hier. Er wird mehr wissen.«

Sie führte mich zur Hintertür und deutete auf einen

großen Mann, der in etwa die Statur von Humpty Dumpty hatte und eine Knollennase. Er stand über einen langen Tisch gebeugt. Auf dem Schild davor stand STILLE AUKTION. Dutzende von Gegenständen lagen auf dem Tisch herum, darunter eine große Tonvase, eine Reihe Heimwerker-Handbücher, eine Häkeldecke, Angelruten, Bootsklampen, eine Kiste mit gebrauchten Science-Fiction-DVDs und acht Gläser mit Donald Ducks Konterfei darauf. Ich fragte mich, ob *der Magic Beauty Salon* wieder das Maniküre-und-Pediküre-Jahrespaket gespendet hatte.

Ich stellte mich vor und erzählte Flynn Sweeny vom Bild meiner Großmutter. »Das mit dem *Blueberry Café*«, schloss ich.

»Ach, wirklich?« Er sah mich mit aufmerksamen Augen an und räumte dann eine Garnitur Steakmesser von einer Seite des Tisches auf die andere, als versuche er zu entscheiden, wo sie am besten zur Geltung kamen. »Sie hat also gemalt?«

»Ja, ihr Name war Ruth Goddard und …«

»Ist sie hier aufgewachsen?«, unterbrach er mich, während er den Kopf zur Seite neigte und einen Schritt zurücktrat, um den Tisch mit etwas Abstand zu betrachten.

»Ja, sie ist in Beacon aufgewachsen.«

»Dieses Café hat der Familie Chapman gehört«, sagte er und ließ die Steakmesser endlich auf der rechten Seite neben einem Fahrradsattel liegen. »Über Jahre wurde es immer von irgendeinem der Chapmans geführt. Von einer Schwester, einem Bruder, einem Onkel oder sonst jemand … bis es schließlich geschlossen wurde. Ich glaube, das war …«, er überlegte, »ach, vielleicht so vor zwanzig Jahren.«

Ich nickte. »Na ja, ich habe mich gefragt, ob Sie vielleicht noch mehr Gemälde von meiner Großmutter haben. Soweit ich weiß …«

»Wirklich zu schade, dass sie zugemacht haben«, brummte er und schob einen Lockenstab ans Tischende. »Sie hatten die besten Blaubeermuffins. Heutzutage bekommt man ja nirgends mehr einen anständigen Blaubeermuffin.«

»Nein, das stimmt«, bestätigte ich. Damit hatte er nicht unrecht. »Es ist immer schade, wenn ein Laden schließt, der gutes Essen macht«, sagte ich. »Aber glauben Sie, dass es noch mehr Bilder von ihr gibt? Ich meine, von meiner Großmutter. Ruth Goddard. Sehen Sie, ich bin von auswärts und bin hergekommen, um …«

»Ach, von auswärts sind Sie?«

Ich nickte. »Ja, ich bin …«

»Nun ja, wissen Sie, dieses kleine Café war sehr beliebt bei den Touristen. Morgens standen die Leute immer bis vor die Tür an, um einen Muffin zu bekommen, wenn sie gerade frisch aus dem Ofen kamen. So etwas Gutes haben Sie noch nie im Leben gegessen, das kann ich Ihnen sagen.«

»Ja«, beteuerte ich, »da bin ich sicher. Aber haben Sie noch weitere Arbeiten von meiner Großmutter?«

Er sah mich an, als überrasche ihn meine Frage. »Wenn wir noch mehr Bilder von Ihrer Großmutter hätten«, meinte er und hob eine Milchglaskanne hoch, »dann wären sie ausgestellt.«

»Was ist mit Aufzeichnungen?«, hakte ich nach. »Gibt es irgendwelche Aufzeichnungen, in denen ich noch nach

Informationen über sie suchen könnte? Haben Sie irgendwelche Archive?«

Er drehte die Kanne um. »Weiß nicht, wer *so* etwas spendet«, murmelte er. »Der Aufkleber ist abgegangen. So ein Pech.«

Ich wartete, bis er die Kanne inspiziert hatte. Schließlich blickte er mich an. »Hm? … Ach ja, Aufzeichnungen? …« Er kratzte sich am Kinn. »Alle Informationen, die wir haben, stehen auf der kleinen Karte neben dem Gemälde.«

»Dann ist das alles?«, fragte ich. »Nur das, was auf der Karte steht? Dort heißt es, dass sie bei irgendeinem Wettbewerb gewonnen hat. Dem Beacon Kunstfestival.«

»Ah, ja«, meinte er. »Das wurde jedes Jahr veranstaltet.« Er sah mich blinzelnd an. »Haben Sie gesagt, sie hat den Wettbewerb *gewonnen*?«

Ich nickte.

»Tja, dann könnten Sie es in der Gemeindebibliothek versuchen. Schauen Sie sich die alten Ausgaben der *Beacon Post* an. Vielleicht haben sie darüber berichtet.«

Die *Beacon Post*. »Ja, das ist eine gute Idee«, sagte ich. »Danke für den Tipp.«

»Schauen Sie sich die Ausgaben vom Juni, Juli und August an«, riet mir Flynn noch. »Das Kunstfestival fand immer im Sommer statt.«

Er wandte sich ab und rieb die Kanne, als wäre sie Aladins Wunderlampe und als hoffte er, ein Dschinn würde heraussteigen. »Sommer«, meinte er seufzend. »Da waren die Blaubeeren immer ganz frisch. Diese Chapmans, die konnten wirklich Muffins machen. Sie interessieren sich für Wettbewerbe? Die Chapmans hätten jeden

Tag der Woche einen Backwettbewerb gewinnen können, und jede Woche im Monat und jeden Monat im …«

Ich hörte nicht mehr, was er noch sagte, denn ich flitzte bereits los, vorbei an dem Schminkspiegel und dem *Mensch-ärgere-dich-nicht*-Spiel und dem silbernen Bilderrahmen mit der verbogenen Ecke, und machte einen fluchtartigen Abgang.

Die Gemeindebibliothek von Beacon war in einem großen weißen, von einem Palisadenzaun umgebenen Gebäude im Kolonialstil untergebracht, das sich in einer Seitenstraße unweit des Stadtzentrums befand. Auf einer Tafel über der Tür stand *1790*. Ich folgte einem Schild, das mich zum Ausleihschalter führte. Er befand sich in einem sonnigen Raum, in dem mehrere Leute an Tischen oder in Sesseln saßen und lasen.

Ein Mann mit runder Brille stand hinter dem Schalter und unterhielt sich mit einer älteren Dame.

»Okay, Molly. Wir erlassen Ihnen die Mahngebühr … noch ein letztes Mal. Aber Sie versprechen mir, dass Sie diese Bücher dann pünktlich zurückbringen, in Ordnung?« Ein gutes Dutzend Bücher über das Beobachten von Vögeln lagen auf einem Stapel am Schalter. Der Bibliothekar packte sie in eine Einkaufstasche, und die Frau schlenderte davon. Dann wandte er sich mir zu.

»Und wie kann ich Ihnen helfen?« Er lächelte mich müde an. »Wollen Sie auch über eine Mahngebühr verhandeln?«

»Nein«, versicherte ich ihm. »Ich suche nach einigen alten Ausgaben der *Beacon Post*.«

»Wie alt?«

»Sommer Neunzehnhundertfünfzig«, antwortete ich. »Ich bin nicht sicher, welcher Monat.«

Die schwarz gerandete Brille des Mannes rutschte ihm die Nase hinunter, und er schob sie wieder hoch. »Oh, das ist alt.«

Ich hatte Angst, er würde mir gleich sagen, dass sie diese Ausgaben nicht mehr hatten. »Reicht Ihr Archiv so weit zurück?«, fragte ich besorgt.

Er zögerte und betrachtete mich kurz von oben bis unten. Dann sagte er: »Ja, sicher, sie sind im oberen Stockwerk. Ich bringe Sie hin.« Er machte eine Schublade auf und holte einen Schlüsselbund heraus.

»Marge!«, rief er einer Frau zu, die gerade versuchte, einen Aktenordner in ein bereits überfülltes Regal zu stopfen. »Ich gehe kurz ins Archiv. Bin in einer Minute wieder zurück.«

Er bedeutete mir, ihm zu folgen, und wir durchquerten Räume voller Bücher und einen Lesebereich mit bequem aussehenden Sofas und Stühlen. Wir stiegen eine Treppe hinauf, die von einem glänzenden Mahagonigeländer gesäumt war. Im Obergeschoss sperrte er die Tür zu einem kleinen Zimmer auf. Sonnenlicht strömte durch ein Sprossenfenster herein, und Staubkörnchen schwebten durch die Luft wie winzige Tänzer.

»Alle alten Zeitschriften sind hier«, erklärte der Bibliothekar und zeigte zu den Holzbücherregalen, die sich an den Wänden ringsum erstreckten. Er fuhr die Regale mit der Hand ab und blieb dann bei einer Reihe von großen Büchern mit rotbraunen Einbänden stehen. Er zog eines davon heraus, auf dessen Buchrücken 1. JUNI 1950 – 15. JUNI 1950 geprägt war, und legte es auf einen Tisch in der Mitte des Raums.

»Ich würde damit anfangen«, meinte er. »Und wenn Sie nicht finden, wonach Sie suchen, können Sie mit den anderen dort weitermachen.« Er zeigte auf die anderen fünf Bücher, die die restlichen Sommerausgaben enthielten. »Das sind alles Originale«, fügte er mit leiser Stimme hinzu. »Und sie sind *sehr* empfindlich.«

»Keine Sorge«, beteuerte ich. »Ich werde aufpassen.«

Er musterte mich einen Moment lang, schien aber beruhigt und verließ den Raum.

Ich schlug den ersten der Junibände auf und war überrascht, wie vergilbt und spröde das Papier war. Ich strich mit der Hand darüber und fing an, die einzelnen Seiten umzublättern, langsam, vorsichtig, besorgt, ich könnte sie beschädigen oder zerstören. Es war Beacons Geschichte, auf die ich hier starrte. Ich konnte nicht glauben, dass ich eine Ausgabe der *Beacon Post* vor mir hatte, die vor mehr als sechzig Jahren gedruckt worden war.

Als ich die Berichte aus diesem Sommer studierte, hatte ich nicht erwartet, so viele interessante Dinge zu entdecken, die ich lesen wollte. Ich ließ mich ständig ablenken. Da war ein Artikel über die erste Lebertransplantation, die in Chicago stattgefunden hatte. Der Koreakrieg hatte gerade begonnen, und Präsident Truman beorderte die Luftwaffe und die Marine an die Front. Die Fernsehsendung *Your Hit Parade* wurde zum ersten Mal auf NBC ausgestrahlt, und *Annie Get Your Gun* war auf den Musical-Bühnen zu sehen.

Die Anzeigen und Fotos waren auch erstaunlich. Es gab Fotos von Frauen in maßgeschneiderten Kostümen mit superschmalen Taillen und engen, wadenlangen Bleistiftröcken. Graue Flanellanzüge schienen der Trend für die Herren gewesen zu sein, und jeder Mann trug einen Hut. Man konnte ein Haus für achttausend Dollar kaufen und ein Auto für siebzehnhundert.

Schließlich fand ich das, wonach ich suchte, in der Ausgabe vom 15. August 1950. Die Schlagzeile lautete: SCHÜLERIN GEWINNT STÄDTISCHEN KUNSTWETTBEWERB. Darunter prangte ein Foto von Gran in einem Pulli, einem langen Faltenrock und mit Perlenkette. Sie stand neben einer Staffelei, auf der das Bild zu sehen war. Auf der anderen Seite der Staffelei stand ein Mann in Anzug und Krawatte. Er hielt eine Tafel. Es sah so aus, als sei das Foto in der Paget Street in der Stadtmitte aufgenommen worden. Ich konnte die Ufermauer erkennen und das Meer im Hintergrund – sogar einen Teil der Statue von der Frau mit dem Korb voller Trauben.

Ruth Goddard, 18, aus Beacon nimmt lächelnd die Auszeichnung beim Wettbewerb des alljährlichen Beacon Kunstfestivals entgegen. Goddards Bild Blueberry Café gewann dort den ersten Platz. Die junge Künstlerin, die damit ein Stipendium für die Kunsthochschule Chicago bekommt, wird schon nächsten Monat ihr Studium dort beginnen. Glückwunsch unserer Gewinnerin!

Kunsthochschule Chicago. Ich starrte auf die vergilbte Seite. Das entsprach genau dem, was mir der Mann bei *Foto Brewster* erzählt hatte. Dass Gran ein Stipendium erhalten hatte. Aber das ergab keinen Sinn. Sie hatte immer von Stanford erzählt und auch ihren Abschluss in Stanford gemacht. Nie hatte sie etwas von der Kunsthochschule in Chicago erwähnt. Nicht ein Wort. Trotzdem stand es hier schwarz auf weiß vor mir.

Ein seltsames Gefühl machte sich in meiner Magengegend breit, das Gefühl, dass es mehr über meine Großmutter zu erfahren gab, als irgendeiner von uns geahnt hatte. Ich las den Artikel noch einmal und betrachtete das Foto. Dann trug ich das dicke Buch nach unten, legte die Seite auf die Glasplatte des Kopierers und warf eine Münze ein. Das Gerät ächzte und quietschte und einen Moment später glitt ein Blatt Papier heraus und segelte zu Boden. Ich hob es auf, starrte das Foto erneut an und fragte mich: Wer *war* dieses Mädchen?

11

Lila

Als ich die Bibliothek schließlich verließ und über den Highway nach Kittuck fuhr, war es Mittag. Ich schaltete Musik an. Sarah Vaughan, die »My Funny Valentine« sang. Aber es hatte nicht die übliche beruhigende Wirkung auf mich. Es vertrieb nicht das verwirrende Gefühl, das mich mit dem Artikel in der *Beacon Post* beschlichen hatte.

Der Highway zog sich wie ein Band durch die Wälder von Maine. Grüne Kiefern jagten verschwommen an meinem Fenster vorbei, und als ich dann gute alte Oscar Peterson Songs auflegte, kam ich bereits an Lewisboro und dem Fotoladen vorbei. Getreu der Prophezeiung des Mannes aus dem Fotogeschäft, schaffte ich die Strecke von Lewisboro nach Kittuck in einer Stunde.

Kurz nach zwei betrat ich das *St Agnes Altersheim*, ein kleines dreistöckiges Gebäude, das in den 1990ern modern gewesen sein musste. Drinnen roch es nach Desinfektionsmittel wie beim Arzt, gemischt mit etwas, was mich an alte Decken und Mottenkugeln erinnerte. Die Empfangsdame gab mir eine Besucherplakette und wies mich an, mit dem Aufzug in den dritten Stock zu fahren.

Ich stieg vor der Schwesternstation aus, wo zwei Frauen

in weißen Uniformen hinter einem Schalter arbeiteten. Eine von ihnen starrte in einen flimmernden Computermonitor; die andere notierte etwas auf eine weiße Kunststofftafel. Eine große Uhr hing hoch oben und gab tickend die Zeit an. Die Frau am Monitor drehte sich zu mir und fragte, ob sie mir behilflich sein könne. Auf ihrem Plastiknamensschild stand NOREEN.

»Ich bin hier, um Lila Falk zu besuchen«, sagte ich. »Mein Name ist Ellen Branford. Ich habe gestern angerufen.«

Noreen nickte und bedeutete mir, ihr zu folgen. »Sind Sie eine Freundin?«

»Sie kannte meine Großmutter«, erwiderte ich. »Als sie Kinder waren.«

»Ihr Timing ist gut«, meinte sie und führte mich den Gang entlang. »Ihre Tochter, Sugar, kommt samstags normalerweise, aber sie hat angerufen und gesagt, dass sie diesmal stattdessen morgen kommt.«

Fernsehergeräusche drangen auf den Gang hinaus, als wir an offenen Türen vorbeigingen. Einige der Bewohner saßen in Rollstühlen vor ihren Zimmern. Ein Mann, der nur noch ein paar weiße Haarsträhnen auf dem Kopf hatte, kam auf einen Stock gestützt auf uns zugehinkt. Noreen wandte sich an mich. »Lila ist fast achtzig, wissen Sie.«

»Ja, meine Großmutter war auch achtzig, als sie …« Ich unterbrach mich und holte kurz Luft. »Sie war auch achtzig.«

Wir liefen weiter bis zum Ende des Flurs. »Lila leidet an Demenz«, warnte Noreen mich. »Es ist ziemlich ernst.«

Demenz. Ich hoffte, ich hatte die Fahrt nicht völlig umsonst gemacht. Nach allem, was der Mann im Kameraladen erzählt hatte, hatte ich mir durchaus Hoffnungen gemacht, dass Lila Falk mir etwas über Omas Kindheit und Jugend erzählen konnte.

»Es ist ein Auf und Ab mit ihr«, erklärte Noreen, als wir beiseitetraten, um einen Mann mit einer Gehhilfe vorbeizulassen. »Manchmal geht es ihr besser. Manchmal schlechter. Dann weiß sie nicht mehr, wer sie ist oder wo sie sich befindet.« Wir blieben vor einer offenen Tür stehen. »Ich will nur, dass Sie darauf vorbereitet sind.«

Ich nickte, während Noreen anklopfte, und wir betraten das Zimmer. Die Wände waren hellblau gestrichen und ich atmete einen schwachen Duft nach Bleichmittel ein. Eine winzige Frau mit Haaren wie ein grauer Wattebausch lag in dem ersten von zwei Krankenhausbetten. Sie sah sich müde die Wiederholung einer alten TV-Gameshow an.

»Hi, Dorrie«, grüßte Noreen und winkte der Frau zu. Dorrie blickte auf, und ein Lächeln machte sich auf ihrem Gesicht breit, wie eine Blüte, die sich allmählich öffnet.

»Hallo, Noreen«, erwiderte sie heiser, und ich registrierte den Anflug eines englischen Akzents.

Wir gingen zu einer zierlichen Frau, die in einem großen Sessel neben dem anderen Bett saß. Ihre blauen Augen schienen das Licht eines klaren Himmels eingefangen zu haben. Sie trug eine elfenbeinfarbene Hose, die zur Farbe ihres gewellten Haars passten, und eine Bluse, die mit einem Muster aus kleinen Rosenknospen verziert war. Eine rosa Häkeldecke war über ihren Knien ausgebreitet, und darauf lag eine aufgeschlagene Ausgabe der *Glamour*.

»Lila, Sie haben Besuch«, lächelte Noreen. Lila hob den

Kopf, schaute Noreen an und dann mich. »Das ist Frau Branford. Sie würde sich gerne mit Ihnen über jemanden unterhalten, den Sie kennen.«

Lila nahm die Zeitschrift und drehte sie so, dass sie die Seiten verkehrt herum sah.

»Gut, dann lasse ich Sie beide mal«, verabschiedete sich Noreen.

»Mrs. Falk«, begann ich, »ich weiß, dass wir uns nie begegnet sind, aber ich glaube, Sie haben meine Großmutter gekannt, Ruth Goddard.« Ich sprach den Namen deutlich aus. »Sie beide sind zusammen in Beacon aufgewachsen.«

»Beacon«, wiederholte sie, ohne von ihrer Zeitschrift aufzublicken. »Wer ist Beacon?«

»Beacon, der Ort«, erklärte ich. »Wo Sie aufgewachsen sind. Hier in Maine.«

Lila zupfte die Decke auf ihrem Schoß vorsichtig zurecht, als verfolge sie damit einen ausgeklügelten Plan.

»Erinnern Sie sich an Ruth?«, fragte ich. »Sie waren eng befreundet, als Sie jung waren.«

Lila wandte sich wieder ihrer Zeitschrift zu und blätterte darin herum.

»Sie beide müssen gemeinsam zur Schule gegangen sein«, fügte ich hinzu. »In die Littleton.« Ich musste an den knorrigen Baum im Garten denken. »Ich bin vor ein paar Tagen dort vorbeigefahren, und wissen Sie was?«

Ich wartete auf eine Reaktion, aber Lila zupfte bloß an ihrem Ärmel herum, der hochgekrempelt worden war. Sie zerrte an dem Stoff mit den Rosenknospen.

»Die Schule steht noch immer«, fuhr ich fort. »Ein rotes Backsteinhaus. Erinnern Sie sich daran?«

Lila zupfte weiter an ihrer Bluse, in dem Versuch, den Ärmel wieder runterzukrempeln.

»Hier, lassen Sie mich Ihnen helfen.« Ich fing an, den Ärmel gerade zu ziehen. Sie betrachtete meine Hände, als ich den Stoff richtete. »Das muss man bloß hier lösen … so.«

Lila sah mich an, ihre blauen Augen waren wie Funken in einem sonst ausdruckslosen Gesicht. »Ruth?«

Ruth? Ich lächelte. »Nein, ich bin nicht Ruth, Mrs. Falk. Ich bin ihre Enkelin Ellen.«

Sie neigte den Kopf, dann streckte sie die Hand aus und berührte den Verschluss vorne an der Perlenkette meiner Großmutter und ließ ihren Finger über die silberne Muschel gleiten. »Schön, dich zu sehen, Ruth.« Sie stieß einen leisen Seufzer aus und schenkte mir ein Lächeln.

Ich wollte sie schon wieder verbessern, hielt mich dann aber davon ab. Ihre zerbrechliche Hand schwebte über dem Verschluss. »Ich freue mich auch, dich zu sehen«, sagte ich.

Sie starrte mich mit ihren durchdringenden blauen Augen an. »Littleton?« Die feinen Fältchen in ihrem Gesicht erstreckten sich in alle Richtungen.

Ich zog meinen Stuhl ein wenig näher heran. »Ja, die *Littleton Grammar School*.«

Sie schaute hinunter auf ihre Zeitschrift und zeigte auf eine Anzeige für ein Parfum, das *Seven Secrets* hieß. Sie war mit einer Duftprobe versehen, die sie abzog und dann mit der Fingerspitze dran herumrieb. Sie hielt mir die kleine Karte unter die Nase.

»Riech mal, Ruth.« Sie wedelte mit der Karte.

Ich schnüffelte vorsichtig daran und erwartete etwas

Intensives, aber die Karte roch nach Gardenien. Ich musste sofort an die Glasveranda denken, die meine Großmutter in San Francisco gehabt hatte, mit den Gardenien in großen Tontöpfen, deren weiße Blüten wie Schnee aus den grünen Blättern hervorstachen.

»Das riecht sehr gut.«

Lila neigte ihren Kopf. »Deine Haare sehen anders aus.«

»Wie bitte?« Ich berührte meine Haarspitzen.

Sie zuckte mit den Schultern und lächelte. »Hübsch«, sagte sie. »Aber du warst ja schon immer hübsch.« Sie hielt sich die Gardenien-Duftkarte ans Gesicht, als sei es etwas, das sie zärtlich festhalten wollte. »Erinnerst du dich noch an den Mann in dem Blumenladen … der uns immer Blumen geschenkt hat?«

Ich sah Lila an, die die Duftkarte ans Gesicht schmiegte, den Blick auf etwas jenseits von mir gerichtet.

»Ja«, sagte ich.

Sie drückte mir die Karte in die Hand. »Tausendschön und Nelken.« Sie seufzte. »Aber manchmal gab er uns auch Gardenien.«

Ich blickte auf die dünne Haut ihrer knorrigen Hände, unter der blassblau die Venen verliefen. »Und wir stellten sie immer in eine Vase«, sagte ich.

»Oh, ich stellte *meine* in eine Vase«, entgegnete Lila. Ihr Blick schweifte zum Fenster hinaus. Dann drehte sie sich wieder zu mir. »Du hast deine immer gemalt.«

Es war, als hätte sie ein Fenster zu einem lange verdunkelten Zimmer geöffnet. *Du hast deine immer gemalt.* Natürlich gab es noch mehr Bilder. Genau wie ich gedacht hatte. Ich wollte Lila eine Million Fragen stellen – über die Bilder, über ihre Freundschaft mit Gran und über Chet Cummings. Ich wollte die Bruckstücke der Erinnerung, die in ihrem Kopf herumschwirrten, hervorkitzeln. Aber ich saß geduldig da, die Hände ineinander verschlungen, und wartete, dass sie weitersprach.

»Was hat dir an den Bildern am besten gefallen?«, fragte ich sie schließlich.

»Man konnte fast …« Sie schloss die Augen und hob die Hand. »Man konnte sie fast anfassen.« Sie strich über den Stoff ihrer Bluse, und ich fragte mich, was sie sah, welche Bilder meiner Großmutter sie sich gerade in Erinnerung rief.

Schließlich, mit einem kleinen Zittern in der Stimme, sagte sie: »Es war schrecklich für ihn, weißt du … als du gingst.«

Ich wartete einen Moment, und als sie nicht weitersprach, fragte ich: »Schrecklich für wen?«

»Chet«, flüsterte sie.

»Ja«, hauchte ich. »Chet.«

»Er hat es nicht verstanden, weißt du … wie du es dir anders überlegen konntest.« Sie zog die Decke bis zum Hals hoch und schlang die Arme darum. »Und so schnell. Du liebst ihn noch, und dann … na ja, dann ist da plötzlich Henry.«

Beim Klang des Namens meines Großvaters zuckte ich zusammen und versuchte, ihn mir als Teil dieser Dreiecksgeschichte vor so vielen Jahren vorzustellen. Lilas Zimmergenossin rührte sich in ihrem Bett und murmelte etwas im Schlaf.

»Chet hat gedacht, du kommst wieder, aber ich wusste,

dass du das nicht tun würdest. Als er die Nachricht erfuhr … als er herausfand …« Sie seufzte.

»Die Nachricht«, wiederholte ich, damit sie weiterredete.

»Die Nachricht, dass du dich verlobt hast. Er konnte es nicht glauben, Ruthie. Gut, dass du ihn damals nicht gesehen hast. Der arme Junge war völlig elend. Er *musste* es zurücklassen.«

Was musste er zurücklassen?, fragte ich mich.

Sie hob die Hände. »Und dann ging alles den Bach runter.«

»Du meinst Chet und mich?«

»Nein, ich meine …«

Ein schrilles Lachen ertönte von der Frau im anderen Bett, und Lila und ich drehten uns nach ihr um. Sie war aufgewacht und sah wieder fern.

Lila setzte sich aufrecht hin, und die Decke rutschte wieder auf ihren Schoß. Ihre Augen, klar wie Gletschereis, musterten mich eindringlich.

»Du musst Sugar treffen, Ruthie. Sie hat ein paar von deinen Sachen. Ich hatte einfach keinen Platz … das verstehst du doch, oder?« Sie schloss die Augen, als würde sie die Dinge flüchtig vor sich sehen. »Ein paar Fotos und Briefe, glaube ich.«

Fotos und Briefe. Ich spürte Aufregung in mir aufwallen. »Sugar? Du meinst, deine Tochter?«

Lila gähnte und nickte schwach.

Natürlich würde ich sie treffen. Wenn sie mir irgendetwas von Großmutter zu erzählen oder zu geben hatte, dann wäre ich überglücklich, sie zu treffen. »Ja, das würde ich sehr gerne tun«, sagte ich.

Lila seufzte und betrachtete ihre Hände, als gehörten sie zu jemand anderem. Eine Durchsage kam über den Lautsprecher: »Dr. Martin, bitte zum Empfang. Dr. Martin, bitte.«

Lila fielen langsam die Augenlider zu. »Es gibt hier im Hotel einen Arzt? Wie praktisch.« Sie gähnte erneut und ihre Augenlider flatterten wie die Flügel eines Kolibris.

»Lila?« Ich stupste sie am Arm an.

Ihre Augen schlossen sich ganz, ihr Kinn sank auf die Brust, und sie war eingeschlafen.

Die Spätnachmittagssonne hing in zähflüssigem Orange leuchtend über dem Highway, als ich zurückfuhr. Eine Million Kiefern später bog ich auf den Parkplatz des *Inn*. Es war fast sechs, als ich die Lobby betrat. Der Duft von gedünsteten Zwiebeln schlug mir entgegen und erinnerte mich daran, dass ich seit dem Frühstück nichts mehr gegessen hatte.

Ich fand Paula nicht an der Rezeption. Stattdessen saß eine mollige junge Frau mit kurzen lockigen Haaren in einem Rotton, den es so nicht in der Natur gab, hinter dem Empfang.

»Hallo, kann ich Ihnen helfen?« Sie lächelte und sprach mit langsamer, schleppender Stimme.

»Ich bin Ellen Branford. Ich bin Gast hier «, erklärte ich. »In Zimmer acht oder zehn, wie auch immer. Die Meeresblick-Suite.« Ich zeigte zur Treppe, mein Arm fühlte sich schwer an.

Die Frau trug eine kleine schwarze Anstecknadel, auf die mit weißen Buchstaben der Name TOTTY gedruckt war. »Okay, meine Liebe«, sagte sie. »Nett, Sie kennenzulernen.« Totty zog ihre Stimme an jedem Satzende hoch, als würde sie ewig Fragen stellen. *Nett, Sie kennenzulernen?*

»Ist Paula heute Abend weg?«, fragte ich und kramte in meiner Handtasche nach dem Zimmerschlüssel.

»Ja, ist sie.« Totty lächelte, wodurch sich Grübchen auf ihren Wangen zeigten, die ihrem Gesicht etwas Kindliches verliehen. Ich bedankte mich und ging zur Treppe, am Speisesaal vorbei. Fast alle Tische waren besetzt, und ein Kellner servierte einem Pärchen, das gleich neben der Tür saß, gerade Suppe und Salat. Ich winkte ihm, und er kam zu mir.

»Ist es möglich, etwas zu bestellen und es auf mein Zimmer gebracht zu bekommen?«

»Sì, sì, natürlich«, antwortete er mit starkem italienischen Akzent. »Sie wählen, und wir bringen es Ihnen. Ich hole Ihnen die Karte.«

Einen Moment später kam er mit der Karte wieder, die ich kurz überflog.

»Ich denke, ich probiere den Victorysalat«, sagte ich und zeigte auf den ersten Salat auf der Liste: *Frühlingsgemüse, Cranberries, Walnüsse und Himberrvinaigrette an Ziegenkäse.*

Er nickte und notierte es sich auf seinem Block.

»Und das gebratene Hähnchen«, fügte ich hinzu und zeigte auf das zuoberst aufgeführte Hauptgericht: *Ein saftiges halbes Freilandhuhn, in frischer Kräuterbutter gebraten, mit Kartoffelbrei und gartenfrischen Karotten*. Ich hatte noch nie in meinem ganzen Leben ein halbes Hähnchen gegessen, aber ich wollte es versuchen.

»Gebratenes Hühnchen«, murmelte der Kellner und kritzelte wieder etwas in seinen Block.

»Und zum Dessert?«, überlegte ich, alle Bedenken in den Wind schlagend, und versprach mir, es zurück in Manhattan wieder auszugleichen. *Vielleicht versuche ich ja sogar, mich für diesen Viertelmarathon im Herbst in Form zu bringen, den* Winston Reid *sponserten.*

Der Kellner zog ein Stück Papier aus der Hosentasche und las die Auswahl vor: Käsekuchen, Brownie mit Vanilleeis, Blaubeerkuchen und gemischtes Eis.

»Den Blaubeerkuchen«, sagte ich, ohne auch nur darüber nachzudenken. »Oh, und ein Glas Weißwein, bitte. Können Sie mir sagen, welche offenen Weine Sie dahaben?«

Er kratzte sich am Kinn. »Äh, offen? Wir haben den Hauswein und ein paar andere. Lassen Sie mich die Weinkarte holen und …«

Ich winkte ab. »Lassen Sie gut sein, ich nehme einfach den Hauswein.« Wenn Hayden mich das sagen hören könnte, müsste ich ihn mit Riechsalz wiederbeleben. *Den Hauswein, Ellen? Und das, obwohl du nicht mal weißt, welcher das ist?*

»Sì, sì, wir schicken es Ihnen hinauf.« Der Kellner nickte mehrmals.

Ich schleppte mich nach oben, sperrte meine Zimmertür auf und ließ meine Handtasche auf den Boden fallen. Dann streckte ich mich, die Hände ums Kissen geschlungen, auf dem Bett aus. Die lange Fahrt nach Kittuck und zurück hatte mich völlig erledigt. Oder vielleicht war es auch Lila gewesen. So oder so, ich brauchte bloß fünf

Minuten, nur um mich auszuruhen, den Kopf aufs Kissen zu legen.

Ich gähnte und dachte an die Dreiecksgeschichte – Oma, Chet Cummings und mein Großvater. Ich dachte an Lila Falk und ihre Tochter, Sugar, und was sie wohl noch von Gran haben mochte …

Eine halbe Stunde später klopfte es an meiner Tür. Ich schreckte hoch und versuchte, mir klarzuwerden, wo ich war.

»Hallo, hier ist Rodolfo von unten.« Es klopfte wieder. »Hallo, ich bringe Ihr Abendessen.«

Mein Abendessen?

»Ja, ich komme.« Ich stand auf, zupfte mir eine Haarsträhne aus dem Gesicht und strich meine Kleidung glatt. Dann öffnete ich die Tür. Rodolfo stand im Flur und trat von einem Fuß auf den anderen. Er hielt ein blaues Tablett mit aufgemalten Muscheln in der Hand. Auf dem Tablett stand ein kristallenes Weißweinglas, ein bunter Salat mit Cranberries, ein großer weißer Servierteller mit glänzender Silberhaube, ein Stück Blaubeerkuchen und darüber hinaus noch eine rosa Rose in einer kleinen Vase.

»Kommen Sie. Bitte.« Ich winkte ihn herein.

Rodolfo sah sich im Zimmer um. »Wo wollen Sie es hinhaben?«

Machte er Witze? Es gab nichts, wo man das Tablett hätte abstellen können, außer auf dem Bett. »Einfach hierhin, schätze ich.« Ich zeigte aufs Bett.

»Sì, sì.« Er stellte das Tablett ab.

Ich kramte in meinem Portemonnaie nach ein paar kleinen Scheinen. »Vielen Dank«, sagte ich und gab ihm das Trinkgeld.

»Ich danke Ihnen«, erwiderte er und machte eine kleine Verbeugung, bevor er ging.

Ich saß auf dem Bett und probierte den Salat. Die Blätter waren knackig frisch und garniert mit großen Stücken Ziegenkäse. Die karamellisierten Walnüsse knusperten in meinem Mund. Dann hob ich die Silberhaube vom großen Teller, und ein würziger Dampf stieg von dem Hühnchen auf. Es war goldbraun gebraten und mit frischen Estragonzweigen gespickt. Ich verputzte alles in Minutenschnelle, bis hin zum Kuchen mit seiner lockeren Kruste und den noch warmen Blaubeeren. Ich fragte mich, ob Paula mit den Rezepten rausrücken würde. Ich hatte sie unterschätzt. So viel war sicher.

Zu voll, um mich noch bewegen zu können, schob ich das Tablett von mir, streckte mich wieder aus und starrte auf einen Riss in der Decke, der aussah wie der Bundesstaat New Hampshire. Nach und nach entspannte sich mein ganzer Körper. *Nicht einschlafen*, ermahnte ich mich selbst. *Du musst Hayden anrufen und Mom und Sugar …*

Wir gehen über ein riesiges, zugewuchertes Feld, das zu allen Seiten von Steinmauern umgeben ist. Einige der Steinbrocken sind heruntergefallen. Hayden hebt sie auf und setzt sie wieder auf die Mauer. Er findet für jeden Stein den richtigen Platz, indem er sie dreht und immer neu positioniert, bis er damit zufrieden ist. Von Zeit zu Zeit tritt er einen Schritt zurück und beurteilt seine Arbeit, und manchmal nimmt er einen Steinbrocken auch wieder heraus und probiert, ihn an einer anderen Stelle einzusetzen. Ich fange an, die kleineren Steinchen aufzusammeln und suche nach Spalten in der Wand, wo ich sie einpassen könnte.

»Das passiert nach jedem Winter«, erklärt er. »Es kommt vom Ausdehnen und Zusammenziehen.«

»Wie bei den Schlaglöchern«, antworte ich. »Die Straßen dehnen sich auch aus und ziehen sich wieder zusammen, und dann entstehen Schlaglöcher.«

»Du bist so ein Stadtkind«, sagt er, schlingt die Arme um meinen Hals und zieht mich an sich. Dann setzen wir uns auf die Mauer und blicken übers Feld, während eine leichte Brise im Gestrüpp raschelt.

Er springt von der Mauer auf und schiebt mit dem Fuß ein paar Dornensträucher weg. »Blaubeeren«, sagt er. Dort, wo er das Gestrüpp beseitigt hat, sprießen grüne Triebe aus dem Boden.

»Woher wusstest du, dass die da sind?«, frage ich.

»Die werden immer hier sein«, antwortet er. Und dann küsst er mich mit solcher Leidenschaft, dass es mir die Sprache verschlägt.

Es klopfte an meiner Tür. Ich versuchte, mich selbst aus dem Schlaf zu holen, mich loszureißen von dem Feld mit den Steinmauern und dem Gestrüpp und den Blaubeeren.

Das Klopfen ertönte wieder, diesmal etwas lauter. Rodolfo. Er kommt, um das Tablett abzuholen. Ich konnte noch den Essig des Salatdressings riechen, und es duftete jetzt nicht mehr ganz so appetitlich. Ich setzte mich auf und rieb mir die Augen.

Rodolfo klopfte weiter.

Ich versuchte, mich daran zu erinnern, was in dem Traum passiert war, aber er verblasste bereits wie Nebel im Sonnenlicht. Und dann erinnerte ich mich, wie ich mit Hayden auf einem Feld gestanden und eine Mauer repariert hatte.

Das Klopfen hörte nicht auf. Rodolfo war ganz schön hartnäckig. Fast schon unhöflich.

»Einen Moment noch«, stöhnte ich und versuchte, unbeholfen vom Bett aufzustehen. »Ich komme ja schon.«

Ist ja gut, du bekommst dein blödes Tablett, dachte ich, als ich mich vom Bett schob. Und in der Sekunde, als meine Füße den Boden berührten, wurde mir bewusst, dass der Mann in dem Traum gar nicht Hayden gewesen war. Es war Roy Cummings. Roy. Oh mein Gott, Roy hatte mich geküsst. Und es war ein atemberaubender Kuss gewesen, sogar noch atemberaubender als der am Strand. Ich konnte noch immer seine Arme um meinen Hals spüren. Ich spürte seine Lippen auf meinen. Ich konnte ihn schmecken. Er schmeckte wie salzige Gischt, wie das Ende eines Sommertags.

Ich nahm das Tablett und ging zur Tür. Ich balancierte es auf einer Hand und drehte mit der anderen den Türknauf um. Das Gestrüpp und die Blaubeeren und der Kuss. Ich wollte zurück in den Traum. Ich wollte zurück zu dem Kuss. Ich wollte Roy. Etwas in mir fing an zu schmerzen.

Ich machte die Tür auf und wollte Rodolfo das Tablett übergeben, doch dort, in einem maßgefertigten braunen Regenmantel aus italienischer Gabardine, mit dem Aktenordner in der einen und einer Louis-Vuitton-Reisetasche in der anderen Hand, stand Hayden.

12

Hahnenkampf

»Hayden!« Ich ließ das Tablett fallen, Teller und Geschirr flogen krachend zu Boden. Den Gang runter machte eine Frau die Tür auf, spähte herauf und schloss sie dann wieder. »Was machst *du* denn hier?«

Hayden stand vor mir, sein zerzaustes Haar ein goldener Kontrast zum grauen Anzug von *Savile Row*. Die gelbe Krawatte aus italienischer Seide, die ich ihm letztes Jahr zu Weihnachten geschenkt hatte, war um den Kragen eines makellosen weißen Hemds gebunden. Er sah sehr attraktiv aus.

»Alles in Ordnung?« Er lächelte und beäugte das verstreute Geschirr.

Ich schlang die Arme um ihn, verbannte alle Gedanken an Roy und atmete den Duft nach Leder und Gerichtssälen, Vorstandszimmern mit üppiger Mahagonivertäfelung und jahrhundertealten Aubusson-Teppichen ein. »Mir geht's gut«, sagte ich. »Ich bin bloß überrascht, das ist alles.«

Er drückte seine Lippen auf meine und gab mir einen langen, liebevollen Kuss, und einen Moment lang fühlte ich mich wieder in New York, wo ich mit dem Taxi fuhr und Telefonkonferenzen abhielt und in Limousinen herumkutschiert wurde und zu Benefizveranstaltungen in der Oper und zu Museumsgalas ging. Ich sah mich in unserer Wohnung, wie wir am Sonntagmorgen gemütlich auf dem Sofa faulenzen und Kaffee trinken, die Zeitungen liegen aufgeschlagen auf dem Tisch, und das Sonnenlicht strömt zum Fenster herein. Es fühlte sich gut an, dort zu sein.

Wir sammelten das verstreute Geschirr ein, und Hayden folgte mir ins Zimmer. »Warum hast du mir nicht gesagt, dass du kommst?«, fragte ich.

»Ich wusste bis heute Nachmittag selbst nicht, dass ich komme.«

Ich drehte mich zu ihm, um ihm den Mantel abzunehmen, und sah, wie er sich umschaute.

»Hier wohnst du schon die ganze Zeit?« Seine Augen huschten von der Keramikwaschschüssel und dem gesprungenen Krug zu dem unbequemen Holzstuhl und dem winzigen Badezimmer mit dem Glas voller Kugelschreiber und Bleistifte auf dem Spülkasten der Toilette.

Ich hing seinen Mantel über die Stuhllehne. »So schlecht ist es gar nicht.«

Er sah mich skeptisch an. »Ellen Branford, die Königin der 5-Sterne-Hotels, sagt mir, hier sei es gar nicht *so schlecht*? Ich bin beeindruckt.«

»*Ehrlich*«, beteuerte ich und nahm sein Jackett. »Ich finde es eigentlich ganz niedlich.«

Er hob das Kinn und sah mich prüfend an. »Du siehst ein bisschen … ich weiß nicht …« Er hielt inne. »Irgendetwas ist anders.« Einen Moment lang betrachtete er mein

Gesicht genauer. »Ach, du hast kein Make-up drauf. Vielleicht ist es das.«

»Habe ich nicht?« Ich tastete nach meiner Wange.

»Schau nicht so erschrocken.« Er lachte. »Du brauchst es nicht.«

Ich wunderte mich, wie ich vergessen haben konnte, Make-up aufzulegen. »Ich schätze, ich war heute Morgen so in Eile«, sagte ich. »Ich hab eine alte Freundin meiner Großmutter in einem Pflegeheim besucht.«

»Eine Freundin hier?«, fragte Hayden erstaunt, strich mir die Haare aus dem Gesicht und sah mir prüfend in die Augen.

»Ja. Du glaubst nicht, was ich heute herausgefunden habe.« Ich erzählte ihm von dem Mann in dem Fotoladen und dem Bild, das im Gebäude der Historischen Gesellschaft von Beacon hing, und von dem Zeitungsartikel aus der Bibliothek. »Es gibt Sachen, die wir von meiner Großmutter überhaupt nicht wussten.«

Er warf mir einen neugierigen Blick zu. »Fast so, als hätte sie ein geheimes Doppelleben geführt.«

»Na ja, kein geheimes Leben in dem Sinne, zumindest glaube ich das nicht. Ich meine, ich hoffe nicht. Aber auf jeden Fall gibt es Dinge, über die sie nie geredet hat.«

»Das ist ja ein bisschen so, als würde man ein Rätsel lösen«, meinte er, als wir uns aufs Bett setzten. »Ich würde die Bilder liebend gerne sehen. Du musst sie mir unbedingt zeigen.«

»Das werde ich. Ich will, dass du sie auch siehst. Aber bevor wir weiter über all das reden, musst du mir erst erzählen, was dich hierher verschlagen hat. Ich dachte, du wärst heute den ganzen Tag mit einer Vergleichsverhandlung im Dobson-Fall beschäftigt.«

Haydens Gesicht wurde von einem Lächeln erhellt.

»Was ist los? Erzähl's mir«, drängte ich.

»Wir haben uns heute Morgen auf einen Vergleich geeinigt.«

»Habt ihr? Oh, Hayden, das ist ja großartig!« Ich schlang wieder die Arme um ihn. »Du hast doch gesagt, du glaubst, dass es da nie zu einer gütlichen Lösung kommen wird.«

»Zweihundertfünfundneunzig«, erwiderte er kopfschüttelnd, als könne er es selbst nicht glauben. »Ich hatte nicht gedacht, dass wir uns je auf eine so hohe Summe einigen würden.«

Ich wusste, er sprach hier von Millionen und nicht bloß von Tausenden von Dollars. Natürlich bekam unser Klient das Geld, aber auch unsere Kanzlei erhielt ein riesiges Erfolgshonorar. Es war eine weitere Feder, mit der sich Hayden schmücken konnte.

»Wow, das ist fantastisch«, sagte ich.

Er nickte. »Ich bin glücklich. Der Vorstand von Dobson ist euphorisch. Für sie ist es ein guter Vergleich. Ich bin einfach froh, dass es geklappt hat. Am Ende sind sie mit einem ziemlich fairen Deal rausgegangen. Manchmal laufen die Dinge einfach, wie sie laufen sollen, und diesmal war es so ein Fall.

»Glückwunsch«, sagte ich und war stolz auf ihn. »Du musst sehr überzeugend gewesen sein.

»Oh, ich kann ziemlich überzeugend sein, wenn ich will«, meinte er, und sein Lächeln wurde plötzlich schelmisch. »Ich meine mich zu erinnern, dass ich meine Überzeugungskräfte auch schon einpaar Mal bei dir angewandt habe.«

»Schon möglich«, sagte ich gespielt unbeeindruckt, »aber bei mir würdest du nie zweihunderfünfundneunzig rauschlagen.«

Er nahm meine Hand. »Jetzt mal Spaß beiseite. Du weißt doch, was das Beste an dem ganzen Vergleich ist, oder?«

Ich schüttelte den Kopf.

»Dass ich hierherkommen konnte und bei dir sein kann. Ich saß im Taxi auf dem Weg nach Hause, da dachte ich mir, warum fahre ich nicht einfach nach Maine? Also habe ich ein paar Sachen zusammengepackt und bin in den nächsten Flieger gesprungen.«

»Oh, Hayden.« Er hatte so eine Art, die mich zum Dahinschmelzen brachte.

»Du hast mir gefehlt«, seufzte er und zog mich nah an sich heran. »Ich bin nicht gern in unserer Wohnung ohne dich.«

Ich lehnte meinen Kopf an seine Brust. »Du hast mir auch gefehlt.«

»Ich musste die ganze Zeit daran denken, dass du hier ganz alleine bist«, sagte er. »So hast du wenigstens Gesellschaft, und wir könnten zusammen nach New York zurückfahren.« Er stand auf. »Apropos New York… ich habe dir was mitgebracht.« Er zwinkerte mir zu, als er ein Päckchen aus seiner Tasche zog.

»Was ist das?«

»Mach es auf«, meinte er und setzte sich wieder neben mich.

Ich riss das Geschenkpapier auf und sah, dass es ein Buch war. *Meine Welt* von Henri Cartier-Bresson.

»Hayden, das hab ich mir schon immer gewünscht.«

»Ich weiß. Und es ist die Erstausgabe.«

»Es ist wunderschön.« Ich fing an, in den Schwarz-Weiß-Fotografien herumzublättern. »Der Vater des modernen Fotojournalismus.«

»Ja, das war er auf jeden Fall.«

Ich blieb an dem Foto von einem Mann, der auf einem Fahrrad durch eine enge Gasse in Frankreich fährt, hängen. Das Foto war von einer Treppe aus aufgenommen worden. »Das hier gefällt mir wahnsinnig gut. Schau dir die Biegung der Treppe an und das Eisengeländer, wie schön die Formen sind. Und der Mann, der auf dem Fahrrad vorbeirast, fast verschwommen. Er hatte eine halbe Sekunde, um das Foto zu schießen. Unglaublich. ›*Blende acht rein und da sein.*‹«

»Hm?«

»Das ist so ein Fotografenspruch«, sagte ich. »Du weißt schon – es bedeutet, dass die technischen Details nicht so wichtig sind wie die Tatsache, dass man zur rechten Zeit am rechten Ort ist.« Ich zog Hayden zu mir und küsste ihn. »Was für ein wundervolles Geschenk. Ich kann es kaum erwarten, mir jedes einzelne Foto in Ruhe anzuschauen.«

»Ich freu mich, dass es dir gefällt«, meinte er.

Ich klappte das Buch zu und drückte es an meine Brust. »Ich liebe es.«

Er lächelte. »Also, dann erzähl mir mal, was passiert ist. Ist es dir endlich gelungen, den berühmten Chet Cummings zu treffen?«

Ich senkte den Blick und schüttelte den Kopf. »Nein, ich werde ihn auch nicht mehr treffen.«

»Warum nicht? Was ist passiert?«

Ich zupfte an einem losen Faden in der Tagesdecke. »Chet Cummings ist ... na ja, er ist gestorben.«

Hayden nahm meine Hand. »Oh, Liebling, das tut mir so leid.«

Ich nickte. »Ja. Mir auch.«

»Wann war das?«

»Vor drei Monaten.«

»Oh, nein. Was für ein schlechtes Timing. Du bist den ganzen Weg hierhergekommen und ... also, das tut mir leid.«

Ein kühler Windzug wehte durchs Fenster herein. Weil mich fröstelte, schloss ich das Schiebefenster, ging zum Thermostat und drehte die Heizung auf. Es ächzte und klopfte, und dann fing ein Ventilator an zu surren. Ein metallischer Geruch kam aus dem Heizungsschlitz im Boden, und ein Hauch lauwarme Luft strömte heraus.

Hayden lehnte das Kissen gegen das Kopfende des Bettes, streifte seine Schuhe ab und legte sich aufs Bett. Er lockerte seine Krawatte und winkte mich zu sich. Ich schmiegte mich in seine Armbeuge.

»Also, erzähl mir, was passiert ist«, sagte er. »Du konntest den Brief nicht überbringen und ...«

»Doch, ich habe ihn überbracht«, unterbrach ich ihn. »Ich habe ihn seinem Neffen gegeben.«

Hayden sah mich an. »Seinem Neffen? Wer ist sein Neffe?«

»Ein Typ namens Roy Cummings. Chet hat in seinem Haus gewohnt.«

»Oh.« Er machte eine Pause, dann sagte er: »Was wird er damit machen?«

»Ich weiß nicht, aber ich dachte mir, er sollte ihn haben. Meinst du nicht?«

Hayden sah mich fragend an. »Ich weiß nicht, Ellen. Es überrascht mich, dass du das gemacht hast. Der Brief war ja nicht an ihn adressiert. Ich hätte ihn dem Nachlassverwalter oder dem gerichtlich bestimmten Testamentsvollstrecker übergeben ... ist der Kerl sein Nachlassverwalter?«

Ich versuchte, mich zu erinnern, was Roy mir im Vorgarten gesagt hatte. *Alles, was meinen Onkel betrifft, betrifft mich*. Etwas in der Art. Er hatte nicht wirklich gesagt, dass er der Nachlassverwalter seines Onkels ist, aber das war jedenfalls der Eindruck, den ich bekommen hatte. Dass er sich um seine Angelegenheiten kümmerte. Ich hoffte, ich hatte keine voreiligen Schlüsse gezogen.

Ich nickte. »Ja, ich glaube schon.«

»Du *glaubst* schon?«

»Nein, ich meine, das ist er. Er ist sein Nachlassverwalter.«

»Also, dann sehe ich kein Problem darin.«

Hayden streckte sich und stieß einen lauten Seufzer aus. Ich half ihm, seine goldenen Manschettenknöpfe abzunehmen, die mit dem Familienwappen darauf, und er legte sie auf den Nachttisch. Dann küsste er mich auf den Hals. Ich schloss die Augen und spürte seinen Atem, warm und vertraut, seine Haare weich auf meiner Haut. Er duftete nach Zitrone, das Shampoo, das er bei uns zu Hause benutzte.

Er knöpfte meine Bluse auf und seine Finger strichen sanft über den Stoff. Ich nahm ihm seine Krawatte ab und machte sein Hemd auf. Dann beugte er sich vor und küsste mich. Der Riss in der Decke, der aussah wie New Hampshire, verschwamm, und während draußen vor dem Fenster die Grillen zirpten, zogen wir uns aus und liebten uns.

Hayden war schon auf, als ich am Sonntagmorgen erwachte. Er saß neben mir auf dem Bett, in Boxershorts und einem blauen T-Shirt, und tippte auf seinem Laptop herum.

»Guten Morgen«, gähnte ich und rieb mir die Augen. »Wie spät ist es?«

Er blickte auf seine Uhr. »Kurz nach neun.«

Ich konnte einen Lichtstreifen unterhalb der Jalousie erkennen. »Sieht es nach einem schönen Tag aus?«

Er tippte weiter. »Ich weiß nicht. Ich hab noch nicht nachgesehen.«

»Du hast noch nicht nachgesehen?«

Er schüttelte den Kopf. »Ich habe gearbeitet. Er gab mir einen Kuss auf die Wange.

»Hör mal, Hayden«, sagte ich. »Ich will unbedingt, dass du Omas Bilder siehst. Ich bezweifle, dass die Historische Gesellschaft heute geöffnet hat, aber vielleicht können wir zu den Porters fahren und uns das auf ihrem Speicher anschauen.«

»Klingt gut«, meinte er. »Ich würde es sehr gern sehen.«

»Ich rufe Susan nachher gleich mal an.« Mein Magen knurrte, und ich merkte, dass ich geradezu ausgehungert war. Irgendetwas war mit meinem Appetit passiert. Ich hatte praktisch ständig Hunger, und das Essen, nach dem es mich gelüstete, war nicht gerade von der supergesunden Sorte, wie ich es eigentlich gewöhnt war. Es war Hausmannskost. Hackbraten und Kartoffelbrei, Brathühnchen, Käsemakkaroni, Schmorbraten. Ich wandte mich an Hayden. »Willst du Frühstück?«

»Ja, gib mir bloß eine Minute«, antwortete er. »Ich muss nur noch schnell die eine Sache hier fertig machen.« Er hielt mich am Arm fest, als ich zur Kommode gehen wollte. Seine Hand fuhr an meinem Oberarm entlang. »Mmh, du hast eine tolle Muskelspannung.« Er lächelte. »Du hast wohl trainiert, während du hier warst.«

»Nicht wirklich.« Ich fragte mich, wo man hier überhaupt trainieren sollte. Ich holte eine kurze Hose und ein Oberteil aus der Schublade. »Oh, warte«, meinte ich. »Hatte ich ganz vergessen – ich war schwimmen.«

»Schwimmen?« Er warf mir einen kurzen Blick zu. »Ach ja, du warst ja früher im Schwimmteam. In Exeter, oder?« Er zog die Kappe von einem Stift und fing an, sich ein paar Notizen auf einem Block zu machen.

»Ja, Exeter«, sagte ich, während ich den Reißverschluss der Shorts zumachte und mir das Oberteil über den Kopf streifte. Ich zog eine der Jalousien hoch, und die Sonne platzte geradezu ins Zimmer. Auf die Fensterbank gelehnt schaute ich hinaus und sog die kühle Luft ein, die leicht nach Gras duftete.

Eine Minute später blickte Hayden auf. »Es ist so ruhig hier.«

Ich wusste nicht, ob er damit *gut* ruhig oder *schlecht* ruhig meinte. »Ja, es ist ruhig hier.«

Ich ging ins Bad und wollte gerade nach meiner Zahnbürste greifen, da erstarrte ich. In einer Ecke des Spiegels über dem Waschbecken steckte ein elfenbeinfarbenes Kärtchen. Die schwarzen Buchstaben darauf waren erhaben, und ich erkannte die Schriftart: French Script. Ich trat näher heran und las, was darauf stand:

Mrs. Cynthia Parker Branford
ersucht Sie um die Ehre Ihrer Anwesenheit
bei der Hochzeit ihrer Tochter
Eleanor Branford
mit
Mr. Hayden Stewart Croft
am Samstag, den 7. Oktober,
um 18 Uhr 30
in der Saint Thomas Kirche,
New York, New York.

Ich spürte ein leichtes Stechen in der Brust. Ich nahm die Einladung vom Spiegel und hielt sie in der Hand, während ich mich auf den Badewannenrand setzte. Samstag, den 7. Oktober. Die Buchstaben waren dunkel und endgültig auf das Papier geprägt.

»Also, wie lautet das Urteil?«, rief Hayden.

»Das Urteil?« Ich versuchte, mich zu erinnern, wie viele Einladungen wir bestellt hatten. Alles, woran ich mich noch erinnern konnte, war die Zahl am Ende der Gästeliste: dreihundertsiebenunddreißig Leute. Sie waren alle eingeladen, dabei zu sein, wenn wir heirateten. Familie, Freunde, Geschäftspartner …

»Na, die Einladung!«, rief Hayden etwas ungeduldig. »Was meinst du? Ist sie nicht toll?«

Ich stellte mir die Kirche vor – Kerzen, Blumenarrangements, Bankreihen, die sich füllten, das Streichquintett, das die Stücke spielte, die wir ausgesucht hatten. Ich spürte ein Prickeln in meiner Magengrube. »Ja, sie ist schön.«

»Hab ich dir nicht gesagt, dass *Smythson* die besten sind?«, meinte Hayden, als er im Türrahmen auftauchte. »Sie sind ja nicht umsonst auch die Graveure der Queen.«

Ich nickte. »Ja, das stimmt«, pflichtete ich ihm bei.

»Diese Art von Qualität bekommt man hier in den Staaten einfach nicht.«

Ich fuhr die Buchstaben mit dem Finger nach und wunderte mich, dass ich plötzlich ein klein bisschen nervös war. Vielleicht war es bloß der Gedanke an all die vielen Einladungen, die kreuz und quer durchs Land geschickt wurden, mit der Aufforderung, zu diesem Ereignis zu kommen und Zeugen zu werden, wie Hayden und ich uns das Jawort geben.

Vielleicht wurde ja jede Braut ein bisschen nervös beim ersten Blick auf ihre Hochzeitseinladung. Warum auch nicht? Es war vermutlich eine völlig normale Reaktion. Immerhin hatte das Ganze etwas … na ja … Endgültiges. Es verkündete so etwas wie: *Jetzt bloß keinen Fehler machen.*

Fehler? Also, das war jetzt nicht das richtige Wort. Das habe ich überhaupt nicht damit gemeint. Ich meinte bloß … was hatte ich gemeint?

Ich muss verrückt geworden sein, dachte ich, als ich dort vor dem Spiegel stand. *Ich bin mit dem großartigsten Mann der Welt verlobt, und uns steht eine wundervolle Hochzeit bevor.*

Plötzlich stand Hayden neben mir und beugte den Kopf über meine Schulter. Er nahm mir die Karte aus der Hand, betrachtete sie, lächelte zufrieden und steckte sie zurück an die Ecke des Spiegels.

»Graveure der Queen«, wiederholte er mit einem leichten Nicken.

»Ja.« Ich schlang die Arme um ihn und hielt ihn so fest ich nur konnte.

Totty, die Frau von der Nachtschicht, war nicht am Empfang, als Hayden und ich auf dem Weg zum Frühstück dort vorbeigingen. Paula war zurück, und sie zuckte kurz zusammen, als sie Hayden sah.

Ich lächelte sie fröhlich an. »Das ist mein Verlobter, Hayden Croft. Gerade aus New York hergekommen.« Ich drehte mich zu Hayden. »Paula Victory, die Besitzerin des *Inn*.«

Paula blinzelte. »Ihr *Verlobter*?« Sie zog das Wort lang wie Kaugummi. Dann sah sie Hayden an. »Wie war der Name gleich?«

»Hayden Croft«, antwortete er. »C-R-O-F-T.«

»Noch nie gehört.«

»Er ist englisch. Meine Vorfahren …«

»Nein, ich meinte eigentlich Ihren Vornamen. Sagten Sie *Heyden*?«

Hayden zupfte den Kragen seines Polohemds zurecht. »Nein, Hayden mit *a-y*.«

»Aha«, meinte Paula und schaute wieder mich an. »Ihr *Verlobter*.« Eine Hälfte ihres Mundes verzog sich zu einem halben Grinsen. »Also, das ist doch schön.«

Sie musterte Hayden von oben bis unten. Dann nickte sie anerkennend.

»Ich muss Ihnen danken, dass Sie sich so gut um Ellen gekümmert haben«, sagte Hayden und legte den Arm um mich.

Paula lachte. »Da brauchen Sie mir nicht zu danken«, meinte sie. »Ellen scheint ganz gut alleine klarzukommen.«

Ich zerrte Hayden zur Tür, bevor Paula noch mehr sagen konnte. »Ja, also, wir sind dann beim Frühstücken. Bis später.«

»Wollen wir den Wagen nehmen?«, fragte Hayden und blieb unten an der Eingangstreppe stehen. »Ich fahre.«

»Wagen? Es sind bloß fünf Minuten zu Fuß.«

Er schaute überrascht. »Man kann von hier aus ins Stadtzentrum laufen?«

»Natürlich«, antwortete ich.

Wir schlenderten die Prescott Lane hinunter, an Häusern vorbei, durch deren Palisadenzäune Apfelrosen büschelweise hervorquollen. Ich zupfte eine Blüte ab und hielt sie an meine Nase. Sie duftete nach Tau und nach Morgensonne. An der nächsten Straßenecke bogen wir in die Putnam und spazierten in Richtung Wasser.

In der Paget Street bogen wir noch einmal ab, und dann tat sich das Meer vor uns auf, ein Mosaik aus Blau und Weiß unter einer strahlenden Sonne.

»Ist das die ganze Stadt?« Hayden blickte die Straße hinunter und schob seine Sonnenbrille zurecht.

Ich nahm seine Hand. »Ja. Das ist Beacon.«

Ich führte ihn ins *Three Penny Diner*. Fast alle Tische

waren besetzt, und bloß eine Nische war noch leer. Die junge Kellnerin, mit der ich bereits an meinem ersten Tag hier gesprochen hatte, kam mit zwei Speisekarten auf uns zu. Ihr rotes Haar fiel halbmondförmig um ihr Gesicht. Sie lächelte uns an und führte uns zu dem freien Tischchen. Wir setzten uns einander gegenüber, bestellten Kaffee und studierten die Karte.

»Ich weiß schon, was ich will«, verkündete ich. »Cider-Donuts. Die musst du probieren. Die sind wirklich unglaublich.«

»Donuts?« Er sah mich mit verdutztem Gesicht an. »Du isst Donuts?«

»Warum nicht?«

»Ich weiß nicht. Kohlenhydrate. Kalorien. Du isst doch nie Donuts. Ich bin nur überrascht.«

Er blickte wieder in die Karte, und ich dachte über die Donuts nach, noch warm aus dem Ofen, die Kruste mit Zucker bestäubt, das weiche Innere, das nach Äpfeln schmeckte und einem auf der Zunge zerging. Sie konnten unmöglich gesund sein. Hayden hatte recht.

Die Kellnerin kam zurück und stellte zwei Becher Kaffee vor uns hin. »Haben Sie sich schon entschieden?«

Ich wusste, ich sollte Haferbrei bestellen oder fragen, ob es ein Vollkornmüsli gab, aber die Erinnerung an den Donut war zu lebendig. Ich bestellte einen und gab meine Speisekarte mit einem leichten Gefühl der Resignation zurück.

Hayden sah mich einen Moment lang an, aber er sagte nichts. Dann schenkte er der Kellnerin ein strahlendes Lächeln. »Ich hätte gern ein Omelett, bloß aus Eiweiß, mit

Schnittlauch und ein paar Tomatenscheiben dazu, und ein Stück Zwölfkornbrot – keine Butter, bitte.«

Ein Schnittlauchomelett bloß aus Eiweiß? Das stand nicht mal auf der Karte. Ich wollte ihn schon daran erinnern, dass er hier nicht in New York war, aber ich schwieg. Die Kellnerin ließ ihren Kugelschreiber ein paarmal klicken. »Es tut mir leid, mein Herr, aber dieses Gericht haben wir nicht auf der Karte. Wir haben nicht mal Schnittlauch da oder diese Art von Brot.«

»Okay«, meinte er und hob mit einer beschwichtigenden Geste die Hände. »Dann nehme ich eben ein Eiweiß-Omelett mit Tomatenscheiben und … was für Brot *haben* Sie denn?«

Sie ließ ihren Kugelschreiber wieder klicken. »Weißbrot, Vollkorn, Roggen.«

Er überlegte einen Moment. »Ich nehme Vollkorn.«

Die Kellnerin lächelte kurz und verschwand.

Ich nahm einen Schluck Kaffee. Er schmeckte nach Haselnuss und erinnerte mich an Abende am offenen Kamin.

»Ich hätte jetzt gerne das *Wallstreet Journal*«, sagte Hayden. »Glaubst du, das bekomme ich hier irgendwo?«

»Die Straße runter gibt es einen kleinen Laden, der es haben könnte«, erklärte ich ihm.

Er stand auf und sah sich um. »Ich habe doch ein paar Zeitungen gesehen, als wir reingekommen sind … ach, da sind sie ja.« Er ging zur Ladentheke und kam mit dem *Boston Globe* und der *Beacon Post* zurück.

»Das klingt doch mal interessant«, witzelte er, als er die Schlagzeile auf der Titelseite der *Beacon Post* las: GERÖLL AUF ROUTE 9 BRINGT VERKEHR ZUM ERLIEGEN.

Darunter war ein Foto von einem Verkehrsstau und einem Haufen Felsbrocken, die von einem Laster auf die Straße gefallen waren.

Gott sei Dank ist es nicht mein Foto, das er da anschaut, dachte ich. »Ich schätze, es gab sonst keine großen Neuigkeiten«, bemerkte ich.

Hayden warf die *Beacon Post* auf den Tisch und nahm den *Globe* zur Hand. »Es ist schon erstaunlich, dass sich in so einer kleinen Stadt eine Zeitung über Wasser hält. Wie viele davon können die denn schon verkaufen – vier-, fünfhundert Ausgaben pro Tag?«

»Eher so dreitau…«

Er blickte auf. »Hm?«

Ich winkte ab. »Ach, nichts.«

Die Kellnerin kam mit unserem Frühstück zurück, und ich versuchte, Hayden dazu zu bringen, meinen Donut zu probieren. »Komm schon, du bist hier in Maine.« Ich stupste ihn an. »Chad wird nie davon erfahren.«

»Ha!«, rief er. »Chad ist seit sieben Jahren mein Personal Trainer. Er wird es merken.« Aber dann griff er nach dem Donut und nahm einen kleinen, vorsichtigen Bissen, kaute langsam und würdigte seinen Geschmack, so wie ich ihn schon Hunderte Male Wein hatte verkosten sehen.

»Wow«, staunte er. »Ich wusste gar nicht, dass ein Donut so gut schmecken kann.«

»Willkommen in Maine!«

Etwas in mir sprudelte über vor Freude. Es war ein schöner Tag, und wir würden ihn gemeinsam verbringen. Dieser Miniurlaub in Beacon würde eine nette Auszeit für uns zwei sein.

Ich blätterte in der Beacon Post herum, überflog einen Artikel über einen Polizisten, der eine besondere Belobigung bekommen hatte, die Ankündigung eines Trödelmarkts in der Saint Mary's Kirche und einen Leserbrief, der die Erhöhung der Grundsteuer beklagte. Ich blätterte weiter und sah eine Anzeige für eine Kirmes, die von der Vereinigung der Biobauern in Maine und der Gartengesellschaft gesponsert wurde. Ich fragte mich, wie es dort wohl sein würde. Butterwettbewerbe mit Mädchen in weißen Schürzen? Milchproben? Könnte Spaß machen.

»Hayden, ich finde, da sollten wir hingehen.« Ich schob ihm die Zeitung rüber.

»Eine Kirmes?«, meinte er. »Etwa mit Pferden und Kühen? So was in der Art?«

»Ich denke schon. Warum sehen wir es uns nicht einfach an?«

Er nahm einen Bissen von seinem Omelett, und dann sagte er: »Ich hab's ja nicht so mit Pferden und Kühen, aber für dich, Ellen, mach ich es.«

Wir ließen uns mit dem Frühstück Zeit, bestellten uns Kaffeenachschlag, dann faltete ich die *Beacon Post* zusammen, und wir gingen nach draußen. Ich rief bei den Porters an, aber es klingelte und klingelte. Schließlich sprang der Anrufbeantworter an, und ich hinterließ eine Nachricht, in der ich fragte, ob ich mit Hayden vorbeikommen könnte.

Auf dem Weg zurück zum *Inn* kamen wir an einem Geschäft vorbei, dessen Schaufenster mit Jeansbekleidung, Arbeitsschuhen und Campingausrüstung gefüllt war.

»Lass uns mal kurz da reingehen«, sagte ich und zog Hayden am Arm. »Ich will mir eine Jeans kaufen.«

»Habe ich dich schon jemals in Jeans gesehen?«, fragte Hayden, als wir den Laden betraten.

Ich lachte. »Ich kann mich selbst nicht erinnern, wann ich zuletzt eine getragen habe. Aber andererseits kann ich mich ja auch nicht erinnern, wann ich das letzte Mal auf einer Kirmes gewesen bin.«

Ich probierte eine gerade geschnittene Hüfthosenjeans mit auffälligen Steppungen an den Gesäßtaschen und Nähten. Hayden pfiff, als ich aus der Umkleide kam.

»Die nehm ich«, sagte ich zu dem Verkäufer. »Und ich behalte sie gleich an.« Ich drehte mich zu Hayden um. »Was ist mit dir?«

Er schaute runter auf seine Khakihosen und Segelschuhe. »Ich denke, ich bleibe dabei.«

Wir spazierten zurück zum *Inn* und schlossen das Auto auf. »Wenn wir zu dieser Kirmes gehen«, meinte Hayden, »muss ich mir dann auch Hühner anschauen oder so was?«

Ich nahm auf dem Beifahrersitz Platz und hielt die Hand hoch, als würde ich einen Eid ablegen. »Keine Hühner, versprochen. Bloß vielleicht ein paar Schweine.«

Er schüttelte den Kopf. »Schweine. Igitt.« Dann hellte sich sein Blick auf. »Ich sag dir was, ich komme mit auf diese Kirmes, wenn du hier in der Nähe einen kleinen Golfplatz für mich findest, wo ich ein bisschen spielen kann.«

Ich schüttelte den Kopf. »Tut mir leid, Schatz. Hier gibt es weit und breit keinen Golfplatz.«

Er ließ den Motor an, während ich in der *Beacon Post* blätterte. Darin war ein Plan abgebildet, der den Veranstaltungsort der Kirmes zeigte. Sie war nicht weit von der *Kenlyn Farm* entfernt.

Wir fuhren fünfzehn Minuten und kamen erst an der Farm und dann am Haus der Porters vorbei. »Das ist Omas altes Haus!«, rief ich und zeigte drauf, als wir an der leeren Einfahrt vorbeifuhren.

Kurze Zeit später bogen wir auf den Festplatz, und ein Mann dirigierte uns zu einem schlammigen Parkplatz, wo Leute mit Kindern und Buggys aus ihren Autos stiegen. Jugendliche lehnten lässig an den Ladeflächen von Pick-ups.

An den Rändern des Parkplatzes hatten sich Wildblumen breitgemacht und eine dichte Begrenzung gebildet. Ich blieb stehen, um einen Strauß Butterblumen und Margeriten zu pflücken. Dann streckte ich mich und atmete tief durch. Die Luft roch mild und süß. »Okay, ich bin so weit«, lächelte ich und bewunderte weiter meine Blumen, während wir der Menschenmenge zum Eingang folgten.

Auf einem Schild war das Kirmesprogramm vermerkt, das eine Esel- und Maultierschau, einen Zugpferd-Hindernislauf, einen Umzug antiker Traktoren, Hütehund-Vorführungen, einen Apfelkuchenwettbewerb und Vorträge mit Titeln wie »Einführung in die Wurmkompostierung« und »Wie schärfe ich ein Sensenblatt« mit einschloss.

Die Kirmes umfasste mehrere Hektar Land mit Zelten, Verkaufsständen, Essensbuden und Präsentationsflächen. Es gab einen Haufen Fahrgeschäfte, darunter ein Riesenrad und ein Gebilde, das die Mitfahrer in Gondeln im Kreis herumschleuderte. Väter trugen Kleinkinder auf den Schultern, und ältere Besucher saßen auf Klappstühlen herum. Der Duft von Holzofenpizza und Apfelstreuseln lag in der Luft.

Wir steuerten auf Stände zu, an denen Blumen und Gewürzkräuter verkauft wurden. Ich nahm ein Gefäß mit Thymian und hielt es mir unter die Nase. Es duftete nach gebratenem Hühnchen aus dem Ofen meiner Mutter. Ich sah ein Töpfchen Zitronenverbene, nahm ein Blatt heraus und rieb es zwischen den Fingern. Jetzt befand ich mich auf der Terrasse von Omas Haus und trank Eistee.

Wir schlenderten herum, sahen uns allerlei heimische Waren an – Ahornsirup, Hundekuchen, handgefärbtes Garn, Keramik und Malerei. Wir kauften eine Schale Blaubeeren und aßen sie, während wir weiter herumflanierten. Wir beobachteten Frauen, die Schafwolle zu Garn verspannen, und sahen uns eine Demonstration von deutschen Schäferhunden beim Schafehüten an.

»Lass uns da rübergehen«, schlug ich vor und zeigte zu einem großen Zelt, an dessen Eingang sich Leute drängten. Ein Hahn krähte, als wir näherkamen.

Hayden grinste. »Ich dachte, wir waren uns einig – keine Hühner.«

»Komm schon«, lachte ich und nahm seine Hand. »Lass uns bloß mal schauen, was da drin los ist.«

Der Geruch von Getreide und Tieren schlug mir entgegen, sobald wir das Zelt betraten. Das Erste, was ich sah, waren etwa zwei Dutzend Käfige aus Holz und Draht. In jedem saß ein Huhn und gackerte und pickte und scharrte vor sich hin, während die Besucher vorbeigingen und sie bewunderten.

»Oh Hayden, schau, wie hübsch die sind.« Ich zeigte auf einen schwarzen Jersey-Giant-Gockel und ein blaues Andalusierhuhn mit üppigen Schwanzfedern. Die Henne neigte den Kopf und scharrte am Boden des Käfigs herum.

»Ich schätze, sie haben einen gewissen … äh … Charme«, sagte Hayden mit einem Schaudern. »Ich glaube, ich sehe mal nach, was die sonst noch so hier haben … außer Hühnern.« Er schlenderte weiter.

Ich ging zum nächsten Käfig, wo ein Plymouth-Rock-Hahn vor sich hingackerte. Sein schwarz-weißes Zickzackmuster ließ ihn wie ein abstraktes Gemälde wirken. Ich beugte mich vor, um ihn besser sehen zu können.

»Du bist aber ein hübscher Hahn.« Jetzt war ich auf Augenhöhe mit dem Tier. Das Tier wackelte mit dem Kopf. »Ja, so ein hübscher Hahn.«

»Ellen?«

Ich drehte mich um. Er stand hinter mir, in Jeans und einem ausgebleichten roten *New England Patriots*-Shirt. Mit einer *Red-Sox*-Baseballkappe auf seinem Kopf und Dreitagebart im Gesicht. Roy.

Eine Sekunde lang dachte ich, alles Blut würde in meine Füße sacken. Ich brachte ein »Hallo« heraus.

In diesem Moment beschloss der Plymouth-Rock-Hahn zu krähen und schickte einen ohrenbetäubenden Gruß durchs Zelt.

Roy schob sich den Schirm seiner Kappe aus der Stirn. »Hallo auch. Ich dachte, du reist ab.«

Seine Augen waren zu blau. Nichts konnte so blau sein. »Ich wollte eigentlich heute fahren«, erwiderte ich. »Aber ich habe gestern noch jemanden treffen müssen, und dann gab es eine kleine Planänderung.«

»In diesem Fall scheinst du deine Zeit ja vernünftig zu nutzen.« Er lächelte. »Gockel bestaunen und Blumen pflücken …« Roy nahm meine Hand. Ich hatte ganz vergessen, dass ich noch immer den Strauß Blumen in der Hand hatte.

»Hm«, meinte er. »Butterblumen und Margariten.« Als er mich losließ, fühlte sich meine Hand leer an. Ich konnte kaum sprechen.

Ein kleines Mädchen, vielleicht vier Jahre alt, näherte sich mit ihrem Vater einem der Hühnerkäfige. »Geh nicht zu nah ran«, ermahnte er sie.

Roy sah mich an, legte den Kopf schief und kratzte sich am Kinn. »Du hast Jeans an. Ich wusste, dass irgendetwas an dir anders ist.«

Ich konnte nicht sagen, ob er es gut fand oder nicht. »Das ist mein Wochenend-Outfit.«

»Steht dir«, meinte er. »Jetzt passt du auch wirklich ins *Antler*.« Er lächelte.

Die Andalusierhenne mit ihrem raffinierten Schwanz putzte ihr Gefieder und nickte mit dem Kopf in Richtung Nachbarkäfig, als heische sie nach der Aufmerksamkeit des Gockels nebenan.

»Was macht die da, Papa?«, fragte das kleine Mädchen und zeigte auf die Henne. »Warum tanzt sie?«

Der Vater zog die Augenbraue hoch. »Ich weiß nicht, Schatz. Vielleicht versuchen sie, sich zu unterhalten.«

Das Mädchen kicherte, und die beiden schlenderten davon.

»Gut, jetzt habe ich jedes verdammte Huhn gesehen …« Es war Hayden, der auf uns zukam. Er hielt inne, als er Roy erblickte.

Ich ließ die Blumen in meiner Hand fallen. »Hayden«, sagte ich und legte einen betont fröhlichen Ton in meine Stimme. »Das ist Roy Cummings. Erinnerst du dich, ich habe dir von ihm erzählt – Chet Cummings' Neffe?« Ich wandte mich an Roy. »Das ist mein Verlobter Hayden Croft.« Meine Kehle fühlte sich trocken an, als ich sah, wie sie sich die Hände schüttelten. Ich bildete mir ein, eine Veränderung in Roys Gesicht zu erkennen. Vielleicht war es sein Kinn, um das sich ein härterer Zug legte, bloß ein bisschen.

»Hayden hat mir gestern Abend einen Überraschungsbesuch abgestattet«, sagte ich. »Er stand plötzlich im *Victory Inn*, wo ich untergebracht bin.«

Der Plymouth-Rock-Hahn fing an herumzustolzieren und wirkte ein wenig aufgeregt, plusterte sein schwarzweißes Gefieder und gackerte.

Roy vergrub die Hände in den Taschen seiner Jeans. »Wie schön. Woher kamen Sie? Aus Manhattan?«

Hayden nickte. »Ja, ich konnte gestern einen Fall abschließen, und da dachte ich mir, warum fliege ich nicht einfach her, und wir feiern es? Und jetzt bin ich hier.« Er machte eine kurze Pause, dann fügte er hinzu: »Ellen hat mir gesagt, Sie stammen aus Beacon?«

»Das stimmt«, antwortete Roy und nickte. »Ich bin hier aufgewachsen.«

»Scheint ein nettes Städtchen zu sein. Aber ziemlich ruhig. Was machen die Leute denn hier so in ihrer Freizeit? Gibt es irgendwo in der Nähe einen Golfplatz?«

Roy musterte Hayden von den Segelschuhen bis zu seinem melonengelben Polohemd. »Ach, Sie spielen Golf?«

Hayden nickte. »Ja, aber leider komme ich nicht oft genug zum Spielen. Und Sie?«

»Nein. Hat mich nie wirklich interessiert«, meinte Roy. »Aber hier gibt es jede Menge anderer Dinge zu tun. Im Winter kann man langlaufen oder Schneeschuh wandern oder Schlittschuh laufen gehen. Mit einem Schneemobil herumfahren.« Er unterbrach sich, und wir traten von den Hühnerkäfigen zurück, als eine Gruppe Jugendlicher vorbeidrängte.

»Im Sommer«, fuhr er fort, »angeln die Leute. Viele hier haben auch Motorboote, und sie gehen segeln. Manche schwimmen gern.« Er sah mich an.

»Ja, Ellen hat mir erzählt, dass sie hier schon schwimmen war«, erwiderte Hayden.

Ich warf Roy einen warnenden Blick zu. »Hayden war froh, dass ich hier ein wenig Bewegung hatte.«

»Ich hätte nicht gedacht, dass du dich je in so kaltes Wasser wagen würdest«, bemerkte Hayden.

Roy stupste seine Kappe aus der Stirn. »Aber wenn man im Exeter Schwimmteam war und es bis in die Landesmeisterschaften geschafft hat, würde ich meinen …«

»Das ist lange her«, unterbrach ich Roy und funkelte ihn wütend an. Ich sah, dass er ein Lächeln unterdrücken musste.

Er lehnte sich gegen einen Auslagentisch. »Also, wie lange bleibt ihr noch?«

»Bloß ein paar Tage«, antwortete Hayden, legte den Arm um mich und zog mich näher an sich heran. »Ich dachte mir, ich komme besser her, weil ich Ellen anders anscheinend nicht zur Abreise bewegen konnte.«

Ich zwang mich zu einem Lächeln.

Roy legte den Kopf schief. »Wächst dir Beacon schon ans Herz, Ellen? Das passiert vielen, weißt du. Manche Leute kommen hierher, und dann gehen sie nie wieder weg.«

»Ich muss bloß noch ein paar Tage länger bleiben«, erwiderte ich. »Ein paar offene Fragen klären, was meine Großmutter betrifft.«

Hayden drückte meine Schulter. »Ich mache mir keine allzu großen Sorgen, dass Ellen die Gastfreundschaft hier überbeanspruchen könnte. Sie ist eine Großstadtpflanze, wie sie im Buche steht. Ich glaube nicht, dass sie in einer so kleinen Stadt überleben würde. Sie ist an die Dynamik gewöhnt ... sie hätte gar nicht die nötige Geduld dazu.«

Ich war nicht sicher, was ich von Haydens Bemerkung halten sollte. Ja, ich lebte seit Jahren in der Großstadt, und nein, ich hatte nicht den Wunsch, irgendwo anders hinzuziehen. Aber hieß das etwa gleich, dass ich es nicht *könnte*, wenn ich es wirklich wollte? Bei ihm klang es so, als sei ich unfähig zu Veränderung.

Roy zuckte mit den Schultern. »Manchmal merken die Leute gar nicht, dass sie ein wenig langsamer treten könnten, bis sie es tun.« Sein Blick wanderte von Hayden zu mir. »Ich denke, Ellen könnte wahrscheinlich überall leben und erfolgreich sein, Beacon eingeschlossen.«

»Tja, danke für dieses Vertrauensvotum«, sagte ich und versuchte zu lachen, um Roys Bemerkung herunterzuspielen. Die ganze Unterhaltung hatte einen seltsamen Unterton, wie elektrische Spannung, die kaum messbar war, und ich fühlte mich unwohl dabei.

Haydens Arm um meine Schulter versteifte sich. »Ich meinte damit auch nicht, dass sie es nicht könnte. Ich glaube bloß nicht, dass es sie glücklich machen würde, wenn sie außerhalb einer Großstadt leben würde.« Er wandte sich an mich. »Hab ich recht, Liebling?«

Was war hier los? Ich fühlte mich wie im Mittelpunkt eines Tauziehens. »Ich weiß nicht.« Haydens Arm auf meiner Schulter fühlte sich plötzlich schwer an. »Im Moment bin ich da glücklich, wo ich lebe, aber ich denke, ich bin flexibel.«

»Na, bitte schön«, sagte Roy grinsend. Wieder einmal zeigten sich seine Grübchen.

»Wir reisen in ein paar Tagen ab«, wiederholte Hayden in einem Ton, der andeutete, dass dieses Thema für ihn beendet war.

Ich wand mich aus seinem Arm. »Tja, ich denke, wir müssen dann los, oder, Hayden?« Ich nahm seine Hand, damit ich ihn wegziehen konnte. »Vielleicht sind die Porters jetzt zu Hause, und wir können vorbeischauen.« Ich wandte mich noch mal an Roy. »Ich habe das Haus gefunden, in dem meine Großmutter aufgewachsen ist, und will es Hayden zeigen. Also denke ich, wir sollten …«

»Oh, das ist toll, dass du ihr Elternhaus gefunden hast«, sagte Roy. »Wo ist es?«

»Am Comstock Drive.«

Roy nickte. »In der Nähe der *Kenlyn Farm*.«

»Ja, genau da«, bestätigte ich. »Wir sind auf dem Weg

hierher dran vorbeigekommen. Jemand hat mir erzählt, dass es früher eine Blaubeerfarm war.«

»Ja, das stimmt«, antwortete Roy. »Ist länger her.«

»Sieht aus, als wäre sie völlig heruntergekommen«, bemerkte Hayden. »Zu schade. Es ist ein riesiges Stück unbebautes Land. Es überrascht mich, dass noch niemand auf den Gedanken gekommen ist, etwas dort aufzubauen. Häuser oder Wohnblocks.« Er zwinkerte mir zu. »Vielleicht einen Golfplatz.«

»Hayden ist ganz versessen auf Golf«, sagte ich lächelnd.

»Warum muss es denn erschlossen werden?«, fragte Roy mit leicht scharfem Ton. »Warum müssen überall Häuser und Wohnblocks entstehen oder … Golfplätze? Warum können manche Dinge nicht einfach so belassen werden, wie sie sind?«

Ein schwarzer Hahn mit hellrotem Kamm fing an, unruhig am Boden seines Käfigs herumzupicken.

»Na ja, das mit dem Golfplatz war ja auch bloß ein Witz«, meinte Hayden und warf mir einen kurzen Blick zu. »Ellen kann Ihnen ein Lied davon singen, dass ich immer …«

»Ich kenne so viele Beispiele von netten Kleinstädten, deren Gesicht durch Überbebauung zerstört wurde, dass ich sie gar nicht mehr zählen kann«, fuhr Roy kopfschüttelnd fort. »Leute, die aus der Stadt hier hoch in den Norden kommen, Baufirmen und Makler, die Geld machen wollen … wissen Sie. Sie entdecken einen Ort wie Beacon und finden ihn hübsch, weil er so nett und ruhig ist. Also ziehen sie einen Haufen Häuser oder Wohnblocks hoch.« Er starrte den schwarzen Hahn an, aber ich wusste, dass er etwas anderes vor Augen hatte. »Ja, und dann bauen sie noch einen Golfplatz und einen Country Club. Einen großen Jachthafen und einen Haufen Restaurants. Und kurz drauf gibt es *Gap* und *Victoria's Secret* und ein Möbelhaus direkt vor der Tür. Und dann wundern sie sich, warum es dort plötzlich nicht mehr so hübsch ist und gar nicht mehr so ruhig.« Er sah mich an. »Und dann ziehen sie weg, während die Leute, die schon immer dort gewohnt haben, auf einer Stadt sitzen, die sie kaum noch wiedererkennen.«

Der schwarze Gockel schlug mit den Flügeln und stieß einen ohrenbetäubenden Schrei aus. Ich zuckte zusammen. »Der hat ja ein ganz schönes Organ«, kicherte ich nervös.

»Ja, das hat er«, sagte Roy, sein Mund eine dünne gerade Linie wie ein Gedankenstrich.

Ich rieb mir den Arm, um die Gänsehaut loszuwerden, die sich dort breitgemacht hatte. »Hoffen wir, dass Beacon nie mit einem Einkaufszentrum und lauter Ladenketten endet. Das wäre schrecklich.«

Roy sah sich im Zelt um. »Ja, nun ja… wir werden sehen.« Als er sich wieder zu uns drehte, hatte sich das Blau seiner Augen in Schiefergrau verwandelt. »Vielleicht passiert das schon.« Seine Stimme klang stumpf, kalt. »*Kenlyn Farm* wird in eine Million Parzellen aufgeteilt, und alles soll verkauft werden. Also wird Ihre Idee«, er sah Hayden an, »das Gebiet zu erschließen, bereits umgesetzt. Vielleicht kommt der Golfplatz dann als Nächstes.«

Weder Hayden noch ich sagten ein Wort. Und bevor mir eine angemessene Antwort darauf einfallen wollte, tippte Roy an den Schirm seiner Baseballkappe, murmelte »Bis dann«, wandte sich ab und ging.

Hayden und ich sahen einander an.

»Was war das denn?«, fragte er.

Ich verzog das Gesicht. »Weiß nicht. Er schien nicht gerade glücklich über die Idee, dass diese Farm zu einem Golfplatz wird.«

Hayden schüttelte irritiert den Kopf: »Was hab ich denn gesagt? Ich wollte den Mann doch nicht beleidigen.«

»Ich weiß, Hayden. Vergessen wir's einfach.«

»Und was sollte dieser Vortrag über Bauunternehmer?« Hayden machte sich auf den Weg in Richtung Zeltausgang. »Lass uns von hier verschwinden.«

Ich folgte ihm über den Festplatz. Seine Schritte wurden immer schneller, als wir uns zwischen Blaubeerständen und Fahrgeschäften hindurchschlängelten und um die Kunsthandwerksfläche herum zum Ausgang gingen.

»Warte doch«, rief ich, als er mich abzuhängen drohte.

»Komm schon«, rief er zurück. »Verschwinden wir aus diesem Paradies für Landeier.« Dann drehte er sich nach mir um und stolperte über einen Haufen Hummerreusen, die kunstvoll zur Ansicht arrangiert worden waren. Er landete mit ausgestreckten Armen und Beinen platt auf dem Bauch.

»Hayden!« Ich rannte zu ihm und kniete mich neben ihn.

Er verzog mit zusammengekniffenen Augen das Gesicht. Ein paar Leute blieben stehen und glotzten, und ein alter Mann sprang aus einer nahe gelegenen Bude, um zu sehen, was passiert war.

»Mein Knöchel«, stöhnte Hayden.

»Was ist los?«

»Ich weiß nicht, aber es tut höllisch weh. Warum stapeln

sie diese Dinger auch mitten im Weg?« Er versuchte, sich in eine sitzende Position aufzurappeln.

»Soll ich dir helfen?« Ich hielt ihm meine Hand hin.

Er winkte ab. »Nein, ich schaff das schon«, fauchte er. Allmählich setzte er sich auf. Dann umklammerte er seinen Knöchel und atmete mehrmals tief durch.

»Vielleicht sollte ich Hilfe holen«, schlug ich vor.

»Nein, lass uns einfach gehen.« Auf mich gestützt, stand er langsam auf und klopfte sich den Staub ab.

»Geht's?«, fragte ich besorgt, als er mit mir zum Parkplatz humpelte.

»Nein, es geht nicht. Ich fürchte, ich hab mir das verdammte Ding verstaucht. Ich hab dir doch gesagt, ich will keine Hühner sehen.«

Waren doch fast nur Hähne, dachte ich. Aber ich hütete mich, ihn zu verbessern.

13

Mach dir nie die Medien zum Feind

Hayden sagte kein Wort mehr, bis wir zurück am Auto waren. »Du fährst besser«, sagte er, hievte sich auf den Beifahrersitz und zog seinen verletzten Fuß hinein, als sei er ein Paket, das er auf die Fahrt mitnehmen wollte. Er ließ den Gurt mit einem lauten Klicken einrasten.

Ich fuhr rückwärts aus dem Parkplatz heraus. »Tut mir leid, dass die Kirmes so … äh … du weißt schon. Tut mir leid wegen deinem Knöchel.«

Hayden stöhnte, als er seinen Schuh abstreifte. Der Knöchel war auf die Größe einer Grapefruit angeschwollen. »Oh Gott, schau dir das an.« Er zuckte zusammen.

»Du brauchst Eis«, sagte ich und bog aus dem Parkplatz auf die Straße. »Ich halte am ersten Laden, den wir sehen.«

Er klappte die Sonnenblende herunter. »Ich glaub's nicht, dass ich über diese verdammten Körbe gestolpert bin.«

Ich biss mir auf die Lippen, damit ich nicht loslachte, aber ich konnte mir ein Lächeln nicht ganz verkneifen.

»Was? Was?«

»Das waren Hummerfangreusen.«

Er winkte ab. »Ja, das weiß ich auch. Hab ich ja gemeint.«

Ich bog bei einem Schild ab, auf dem PANORAMA-STRASSE stand, und merkte zu spät, dass ich da noch nie langgefahren war. Ich folgte einer Straße, die sich durch ein kleines Dorf mit Schindelhäusern und einem Hafen wand, wo Leute Kühlboxen auf Motorbooten verstauten und die Segel von Schaluppen hissten. Wir fuhren an einer schmalen Bucht vorbei, in der verwitterte Häuschen an einem Hang Wache hielten und kleine Kinder in Badeanzügen silberne Eimerchen voller Kostbarkeiten herumtrugen: Kleine Fische, die im Meerwasser zappelten. Sand. Muscheln.

Hayden reckte den Hals und sah sich um. »Weißt du, wohin du fährst? Das ist nicht der Weg, den wir hergekommen sind. Vielleicht solltest du besser das Navi anschalten.«

Ich hatte keine Ahnung, wo wir waren. »Natürlich weiß ich, wohin wir fahren«, entgegnete ich und suchte nach etwas Vertrautem. Wir mussten Eis finden und einen schnellen Weg zurück zum *Inn*. Und ich wollte nicht, dass Hayden noch aufgebrachter wurde, als er ohnehin schon war. In Ufernähe entdeckte ich ein Restaurant mit einer Außenterrasse und Sonnenschirmen über den Tischen. »Ich springe da schnell hinein und besorge dir Eis.«

»Ich könnte was zu essen vertragen«, stöhnte Hayden. »Ich komme mit.«

Er humpelte neben mir her auf die Terrasse, wo ein Dutzend Tische mit rot-weiß karierten Plastiktischdecken bedeckt waren. Eine Frau im T-Shirt führte uns zu einem freien Platz. Wir bestellten Getränke, und ich fragte nach einem Beutel Eis, während Hayden seinen Fuß auf einem leeren Stuhl hochlegte.

Die Speisekarte umfasste eine Reihe von Hummergerichten, die sich verlockend anhörten, aber wenn ich an den Grund für Haydens Verletzung dachte, verwarf ich die Idee lieber.

Ich klappte die Speisekarte zu. »Ich nehme die frittierten Muscheln und einen Haussalat.«

Hayden sah mich mit zusammengekniffenen Augen an. »Frittierte Muscheln? *Frittiert?*«

»Nur dieses eine Mal. Sie schmecken gut, und ich esse sie ja nicht jeden Tag, also wird es mich nicht umbringen.« Ich nahm seine Hand und drückte sie. »Komm, wir kriegen gleich Eis für deinen Knöchel, das wird schon.«

»Ja, wahrscheinlich«, seufzte er mit einem resignierten Kopfschütteln.

Die Kellnerin kehrte mit zwei Eistees und einem Beutel Eis zurück, den Hayden sofort um seinen Knöchel legte. Dann bestellte er meine Muscheln und für sich ein Zackenbarschsandwich. »Aber können Sie dafür sorgen, dass der Fisch gedämpft wird, nicht gebraten?«

Nachdem die Kellnerin wieder gegangen war, saßen wir da und betrachteten die Bootsfahrer, die mit Angelruten und Angelkästen im Arm den Pier auf und ab gingen. Ich versank tiefer in meinem Stuhl, schloss die Augen und spürte die Sonne auf meinen Schultern.

»Ich wollte eigentlich auf den richtigen Moment warten, um dir das zu erzählen«, eröffnete mir Hayden plötzlich.

Ich öffnete die Augen. »Mir was erzählen?« Ich forschte in seinem Gesicht, ob es eine gute oder eine schlechte

Neuigkeit war. Er lächelte nicht, aber er wirkte auch nicht beunruhigt.

Er setzte sich auf dem Stuhl zurecht. »Bei der Preisverleihung neulich war unter den Leuten, die ich getroffen habe, auch ein Redakteur für die Rubrik Mode und Stil bei der *New York Times*.«

»Ach?« Das klang jetzt nicht gerade nach schlechten Neuigkeiten. Ich nahm einen Schluck Eistee.

»Ja, Tom Frasier. Er möchte eine Story über unsere Hochzeit bringen.«

»Oh. So ein ›Wie sie sich kennengelernt haben‹-Artikel?« Das konnte ich verkraften. Sie würden vermutlich bloß ein kurzes Telefoninterview mit uns machen und dann eine zwanglose Story veröffentlichen.

Hayden schob den Eisbeutel zurecht. »Na ja, eigentlich ist es ein bisschen komplizierter als das. Sie wollen eine Reportage über uns und die Hochzeit machen. Mit Fotos … du weißt schon, das ganze Drum und Dran.«

Reportage … Fotos. Das klang nach einer größeren Sache. Ich spürte ein Stechen in der Brust. »Was meinst du mit Reportage? Worüber wollen sie denn genau berichten? Hat er das gesagt?«

»Über alles Mögliche. Wer das Kleid designt hat. Wo du deine Haare machen lässt. Welchen Nagellack du trägst. Ich weiß auch nicht.«

»Welcher Nagellack? Das weiß ich ja nicht mal selbst!«, rief ich.

»Na ja, vermutlich werden sie dich das auch nicht fragen, Ellen. Ich meinte ja bloß …«

Seine Stimme trat in den Hintergrund, als ich mein

Glas wegstellte. Diese neue Information kam über mich wie etwas Kaltes, Dunkles. Sicher, ich war schon zuvor in der Zeitung gewesen. Eine Internetrecherche würde mehrere Dutzend Berichte über mich zutage fördern, wie die Artikel in der *Times* über das Sullivan-Projekt und die *Wall Street Journal*-Berichte über die *Cleary Building Corporation* und den *Battery-Park*-Deal, ganz abgesehen von ein paar Radiointerviews und Magazinbeiträgen. Aber das war etwas anderes. Es hatte mit meinem Beruf zu tun. Das hier war privat. Ich wollte nicht, dass die Medien in mein Privatleben eindrangen.

Ich beobachtete ein paar Jungs im Collegealter dabei, wie sie mit einer Kühlbox und Angelausrüstung in ein Motorboot stiegen. Ein Teil von mir wäre am liebsten mit ihnen davongefahren und nie wieder zurückgekommen.

Hayden legte seine Hand auf meine. »Das wird schon«, sagte er. »Und je öfter du solche Sachen machst, umso eher gewöhnst du dich daran.«

Irgendwie fühlte ich mich dadurch auch nicht besser.

»Wie soll das ablaufen?«, fragte ich. »Wollen sie uns persönlich treffen? Uns zusammen? Jeden einzeln?« Ich hoffte, sie würden mir keine heiklen Fragen stellen, versuchen, mich dazu zu bringen, etwas Dummes zu sagen oder etwas, das Hayden oder seine Familie blamieren könnte. »Sie treffen uns doch zusammen, oder?«

»Jetzt schau nicht so besorgt. Ich bin sicher, zusammen bekommen wir das hin.«

Ich nahm einen großen Schluck Eistee. »Und was ist mit den Fotos? Wo wollen sie die machen?«

»Na ja, sie werden definitiv Fotos in der Kirche machen«, sagte er. »Und sie werden im *Metropolitan Club* beim Empfang dabei sein.«

Die Hochzeit und der Empfang. Sie wollten über beides berichten.

»Und … na ja, da wäre noch etwas«, meinte Hayden.

Ich leerte das Tütchen in mein Glas. »Ja?«

»Sie interessieren sich für unseren familiären Hintergrund. Für meinen, weil … nun ja, wegen der politischen Verbindungen. Und deinen, weil dein Vater so ein Finanz-Guru war und alles …«

Meine Haut fing an zu prickeln.

»Wie auch immer, Tom Frasier hat mich heute früh angerufen, als du noch geschlafen hast, und als ich ihm erzählt habe, wo wir sind und was du hier oben machst, fand er das ziemlich spannend. Er sagte, er würde es gerne als zusätzlichen Infokasten einbauen. Du weißt schon … Mädchen mit Kleinstadtwurzeln heiratet in eine große Politfamilie ein.«

Ein Infokasten? Meine Familie wurde zum Infokasten?

»Hayden, ich will kein Infokasten sein. Ich will das alles nicht.«

Hayden blickte mir ruhig in die Augen und strich mir mit der Hand über die Wange. »Schau, Süße, ich wusste, dass dich das alles ein bisschen beunruhigen würde, und ich will, dass du weißt, dass ich mir das Ganze sehr sorgfältig überlegt habe. Ich habe es aus jedem möglichen Winkel heraus analysiert, versprochen. Und ganz gleich, wie ich es betrachte, ich komme zu demselben Resultat – wir sollten es machen.«

»Aber …« Ich hob die Hand.

»Lass mich bloß noch ausreden. Bitte.« Er beugte sich ein wenig näher zu mir, sein Blick konzentriert, sein Tonfall wie der, den ich von ihm aus dem Gerichtssaal kannte, ruhig und überzeugend. »Erstens«, begann er und streckte den Daumen aus, als wolle er verschiedene Punkte abhaken. »Wie mein Vater immer sagt: Mach dir nie die Medien zum Feind. Und er hat recht. Wir wollen sie nicht gegen uns aufbringen. Das vergessen sie nämlich nie.« Er streckte den nächsten Finger aus. »Zweitens, wir können das zu unserem Vorteil nutzen. Es schadet uns beiden nicht im Berufsleben, wenn wir ein bisschen zusätzliche Medienpräsenz bekommen und die Leute uns besser kennenlernen können, oder?« Er wartete meine Antwort nicht ab. »Wir achten einfach darauf, dass wir die Punkte, die *uns* wichtig sind, unterbringen«, erklärte er, »ganz gleich, was sie erwarten.« Ich vermutete, dass das schwerer war, als es klang, aber ich wusste, dass es nutzlos war, ihn zu unterbrechen. »Und drittens«, fuhr er fort und streckte einen weiteren Finger aus, »könnte es sich positiv auf meine Kandidatur für den Stadtrat im nächsten Jahr auswirken. Einfach ein weiterer Zug, um meinen Namen und mein Gesicht publik zu machen.« Er sah mich an und wartete darauf, dass ich ihm beipflichtete.

Mein Fuß zuckte unter dem Tisch. »Hayden, ich fühle mich wirklich nicht wohl damit. Du kommst mit all diesen rationalen Begründungen daher, warum wir es machen sollten, aber die ändern nichts daran, dass ich damit kein gutes Gefühl habe. Hier geht es schließlich um unsere *Hochzeit.*«

Er wich meinem Blick aus. »Ich kann denen nicht absagen, Ellen. Die *Times* nennt unsere Hochzeit schon das gesellschaftliche Ereignis der Saison. Es gibt Situationen, da gilt es Grenzen zu setzen, aber das hier ist keine davon. Und wir laden ohnehin über dreihundert Leute ein, da fallen doch ein paar Fotografen gar nicht weiter auf.«

Das gesellschaftliche Ereignis der Saison? Ich fing an, an meinen Nägeln zu kauen. »Ich habe das Gefühl, unsere Hochzeit verwandelt sich in eine Boulevardsendung.«

Er schüttelte den Kopf. »Nein, so ist das nun auch wieder nicht. Das würde ich niemals zulassen.«

Die Kellnerin tauchte wieder auf und stellte zwei Strohkörbchen mit unseren Gerichten auf den Tisch. Ich warf einen Blick auf meine frittierten Muscheln, aber ich war nicht mehr hungrig.

Hayden hob die obere Brötchenhälfte seines Sandwiches hoch und inspizierte den Fisch.

Ich schob die Muscheln zur Seite und starrte zum Hafen hinunter. Ein Hummerkutter tuckerte an den Kai.

Hayden fasste mich am Kinn, drehte meinen Kopf zu ihm und küsste mich. Ich spürte nur noch Panik. Ich wusste, ich würde ihn nicht davon abbringen können und würde den Plan, den er ausgeheckt hatte, mit ausbaden müssen. Doch in meinem Kopf taten sich immer weitere Fragen auf: *Wo hast du dich da bloß reinmanövriert? Was tust du da?* Und dann hörten die Fragen plötzlich auf. Ich hatte mich in etwas hineinmanövriert, mit dem ich schon seit Langem hätte rechnen müssen, und das wusste ich auch. Ich heiratete Hayden Croft, und das war mit gewissen Pflichten verbunden. Ich hatte mir schon zu Beginn unserer Beziehung klargemacht, dass ich mich mit solchen

Dingen abfinden müsste, sobald es so weit wäre. Tja, und jetzt war die Zeit gekommen.

»Hayden«, sagte ich und zwang mich zu einem Lächeln. »Ich werde es machen. Ich bekomme das hin, und es ist okay.« Ich schlang die Finger ineinander und hoffte, dass es überzeugend klang. »Und du hast recht – je öfter ich mit diesen Dingen zu tun habe, desto schneller gewöhne ich mich daran. Ich bin hier bloß nicht ganz in meinem Element, aber ich weiß, sobald wir wieder zurück in New York sind und ich wieder auf Geschäftsmodus geschaltet habe, dann klappt das schon, und in ein paar Wochen bin ich so weit. Dann kannst du von mir aus die gesamte New Yorker Presse auf mich loslassen.«

Hayden schaute erst sein Zackenbarschsandwich an und dann mich, und seine Stirn legte sich in Falten. »Na ja, die Sache ist die …«

Oh-oh. Diesmal sah es wirklich nach schlechten Neuigkeiten aus.

»Sie kommen in zwei Tagen hierher.«

Ich spürte, wie ein brennender Kopfschmerz hinter meinen Augen aufflammte. Ich rutschte ganz an die Stuhlkante. »Wer kommt? Und was meinst du mit *hierher*?«

»Die *Times*. Sie schicken einen Reporter und eine Fotografin nach Beacon.«

»Oh, mein Gott!« Ich sprang auf und fegte dabei einen Löffel vom Tisch. Er schlug mit einem lauten Klirren auf dem Betonboden der Terrasse auf. »Warum hierher? Warum in zwei Tagen?« Ich krallte mich am Tischtuch fest. »Darauf bin ich nicht vorbereitet.« Ich fuhr mir nervös durchs Haar.

Hayden nahm meine Hand und zog mich wieder zu sich heran. »Weißt du«, sagte er, »abgesehen von dem Umstand, dass wir die Medien bei Laune halten, bringt uns die Medienaufmerksamkeit vielleicht noch einen weiteren Vorteil.«

Ich starrte ihn fassungslos an.

»Dieses bodenständige Kleinstadtding könnte zu unserem Vorteil sein. Es könnte zwei knallharte Anwälte aus Manhattan von einer ganz anderen Seite zeigen.« Er schob sich eine frittierte Muschel in den Mund. »Ist das ein Angebot zur Güte?«

Ich hörte das Tuckern des Hummerkutters näherkommen. Mein Kopf pochte. Ich hob den Löffel auf, den ich hinuntergeworfen hatte, und als ich mein Spiegelbild in seiner gebogenen Oberfläche erblickte, merkte ich, dass mein Gesicht auf dem Kopf stand.

»Du hättest mich niemals diese Muschel essen lassen dürfen«, stöhnte Hayden, als er durch die Hotellobby humpelte und sich dabei den Bauch hielt.

»Lass uns einfach hochgehen«, sagte ich.

Paula starrte Hayden an. »Was ist denn mit Ihnen passiert?«

Er blickte finster drein. »Hummerreusen.«

»Ach, herrje. Sie sind mit dem Fuß in einer Hummerreuse hängengeblieben? Wollten Sie etwa Hummer schwarzfangen? Sie wissen, dass das verboten ist, oder?«

Haydens Gesicht lief rot an. »Ich bin ein gesetzestreuer Bürger«, zischte er. »Und abgesehen davon wüsste ich nicht einmal, wie man Hummer fängt.«

Paula kniff ein Auge halb zu, als würde sie das überdenken. Dann nickte sie mir zu. »Da war ein Anruf für Sie.« Sie hielt mir ein weißes Stück Papier hin. »Ein Herr.« Sie warf einen Seitenblick auf Hayden.

Hayden schlurfte zu mir und spähte mir über die Schulter, als ich die Nachricht las:

14:15 Uhr
Ellen Branford –
Anruf von Roy. Lässt ausrichten, es tut ihm leid.

»Okay, danke«, murmelte ich und versuchte desinteressiert zu wirken, als ich Roys Name mit Paulas kleiner, enger Handschrift entzifferte.

»Lass mal sehen.« Hayden riss mir den Zettel aus der Hand. »Wenigstens hat er den Anstand, sich zu entschuldigen – dir gegenüber zumindest.« Er sah mich mit einem Grinsen an.

Wir stiegen die Treppe hoch wie Kletterer in den Bergen. Einen langsamen, bedächtigen Schritt nach dem anderen machend, stützte sich Hayden mit ganzem Gewicht auf das Geländer und meine Schulter. Oben angekommen, schloss ich die Tür auf, und er humpelte direkt zum Bett, wo er seinen Knöchel auf einem Kissen hochlegte.

»Findest du, dass es schlimmer geworden ist?«, schnaufte er. »Ich schon.«

Ich konnte es nicht wirklich sagen. »Ich glaube, es sieht schon ein bisschen besser aus«, beruhigte ich ihn. Hayden war ein kleiner Hypochonder. Da war es besser, die positive Seite zu betonen.

»Es fühlt sich aber schlimmer an«, meinte er. »Ich könnte wirklich noch etwas mehr Eis gebrauchen.«

»Ich besorg dir welches«, bot ich an und schüttete die wässrigen Überreste aus dem Plastikbeutel ins Badezimmerwaschbecken.

»Es tut wirklich weh, weißt du«, beteuerte er, als ich die Hand schon am Türknauf hatte. »Und mein Magen bringt mich um. Wirklich üble Schmerzen. Das kommt von dieser Muschel. Ich weiß es.«

»Soll ich dir einen Arzt rufen?«

Er schüttelte den Kopf. »Nein, nein, es geht schon.«

Ich ging nach unten und versuchte, der Frage auf den Grund zu gehen, warum Männer so verworren waren. Es tut wirklich weh, aber ruf bloß keinen Arzt. Ich habe schreckliche Schmerzen, aber ich brauche keine Hilfe. Es machte mehr Spaß zu jammern, nahm ich an.

Eines der Zimmermädchen füllte den Plastikbeutel wieder mit Eis auf. Als ich zurückkam, hatte Hayden bereits beide Kopfkissen unter seinem Bein drapiert. Ich legte ihm den Eisbeutel wieder um den Knöchel.

»Oh, das tut gut«, seufzte er. »Danke, Schatz.« Ich war gerade dabei, mich neben ihn zu setzen, als er hinzufügte: »Ich habe mich gefragt …«

»Ja?«

»Ob vielleicht eine Stützbandage helfen würde und Magentropfen für die Bauchschmerzen.«

Eine Stützbandage. Magentropfen. Ich sah mich im Zimmer um, als könnten die gewünschten Dinge dort irgendwo aus dem Nichts heraus auftauchen. »Okay, ich gehe zur Apotheke in der Ortsmitte.«

»Ellen, du bist die Beste.« Er tätschelte meine Hand. Als ich wieder aufstand, fügte er noch hinzu: »Könntest du mir auch noch ein paar Alka-Seltzer mitbringen? Die könnte ich vielleicht noch brauchen.«

Ich betrachtete ihn, wie er so dalag. Er sah so kläglich aus, so mitleiderregend, den Beutel mit dem schmelzenden Eis um seinen geschwollenen Knöchel. »Kein Problem«, sagte ich. »Hauptsache, es geht dir bald besser.«

14

Kenlyn Farm

Ich schlurfte die Treppen hinunter, mein Kopf schwer vor Sorge über die Invasion der Presse in zwei Tagen. Ich stieg ins Auto und saß eine Minute lang da und starrte auf den feinen Salzbelag an den Fenstern. Dann fuhr ich in Richtung Innenstadt und fand einen leeren Parkplatz vor einem Laden namens *Beacon Winery*. Das Schild war hübsch – eine burgunderrote Weinflasche unter einem Bogen aus lila Trauben. Ich öffnete die Tür und betrat einen heimeligen Raum voller hölzerner Weinregale. Hunderte Flaschen schimmerten im Schein der winzigen Deckenlichter. Ich entdeckte ein Schild für französische Weine und ging ohne besondere Erwartungen darauf zu. Zu meiner Überraschung fand ich dort mehrere gute Bordeaux-Weine zur Auswahl, darunter auch einen Château Beychevelle 2000 Saint-Julien. Ich nahm die Flasche mit dem vertrauten Einmaster-Segelschiff auf dem Etikett in die Hand wie einen alten Freund.

An der hinteren Wand des Ladens befand sich ein langer Tresen aus Eichenholz, der so auf Hochglanz lackiert war, dass er sogar eine Bowlingbahn beschämt hätte. Dahinter las ein Mann mit einem runden sonnenverbrannten Gesicht in einer Bootszeitschrift.

Ich ging hin und stellte die Flasche auf die Ladentheke. »Ich bräuchte bitte auch noch einen Korkenzieher.«

»Das ist ein schöner Saint-Julien«, lobte der Mann, als er das Etikett betrachtete. »Haben Sie den schon mal probiert?«

Ich nickte.

»Ja … ein sehr schöner Wein.« Er nahm einen Plastikkorkenzieher und eine Papiertüte. »Ich mag sein Bouquet von Lakritze und schwarzer Johannisbeere.«

Ich beförderte eine Handvoll Zwanziger aus den Untiefen meiner Handtasche und legte sie auf die Ladentheke. »Ja, ich auch.«

»Davon verkaufe ich nicht so viel«, meinte er und packte die Flasche und den Korkenzieher in die Tüte. »Der eine oder andere Tourist kauft ihn, und es gibt da einen Kameraden aus dem Ort, der von Zeit zu Zeit ein paar Kisten davon bestellt.« Er reichte mir die Tüte.

Das muss ein guter Kunde sein, dachte ich mir, wohl wissend, dass der Wein ziemlich teuer war. Ich dankte dem Weinhändler und ging zur Tür.

»Entschuldigung? Äh, Miss?«, rief mir der Mann nach, und ich drehte mich noch einmal um. Er schwenkte etwas in der Luft. »Ist das Ihres?«

Ich ging zurück und sah, dass er den Notizzettel in der Hand hielt, den Paula mir gegeben hatte. Der Anruf von Roy.

»Es war zwischen Ihren Scheinen«, sagte er.

Ich betrachtete Paulas krakelige Schrift:

14:15 Uhr
Ellen Branford –
Anruf von Roy. Lässt ausrichten, es tut ihm leid.

Ich bedankte mich und ging.

Draußen im Sonnenlicht warf ich noch einen Blick auf die Nachricht und fragte mich, wofür Roy sich entschuldigte. Dafür, dass er so abrupt verschwunden war? Für den Vortrag über Bauunternehmen und ihre angeblichen negativen Einflüsse auf Kleinstädte? Ich hatte das Gefühl, dass er übersensibel auf jede Veränderung in Beacon reagierte. Warum sich Roy so vor den Kopf gestoßen gefühlt hatte, war mir ohnehin unbegreiflich. Hayden hatte mit diesem Golfplatz doch bloß einen Witz gemacht. Ich hatte versucht, ihm das klarzumachen.

Ich stieg ins Auto und fuhr aus der Stadt hinaus. Die Abzweigung zur Prescott Lane, die mich zurück zum *Inn* gebracht hätte, ignorierte ich. Ich fuhr in Richtung Dorset Lane zu Roys Haus weiter und sagte mir, dass ich bloß dorthin fuhr, um ihn wissen zu lassen, dass ich seine Nachricht bekommen hatte und dass ich nicht wütend auf ihn war.

Schon auf halber Höhe der Straße sah ich den Audi in Roys Einfahrt stehen, wie eine grüne Ampel an einer Kreuzung. Ich parkte meinen Wagen dahinter, stieg die Verandatreppe hoch und klingelte dreimal. Nichts.

Ich fuhr zurück in die Stadt, an den Strand-Boutiquen vorbei, zu der Baustelle, wo das neue Haus errichtet wurde. Roys blauer Pick-up parkte davor, und die Spätnachmittagssonne schimmerte auf seinem Dach.

Ich ging zur Rückseite des Hauses und erwartete, eine offene Tür vorzufinden, das Surren einer Säge oder das Klopfen eines Hammers zu hören, Roy mit einem Werkzeuggürtel um die Hüften anzutreffen. Aber alles war ruhig, und dann fiel mir ein, dass ja Sonntag war.

Als ich zum Meer blickte, sah ich jemanden auf den Felsen stehen und Steine in die Brandung werfen. Obwohl er mit dem Rücken zu mir stand, erkannte ich, dass es Roy war. Ich rief seinen Namen, aber er hörte mich nicht. Ich ging auf ihn zu und atmete die salzige Luft ein. Die Brandung rollte ans Ufer, und ich rief ihn noch einmal.

Er fuhr herum, ein paar Steine fielen aus seiner Hand. »Ellen. Was machst du denn hier?« Sein Haar war struppig, vom Wind zerzaust, sein Gesicht sonnengebräunt. Seine Augen wirkten müde oder vielleicht auch wütend. Ich konnte es nicht mit Sicherheit sagen.

Oh nein, dachte ich. *Das war keine gute Idee*. Ich vergrub meine Hände in den Taschen. »Ich habe deine Nachricht bekommen.« Eine Welle brach sich am Felsen, und ich trat einen Schritt zurück, um nicht nass zu werden.

Er rieb einen grauen flachen Stein zwischen den Fingern. »Okay. Ich bin froh, dass du sie bekommen hast«, erwiderte er und schleuderte den Stein ins Meer.

Tiefes Schweigen machte sich zwischen uns breit. »Ich hatte deine Nummer nicht«, sagte ich schließlich. »Und ich wollte dich wissen lassen, dass ich sie bekommen habe. Die Nachricht, meine ich. Danke für die Entschuldigung.« Ich hob eine bläuliche Muschel zu meinen Füßen auf. Sie war dunkel und glatt. Während die Wellen auf die Felsen zurollten, dachte ich zurück an den Tag, als ich auf dem Holzsteg eingebrochen war, an das Gefühl, als Roy die Arme um mich gelegt hatte, und an seinen entschlossenen Blick.

»Ja, okay«, meinte er und warf noch einen Stein. Er flog in elegantem Bogen weit hinaus, blitzte in der Sonne auf und war dann verschwunden.

»Ich bin an deinem Haus vorbeigefahren«, fuhr ich fort, »aber du warst nicht da.« Ich fröstelte, als der Wind durch mein T-Shirt fuhr.

»Ich habe angerufen«, meinte Roy, »weil ich dir sagen wollte, dass es mir leidtut. Ich weiß, ich bin abgezogen wie eine beleidigte Leberwurst.«

»Ja, wir haben gar nicht kapiert, was los war.«

»Ich bin bloß ein bisschen wütend geworden … darüber, was dein Verlobter gesagt hat.«

Ich fröstelte erneut und rieb mir die Arme. »Er hat es nicht so gemeint.«

»Ist er Bauunternehmer? Irgendeine Art Geschäftemacher?«

»Hayden?« Ich fing an zu lachen. »Geschäftemacher? Ich dachte an seine Arbeit als Prozessanwalt, sein gemeinnütziges Engagement, seine baldige Kandidatur für den Stadtrat, den Reporter und den Fotografen von der *New York Times*, die schon bald hier auftauchen würden. Also gut, er war mit allen Wassern gewaschen. »Er ist Anwalt.«

»Das ist doch das Gleiche, oder nicht?«

Ich seufzte.

Eine Möwe schweifte über unsere Köpfe hinweg, drehte ein, kreiste am Himmel und flog wieder davon. Roy wandte sich zu mir. »Ich würde dir gern etwas zeigen. Hast du ein paar Minuten?«

Ich sah auf meine Uhr. Es war Viertel nach fünf. Hayden würde schon auf mich warten, und auf den Stützverband, die Magentropfen und die Alka-Seltzer. Ich musste zurück.

Roys Schlüssel baumelte in seiner Hand, Sonnenlicht glänzte auf dem Metall.

»Ja«, sagte ich. »Ich habe ein paar Minuten.«

Wir fuhren Straßen entlang, die mir mittlerweile vertraut erschienen. Roy fuhr den Pick-up und drehte am Radio herum, bis er einen Sender fand. Wir erreichten schließlich die Steinmauer, an der ich drei Tage zuvor schon vorbeigefahren war, und folgten der Straße, die daneben verlief. Die Sonne hing wie ein dunstiger gelber Schleier am Horizont und begann ihren spätnachmittäglichen Abstieg. Schließlich öffnete sich die Mauer, gerade weit genug, um einem schmalen Schotterweg Platz zu machen, und wir bogen ein.

»Das ist die *Kenlyn Farm*«, verkündete Roy, und der Pick-up ratterte über den holprigen Untergrund.

»Ja, ich bin hier schon mehrmals vorbeigekommen«, erklärte ich ihm.

»Dieses Land hat einmal meinen Großeltern gehört.«

»Das alles?«, fragte ich und ließ meinen Blick über das schweifen, was die Mauer verborgen hatte.

Viele Hektar, auf denen ungehindert Wildblumen und hohes Gras wuchsen. Ich streckte meinen Kopf aus dem Fenster und genoss den Anblick von Sonnenhüten, Butterblumen, Wiesenkerbel, Lupinen und Goldruten, welche die Hügel bedeckten. Ich hatte plötzlich das Gefühl, einiges mehr über Roy zu begreifen, auch warum er so empfindlich reagiert hatte, als es um diesen Ort hier ging.

»Es ist schon länger nicht mehr im Familienbesitz«, meinte er.

»Es ist wunderschön«, flüsterte ich aus Angst, ich könnte den Zauber brechen. »Ist es denn okay, dass wir hier sind?«

Er zuckte mit den Schultern und ignorierte die Frage. »Ich zeig dir den besten Ausblick. Da oben von dem Hang aus.«

Er zeigte auf eine Anhöhe vor uns, und wir fuhren drauf zu. Äste und Kies knirschten unter den Rädern des Pick-ups, und Gestrüpp streifte raschelnd die Karosserie. Er hielt ein paar Meter von der Mauer entfernt an und stieg aus.

Dann kam er auf meine Seite herum und hielt mir die Tür auf. »Vorsicht.« Er nahm mich bei der Hand und half mir heraus. Die Wildblumen standen dicht und hoch, fast bis zu meinen Knien, und aus ihnen drang das stetige Summen der Grashüpfer, Grillen und Bienen.

»Stimmt es, dass hier früher Blaubeersträucher wuchsen?«, fragte ich und drehte mich, um die Aussicht in alle Richtungen zu genießen.

»Ja, hier war alles voller Blaubeeren«, bestätigte Roy.

Wir gingen zur Steinmauer, der die Spuren der Zeit und der Witterung und die offensichtliche Gleichgültigkeit der Besitzer zugesetzt hatten, sodass sie an weiten Teilen viel niedriger war als ursprünglich. Steine und Geröll lagen am Boden verstreut, als seien sie über Bord in die Freiheit gesprungen.

Roy fand eine Stelle, wo er Fuß fassen konnte, und kletterte hinauf. Dann reichte er mir wieder die Hand. Ich folgte ihm und setzte mich auf einen großen flachen Stein und schwang die Füße über die Mauer neben seine.

Ich ließ den Blick über das Feld schweifen, den Abhang hinunter bis zu einem Kiefernhain, der sich an seinem Fuße erstreckte. »Du hast recht mit dem Ausblick«, sagte ich zu Roy gewandt und hätte ihn dabei nur zu gern im Licht des Spätnachmittags fotografiert.

Roy nahm ein paar lose Steine von einem Haufen auf der Mauer und schob sie in einige der Lücken um uns herum.

»Es gibt ein Gedicht über das Reparieren einer Mauer«, meinte ich.

Er nickte. »Robert Frost. ›Beim Mauerflicken‹.«

Ich nahm einen losen Stein zur Hand. »›*Es gibt etwas, das mag die Mauern nicht …*‹.«

Roys Blick hing an der Mauer, mit ihren von Flechten bedeckten Felsbrocken und grünen Unkrautbüscheln, die dazwischen hervorsprossen. »›*… das schickt den Frost darunter, dass der Boden schwillt*‹«, fuhr er fort, »›*und streut Steine oben weit umher; und reißt Lücken, breit genug für zwei.*‹«

Ich saß mit offenem Mund da. »Kennst du das ganze Gedicht auswendig?«

Er lächelte verlegen. »Früher schon. Musste es mal in der Schule auswendig lernen. Ich würde es vermutlich noch zusammenbekommen, wenn ich müsste.«

»Beeindruckend«, erwiderte ich.

Roy zeigte auf das Feld. »Ich dachte, wenn du das siehst, dann verstehst du vielleicht, warum ich heute Nachmittag so aufgebracht war.«

»Oh … du meinst deine Standpauke über Bauunternehmer?«

Er nickte.

»Ich denke, ich versteh es. Ich weiß, dass der Wohnungsbau ein zweischneidiges Schwert sein kann.«

»Versteh mich nicht falsch«, meinte er. »Ich bin nicht einer von diesen verrückten Aktivisten, von diesen Leuten, die gegen jede neue Idee sind. Ich finde nicht, dass jede Form der Weiterentwicklung schlecht ist. Aber ich habe schon ein paar üble Dinge gesehen, die im Namen des Fortschritts und vermeintlicher Verbesserungen gemacht wurden.« Er rückte ein bisschen näher zu mir. Ich hielt den Atem an. »Und ich komme aus einer alten sturen Maine-Familie, die das genauso gesehen hätte«, meinte er.

»Wirklich? Wie weit reicht deine Familie hier in Maine zurück?«

»Fünf Generationen.« Er zeigte zur Sonne, die mittlerweile wie Wachs am Horizont zerschmolz. »Schön, oder?«

»Sehr.«

»Meine Familie stammte ursprünglich aus Augusta«, erklärte er, während er einen weiteren losen Stein in eine schmale Mauerspalte zwischen uns einfügte. »Das ist die Hauptstadt des Bundesstaats«, fügte er mit einem Augenzwinkern hinzu.

»Ja, das weiß ich.«

Er sah mich an. »Du hast hübsche Augen. Ein bisschen grün, ein bisschen blau. Ich kann es nicht genau sagen.« Er beugte sich näher zu mir.

»Sie sind grünblau«, murmelte ich und wich etwas zurück.

»Ich glaube, das habe ich eben gesagt.« Er lächelte und ließ seinen Blick ein wenig zu lange auf mir ruhen.

Langsam fing ich an, mich unwohl zu fühlen. Ich konnte einen Annäherungsversuch nicht zulassen. Nein, das wäre nicht gut. Aber warum war ich dann überhaupt hergekommen? Nur um ihm zu sagen, dass ich seine Nachricht bekommen hatte? Oder wollte ich bloß mein Ego mit seiner Aufmerksamkeit aufpäppeln? »Also, stammen deine Vorfahren aus Augusta?«, fragte ich, um das Thema wieder auf seine Familie zu lenken.

Roy griff nach einem anderen Stein und fuhr mit dem Finger über einen schimmernden rosa Streifen darin. »Ja, bis mein Großvater neue Wege ging und nach Beacon zog.«

»Warum hat er das getan?«

»Er hat eine Frau aus Beacon kennengelernt«, meinte Roy, »und sich verliebt.«

Der Wind zerzauste die Wildblumen unter uns. Ich konnte seinen Blick auf mir spüren.

»Die Frau war meine Großmutter«, sagte Roy und strich mir mit der Hand leicht über den Arm.

Ich sprang von der Mauer, das prickelnde Gefühl, das sich in mir ausbreitete, ignorierend. »Tja, da ist er ja an einem schönen Fleckchen gelandet«, sagte ich und sah mich um. »Schau dir nur die ganzen Blumen an. Ich wollte eine winzige blaue Blume pflücken, aber der Stängel war robust und wollte nicht brechen.

Roy kam neben mich. »So geht das nicht.« Ich konnte die Wärme seines Körpers neben mir spüren. Wir berührten uns beinahe. »Du musst es so machen.« Er knickte den

Stängel mit der Hand und sein Arm streifte mich. Dann pflückte er noch ein paar weitere Blumen und reichte sie mir schließlich, wobei sich unsere Finger kurz berührten.

Die Sonne trieb weiter zum Horizont, während wir an der Mauer entlangspazierten und das Summen der Insekten uns begleitete.

»Was ist dann passiert?«, fragte ich. »Mit deinen Großeltern.«

»Ach … na ja, sie haben dieses Stück Land hier gekauft. Mein Großvater wollte eine Blaubeerfarm eröffnen.«

»Das klingt schön.«

Roy nickte. »Ja, damals war eine gute Zeit für Blaubeeren. Hast du die Statue in der Stadt gesehen?«

»Welche Statue?«

»Die Frau mit dem Korb Blaubeeren?«

Es klang ganz nach der Statue, die ich fotografieren wollte, als ich auf dem Steg eingebrochen war. »Ja, ich glaube, die kenne ich.«

»Komisch, oder?«, meinte er. »Die meisten Städte haben eher eine Statue des Stadtgründers oder so etwas. Wir haben die Frau mit den Blaubeeren.«

»Ich dachte, sie trägt einen Korb mit Trauben.«

Roy zog die Augenbrauen hoch. »Trauben? Erwähne das bloß niemandem aus Beacon gegenüber. Man würde dich mit Schimpf und Schande aus der Stadt jagen.«

Ich lachte.

Er streckte die Hand aus und berührte eine Stelle über meinem rechten Auge.

Ich zuckte zurück.

»Du hast da was«, wisperte er.

»Das ist eine Sommersprosse. Die geht nicht weg.«

Er beugte sich vor. »Ach ja, jetzt seh ich's.«

Ich setzte mich wieder in Bewegung. »Und was ist dann passiert?«

»Was passiert ist? Ach, du meinst mit der Farm? Nun, mein Großvater lernte alles über Blaubeeren, was es zu lernen gab. Dann fand er heraus, welche Blaubeerpflanzen die besten für diesen Standort sind.«

»Ich wusste gar nicht, dass es verschiedene Arten gibt.«

Roy schaute überrascht. »Natürlich gibt es da mehr als nur eine Art.«

»Interessant«, meinte ich. Ich fragte mich, wie sie wuchsen. Irgendwie stellte ich sie mir wie Reben vor, in dicken Trauben, die an einem Spalier wuchsen. »Sie wachsen an Reben, oder?«

Er blickte etwas entsetzt drein und wischte ein Insekt von seinem Hemd. »An Reben? Blaubeeren? Die wachsen an Sträuchern.«

»Ach ja, an Sträuchern. Natürlich.«

Er pflückte einen gelben Sonnenhut und reichte ihn mir. »Wie schön, Ellen«, meinte er. »Gefällt mir.«

»Ja, sie ist hübsch.« Ich drehte den Stängel zwischen den Fingern.

»Ich habe nicht von der Blume gesprochen.«

Ich stieß ein nervöses Lachen aus und spürte, wie mein Gesicht heiß wurde. Ich musste ihn wieder zurück zu der Geschichte bringen. »Und was ist dann passiert?«

Roy grinste. »Ich glaube, mein Großvater hätte alles anbauen können, von Klee bis Artischocken. Das hat auch Onkel Chet immer gesagt. Er wusste, was funktionierte und was nicht. Wie man widerstandsfähigere Pflanzen züchtete, größere Beeren, all das.«

»Klingt, als hätte er darin seine Berufung gefunden«, warf ich ein.

»Ja, ich glaube, es war seine Berufung.« Er strich mir eine Haarsträhne aus der Stirn. »Die hing dir in die Augen, und die sind zu schön, um sie zu verstecken.«

Ich blickte krampfhaft auf meinen Blumenstrauß, damit er nicht sah, wie ich rot wurde. »Also lebten sie von der Farm.«

»Ja, das Geschäft lief gut. Sie verkauften an Lebensmittelläden, Restaurants, Hotels und so weiter. Und meine Großmutter hatte auch einen Verkaufsstand für Blaubeeren.«

Ich dachte an all die Blaubeerstände, die ich in Maine schon gesehen hatte. »Und lief es gut?«

»Ja, es ging ihnen gut. Und dann brachte meine Großmutter Onkel Chet zur Welt. Von dem Tag an, als er laufen konnte, war er hier draußen und rannte zwischen den Sträuchern herum, zupfte Beeren und aß sie. Sie hat mir erzählt, dass er immer lila Flecken auf seiner Kleidung hatte. Er hatte dasselbe Gespür dafür wie mein Großvater. Vielleicht sogar noch mehr. Er liebte diesen Ort.«

Roy blieb an einer Stelle stehen, wo größere Steinbrocken aus der Mauer gebrochen und aufs Feld gerollt waren. Er hob sie auf und beförderte sie wieder an ihren Platz. »So«, sagte er und wischte sich den Schmutz von den Fingern.

Ich stellte mir einen kleinen Jungen vor, der in der warmen Sommersonne zwischen den Blaubeersträuchern herumlief. »Das klingt schön.«

»Ich bin sicher, das war es.« Roy hielt inne. »Aber nichts währt für die Ewigkeit … Meine Großeltern haben es schließlich verkauft. Sie waren einfach zu alt, um es weiterzuführen.«

Wir kamen zu einer Ecke des Farmgeländes, wo dicht gedrängt eine Gruppe Eichen stand, eine davon war etwas abseits, wie ein einsamer Gast auf einer Cocktailparty.

»Hatten sie nicht deinen Onkel, der ihnen half? Wenn er das alles doch so sehr gemocht hat …«

Roy ging zu der einzeln stehenden Eiche und lehnte sich an ihren Stamm. »Nein, er hat Beacon mit zwanzig verlassen und ist viele Jahre lang nicht zurückgekommen.« Er blickte hinauf zu dem Baldachin aus Ästen und Laub, der über uns hing. »Irgendetwas ist damals geschehen – er wollte nie darüber reden, aber die Farm machte ihn bloß traurig.«

Ich ließ meinen Blick schweifen, von der Steinmauer am Rande des Feldes, über die Wiese, bis zu dem Kiefernwäldchen. »Ich kann nicht glauben, dass er das hier nicht vermisst hat.«

Ein Sonnenstrahl flimmerte zwischen den Bäumen hindurch auf Roys Schulter. »Oh, ich bin mir sicher, dass er es vermisst hat«, meinte er. »Ich habe das zwar nie von ihm gehört, aber andere Leute haben mir erzählt, wie schwer es für ihn war, als er zurückkam – zu sehen, dass die Farm in fremdem Besitz war. In dieser Stadt zu leben und immer daran vorbeifahren zu müssen.«

»Warum ist er denn dann überhaupt zurückgekommen?«

Der Sonnenstrahl wanderte über Roys Gesicht. »Ich schätze, weil Beacon noch immer sein Zuhause war.«

Ich dachte darüber nach und fragte mich, ob man seine

wahre Heimat überhaupt jemals zurücklassen konnte. Vermutlich nicht.

»Wem gehört das Land jetzt?«, wollte ich wissen.

»Irgendein Typ aus Boston hat es vor ein paar Jahren gekauft, aber er ist gestorben, und dann haben es seine Kinder geerbt. Sie leben nicht hier in der Gegend. Sie möchten verkaufen, aber zuerst wollen sie es aufteilen. Du weißt schon, parzellieren.«

Parzellieren. Ja, das war mir ein Begriff. Genau das hatte ich bereits für mehr als einen Klienten gemacht, und dabei hatte ich nie groß darüber nachgedacht, sondern mich bloß dafür interessiert, welchen Preis ich am Ende für den Quadratmeter erzielen konnte. Ich hatte nie einen Gedanken daran verschwendet, was das Grundstück vorher gewesen war oder was es den Menschen, die dort gelebt hatten, vielleicht bedeutet haben mochte.

»Könntest du es nicht kaufen?«

Roy lachte. »Nicht wirklich. Abgesehen davon, was sollte ich mit mehreren Hektar Land anfangen? Ich bin schließlich kein Farmer.«

»Ich weiß auch nicht. Das war nur so ein Gedanke. Ich habe überlegt, dass du es wieder in Familienbesitz bringen könntest. Dann könntest du vielleicht etwas daraus machen, wenn du einmal verheiratet bist. Oder du könntest es deinen Kindern vermachen.«

»Tja, ich bezweifle, dass ich irgendwann demnächst heiraten werde.«

»Nicht? Ein netter, gut aussehender Mann mit einem ordentlichen Job wie du? Ich würde doch meinen, du bist gefragt.«

Roy blieb stehen und blickte den Hügel hinunter. »In meinem Leben gibt es nicht die richtige Frau.« Er schüttelte den Kopf. »Es muss die Richtige sein, wenn man heiratet.«

Ich fragte mich, ob er schon mal verheiratet war. Er blieb wieder stehen, und ich beobachtete, wie er vorsichtig einen Marienkäfer von seinem Ärmel nahm und ihn auf die Blütenspitze einer lilafarbenen Lupine setzte.

»Einmal war ich schon nah dran zu heiraten«, meinte er, als könne er meine Gedanken lesen. »Aber ich habe zu lange gewartet. Sie ist bei einem anderen Kerl gelandet. Sie haben mittlerweile ein paar Kinder, hab ich gehört.«

»Wie lange ist das her?«

Er dachte einen Moment lang nach. »Ach, ungefähr sechs Jahre.«

»Und seitdem gab es niemanden?«

»Nichts Ernstes ... Wenn ich jemals das Glück haben sollte, die richtige Frau zu finden, dann werde ich es nicht wieder vermasseln. Dann werde ich sie nicht gehen lassen.«

Ich grinste. »Was willst du denn machen? Ihr Handschellen anlegen?«

»Ich weiß nicht«, sagte er. »Handschellen wahrscheinlich nicht.« Er kratzte sich am Nacken und schloss die Augen. Dann grinste er ebenfalls. »Vielleicht baue ich ihr etwas. Vielleicht baue ich ihr einen Palast.«

»Einen Palast ... was für eine Idee. Wie der Herrscher, der das Taj Mahal für seine Frau errichten ließ. Wie romantisch.«

»Aber ist sie nicht im Kindbett gestorben?«, fragte er.

»War das nicht der Grund, warum er ihn hat bauen lassen?«

Er hatte recht. Das war vermutlich nicht das beste Beispiel. »Ich glaube, sie ist wirklich im Kindbett gestorben«, räumte ich ein. »Aber wenn man davon jetzt mal absieht, welche Frau würde keinen Palast wollen?«

»Ich schätze, das werde ich eines Tages herausfinden.«

Wir standen einen Moment lang schweigend da, bis Roy die Stille unterbrach. »Ich bring dich dann besser mal zurück.«

Wir gingen zum Pick-up, und ich drehte mich noch einmal um, um ein letztes Mal den Ausblick zu genießen. »Tja«, seufzte ich. »Wenn du das hier nicht kaufst, dann wirst du es auch nicht vor der Aufteilung retten können.«

Roy wandte sich an mich, seine blauen Augen ruhig, resigniert. »Ich kann sie nicht davon abhalten, Ellen.«

Wir standen einen Moment lang da, während ein Habicht über uns hinwegflog. Er bewegte seine Flügel kaum, sein Körper hing über uns wie ein Flüstern. Dann machte Roy die Beifahrertür auf.

»Warte mal«, sagte ich, als ich etwas neben dem Vorderreifen des Trucks entdeckte. Neben der Reifenspur, wo die Stiele der Wildblumen zerdrückt und platt dalagen, fiel mir etwas Lilablaues auf. Ich schob die Blumen zur Seite und zog an einem knorrigen Zweig. Er brach und ich hielt ein Stück davon in der Hand. An dem Zweig hingen drei winzige Blaubeeren.

Alles um mich schien zum Erliegen zu kommen – das Summen der Insekten, das langsame Untergehen der

Sonne. Ich hielt den Zweig hoch, meine Hand zitterte. »Schau«, wisperte ich. »Es gibt sie noch.«

Er berührte die Spitze des Ästchens. »Blaubeeren können ganz schön zäh sein. Wenn die Bedingungen stimmen, können sie lange überleben. Er lächelte mich an. »Hübscher Gedanke, oder? Manche Dinge bestehen weiter, ganz egal, was um sie herum passiert.«

Ich dachte an den dürren Stiel mit seinen drei Beeren, der auch nach Chet, nach Gran hier weiterlebte. Ich hielt ihn fest, als ich in den Wagen kletterte. Die Sonne warf ihre Strahlen rotgolden übers Feld. Roy startete den Motor, und wir fuhren vom Farmgelände auf die Hauptstraße zurück, während die kühle Abendluft durchs offene Fenster hereinströmte.

»Du hast nie wirklich erzählt, warum du noch immer in Beacon bist«, begann er.

Wir ließen die Farm hinter uns und bogen an der Kreuzung in Richtung Innenstadt. »Erinnerst du dich noch«, meinte ich, »als ich dir erzählt habe, dass ich das Elternhaus meiner Großmutter gefunden habe?«

»Ja, du meintest, es sei im Comstock Drive.«

»Im Speicher des Hauses gibt es ein Gemälde, direkt auf den Putz gemalt. Die Leute, denen das Haus gehört, haben es beim Renovieren entdeckt, als sie den Gipskarton entfernten. Meine Großmutter war die Malerin. Es ist wirklich eine erstaunliche Arbeit, und auf dem Bild sind sie und dein Onkel zu sehen.

Roy drehte sich abrupt um und starrte mich an. »Mein Onkel? Und deine Großmutter? Sie hat sie beide zusammen gemalt?«

Ich nickte. »Ja. Als Teenager, unter einer Eiche. Es ist irgendwie … beinahe mystisch, würde ich sagen. Und schön. Wirklich wunderschön.«

»Das würde ich gerne sehen.«

Ich wollte auch, dass er es sah, auch wenn ich nicht sicher war, wie ich das anstellen sollte. Ich erzählte ihm von dem Bild, das in der *Historical Society* hing, und von dem Artikel aus der *Beacon Post* in der Bibliothek und von dem Fotoladen und meinem Besuch bei Lila Falk.

»Wow«, meinte Roy, während die Straße sich den Hügel hinaufwand. »Du warst ganz schön fleißig. Und alles, was du rausgefunden hast – davon habt ihr vorher gar nichts gewusst?« Seine Stimme war so lebhaft. Ich wurde noch aufgeregter.

»Nein, wir wussten nichts davon«, sagte ich. »Und ich finde immer mehr heraus. Deshalb bin ich länger geblieben. Wir hatten keine Ahnung, dass Gran eine Malerin war oder dass sie die Kunstakademie besucht hatte. Und ihre Bilder sind so gut.« Ich schaute aus dem Fenster, wo die Kiefern an uns vorbeizogen. »Ich wünschte bloß, sie hätte es nicht für sich behalten.«

»Vielleicht hat sie dich ja hierhergeschickt, damit du das Geheimnis lüftest. Vielleicht war das ja Teil ihres Plans.«

War all das Teil eines Plans gewesen? Kann sie gewollt – erwartet – haben, dass ich all das aufdecke? Ich wollte es glauben, aber es erschien mir nicht besonders wahrscheinlich. »Wie hätte sie wissen können, dass ich ihr Bild auf dem Speicher der Potters finde?«, gab ich zu bedenken. »Bis vor Kurzem war es noch hinter Gipskarton verborgen. »Oder dass ich in dem Fotoladen landen und dann Lila Falk treffen würde?«

Roy bremste, als wir an ein Stoppschild kamen. »Na ja, vielleicht wusste sie nicht, *wie* genau, aber sie könnte sich doch gedacht haben, dass du irgendetwas herausfinden würdest, wenn du hierherkommst.« Sein Blick huschte zu mir, er lächelte. »Und das hast du ja auch. Du hast ein Vermächtnis gefunden, das sonst vielleicht für immer verloren gewesen wäre.«

Vielleicht war es so. Vielleicht hatte sie gehofft, dass ich mehr über ihre Vergangenheit erfahre, wenn ich den Brief überbringe.

»Ich schätze, du könntest recht haben«, meinte ich.

Wir fuhren schweigend weiter, und das einzige Geräusch war das Rauschen der Reifen auf dem Asphalt. Dann bog er in die Paget Street, und das Meer und die Gebäude der Innenstadt von Beacon kamen in Sicht. Als wir an der Baustelle ankamen, parkte er neben meinem Wagen und hielt mir die Tür auf.

»Danke, dass du mir die Farm gezeigt hast«, sagte ich und stieg aus dem Pick-up.

Er lehnte an der Motorhaube. »Danke, dass du die Blaubeeren entdeckt hast.« Er steckte die Hände in die Hosentaschen, und ich konnte den Anflug eines Lächelns auf seinem Gesicht erkennen, das von winzigen Fältchen an den Augen begleitet wurde.

»Was?«, fragte ich. Die Art, wie er mich ansah, machte mich nervös. »Was ist los?« Ich umklammerte den Blumenstrauß und den Blaubeerzweig.

Er kam einen Schritt näher. »Warum bist du heute hergekommen, Ellen?«

Die Frage war viel komplizierter, als sie klang. Warum

war ich hergekommen? Ich war mir selbst noch immer nicht ganz sicher. War es bloß, um ihm zu sagen, dass ich seine Nachricht erhalten hatte? Oder ging es da um mehr? War ich etwa dabei, mich in ihn zu verlieben? War es das, was hier geschah? Ich wollte seinem Blick ausweichen, aber ich fühlte mich gefangen.

»Was meinst du?«, fragte ich. Ich konnte das nervöse Zittern in meiner Stimme hören.

»Ich meine bloß, was hat dich dazu gebracht herzukommen?« Er kam noch ein Stückchen näher. Ich konnte ihn fast spüren, ohne dass wir uns berührten.

»Hab ich dir doch gesagt. Ich hatte ein schlechtes Gefühl wegen heute Vormittag und…« Ich fing an zu gestikulieren, meine Hände zuckten wie die einer Marionette. »Ich wusste, dass du verärgerst warst, und als du angerufen hast, habe ich mir gedacht, es wäre gut, wenn… ich meine, ich dachte, ich sollte vielleicht… na, dass…« Ich schaute weg. Oh Gott, was *redete* ich da? Das ergab alles keinen Sinn.

Roy legte den Kopf schief, das Lächeln noch immer auf seinen Lippen. Er blickte mich an, fast so, als wüsste er, dass er mich, wenn er mich nur lange genug anschaute, vermutlich dazu bringen würde, etwas Verrücktes zu tun – wie meine Arme wieder um ihn zu schlingen oder zuzugeben, dass ich nicht aufhören konnte, an ihn zu denken. Noch ein, zwei Sekunden länger und ich wäre total in seinem Bann. Seine Augen waren so strahlend und so blau wie das Meer der Karibik, klar und tief und voller leuchtend gelber Fische, violetter Pflanzen und roter Korallen, und sie zogen mich an, diese Augen, und ich versank darin, bereit, die Luft anzuhalten und hineinzutauchen…

Und dann hörte ich seine Stimme. »Ah, okay«, sagte er. »Du wolltest reinen Tisch machen.« Er lächelte und mit einem leichten Schulterzucken fügte er hinzu: »Okay, das hätten wir dann ja erledigt.«

War es das etwa? Ließ er mich vom Haken? Aber ich wollte nicht mehr gehen. Ich wollte dableiben und mich von seinen Augen forttragen lassen.

Roy hielt mir die Tür meines Wagens auf, und ich rutschte wie in einem Nebel auf den Fahrersitz. Ich sah zu, wie auch er in seinen Pick-up stieg. Ich sah zu, wie er die Tür hinter sich schloss. Ich sah zu, wie er seinen Wagen anließ. Er hob seine Hand, ein regloses Winken. Ich hob meine Hand, und es kam mir fast so vor, als berührten wir uns.

Ich holte den Schlüssel mit dem geflochtenen Band aus meiner Handtasche und sperrte die Hotelzimmertür auf. Ich war geschockt, als ich Paula und einen Mann in einem weißen Arztkittel im Zimmer vorfand. Was war passiert? Wie lange war ich weggewesen?

Hayden lag noch immer im Bett, aber der Mann mit dem Kittel, der mich an meinen Physiklehrer aus der zwölften Klasse erinnerte, legte Hayden gerade eine Bandage um den Knöchel an.

»Was ist denn los?« Ich eilte an Haydens Seite.

»Es ist alles unter Kontrolle«, flötete Paula und winkte mir zuversichtlich zu. »Der Doktor kümmert sich um ihn.«

Ich blickte zu dem Mann hinüber, der den Verband ausrollte. Dann wandte ich mich an Hayden. »Was ist passiert?«

»Es ist einfach schlimmer geworden«, ächzte er und

zuckte zusammen. »Angeschwollen wie ein Basketball.« Er wirkte so blass und plötzlich so klein. »Ich habe unten angerufen und um mehr Eis gebeten, und als Paula hochkam, um es mir zu bringen, hat sie einen Blick auf mich geworfen und sofort Dr. Herbert gerufen.«

»Gott sei Dank«, sagte ich und nahm Haydens Hand – und fragte mich, wie ich nur so herzlos sein und mit Roy Cummings auf *Kenlyn Farm* hatte herumspazieren können, wo ich doch eigentlich hier bei Hayden hätte sein müssen.

»Es ist schwer, am Samstag jemanden zu finden«, meinte Paula. »Besonders wenn es um einen Hausbesuch geht.« Sie lächelte den Arzt an. »Aber der Doktor hier ist mit meiner Cousine Laurie verheiratet, also war ich mir sicher, dass er herkommen würde.«

»Danke, Doktor«, sagte ich. »Ich bin Ellen, seine Verlobte.«

»Gern geschehen«, erwiderte Dr. Herbert, als er den Verband mit Klammern befestigte. »Ich werde ihm noch ein paar Medikamente verschreiben«, sagte er. »Eines gegen die Schmerzen und eines gegen die Schwellung.« Er holte einen kleinen Block aus seiner Tasche und notierte etwas darauf. »Er hat sich vermutlich ein Band angerissen, aber in wenigen Tagen sollte es ihm schon wieder besser gehen.« Er reichte mir das Rezept. »Aber sorgen Sie dafür, dass er sich ein paar Tage Ruhe gönnt.«

»Das werde ich, Doktor. Vielen Dank. Es ist wirklich nett, dass Sie gekommen sind. Ich gebe Ihnen meine Karte, und Sie schicken mir die Rechnung.«

Er nahm seine schwarze Arzttasche, und ich reichte ihm meine Visitenkarte. Dann folgte er Paula zur Tür.

Ich setzte mich aufs Bett neben Hayden, niedergedrückt von meinen Schuldgefühlen. »Liebling«, seufzte ich und beugte mich zu ihm, um ihn zu umarmen. »Es tut mir wirklich, wirklich leid, dass ich nicht früher wieder zurück war. Ich hatte keine Ahnung, dass es dir so schlecht geht.« Ich küsste ihn auf die Stirn.

»Ist schon gut. Ich dachte mir schon, dass du ein bisschen Zeit für dich brauchst – nach der ganzen Aufregung.«

»Ich bin noch nicht einmal bei der Apotheke gewesen«, gestand ich kleinlaut. »Gott sei Dank hat Paula den Arzt gerufen.«

Hayden legte sein bandagiertes Bein auf dem Kissen zurecht. »Ich fürchte, das mit der Apotheke musst du jetzt trotzdem noch machen. Was hat er mir überhaupt verschrieben?«

»Mal sehen.« Ich warf einen Blick auf das erste Rezept. »Tylenol mit Kodein.« Dann sah ich etwas Merkwürdiges. Kleine Pfotenspuren verliefen quer über das Rezept.

Pfotenspuren?

Unter den Spuren las ich den Namen: DR. MED. VET. PETER HERBERT, TIERKRANKENHAUS HERBERT.

Der Typ war ein Tierarzt.

15

Sugar

Am nächsten Morgen schüttete es. Ich warf einen Blick auf den Regen, der gegen das Fenster prasselte, und wünschte mir, ich könnte den ganzen Tag im Bett bleiben. Aber es war Montag, und ich hatte einen wichtigen Termin einzuhalten.

Hayden neben mir war bereits wach und las in *Die Kunst des Verhandelns: Was man sich im Streitfall von Fünfjährigen abschauen kann*, ein Buch, das bereits seit sechsundzwanzig Wochen auf der Bestsellerliste war.

»Geht's dir schon besser?«, fragte ich.

Er nickte. »Viel besser. Ich denke, das geht bald wieder.«

Ich inspizierte seinen Knöchel. In meinen Augen sah er noch immer geschwollen aus. »Na ja, du musst noch vorsichtig sein. Du weißt doch, was der … äh … Arzt gesagt hat.« Ich würde das Detail, dass Dr. Peter Herberts Patienten normalerweise vier Beine hatten, mit ins Grab nehmen.

Hayden nahm meine Hand und zog mich zu sich. Dann schlang er die Arme um mich und küsste mich, seine Hände wanderten durch mein Haar. »Ich liebe dich, Mrs. Hayden Croft.«

Mrs. Hayden Croft.

»Mhm«, murmelte ich. »Ich liebe dich auch, Mr. Hayden Croft.«

»Vielleicht«, murmelte er und drückte mir einen Kuss in den Nacken, sein Atem warm an meiner Haut, »werden wir eines Tages Senator und Mrs. Hayden Croft sein.«

»Vielleicht werden wir das«, flüsterte ich. Ich schloss die Augen und stellte mir uns vor – bei einer Benefizveranstaltung, in Smoking und Abendkleid, im Naturgeschichtemuseum von Washington, D.C. Wir bahnen uns den Weg durch einen überfüllten Raum voller Dinosaurierskelette. Die Leute schütteln uns die Hände. *Senator, Mrs. Croft, hier drüben*. Ich trage Oscar de la Renta und verteile Kusshände.

»Klingt ziemlich gut, oder?«

Ich schlug die Augen auf, und Hayden lächelte mich an. Er küsste mich noch einmal, und dann zog er mir langsam mein Top über den Kopf. Ja, es ging ihm schon viel besser.

»Du kommst nicht mit«, sagte ich zu Hayden, als ich ihn behutsam zurück aufs Bett drückte. Er hatte Khakihosen und ein Hemd angezogen und versuchte nun, eine Socke über seinen Knöchelverband zu bekommen. Manchmal konnte er wirklich stur sein.

»Sugar wohnt weit oben in Pequot«, erklärte ich. »Das bedeutet mindestens zwei Stunden Fahrt. Du bleibst hier.«

Lila Falks Tochter, Sugar, hatte, als ich sie anrief, nicht zu erpicht gewirkt, mich zu treffen. Genau genommen war sie erst aufgetaut und etwas entgegenkommender geworden, als ich angedeutet hatte, ihr einen symbolischen Betrag dafür zu bezahlen, dass sie die Sachen meiner Großmutter aufbewahrt hatte.

»Ich kann dich doch wohl nicht ganz allein zu dieser Frau fahren lassen«, brummte Hayden und kämpfte noch immer mit der Socke.

»Wovon redest du? Du tust ja gerade so, als sei sie verrückt oder so. Glaub mir, das ist sie nicht. Abgesehen davon bin ich auch schon ganz allein durch den halben Bundesstaat hier gegurkt.«

Er zog die Socke ganz hoch. »Das mag ja sein, aber jetzt, wo ich hier bin, begleite ich dich.«

»Aber du sollst dein Bein noch schonen. Ärztliche Anordnung.« Ich biss mir auf die Lippe.

Hayden winkte ungeduldig ab. »Ich schiebe den Sitz zurück und lege mich hin. Wo ist der Unterschied, ob ich nun hier rumliege oder im Auto?«

Ich dachte darüber nach. Nicht umsonst war er Prozessanwalt. »Also gut, aber wenn wir dort sind, bleibst du im Wagen und spazierst nicht mit dem Knöchel herum, verstanden?«

Er grinste und verdrehte die Augen, auf diese typische Art, wenn er im Prinzip einverstanden war, sich aber nicht unbedingt festlegen wollte.

Wir borgten uns Regenschirme vom *Inn*, und Hayden schob den Beifahrersitz des Wagens ganz nach hinten, während ich das Navi einstellte. Wir fuhren auf den Highway in Richtung Pequot, eine Stadt im Nordwesten von Beacon.

Drei Stunden später hielt ich vor einem kleinen grauen Bungalow. Eine zerfledderte Amerikaflagge flatterte über dem Eingang im Regen, und ein dahinrostendes Geländefahrzeug, eine Art Campingbus, stand auf Klötzen inmitten einer riesigen Pfütze neben dem Haus.

»Das ist es?«, fragte Hayden und musterte das Grundstück. »Bist du sicher? Sieht eher aus wie eine Müllhalde.«

»Schau doch, die Nummer am Briefkasten«, sagte ich und kaute an meinen Nägeln. »Da steht 277. Das ist die Nummer, die sie mir genannt hat.« Ich bog in die Einfahrt.

Hayden warf noch einen Blick auf den Briefkasten und starrte dann hinüber zu dem Campingbus mit seinen verrosteten Kotflügeln, den Flecken aus Grundierung und verschiedenen Farbschichten. »Da lass ich dich nicht alleine reingehen.«

Ich schaute mir das Haus noch einmal an und widersprach nicht. Im strömenden Regen überquerten wir den Hof, Hayden humpelnd neben mir, und versuchten, den Pfützen auszuweichen. Am Eingang angekommen, stellten wir uns unter einem kleinen Vorsprung aus marodem Holz unter. Ich suchte nach einer Türklingel und klopfte, als ich keine finden konnte, fest an die Tür.

Einen Moment später ging die Tür auf, und eine Frau um die fünfzig, spindeldürr und mit ungewaschenen Haaren, stand vor uns. Mit einer Zigarette im Mundwinkel wie ein baumelndes Fragezeichen musterte sie uns von oben bis unten und winkte uns dann herein.

»Ich habe nur eine Person erwartet«, meinte sie, als wir ein winziges Wohnzimmer betraten, in dem es nach Rauch und Kohl roch. Ein braunes Kunstledersofa mit Rissen wie Spinnweben stand an einer Wand, zusammen mit einem Couchtisch, der aus einem Wagenrad und einer staubigen runden Glasplatte bestand.

Sugar musterte uns noch einmal eingehend und zog dabei das Kinn ein wie eine Schildkröte. Sie betrachtete meine

Seidenhose und den Pulli, und ich wünschte mir, ich hätte stattdessen Jeans und T-Shirt angezogen.

»Sie müssen Sugar sein«, begann ich schließlich. »Ich bin Ellen, und das ist mein Verlobter Hayden Croft.« Ich hielt ihr die Hand hin und dachte, sie würde sie schütteln, aber stattdessen langte sie an mir vorbei und klopfte ihre Zigarettenkippe in den Topf einer großen welken Pflanze. Dann blies sie einen dünnen, wabernden Strahl lila Rauch heraus.

Sie beäugte Hayden. »Was für ein Name ist Croft denn überhaupt?«

Haydens Miene hellte sich auf. »Er ist englisch. Meine Vorfahren sind auf der *Mayflower* hergekommen.«

Sugar zog die Braue hoch und schürzte die Lippen. »Und ich hab mal eine Kreuzfahrt gemacht, ich schätze, das macht uns ebenbürtig.« Sie warf den Kopf zurück und stieß einen hustenden Laut aus, der, wie ich nach ein paar Sekunden merkte, ein Lachen sein sollte. Leise machte sich ein alarmierter Ausdruck auf Haydens Gesicht breit.

»Wollen Sie sich setzen?«, fragte Sugar. Mit dem brennenden Ende ihrer Zigarette zeigte sie aufs Sofa.

Ich ging vorsichtig darauf zu, betrachtete prüfend die klebrig aussehenden Flecken und die Risse, aus denen Büschel grauer Füllung quollen. Ich warf noch einen Blick auf meine Seidenhose und ließ mich dann langsam an der Kante des Polsters nieder. Hayden setzte sich neben mich. Wir wirkten beide wie Vögel, die bereit waren, jeden Augenblick loszufliegen. Sugar saß uns gegenüber und ließ den Arm mit der Zigarette über die Lehne eines durchgesessenen Sessels hängen.

»Also, Sie haben Ma besucht.« Sie setzte zu einem schiefen Lächeln an und schob sich mit dem Handballen die kinnlangen Haare aus dem Gesicht. Es wies die Resultate zahlreicher Experimente mit Farbe auf – Strähnen von Grau, kupfrigem Gold und Kastanienbraun teilten sich in gütlichem Einvernehmen den Platz auf ihrem Kopf.

»Ja, ich habe Ihre Mutter besucht«, erwiderte ich. »Wir haben uns nett unterhalten. Sie ist sehr nett.«

Sugar zuckte zusammen. »Hm. Ich schätze, jeder hat das Recht auf eine Meinung.« Wieder warf sie den Kopf zurück, lachte abgehackt und schwenkte dabei ihre Zigarette wie eine Turnerin das Gymnastikband.

Ich spürte Haydens Knie, das sich gegen meines drückte. »Ja … na ja«, fuhr ich fort. »Wie ich Ihnen ja schon am Telefon gesagt habe, hatte Ihre Mutter erwähnt, dass Sie ein paar Sachen von meiner Großmutter aufbewahren. Sie meinte, ich könnte vorbeikommen und sie abholen.«

»Sachen?« Sugar setzte sich aufrecht hin und starrte mich an, ihr Kopf in einem Nest aus Rauchschwaden. »Oh ja, ich habe *von jedem* Sachen.« Sie verschränkte die Arme vor der Brust. »Die von Ma, von Ronny, die von Doug. Ich habe vierzig Jahre alte Comic-Hefte, Bierflaschen aus aller Welt, Fußballtrikots von Gott weiß woher. Kann ich Sie mal was fragen? Sieht dieses Haus hier *groß* aus? Ich meine, tut es das?«

»Ich weiß nicht, ich …« Ich schielte zu Hayden hinüber, der zum Reden ansetzte, doch Sugar fuhr dazwischen.

»Nein, nein, Mr. Mayflower. Ich verrate Ihnen die Antwort. Es ist nicht groß. Es ist *klein*.« Sie blies eine Rauchfahne in unsere Richtung.

Ich konnte sehen, wie sich die Muskeln in Haydens Nacken anspannten. »Mrs. Hawley, wir sind bloß hier, um Mrs. Rays Eigentum abzuholen«, sagte er. »Die Sachen, die Ihre Mutter …«

»Ich heiße *Sugar*. Und das ist genau der Punkt, Mr. Mayflower.« Sie grinste und entblößte dabei oben rechts einen grauen Vorderzahn. Ich habe von jedem irgendwelchen Schrott hier, und es kostet mich eine Stange Geld, all das aufzubewahren.«

Haydens Gesicht lief rot an. »Hören Sie, mein Name ist nicht Mayflower. Ich heiße Hayden. Hayden Croft und …«

Sugar winkte ab. »Ach, kommen Sie schon.« Sie zuckte mit den Schultern. »Ich hab doch nur einen kleinen Witz gemacht.«

Hayden atmete tief durch und stieß die Luft langsam wieder aus. Er sah sich im Zimmer um und bemerkte die Stapel von alten Vinylplatten und Pappschachteln, die vor alten Büchern in Ledereinbänden überquollen.

»Vielleicht sollten Sie überlegen, ob Sie nicht etwas davon verkaufen«, schlug er vor. »Falls es etwas wert ist.«

Sugar explodierte wieder in einem Lachanfall. »Also, Sie sind mir ja ein ganz Schlauer, was? Das ist doch genau das, was ich mache!« Sie schüttelte den Kopf. »Aber das nimmt ganz schön viel Zeit in Anspruch, die ganzen Anzeigen zu formulieren und Fotos zu machen. Und meine Kamera ist auch nicht die beste. Könnte eine bessere gebrauchen.« Sie zwinkerte mir zu.

»Eine bessere Kamera?«, fragte ich, beugte mich zu Hayden und flüsterte: »Ich habe ihr gesagt, dass ich ihr vielleicht eine Kleinigkeit für die Lagerung bezahle.«

»Übertreib es nicht«, flüsterte er zurück.

Ich machte meinen Geldbeutel auf und suchte nach meinem Scheckheft. »Es tut mir leid, dass Sie die Hinterlassenschaften meiner Großmutter aufbewahren mussten«, sagte ich. »Wir haben leider nicht viel Zeit, aber wenn Sie mir ihre Sachen bringen, dann zahle ich Ihnen gerne etwas für Ihre Umstände.«

Haydens Hand schnellte vor und packte mich am Arm. »Ich denke, wir sollten erst mal sehen, was Mrs. … äh … was *Sugar* hat, Ellen.«

Sugar stand auf. »Ich gehe und hole es. Es handelt sich um eine kleine Schachtel.« Sie schielte zu einem winzigen lilafarbenen Aschenbecher auf dem Wohnzimmertisch hinüber, schob ihn ein paar Zentimeter zur Seite, nickte und verließ dann den Raum.

Ich sah Hayden an.

»Echt schräg«, sagte er leise.

Ich nickte. »Lass uns das Zeug nehmen und von hier verschwinden.«

Sugar kam mit einer Pappschachtel zurück, die kaum größer war als ein Schuhkarton. Also, das konnte ja nicht so viel Platz beansprucht haben, dachte ich mir, als sie sie mir überreichte.

Ich machte die Schachtel auf und holte die Dinge, die darin waren, eines nach dem anderen heraus und legte sie auf meinen Schoß. Da war ein kleiner Skizzenblock mit rosa Pappdeckel, ein Stapel handschriftlicher Notizen, die ganz nach der Schrift meiner Großmutter aussahen, ein Seidenschal mit Seerosen auf blauem Grund, ein schwarzer Füllfederhalter mit einem silbernen Zierstreifen drum herum, eine Gedichtsammlung amerikanischer Dichter mit einer Reihe von Seiten, die mit Eselsohren markiert waren (ich machte mir im Geiste eine Notiz, dass ich nachsehen wollte, ob »Beim Mauerflicken« dabei war), eine Lupe mit einem schön geschnitzten Holzgriff, ein Buch mit dem Titel *Heimische Pflanzen in Neuengland* mit zerfleddertem Leineneinband, noch ein leinengebundenes Buch mit dem Titel *Ratgeber für den Beerenfarmer* und ein Stapel mit zwanzig verblassten Schwarz-Weiß-Aufnahmen. Einige der Fotos waren von meiner Großmutter, der Rest von Leuten, die ich nicht kannte. Ich hatte zwar gehofft, ich würde ein Schuljahrbuch oder ein Tagebuch finden, aber ich war nicht enttäuscht. Ich umklammerte die Schachtel und konnte es kaum erwarten, zurück ins *Inn* zu kommen, wo ich alles auf dem Bett ausbreiten und jeden Gegenstand einzeln in Augenschein nehmen konnte.

»Also, das ist es«, seufzte ich und strich mit der Hand über den Karton. »Danke.«

Sugar starrte auf meinen Verlobungsring. »Das ist ja mal ein Steinchen. Hat er Ihnen den geschenkt?« Sie nickte in Haydens Richtung. »Mr. Mayflower hier?«

Hayden stand mit zusammengepresstem Kiefer auf. »Lass uns gehen, Ellen. Ich denke, wir haben genug von Mrs. Hawleys Zeit in Anspruch genommen. Hier gibt es sowieso nicht mehr als einen Haufen Gerümpel.« Er funkelte Sugar wütend an. »Vergessen Sie *eBay*. Dieses Zeug könnten Sie nicht mal mehr verschenken.«

Sugars Augen glühten. »Was sind Sie beide nicht arrogant. Genau wie Ihre Großmutter.« Sie zeigte auf mich. »Oh, ich weiß alles über sie. Ma hat mir immer die Geschichten erzählt. Ruth dies und Ruth das. Was für tolle Freundinnen sie doch waren. Ich persönlich glaube, Ihre Großmutter war nichts weiter als ein Riesenschnösel, so wie es sich angehört hat. Hat gedacht, sie sei zu gut für Beacon.«

»Wovon reden Sie?«, fragte ich mit vor Empörung schriller Stimme. »Sie haben meine Großmutter doch nicht einmal gekannt. Sie haben kein Recht, so etwas zu sagen.«

»Ich weiß genug, um mir meine eigene Meinung zu bilden. Sugars Meinung.« Sie zeigte auf sich selbst. »Den Typ Mensch kenne ich. Ihre Großmutter konnte es nicht erwarten, von hier wegzukommen. Sie wollte nicht ihr Leben damit verbringen, Blaubeeren zu pflücken, also ist sie mit irgendeinem Bonzen von einem Arzt aus *Chicago* abgehauen.«

Wie kann sie es wagen, dachte ich, sprang auf und drehte mich zu Hayden. »Ich bin dann so weit. Lass uns von hier verschwinden.«

Sugar zupfte mich am Ärmel. »Oh, warten Sie mal. Warten Sie eine Minute.« Ihre Stimme wurde leise, beinahe zuckersüß. »Sie glauben, die alte Sugar hat bloß Gerümpel? Tja, dann wird es Sie vielleicht interessieren, was ich da noch habe – wo Sie dieser alte Familienkrempel so sehr zu interessieren scheint.« Sie zog die Augenbraue hoch. »Folgen Sie mir.«

Hayden und ich schauten uns an. Ich sah ihm an, dass er das Ganze nicht weiterverfolgen wollte.

»Was, wenn sie noch etwas von Großmutter hat?«, wisperte ich.

Wir folgten Sugar einen engen Flur entlang und betraten ein düsteres Schlafzimmer, in dem es nach Hustensaft roch. Im Licht von zwei kleinen Fenstern sah ich hohe Kistenstapel, vollgestopfte Bücherregale, Einkaufstüten und Aufbewahrungsboxen. Sie schaltete eine Lampe an, und ich wagte mich weiter hinein.

»Also, das Zeug von Ihrer Großmutter ist da drüben.« Sie zeigte auf die andere Zimmerseite.

»Das Zeug von meiner Großmutter?« Ich sah mich nach Hayden um. »Also gibt es doch noch etwas?«

Sugar führte uns um das Bett herum in eine Ecke, wo an der Wand in fünf Stapeln rechteckige Platten lehnten, manche gut ein Meter auf eins fünfzig groß.

»Was ist das?«, fragte Hayden und kam näher.

Als ich weiter vortrat, konnte ich sehen, dass einige der Platten einen Holzrahmen und Drahtverstrebungen hatten.

»Das sind Gemälde«, staunte ich und hastete darauf zu.

Ich nahm eines und drehte es um. Das Stück maß etwa einen halben auf einen Meter und zeigte in lebhaften Pinselstrichen und Spuren tanzender Farben eine Segelbootregatta. Drei Segel im vollen Wind nahmen den Vordergrund ein. Hinter ihnen in der Ferne erkannte man vereinzelte kleinere Boote im Wasser. Die Wellen wirbelten in blauen Klecksen heran, und weiße Schaumkronen hüpften auf ihren Kämmen. Das war Maine. Ich konnte förmlich das Salz in der Luft riechen. Ich warf einen Blick auf die rechte untere Ecke und sah den Namen in der schwungvollen Schrift, die ich so gut kannte. Ruth Goddard.

Hayden nahm das Bild und stellte es ab. Wir traten zurück, um es zu betrachten, und mein Mund wurde ganz trocken. »Wow«, sagte ich.

»Wow ist der richtige Ausdruck«, meinte Hayden. »Das hat deine Großmutter gemalt?«

Ich nickte. »Sieht so aus.« Ich trat wieder einen Schritt näher und berührte die Farbe, die sie gemischt hatte, um das Wasser zu kreieren. Ich erfühlte die Oberfläche der Segel. Ich konnte die Boote beinahe durch die Wellen gleiten hören. Und ich konnte mir meine Großmutter vorstellen, wie sie das hier schuf. Ich wusste nicht, wann oder wo sie es gemalt hatte, aber ich hatte eine Vorstellung von ihr, vor einer Staffelei, wie sie Farbe auf Farbe tupfte.

Ich nahm das nächste Bild, ein etwas kleineres, und drehte es um. Darauf war ein junger Mann zu sehen, auf einem Blaubeerfeld mit einer roten Scheune im Hintergrund. Er stand zwischen zwei Reihen Sträucher und pflückte mit der einen Hand die Beeren, und in der anderen hielt er einen roten Eimer. Die Sonne schimmerte auf dem Eimer und den Pflanzen und im sandbraunen Haar des jungen Mannes. Seine Nase war voller Sommersprossen. Es sah aus wie die jüngere Version des Chet Cummings auf Susan Porters Dachboden.

»Schau dir das an«, flüsterte ich und fuhr mit dem Finger über das Gemälde. Ich konnte die Kanten der Farbtupfer und die Rillen des Pinsels spüren. »Ich glaube, das ist Chet Cummings.« Ich ließ meine Hand in die rechte untere Ecke gleiten und strich mit dem Finger über den Namen. Ruth Goddard.

»Schön«, bestätigte Hayden und stellte das Bild neben das erste. »Versuchen wir mal diesen Stapel«, sagte er, als er ein Bild daneben herauszog. Eine grauhaarige Frau mit weißer Schürze stand stolz vor einer kleinen Bude, in der körbeweise Früchte zum Verkauf dargeboten wurden. Auf einem weiteren Bild spielten zwei Jungen mit gelben Holzbooten in einem Gezeitentümpel. Auf beiden Bildern stand der Name Ruth Goddard.

Ich wandte mich an Sugar. »Die sind alle von meiner Großmutter, oder?«

Sie paffte eine Rauchschwade in meine Richtung. »Sicher.«

Ich setzte mich auf einen leeren Fleck an der Bettkante und starrte auf die Segelbootregatta. Etwas an den Reflexionen des Bootes im Wasser, dem roten Rumpf, der sich in Millionen Farben schimmernd im blau-schwarzen Wasser spiegelte, rief eine Erinnerung in mir wach.

Ich stand auf einem Pier mit meiner Großmutter, an einem Hafen. Wir betrachteten die Reflexionen im Wasser und auf den Schiffen. Sie fragte mich: »Welche Farben siehst du, Ellen?«

Ich zeigte auf ein Boot mit einem gelben Rumpf. »Gelb«, antwortete ich.

»Ah, und was noch?«, fragte sie. »Welche Farben siehst du sonst noch? Es sind viele Farben darin verborgen.« Und dann sah ich genauer hin und entdeckte die anderen Farben – Orange und Grün, Lila und ein bisschen Grau, Gold und sogar Rosa. Ich zählte die Farben auf, und sie sagte: »So ist es, und wenn du weiter hinsiehst, dann siehst du immer noch mehr und mehr. Das bedeutet es, ein Beobachter zu sein, Ellen. Da ist immer mehr, als man denkt.«

Hayden inspizierte Abschnitt für Abschnitt die Segelbootregatta und folgte den Pinselspuren. Ich stand vom Bett auf und stellte mich neben ihn.

Er beugte sich weiter vor. »Das ist exzellente Arbeit«, flüsterte er. »Sehr schön gemacht.« Er drehte sich zu der Leinwand mit den beiden Jungen am Gezeitentümpel und beugte sich dann wieder zu mir. »Verblüffend«, meinte er. »Das erinnert mich an den amerikanischen Impressionisten Childe Hassam.«

»Von dem habe ich schon mal gehört«, flüsterte ich zurück, »aber ich kann mich gerade nicht an seine Arbeiten erinnern.«

»Manche sagen, er war der größte amerikanische Impressionist überhaupt«, erläuterte Hayden. »Wie er das Sonnenlicht genutzt hat, war meisterhaft. Er hat Alltagsszenen gemalt wie diese hier.«

Ich nickte und betrachtete gebannt den Stapel von Bildern, völlig erstaunt darüber, dass meine Großmutter all diese Arbeiten vollbracht hatte. »Meine Güte, das sind mindestens zwanzig Bilder.«.

»Fünfundzwanzig«, berichtigte mich Sugar.

Sie sind wunderschön, dachte ich. Meine Hände zitterten, als ich mich über eine Leinwand beugte, die sechs Pferde auf einem üppigen grünen Feld zeigte, und noch eines, auf dem zwei Kinder zu sehen waren, die am Ufer eines stillen Flusses angelten. Wir sahen auch noch den Rest der Gemälde durch.

»Ich kann es kaum glauben«, sagte ich und drehte mich zu Hayden. »All diese Bilder auf einem Fleck. Jetzt müssen wir uns bloß noch überlegen, wie wir sie am besten hier rausbekommen.« Ich überlegte, was für ein Fahrzeug ich mieten müsste, um die Bilder in das Haus meiner Mutter zu transportieren. »Ich schätze, ich muss einen kleinen Van oder so was mieten.«

Sugar, die sich bis jetzt abseits gehalten hatte, kam näher. »Was wollen Sie hier rausbekommen? Wozu brauchen Sie einen Transporter?« Sie zerquetschte eine Spinne, die die Wand hinaufgeklettert war.

»Um die Bilder wegzubringen.«

Sugars Augen wurden rund wie Kieselsteine. »Sie bringen diese Bilder nirgends hin.«

Ich erstarrte. »Wie meinen Sie das?«

»Sie bekommen sie nicht. Das meine ich damit.«

»Warum denn nicht? Sie gehören meiner Familie, meiner Mutter.« Ich sah Hilfe suchend zu Hayden.

Die Lampe flimmerte, und Donner grollte über dem Haus. »Weil ich sie verkauft habe.«

»Wie konnten Sie das tun? Sie gehören meiner Familie.«

»Pah.« Sugar warf den Kopf zurück. »Wo war Ihre Familie denn dann die letzten sechzig Jahre? Wie kommt es, dass sie das Zeug nie abholen gekommen sind?«

Hayden trat vor. »Wovon reden Sie? Ihre Familie wusste überhaupt nicht, dass diese Bilder hier sind.«

Sugar zeigte auf mich. »Ihre Großmutter hat sie meiner Mutter geschenkt.«

Ich trat einen Schritt näher an Sugar heran. »Hören Sie«, entgegnete ich, »ich bin sicher, meine Großmutter hat sie Ihrer Mutter nicht *geschenkt*. Hier liegt offensichtlich ein Missverständnis vor.«

»Oh, da gibt es kein Missverständnis«, meinte Sugar.

»Ihre Großmutter wollte sie nicht mehr. Sie wollte sie loswerden.«

»Das ist eine Lüge. Das glauben Sie doch selbst nicht.«

Sugar verzog das Gesicht zu einem Lächeln. »Sugar lügt nicht. Und ja, ich habe sie verkauft. Ich bekomme zehntausend Dollar für den ganzen Haufen.« Sie machte eine ausholende Geste über die Stapel von Gemälden, dann stemmte sie die Arme in die Hüften. »Außer … ähm …«

»Zehntau…«, ich bekam das Wort nicht über die Lippen. Wie konnte sie all das nur für schäbige zehntausend Dollar verscherbeln? Das war eine Beleidigung! Es war verrückt. »Himmelherrgott, Sie haben gesagt, es gibt hier fünfundzwanzig Bilder und …«

Hayden legte mir die Hand auf den Arm, sein Zeichen, dass ich meine Wut zügeln sollte. »Entschuldige, Ellen«, sagte er. Dann wandte er sich an Sugar. »Außer *was*?«

»Tja … Mayflower …« Sie stieß mit dem Finger nach Hayden und berührte ihn dabei fast, woraufhin er einen Schritt zurücktrat. »Ich dachte mir bloß, Sie beide wollen mir vielleicht ein besseres Angebot machen. In diesem Fall …«

»Wie viel? Was wollen Sie?« Ich fing wieder an, nach meinem Scheckheft zu kramen.«

Hayden hielt mich zurück. »Moment mal, warte.« Er wandte sich wieder an Sugar. »Wir stellen Ihnen doch nicht einfach einen Blankoscheck aus.«

Ich starrte Hayden wütend an. »Was er meint, ist, dass der Betrag … einigermaßen … vernünftig sein sollte. Das ist alles. Woran hatten Sie denn gedacht?«

Hayden gestikulierte. »Moment, Moment! Sie sagten, Sie haben sie bereits verkauft?«

»Na ja, schon«, antwortete Sugar. »Er hat schon ein Bild mitgenommen und es mir bezahlt.«

»Wer hat ein Bild mitgenommen?«, fragte ich.

Sugar zuckte mit den Schultern. »Ein Kunsthändler aus Boston.«

»Haben Sie etwas unterschrieben?«, hakte Hayden nach. »Etwa schriftlich festgehalten?«

Ich hielt den Atem an.

»Klar. Ich habe so ein Papier unterschrieben, das er mir gegeben hat.«

»So ein Papier«, echote Hayden. »Haben Sie es da? Können wir es sehen?«

Sugar verließ das Zimmer und kehrte mit einem Stück Papier zurück, das wie ein Brief zweimal gefaltet war.

Hayden las es und schaute dann mich an. »Sie hat sie an eine gewisse *Millbank Gallery* in Boston verkauft.«

Er wandte sich wieder an Sugar. »Mrs. Hawley«, dröhnte er. »Als Anwälte können wir Ihnen versichern, dass Sie diese Gemälde nicht hätten verkaufen dürfen, weil sie nicht Ihnen gehören. Sie wurden hier bloß von Ihrer Mutter *gelagert*, und die möchte, dass Miss Branford sie bekommt. Wir beabsichtigen, jeden weiteren vermeintlichen *Verkauf* dieser Bilder an die *Millbank Gallery* zu stoppen.«

Sugar verschränkte die Arme und schürzte die Lippen. »Tja, das werden wir ja sehen, was?«

»Lass uns verschwinden«, flüsterte Hayden. »Wir können die Bilder heute sowieso nicht mitnehmen, aber ich kümmere mich darum, dass du sie bekommst. Keine Sorge.«

Er humpelte den Flur entlang und stützte sich dabei mit einer Hand an der Wand ab. Als wir schon fast an der Tür angekommen waren, wandte er sich noch ein letztes Mal an Sugar. »Mrs. Hawley, ich rate Ihnen, dafür zu sorgen, dass die Bilder bleiben, wo sie sind, außer Sie wollen in einen sehr teuren Rechtsstreit verwickelt werden.«

Sugar stand kerzengerade da, den Mund leicht geöffnet. »Sie machen mir keine Angst, Mayflower. Niemand redet so mit Sugar.«

»Sie hören von uns«, erwiderte Hayden, als er die Tür aufmachte.

Draußen regnete es noch immer in kalten Strömen, dass es nur so auf den rissigen grauen Boden der Einfahrt herunterprasselte und der Schlamm aus Sugars Garten auf die Straße hinausgeschwemmt wurde. Wir hasteten so schnell wir konnten zum Wagen.

16

Genau wie Cici Baker

Hayden hat recht, dachte ich, als ich am nächsten Morgen auf unserem Bett saß. Sugar Hawley war verrückt. Und deshalb wusste ich auch, dass es trotz seines selbstsicheren Versprechens, die Bilder für mich zu besorgen, nicht ganz einfach werden würde. Ich schaute mich im Zimmer um, bis mein Blick abermals an dem Riss an der Decke hängenblieb, während ich Hayden im Bad telefonieren hörte.

»Ich denke, wir haben gute Chancen, den Antrag durchzubekommen«, sagte er gerade zu einem anderen Anwalt aus unserer Kanzlei. »Und das habe ich auch Elizabeth gesagt. Sie versteht es, aber sie haben dort jetzt eine neue Leitung, und da steht alles zur Disposition.«

Ich steckte den Kopf ins Badezimmer und zeigte auf die Uhr. Es war Viertel nach elf. Wir wurden um halb zwölf bei den Porters erwartet, damit ich Hayden das Bild zeigen und ein paar Fotos davon machen konnte.

Er hielt die Hand vors Handy und flüsterte: »Du gehst besser ohne mich… *Ashton Pharmaceuticals.* Wieder mal das totale Chaos.«

»Bist du sicher?«, flüsterte ich enttäuscht zurück.

Er nickte. »Mach ganz viele Fotos. Die Leute von der *Times* wollen sie vielleicht sehen.«

Die Leute von der *Times*. Oh Gott, die kamen ja heute Abend und hatten für morgen früh mit Hayden und mir ein Interview mit Fotosession geplant. Ich nahm meine Kamera, ging nach unten und versuchte, auf andere Gedanken zu kommen.

Ein paar Minuten saß ich im Auto und starrte aufs Armaturenbrett. Dann durchstöberte ich meine Musikauswahl auf der Suche nach etwas, das mich ablenken würde. Schließlich entschied ich mich für Ella Fitzgerald und ihren Song »Skylark« und ließ die honigtriefende Melodie durchs Fenster hinausschweben, während ich zum Haus der Porters fuhr. Gran hatte Ella geliebt, und ich liebte Ella. Ihre Stimme und die tröstenden Klänge des Nelson Riddle Orchestra waren die perfekte Medizin für meine Nerven.

Ich blieb etwa eine halbe Stunde bei den Porters, unterhielt mich mit Susan und ihrem Mann und machte Fotos von Omas Gemälde. Es war genauso, wie es mir in Erinnerung geblieben war – pulsierend und beinahe magisch, wie es mit viel Liebe Großmutter und Chet abbildete, die Eichen und die Scheune. Als ich wieder aufbrach, war ich viel besserer Laune.

Auf dem Weg zurück ins *Inn* kam ich an der *Kenlyn Farm* vorbei, und als ich die Öffnung in der Mauer und den Schotterweg, der hineinführte, sah, bog ich ab. Die Sonne flimmerte auf mein Auto, und ich parkte meinen Wagen in der Spur, die Roys Reifen gestern hinterlassen hatten. Ich nahm die Kamera, stieg die Anhöhe an der Mauer entlang hinauf, dort, wo auch Roy gefahren war, meine Schritte in seiner Pick-up-Spur.

Oben angekommen hielt ich mir den Sucher vors Auge und drehte langsam am Objektiv, so wie meine Großmutter es mir beigebracht hatte. Aus jedem Blickwinkel füllte etwas anderes den Rahmen des Suchers – üppige Akeleien, heruntergefallene Steine, die geometrische Muster an der Mauer bildeten, trockene grüne Flechten, die an Gesteinsbrocken nagten, ein orangefarbener Vogel, der aus dem Gestrüpp aufflog, und zu meinen Füßen ein Grashüpfer, der sich an den Stängel einer violetten Aster klammerte. Ich hätte einen ganzen Tag hier verbringen können und hätte bloß an der Oberfläche gekratzt.

Die Sonne fühlte sich warm auf meinen Schultern an, und ich beugte mich hinunter, um die Blüten des gelben Sterngrases einzufangen, die federartigen lila Blütenblätter der Flockenblume und die filigranen Flügel einer Wespe. Als ich schließlich das Foto eines Monarchfalters geschossen hatte, merkte ich, dass eine ganze Stunde vergangen war.

Ich spazierte den Hang hinunter zum Auto, genoss das Geplauder der Vögel, den Duft von hohem Gras und Wildblumen, den erdigen Geruch des Bodens unter meinen Füßen. Zu meiner Rechten stand die einsame Eiche, an dessen Stamm zwei Tage zuvor Roy gelehnt hatte.

Das wäre ein schönes Foto, dachte ich – der einzelne Baum mit seiner schroffen Rinde und den regenschirmartigen Ästen, die anderen Eichen zusammengeschart dahinter, wie Kinder, die sich lieber hinter einem Elternteil verstecken. Ich ging näher heran, machte einen Schritt nach links, dann wieder rechts, und stellte die Blende und das

Objektiv ein, um die Bilder zu komponieren, die mir am besten gefielen.

Du musst eine Sache aus allen Blickwinkeln heraus betrachten, bevor du sie wirklich sehen kannst, hatte Gran gesagt. Ich wechselte immer wieder den Standort, machte Bilder vom Baum und dem Hain aus unterschiedlichen Perspektiven, bis ich etwas entdeckte, was mich innehalten ließ.

Durch meinen Sucher hatte ich die einsame Eiche links platziert und einen Großteil des Hains rechts dahinter. Und in der hinteren rechten Ecke bemerkte ich etwas, was ich zwei Tage zuvor gar nicht gesehen hatte, nicht hatte sehen können. Halb unter den Wildblumen verborgen entdeckte ich die Überreste eines alten Steinfundaments. Der Baum, der Hain und das Fundament waren genauso angeordnet wie der Baum, der Hain und die Scheune auf dem Bild auf Susan Porters Dachboden. Dies war also der Ort, an dem die Scheune einmal gestanden hatte, direkt vor mir, wo ein Teil davon noch zu erkennen war. Das Einzige, was in der Szene fehlte, waren Großmutter und Chet.

Das Kribbeln, das meine Wirbelsäule hinaufkroch, bahnte sich seinen Weg bis zu meinen Armen, während ich mich näher heranschob. Die Überreste dreier eingestürzter Mauern ragten hier und da aus dem Teppich aus Wildblumen heraus. Die Gesteinsbrocken, die aus der Pflanzendecke lugten, wurden von großen gelben und grünen Flechten vergoldet, als hätte jemand in einem Moment des kreativen Rausches Farbe über sie vergossen.

Ich stand da, das summende Feld um mich herum, und dachte an Gran und Chet Cummings. Ich konnte ihre Seelen im Boden unter meinen Füßen spüren, in den von der

Sonne ausgebleichten Felsbrocken, die einst das Fundament der Scheune gebildet hatten, zwischen den Stängeln der Wildblumen, die meine Beine streiften wie Erinnerungen, die nach mir riefen.

Ich betrat die Lobby vom *Victory Inn*, die Kamera in der Hand, voller Ungeduld, Hayden von meiner Entdeckung auf *Kenlyn Farm* zu berichten. Eine Frau in elfenbeinfarbenen Hosen stand Paula an der Rezeption gegenüber. Ihr aschblondes Haar war in lockeren Wellen frisiert, eine mit Schmucksteinen besetzte Sonnenbrille thronte auf ihrem Kopf. Neben ihr stand ein kleiner Koffer aus Straußenleder.

Ich blinzelte überrascht. »Mom?«

Meine Mutter drehte sich um. »Schätzchen!« Sie eilte mit ausgestreckten Armen auf mich zu, und ihre goldenen Armreifen klirrten, als sie mich auf beide Wangen küsste.

»Mom, was machst du denn hier?« Ich musterte sie von oben bis unten, weil ich kaum glauben konnte, dass sie hier war.

Sie trat einen Schritt zurück und sah mich prüfend an. »Du hast eine andere Frisur. Sieht … anders aus.«

Ich fuhr mir mit der Hand durchs Haar. »Wirklich?«, lachte ich. »Wahrscheinlich hab ich bloß vergessen, mich zu kämmen.« Plötzlich fühlte ich mich wieder wie elf. Meine Finger nestelten in meinen Haaren herum und versuchten, einen Scheitel zu ziehen. »Also, warum …«

Meine Mutter starrte mich an, als hätte ich ihr soeben mitgeteilt, dass ich ihren Yogatrainer gekidnappt habe. »Liebes, du heiratest in drei Monaten. Das ist jetzt nicht der Moment, nicht mehr auf sein Äußeres zu achten.«

Paula räusperte sich, und Mom und ich drehten uns um. »Wollen Sie mit Karte zahlen?«

»Oh ja, natürlich«, trällerte meine Mutter und klappte ihr Portemonnaie auf.

Paula nahm die Karte entgegen, ein nahezu durchsichtiges Stück Plastik, und hielt sie gegen das Licht. Sie kniff die Augen zusammen. »So eine hab ich ja noch nie gesehen!«

Ich wandte mich an Paula. »Die sind nicht sehr verbreitet«, meinte ich, da ich Anlass zu einer Erklärung sah. »Man beantragt sie nicht. Genau genommen kann man das gar nicht«, fuhr ich fort. »Das Kreditunternehmen kommt auf einen zu.«

Paula zog verdutzt den Kopf zurück.

Ich schob Mom zur Seite. »Würdest du mir jetzt bitte sagen, was du hier machst?«, flüsterte ich. »Was ist los?«

»Ich bräuchte auch noch Ihren Führerschein«, rief Paula.

Meine Mutter legte das Dokument auf den Tisch. Dann drehte sie sich wieder zu mir und verschränkte die Arme. »Warum ich hier bin? Also, Ellen, ist das nicht offensichtlich? Du hast mich seit Tagen nicht zurückgerufen.«

Ich wich ihrem Blick aus. »Ich habe dir doch SMS geschickt.«

»Ich habe dich *angerufen*«, entgegnete meine Mutter. »Mehr als nur einmal. Und ich hatte einen Rückruf erwartet. Du weißt schon, diese altmodische Sitte, bei der man doch tatsächlich die Stimme der anderen Person hört.«

»Es tut mir leid«, seufzte ich. »Hier war viel los.« Ich versuchte zu lächeln, während sie mich mit ihrem Sechster-Sinn-Blick musterte, in dem Versuch herauszufinden, was nicht mit mir stimmte.

»Bitte, wo ist das Zimmer meiner Mutter?«, fragte ich betont fröhlich, während Paula einen letzten kritischen Blick auf die durchsichtige Kreditkarte warf, bevor sie sie meiner Mutter zurückgab.

»Ich habe Ihrer Mutter Zimmer zwölf gegeben«, meinte Paula. »Direkt gegenüber von Ihnen.«

»Wie reizend«, bedankte sich Mom und beäugte mich. »Wir haben so viel zu besprechen.« Sie lächelte nicht.

Paulas Augenbrauen zuckten nach oben. »Kann ich mir vorstellen«, murmelte sie.

Meine Mutter zog eine goldene Puderdose heraus. »Ich gehe kurz auf mein Zimmer und mache mich frisch«, verkündete sie, warf einen Blick in den Spiegel und bauschte das Haar locker an ihrem Hinterkopf auf. »Dann können wir einen Latte trinken gehen, den habe ich dringend nötig, und dann erzählst du mir, was hier wirklich los ist.«

Was wirklich los ist, dachte ich. Da bräuchte es viel mehr als einen Caffè Latte. »Ich gehe auch hoch«, meinte ich. »Ich muss kurz mit Hayden reden. Ich sag ihm Bescheid, dass du hier bist.«

»Hayden?« Der Blick meiner Mutter huschte vom Spiegel zu mir. »Was für eine Überraschung. Ich wusste nicht, dass er hier ist.«

»Er hat gerade einen Fall abgeschlossen«, sagte ich. »Ist eine längere Geschichte.«

»Wunderbar«, meinte meine Mutter. »Komm, sagen wir hallo.«

Paula reichte meiner Mutter den Kartenbeleg. »Übrigens, Mr. Craft ist nicht oben. Er ist vor einer Weile mit zwei anderen Gästen weg. Einem Mann und einer Frau.

Auch so ein Hingucker«, sagte sie und schaute mich herausfordernd an.

»Der Name war Croft«, korrigierte ich sie, ihre Bemerkung ignorierend.

Ein Mann und eine Frau. Das mussten die Leute von der *New York Times* sein. »Sind sie aus New York?«

»Sicher«, meinte Paula, nachdem sie einen flüchtigen Blick ins Gästebuch geworfen hatte.

»Das sind Geschäftsfreunde«, sagte ich. »Von der *New York Times*.« *Ein Hingucker*. Ich fragte mich, was Paula sich in ihrer Fantasie zusammenspönn. Sie hatte einfach zu viel Zeit.

Mom klappte ihre Puderdose zu, beugte sich vor und flüsterte: »Warum redet Hayden mit jemandem von der *Times*?«

»Das ist auch eine lange Geschichte.«

»Prima, ich kann's kaum erwarten, sie zu hören.« Sie zeigte auf ihren Koffer. »Könnte mir das jemand auf mein Zimmer bringen?« Dann wandte sie sich wieder an mich. »Und ich hätte nichts gegen einen Scone oder ein Croissant. Ich bin völlig ausgehungert.«

»Ich nehm dich mit ins *Three Penny Diner*.«

»Ein Diner?«

»Die haben da ganz tolle Cider-Donuts.«

Sie legte den Kopf schief. »Seit wann isst *du* Donuts?«

Das Diner war praktisch leer, als wir es betraten. Ich ging voraus an einen Tisch am Fenster. »Schön, oder? Man kann das Meer sehen.«

Mom zog einen der abgenutzten Holzstühle heran und setzte sich. Sie beäugte argwöhnisch die Mini-Jukebox und den grünen Resopaltisch. »Interessant«, meinte sie und ließ die Plattencover und Schwarz-Weiß-Fotos von Buddy Holly, Jerry Lee Lewis, The Platters und anderen Bands aus den 1950er Jahren auf sich wirken. »Ich fühle mich wie auf einer Zeitreise in die Vergangenheit. Meinst du, das gehört zum Konzept?«

Ich schüttelte den Kopf. »Ich weiß nicht, Mom. Ich glaube, es gefällt dem Besitzer einfach.«

Eine grauhaarige Bedienung brachte uns die Speisekarten.

»Keine Latte?«, fragte meine Mutter, als sie die Auswahl überflog. »Und auch keine Croissants.«

Während sie die Karte weiter studierte, beobachtete ich einen Haufen Kinder am Strand, die mit Schaufeln und Eimern spielten, und eine Gruppe Teenager, die sich an der Ufermauer versammelt hatten. Ich dachte an Gran und fragte mich, ob auch sie als Kind an diesem Strand in der Sonne von Maine herumgetollt war oder später im Mondschein mit Chet auf der Mauer gesessen hatte.

Die Bedienung kam zurück, und Mom klappte die Karte zu. »Ich nehme eine Tasse Kaffee und einen von Ihren Blaubeermuffins.« Sie seufzte und sah mich an. »Deine Großmutter war so eine gute Köchin. Ihre Blaubeermuffins waren erstklassig.«

»Ja, das waren sie«, pflichtete ich ihr bei und fühlte mich wieder in die Steiner Street zurückversetzt, wo Gran und ich Muffins aus den Backformen stürzten und sie zum Abkühlen auf ein Drahtgitter legten, dabei hing der Duft von karamellisiertem Zucker in der ofenwarmen Luft und die Häubchen der Muffins waren voller blauer Schlieren, dort, wo die Blaubeeren in der Hitze geplatzt waren.

Ich wandte mich an die Bedienung. »Ich nehme ebenfalls einen Muffin.«

Als die Bedienung gegangen war, faltete Mom die Hände und legte sie auf den Tisch. »Ellen, wo wir gerade von deiner Großmutter sprechen, da gibt es etwas, was ich dir sagen möchte.«

Ich blickte auf.

»Es geht um den Trust.«

Der Trust. Großmutter hatte mir vor langer Zeit einmal gesagt, dass sie einen Trust für mich eingerichtet hatte, aber ich kannte keine Details und hatte keine Ahnung, ob er überhaupt noch existierte. »Es gibt also wirklich einen Trust?«, fragte ich.

»Ja, natürlich«, meinte Mom. »Genau genommen habe ich mich vor ein paar Tagen mit Everett getroffen.« Everett war Omas Anwalt. Meine Mutter beugte sich über den Tisch. »In dem Trust befindet sich eine ansehnliche Summe, Ellen.«

Die Bedienung stellte uns unsere Kaffeebecher hin, die das Aroma von Pecannüssen verströmten.

»Die Muffins brauchen noch einen Moment«, meinte sie. »Die werden gerade aus dem Ofen geholt.«

Ich goss etwas Milch in meinen Kaffee und rührte um. »Was meinst du?«, fragte ich meine Mutter.

Mom senkte die Stimme und flüsterte: »Sechs Millionen Dollar. Im Trust.«

Ich hörte auf zu rühren und starrte sie an. »Was?«

»Ich habe die Auszüge gesehen.«

»Du machst Witze.«

»Nein, mache ich nicht, Ellen.«

Ich bekam kein Wort heraus. Gran hatte mir sechs Millionen Dollar hinterlassen. Sechs Millionen Dollar. Ich wusste nicht, was ich sagen sollte. Ich verdiente gut und Hayden ebenso. Aber ein Sechs-Millionen-Dollar-Erbe … tja, das war wohl so etwas wie ein Sicherheitsnetz. Ein ziemlich großes Sicherheitsnetz.

Ich schüttelte den Kopf. »Ich weiß nicht, was ich sagen soll.« Ich stellte mir meine Großmutter in Everetts Büro vor, aufrecht auf einem der Mahagonistühle sitzend, den Stapel Unterlagen für den Trust auf dem Tisch vor sich. Ich konnte sie vor mir sehen, wie sie einen Füllfederhalter in der Hand hielt, ihre Hand huschte über die Seiten und hinterließ dort eine Spur in hellblauer Tinte, ihre Unterschrift. »Ich wünschte, sie wäre hier«, sagte ich, und mir wurde schwer ums Herz. »Dann könnte ich ihr wenigstens danken. Sie hat so viel für mich getan und tut es noch immer. Ich vermisse sie.«

Meine Mutter langte über den Tisch und nahm meine Hand. »Mir fehlt sie auch.«

»Ich konnte mich noch nicht einmal bei ihr bedanken.«

»Doch, das hast du«, sagte meine Mutter. »Du hast ihr gedankt, indem du sie geliebt hast.«

Wir saßen schweigend da, während die Bedienung unsere Muffins servierte. Meine Mutter schnitt ihren Muffin in kleine Stücke. Dann nahm sie einen Bissen. »Mmh«, machte sie. »Weißt du, der ist wirklich ziemlich gut … wenn auch nicht so lecker wie die deiner Großmutter.«

»Auf Oma«, sagte ich und hielt meine Kaffeetasse hoch. Mom erhob ihre und wir stießen an. »Auf Oma«, sagte auch sie.

»Was ich dich fragen wollte«, meinte meine Mutter, nachdem wir aufgegessen hatten. »Wie bist du bloß hier gelandet, in diesem komischen kleinen … was ist es überhaupt? Ein Bed-and-Breakfast? Im Zimmer gibt es nicht mal eine Minibar.«

Als Nächstes würde sie noch fragen, warum es keinen SPA-Bereich gab.

Sie inspizierte die Nägel ihrer rechten Hand. »Ich wollte eigentlich zur Maniküre. Und mir vielleicht eine Massage gönnen. Ich habe mir letztes Wochenende beim Tennisspielen einen Muskel gezerrt. Ziemlich schmerzhaft.« Sie rieb sich die Wade.

Meine Güte, sie wollte wirklich ein SPA. »Ich sag dir das nur äußerst ungern, aber der SPA-Bereich wird gerade renoviert«, meinte ich. »Sie eröffnen es dann zusammen mit dem neuen Fitnesscenter … und dem Golfplatz.« Ich grinste.

Meine Mutter musste schmunzeln. »Okay, kapiert. Kein SPA.« Sie sah sich im Diner um und blickte dann aus dem Fenster. »Das ist wirklich eine Kleinstadt, nicht?«

»Klein auf jeden Fall«, bestätigte ich, »aber es gibt ein paar nette Sachen hier. Sie haben ein …«

»Ich bin sicher, es ist alles sehr nett hier«, warf meine Mutter ein, »aber ich kann es kaum erwarten, wieder nach Hause zu kommen. Wir haben noch so viel zu tun vor der Hochzeit, und so wenig Zeit. Ich verstehe nicht, was dich veranlasst hat, so lange hier zu bleiben.«

Sie machte ihre Handtasche auf und holte eine Checkliste heraus. »Mal sehen.« Sie fuhr mit dem Finger über die Seite nach unten. »Wir müssen noch den Termin für die letzte Anprobe für dein Hochzeitskleid machen … und für die Brautjungfern.« Sie hielt inne. »Und uns noch mal den Blumenschmuck vornehmen.« Sie drehte das Blatt um. »Und natürlich müssen wir uns um die Einladungen kümmern.« Sie kringelte etwas mit ihrem Stift ein und legte die Liste dann auf den Tisch. »Oh, beinahe hätte ich es vergessen. Beezy und Gary Bridges kommen definitiv. Sie verschieben ihre Safari, damit sie bei der Hochzeit dabei sein können.«

Ich versuchte, mir in Erinnerung zu rufen, wer Beezy und Gary Bridges waren, während schon die Bilder der Hochzeit in mir aufflackerten. Saint Thomas Kirche, zehn Brautjungfern, die Trauzeugen, dreihundert Gäste, zu lieben und zu ehren, in guten wie in schlechten Zeiten. Ich spürte, wie sich meine Kehle zuschnürte. Es war alles so … *endgültig*.

»Das ist nett von ihnen«, murmelte ich und versuchte, erfreut zu klingen. Und dann erinnerte ich mich auch, wer sie waren, und fügte hinzu: »Ich dachte, sie wollten sich scheiden lassen.«

Mom drehte an einem ihrer Armreifen. »Ja«, sagte sie fröhlich. »Wollten sie. Aber jetzt haben sie beschlossen, sich stattdessen ein neues Haus zu kaufen.«

Ich nickte und versuchte, diese Art von Logik zu verstehen, als Mom ihre Kaffeetasse mit einem leisen Klirren auf dem Unterteller abstellte.

»Also, jetzt erzähl mal«, sagte sie. »Warum bist du noch immer hier, und warum hast du mich nicht zurückgerufen? Es kann doch wohl nicht so lange dauern, diesen Brief zu überbringen? Und warum ist Hayden hier? Was ist los, Ellen?«

Ich fragte mich, was ich ihr erzählen und wo ich anfangen sollte. Mit dem Bild auf dem Dachboden? Lila Falk? Sugar? Den Pier würde ich jedenfalls nicht erwähnen. Meine Mutter würde ausflippen.

Ich erzählte ihr davon, wie ich Roy den Brief gebracht und erfahren hatte, dass Chet verstorben war. Dann berichtete ich ihr von all den Bildern und den Orten, an denen ich sie entdeckt hatte, und endete mit dem Besuch bei Sugar Hawley.

»Wusstest du, dass Gran Malerin war?«, fragte ich.

Meine Mutter nippte an ihrem Kaffee. »Es fällt mir schwer, das zu glauben, Ellen. Ich denke, dass jemand anderes diese Bilder gemalt haben muss. Deine Großmutter war nicht künstlerisch begabt.«

Ich beugte mich über den Tisch. »Mom, ich habe die Bilder gesehen. Segelbootregatten, Porträts, eine Blaubeerfarm, die einmal Chet Cummings' Familie gehört hatte. Sie hat all das gemalt. Und wenn du findest, dass sie nicht künstlerisch begabt war«, sagte ich ein wenig trotzig, »dann hättest du dabei sein sollen, als sie mir etwas über Fotografie beigebracht hat.«

Meine Mutter hörte mit halbherzigem Interesse zu. »Ich meine, wenn sie so talentiert war, hätte ich das gewusst.«

»Ich nehm dich mit zu den Porters und zur *Historical Society,* dann kannst du dir selbst ein Bild machen«, schlug ich ihr vor. »Dann kannst du es mit eigenen Augen sehen.«

Die Kellnerin kam mit einer Kaffeekanne an den Tisch. »Nachschlag, meine Damen?«

»Nein, danke«, sagte Mom.

»Danke«, fügte auch ich hinzu.

Die Kellnerin streifte mich mit ihrem Blick und dann sah sie ein zweites Mal hin. Schließlich rauschte sie davon, doch einen Moment später kam sie mit etwas Zusammengerolltem unter den Arm geklemmt zurück.

»Ja, dacht' ich's mir doch«, flötete sie und sah mich mit schief gelegtem Kopf an. »Ich wusste, dass Sie das sind.« Sie nickte. »Ich hatte gehofft, dass Sie hierherkommen würden, damit ich Sie um ein Autogramm bitten kann.«

»Mein Auto…« Mir blieb das Wort im Halse stecken.

»Ja, für den Fall habe ich diese Ausgabe hier aufgehoben.« Sie rollte ein Exemplar der *Beacon Post* auseinander und legte es auf den Tisch. Dort, auf der Titelseite, prangte das Foto von Roy und mir, ich bis zur Taille im Meerwasser, das weiße T-Shirt klebte mir auf der Haut, meine Arme waren um Roys Hals geschlungen und meine Lippen fest auf seine gedrückt.

Ich schrak zurück.

Die Kellnerin legte einen Stift vor mich hin. »Wissen Sie, es gibt nirgends mehr ein einziges Exemplar von dieser Ausgabe. War sofort ausverkauft. Ist das nicht erstaunlich?«

Ich nickte, unfähig zu sprechen.

»Würden Sie es für mich signieren?«, bat sie. »Können Sie ›Für Dolores, von Herzen, die Schwimmerin‹ schreiben?«

»Was ist das?«, wollte Mom wissen, drehte die Zeitung zu sich herum und setzte ihre Lesebrille auf. Sie hielt die Hand vor den Mund und flüsterte: »Und warum will sie ein Autogramm von dir?«

»Vielleicht sollte ich dir besser etwas erklären«, meinte ich. Mein Mund war ganz trocken geworden. Ich spürte, wie mir das Herz in die Hose rutschte.

»Die *Beacon Post*?« Meine Mutter strich den Knick glatt. Ihre Augen huschten kreuz und quer über die Seite.

Ich hob die Hand. »Mom, ich muss dir das wirklich erklären. Können wir bitte wieder …«

»Gleich hier«, die Kellnerin zeigte auf mein Bild. »Könnten Sie direkt neben dem Foto unterschreiben?«

Meine Mutter sah, wo die Kellnerin hinzeigte, und fing an, die Bildunterschrift zu lesen. Am liebsten hätte ich mir die Zeitung geschnappt und wäre davongelaufen, aber meine Füße wollten sich nicht rühren. Nichts wollte sich rühren. Alles, was ich tun konnte, war, dazusitzen und zu spüren, wie mir auf dem Rücken der kalte Schweiß ausbrach.

Mom schob sich die Lesebrille auf der Nase zurecht und betrachtete das Foto. Eine beängstigende Sekunde des Schweigens trat ein, dann ein Kreischen: »Oh mein Gott!«

Sie hielt sich die Zeitung erst dicht vor die Augen und dann zurück auf Armeslänge, als könne der passende Abstand ändern, was dort gedruckt stand, oder, noch besser, es verschwinden lassen. »Das bist du! Ellen, was machst du in der Zeitung? Und wer um alles in der Welt ist der Mann, den du da küsst?«

»Ich hab dir doch gesagt, dass ich dir das erklären muss.«

Die Augen meiner Mutter waren vor Schreck geweitet und alle Farbe war aus ihrem Gesicht gewichen. Ich schnappte mir den Stift und kritzelte »Für Dolores, von Herzen, die Schwimmerin« neben das Foto. »Und jetzt nehmen Sie es bitte mit«, flehte ich, als ich ihr die Zeitung überreichte. Sie huschte, sich mehrmals bei mir bedankend, davon.

»Ich glaube, jetzt brauche ich doch noch einen Kaffee«, stöhnte ich.

»Ich glaube, ich brauche eher einen Scotch.«

»Du hast doch noch nie Scotch getrunken, Mom.«

»Ich schätze, das ist eine passende Gelegenheit, damit anzufangen.« Sie sah mich an, stahlgraue Lügendetektoraugen taxierten mich. »Was ist los? Du wärst beinahe *ertrunken*? Wer war der Mann?« Mit jeder Frage sprang ihre Stimme ein paar Tonlagen höher.

Ich hob den Finger. »Nur um etwas klarzustellen – ich denke nicht, dass ich wirklich am Ertrinken war. Das haben sie falsch dargestellt. Ich war bloß ein bisschen …«

»Ist das der Grund, warum du mich nicht angerufen hast? Weil du eine Affäre mit diesem Mann hast? Oh mein Gott.« Sie sah zur Decke und rieb sich die Stirn.

»Nein, Mom, hör doch mal zu. Ich habe keine Affäre. Ich kann das erklären. Ich bin durch einen Bootssteg eingebrochen und …«

»Ein *Bootssteg*?« Jetzt saß sie kerzengerade da.

Herrgott noch mal, warum hatte ich das erwähnt? »Ja, aber mir ist nichts passiert. Der Typ auf dem Foto … er ist rausgeschwommen und hat mich an Land gebracht.«

»Wann ist das passiert?«

»An meinem ersten Tag hier.«

Sie beugte sich über den Tisch, senkte die Stimme und fragte: »Warum hast du mir das nicht erzählt?«

»Ich wollte nicht, dass du dir Sorgen machst.«

»Tja, jetzt *mach* ich mir aber Sorgen.«

»Mir geht es gut.«

»Das spielt keine Rolle. Du hättest es mir trotzdem erzählen müssen.« Meine Mutter starrte mich unangenehm lange an. »Und was ist mit *dem Mann*? Mit diesem *Helden*, wie es in der Zeitung hieß? Was ist das mit ihm?«

»Nichts ist mit ihm, Mom.« Ich winkte ab.

»Auf dem Foto sah es mir aber nicht nach nichts aus.«

»Das ist einfach so passiert«, meinte ich beschwichtigend. »Ich glaube, ich war einfach so froh, wieder festen Boden unter den Füßen zu haben, dass ich … ich weiß auch nicht.« Ich warf einen Blick aus dem Fenster, wo das blaue Strömen des Meeres mit dem Himmel verschmolz, und dachte an Roy, wie er mich im Wasser heruntergelassen hatte, meine Füße, die den körnigen Sand berührten, und daran, wie ich meine Arme um seinen Hals schlang, meinen Mund auf seinen presste, und wie er geschmeckt hatte, nach Salz und nach Spätnachmittagssonne. »Es ist einfach passiert … und dann war es auch schon wieder vorbei.«

Meine Mutter hob das Kinn und musterte mich mit leicht zusammengekniffenen Lidern. »Du verschweigst mir was. Da steckt doch noch mehr dahinter.«

»Nein, nein. Überhaupt nicht. Wir sind bloß … Freunde.« Ich sah nach unten und fuhr mit dem Finger den Rand meines Kaffeebechers nach. »Na ja, ich glaube, er wäre gern mehr als ein Freund, aber er weiß, dass ich verlobt bin. Jetzt jedenfalls.«

Meine Mutter zog die Augenbraue hoch. »*Jetzt*?«

»Am dem Abend im *Antler* wusste er es noch nicht. Als ich umgekippt bin und er mich aufgefangen hat …« Ich unterbrach mich, als mir klar wurde, dass ich wieder einmal zu viel erzählt hatte.

Meine Mutter schnappte nach Luft. »Du bist *umgekippt*? Ellen!«

Ich hob beschwichtigend die Hände. »Es war nicht schlimm, Mom. Er hat mich aufgefangen. Ich hatte Glück, dass er da war. Und dann haben wir … irgendwie getanzt, und, na ja, er ist ein netter Typ. Das ist er wirklich. Er hat etwas sehr Charmantes an sich.« Ich dachte ans *Antler* und den Two Step und wie leicht ich in Roys Armen über die Tanzfläche geschwebt war.

»Und das ist die ganze Geschichte?«, fragte meine Mutter. »Das ist wirklich alles?«

Ich blickte zum Strand hinüber, wo ein Junge seinen Drachen entfaltete. Das blaue Plastikgebilde flatterte und zappelte im Wind, während er allmählich Schnur nachgab. Ich spürte den bohrenden Blick meiner Mutter. »Okay«, seufzte ich. »Vielleicht finde ich ihn ja ganz attraktiv.« Unter dem Tisch verkrampfte ich die Finger ineinander. »Aber ich glaube, das kommt bloß daher, dass ich in drei Monaten heiraten werde, und da ist es eben schön zu wissen, dass ich auch noch das Interesse von anderen Männern wecken kann.«

Meine Mutter zeigte keinerlei Regung. Ich war nicht sicher, ob sie mir glaubte.

Ich wandte den Blick ab und schaute wieder zum Strand hinüber. Der Drachen des Jungen stieg hoch in die Luft, während er das Ende der Schnur festhielt. Meine Mutter sagte kein Wort. Eine Mauer des Schweigens schob sich zwischen uns.

»Vielleicht ist das nicht die ganze Wahrheit«, fuhr ich schließlich fort. »Vielleicht ist da auch noch etwas anderes.

Aber ich weiß nicht, was es ist. Ich bin nicht in ihn verliebt oder so … Ich liebe Hayden. Aber irgendetwas ist an Roy … und ich kann nicht …«

Das Gesicht meiner Mutter war totenblass geworden. »Guter Gott. Ellen, wer ist dieser Mann? Woher kommt er? Was ist mit seiner *Familie*?«

»Er ist hier aus Beacon, Mom.«

»Er ist aus Beacon?«

»Es ist Chet Cummings' Neffe.« Ich erzählte ihr, wie ich mehrmals zu Chet Cummings' Haus gefahren war, wie ich schließlich Roy angetroffen und herausgefunden hatte, dass Chet gestorben und Roy sein Neffe war.

»Und was macht dieser Mann?«, wollte meine Mutter wissen.

»Er ist Zimmermann. Er baut Häuser.«

Sie blinzelte. »Ein Zimmermann. Mit Werkzeug und einem Pick-up? Muss ich mir das so vorstellen?«

»Das trifft es im Großen und Ganzen.«

Ihr Blick schweifte ab Richtung Strand. Schließlich stand sie vom Stuhl auf und setzte sich auf den leeren Platz neben mich. Ein Sonnenfleck flimmerte auf dem Resopaltisch. Meine Mutter legte ihre Hand auf meine. Ihre Augen wirkten weich wie vom Meer geschliffenes blaues Glas. »Liebst du Hayden?«, fragte sie.

Ich nickte. »Natürlich tue ich das.«

»Und willst du ihn noch immer heiraten?«

»Ja … ja.«

Meine Mutter nickte. »Okay, Schatz, ich weiß, was hier los ist, und es ist vollkommen verständlich.« Jetzt hatte sie diesen allwissenden Mutterblick, der mir das Gefühl gab, ich wäre wieder sechs Jahre alt. »Ich kann dir sagen, dass das eine völlig normale Reaktion von dir ist.« Sie strich eine Haarlocke von meiner Schulter und lächelte. »Gott sei Dank, jetzt können wir beide erleichtert aufatmen.«

»Wovon redest du? Normale Reaktion auf was?«

Sie lehnte sich auf dem Stuhl zurück. »Habe ich dir schon mal die Geschichte von Cici Baker erzählt?«

»Von wem?«

»Cici Baker. Meine frühere Tennispartnerin. Erinnerst du dich nicht an sie?«

»Ach doch, ich glaube schon.«

»Also, vor ungefähr fünf Jahren erfuhr sie, dass sie Krebs hatte.« Meine Mutter spähte zu mir rüber. »Ich bin sicher, dass ich dir das erzählt habe ... Okay, wie dem auch sei, sie ging zum Arzt ... einem Onkologen in Manhattan. Er hat ihr das Leben gerettet, und danach hat sie sich Hals über Kopf in ihn verliebt.«

»In ihren Onkologen?«

»Ja, natürlich. Und er war nicht einmal attraktiv – klein, stämmig, und ich glaube, er hatte sogar so ein künstliches Haarteil.« Meine Mutter verzog das Gesicht. »Aber Cici sah das alles gar nicht. Er hatte ihr das Leben gerettet. Sie himmelte ihn an.«

»Und was ist dann passiert?«, fragte ich. »Haben die beiden geheiratet?«

»Geheiratet? Nein! Es stellte sich heraus, dass der Mann schwul war.«

Ich verschränkte die Arme. »Okay, worauf willst du hinaus?«

Mom legte mir die Hand auf die Schulter. »Zwei Monate später hatte sie ihn schon wieder komplett vergessen. Ich will damit sagen, dass es normal ist, wenn man total vernarrt ist in jemanden, der einem das Leben gerettet hat, und man vielleicht sogar glaubt, man hätte sich wirklich verliebt. Aber es hat nicht wirklich etwas zu bedeuten.«

Ich sah, wie die Farbe wieder ins Gesicht meiner Mutter zurückkehrte, während ich noch einmal die Geschehnisse Revue passieren ließ – von dem Moment, als ich am Pier einbrach und ins Wasser stürzte, über Roys Auftauchen, bis hin zu dem Moment, als ich schließlich wieder Sand unter meinen Füßen spürte, als er mich an Land zurückgebracht hatte, und ich ihn … küsste. Fühlte ich mich bloß zu ihm hingezogen, weil er mir an diesem Tag zu Hilfe gekommen war? Wenn sogar Cici Baker geglaubt hatte, sie hätte sich in ihren Onkologen verliebt … ich meine, der Mann hatte ein Toupet.

Meine Mutter sah mich fest an. »Ellen, du bist weder verliebt in einen Zimmermann aus Beacon noch interessiert an ihm oder sonst was. Glaub mir, das bist du nicht.« Sie lächelte. »Du hast viel zu hart dafür gearbeitet, dorthin zu kommen, wo du jetzt bist. Das ist bloß eine vorübergehende Schwärmerei für einen Menschen, der dich aus einer gefährlichen Situation gerettet hat. Interpretier nicht mehr hinein, als es ist.« Sie fasste mich am Kinn. »Alles wird gut. Vertrau mir.«

17

Chet

Ich spazierte mit meiner Mutter zurück zum *Victory Inn* und dachte darüber nach, wie klug sie doch war. Welche Anziehungskraft Roy auch immer auf mich ausüben mochte, sie war sicher bloß das Ergebnis seiner Rettungsaktion, genauso wie Mom gesagt hatte. Jemand rettet einem das Leben, und dafür bewundert man ihn. Ich konnte nachvollziehen, wie das zu … na ja, einer Schwärmerei führen konnte, selbst mit jemand so Wundervollem wie Hayden in meinem Leben.

»Also«, sagte meine Mutter, als wir vor der Eingangstreppe stehen blieben, »warum suchst du nicht das netteste Restaurant der Stadt aus … oder irgendwo hier in der Gegend«, fügte sie mit einer kurzen Drehung des Handgelenks hinzu, »und ich lade dich und Hayden zum Abendessen ein.«

Das netteste Restaurant. Ich fragte mich, welches das wohl sein könnte und ob meine Mutter dieser Herausforderung gewachsen wäre. Sie war an ein gewisses Niveau von … nun, eben ein gewisses Niveau gewöhnt. Ich war nicht einmal sicher, ob ich überhaupt mit ihr abendessen gehen wollte. Nicht, dass ich die Einladung nicht zu schätzen wüsste, genauso wie die Tatsache, dass sie den weiten Weg nach Beacon gekommen war. Aber ich brauchte jetzt etwas Zeit allein mit Hayden, um die Dinge mit ihm wieder auf Kurs zu bringen, und ich hatte mir gedacht, wir könnten mit einem romantischen Abendessen zu zweit im Speisesaal des Hotels beginnen. Kerzenlicht, ein kleines Tischchen, eine gute Flasche Wein …

»Mom, wir trinken heute auf jeden Fall zusammen etwas, und morgen Abend gehen wir mit dir essen, okay? Aber heute Abend, glaube ich, würde ich gerne ein bisschen Zeit allein mit Hayden verbringen.«

»Gute Idee«, befand sie.

Mein Handy fing an zu klingeln, gerade als meine Mutter die Tür zur Lobby öffnete. Die Vorwahl kam mir bekannt vor, aber ich erkannte die Nummer nicht.

»Ich muss hier draußen rangehen«, entschuldigte ich mich. »Drinnen hab ich keinen Empfang.« Ich machte eine Kopfbewegung zum Gebäude.

Sie winkte mir kurz zu und ging hinein.

Ich hielt mir das Handy ans Ohr. »Hallo?« Eine Sekunde herrschte Schweigen.

»Ellen?« Es war eine Männerstimme. »Hey, hier ist Roy Cummings.«

Roy Cummings? Ich spürte, wie mein Herz einen Satz machte. Es war seltsam, seine Stimme durchs Telefon zu hören. Seltsam und irgendwie fast vertraut. »Oh … hallo«, krächzte ich und spürte das Bedürfnis, an meinen Nägeln zu knabbern. Warum machte er mich bloß so nervös?

»Ich habe deine Nummer von Paula«, meinte er.

Paula hat ihm meine Handynummer gegeben? Hm.

»Ich hoffe, es ist okay, dass ich anrufe, aber da gibt es etwas ziemlich Wichtiges, über das ich mit dir sprechen will.« Er hielt einen Moment inne. »Und das ich dir zeigen muss. Meinst du, du könntest vorbeikommen?«

»Du meinst bei dir zu Hause?«

»Ja.«

Jetzt hatte ich allen Grund, nervös zu sein. Roy Cummings zu Hause besuchen? Vermutlich keine gute Idee. »Wann?«

»Na ja, jetzt würde es gut passen, wenn du es einrichten kannst.«

»Jetzt gleich? Was willst du mir denn zeigen?«

»Ich glaube wirklich, du solltest herkommen«, meinte er. Aus seiner Stimme klang eine gewisse Dringlichkeit. »Es hat mit deiner Großmutter und meinem Onkel zu tun.«

Ich blickte auf die Uhr. Viertel nach drei. Vielleicht war Hayden noch mit den Leuten von der *Times* unterwegs. Vielleicht könnte ich schnell für zehn Minuten bei Roy vorbeischauen.

»Okay«, sagte ich. »Ich bin gleich da.«

Roy machte sofort, nachdem ich geklopft hatte, die Tür auf. Ich betrat einen kleinen Flur und folgte ihm ins Wohnzimmer. Der Boden war aus kastanienfarbenem Holz, und ein weißes Sofa und zwei Sessel umgaben einen dunklen Couchtisch. Es wirkte schlicht, aber schön. Eingebaute Bücherregale säumten die Wände, sie waren voller Fotos und Objekte, die wie altertümliche Werkzeuge aussahen – eine Wasserwaage aus Holz, eine Reihe von Hobeln mit schön lackierten Griffen, ein Meterstab mit Scharnieren. Ich fragte mich, ob sie Chet gehört hatten. Und dann waren da noch die Bücher. Hunderte von Büchern – kleine, große, gebundene und Taschenbücher. Ich fragte mich, ob die älteren Ausgaben mit den verblichenen Leineneinbänden auch Chet gehört hatten.

Roy bedeutete mir, Platz zu nehmen. »Kann ich dir was zu trinken bringen? Wasser, Limo, Saft? Wein? Ich habe einen Beychevelle, der dir gefallen könnte.«

Einen *Beychevelle*? War *er* etwa derjenige, der ihn immer im Weinladen kaufte? Ein Teil von mir war versucht, sein Angebot anzunehmen, aber ich wusste, dass das wahrscheinlich keine gute Idee war. »Nein, danke«, sagte ich und beschloss, dass es besser wäre, mir anzusehen, was er mir zeigen wollte, und dann zu verschwinden.

»Ich bin gleich wieder da«, meinte Roy, während ich an die Bücherregale trat.

Da lag ein Messingobjekt, das ich für ein Senklot hielt, aber ich war mir nicht ganz sicher, wie ein Senklot eigentlich aussah. Daneben stand ein gerahmtes Foto von Roy mit etwa Anfang zwanzig und zwei älteren Männern, die beinahe Zwillinge hätten sein können. Die Familienähnlichkeit zwischen den dreien war offensichtlich.

»Das ist mein Vater«, sagte Roy, der hinter mich trat und auf den Mann links zeigte. »Und das ist Onkel Chet.«

»Diese Cummings-Augen«, bemerkte ich und drehte mich zu Roy um. »Die habt ihr alle. Sie sind so blau.«

Wir setzten uns, Roy auf eine Seite des Sofas und ich in einen Sessel ihm gegenüber. Er hatte ein Holzkästchen in der Hand, etwas kleiner als ein Schuhkarton. Es war seidenmatt lackiert, und die Oberfläche sah aus wie Zedernholz.

»Als mein Onkel starb«, begann er, »hat er viele Dinge hinterlassen – Kleidung, persönliche Gegenstände …« Er lehnte sich auf dem Sofa zurück. »Aber damals wollte ich die Sachen einfach nicht durchsehen. Ich war zu mitgenommen. Und davon abgesehen, dachte ich mir, es besteht auch kein Grund zur Eile.« Er schaute auf das Kästchen in seiner Hand. »Doch neulich, nachdem du hier warst, und ich dich auf der Leiter erwischt habe …«, ich blickte verlegen zu Boden, »… und ich dir von dem Jachthafen erzählt habe … also, ich erinnerte mich wieder daran, dass mein Onkel ein paar alte Fotos von uns beiden hatte, die dort aufgenommen wurden. Ich musste an dich denken und an all die Dinge, die du über deine Großmutter herausgefunden hast, und ich dachte mir, wenn Ellen das kann … Jedenfalls beschloss ich, mir die Fotos anzuschauen. Und ich habe sie auch gefunden.« Er zögerte einen Moment. »Aber ich habe auch noch etwas anderes gefunden.«

Er reichte mir das Kästchen. »Mach es auf.«

Ich klappte den Messingverschluss hoch und öffnete den Deckel. Der Duft von Zedernholz schlug mir entgegen. In der Schatulle lag ein Stapel Briefe, zusammengebunden mit einem brüchig wirkenden Stück Schnur.

Die Ecken der Kuverts waren zerknittert und verschlissen, das Papier verblichen, hellbraun oder sogar leicht orange angegilbt. Einige der Poststempel waren noch erkennbar. Sie wirkten wie winzige Kunstwerke und waren in gedeckten Blau-, Rot- oder Grüntönen aufgedruckt, mit Motiven, die weich, fast unscharf wirkten. Große runde Rücksendestempel zeigten, dass die Kuverts mehr als einmal verschickt worden waren.

Der Umschlag ganz oben auf dem Stapel trug eine lilabraune Drei-Cent-Briefmarke. Auf dem Kuvert stand der Name Ruth Goddard zusammen mit einer Adresse in Chicago. Die Füllertinte, die wohl einmal blau oder schwarz gewesen sein musste, war zu einem erdigen Braun verblichen, aber die Handschrift wirkte noch immer akkurat, kompakt und markant.

Ich fuhr mit dem Finger sanft über das Papier. »Von deinem Onkel an meine Großmutter.«

Roy beugte sich näher zu mir. »Ich wollte sie nicht ohne dich lesen.« Er langte rüber und löste vorsichtig die Schnur. Sie zerbröselte zwischen seinen Fingern.

Ich nahm den obersten Umschlag. Das Papier fühlte sich dünn und trocken an. Auf der Klappe hinten stand der Name Chet Cummings über einer Adresse aus Beacon. Ich sah mir all die anderen Briefe an. Sie waren alle an meine Großmutter in Chicago adressiert und waren alle von Chet Cummings. Keiner war geöffnet worden. Auf jedem Umschlag hatte Gran ihren Namen durchgestrichen und in ihrer geschwungenen Handschrift »Rücksendung« geschrieben.

Ich sah Roy an und spürte Traurigkeit in mir aufsteigen. »Die alle hat er ihr geschrieben …«

Roy nickte.

»Vom zweiten Dezember 1950«, murmelte ich, nachdem ich die Rücksendestempel angeschaut hatte, »bis zum neunten Juli 1951. All diese Briefe, und sie hat keinen einzigen davon geöffnet.«

»Sieht ganz so aus.«

Roy hatte gesagt, er wolle diese Briefe lesen, aber ich

war nicht ganz so sicher, ob ich das könnte. Das mussten Liebesbriefe sein. Ich bekam ein mulmiges Gefühl in der Magengrube.

»Meinst du wirklich, wir sollten das lesen?« Ich stellte die Schatulle auf den Couchtisch. »Das sind alles intime Gedanken, von deinem Onkel an meine Großmutter gerichtet.«

»Ja«, sagte Roy mit so viel Inbrunst, dass es mich fast erschreckte. »Ich finde, wir sollten sie lesen.«

Er ging zu einem der Fenster, starrte hinaus und fuhr sich mit der Hand durchs Haar. »Ich sage ja nicht, dass mir völlig wohl dabei ist. Ja, es fühlt sich an, als würden wir seine Privatsphäre verletzen … aber, Ellen, schau, deine Großmutter hat dich in diese Sache hineingezogen, und jetzt hat mir mein Onkel die Briefe hinterlassen und mich ebenfalls mit hineingezogen. Und wir müssen damit umgehen, ihnen zuliebe und uns zuliebe, und dann nach vorne schauen. Was auch immer mit ihnen geschehen ist, wir alle müssen das hinter uns lassen.«

Ich dachte über seine Wortwahl nach. Wir *alle* müssen das hinter uns lassen. Wir alle, unsere Vorfahren eingeschlossen, die uns, wie Roy es ausgedrückt hatte, da mit hineingezogen hatten. Was er sagte, machte durchaus Sinn. Ich fragte mich, ob ich vielleicht, ohne dass es mir bewusst war, angefangen hatte, etwas von der Last meiner Großmutter auf meinen Schultern zu tragen, seit ich hatte feststellen müssen, dass ich den Brief an Chet nicht mehr überbringen konnte. Er hatte recht.

»Okay«, sagte ich, »wenn das so ist, solltest du anfangen.«

Roy nahm das oberste Kuvert, das mit dem ältesten

Rücksendedatum und schob den Finger unter die Lasche. Er zog einen einzelnen Briefbogen heraus, der einst weiß gewesen sein musste, nun aber einen warmen bräunlichen Ton angenommen hatte. Er faltete das Blatt auseinander, glättete die tiefen Knicke, und während ich nervös auf der Stuhlkante saß, fing er zögerlich zu lesen an.

2. Dezember 1950

Liebe Ruth,
ich befinde mich noch immer in einem Schock, seit ich von meinem Besuch bei Dir in Chicago zurück bin. Es ist eine Sache, etwas in einem Brief zu lesen, und eine andere, es persönlich zu hören. Ich kann nicht glauben, dass Du ihn liebst. Ich kann verstehen, dass Dir seine Aufmerksamkeit vielleicht schmeichelt. Er ist Medizinstudent. Eines Tages wird er Arzt sein. Er ist ganz anders als die Leute, die Du bisher kanntest. Und Du bist zum ersten Mal in Deinem Leben von zu Hause fort. Aber bitte höre noch einmal in Dein Herz, ob das auch wahr ist.
Kannst Du dem, was wir beide hatten, so leicht den Rücken kehren? Kannst Du die letzten drei Jahre wirklich vergessen? Wir sind uns so ähnlich, Du und ich. Wir kommen vom selben Ort, wir wollen die gleichen Dinge. Ich weiß, was Du denkst, noch bevor Du es weißt. Kannst Du das auch von Henry sagen? Wie könnte er Dich so gut kennen wie ich? Oder Dich so lieben, wie ich Dich liebe?

Was Du für eine Liebesgeschichte hältst, kann auch nichts weiter als eine einfache Schwärmerei sein, die sich in ein paar Monaten abgenutzt hat. Du und ich, wir haben gemeinsame Erinnerungen. Wir haben eine Vergangenheit – die Farm und die Blaubeeren im Sommer, wie wir auf der Veranda hinterm Haus Deiner Eltern zusammen Radio gehört haben, Deine Staffelei und die Farben unter der Eiche bei der Scheune. Bitte setz all das nicht aufs Spiel. Nimm Dir Zeit und denk darüber nach. Tu nichts, was Du vielleicht bereuen könntest. Das ist alles, worum ich Dich bitte. Vergiss nicht, es gibt niemanden, der Dich mehr liebt als ich.

Chet

Ich atmete tief durch. Es fühlte sich komisch an, Roy einen Brief vorlesen zu hören, den sein Onkel an meine Großmutter geschrieben hatte. Es gab mir das Gefühl, mich in meine Großmutter hineinversetzen zu müssen – mich für ihre Weigerung, Chets Gefühle zu erwidern, entschuldigen zu müssen. Aber ich war nicht meine Großmutter, und Roy war nicht sein Onkel, also wozu das alles?

»Mein Onkel war nicht der Typ, der leicht aufgab«, bemerkte Roy, steckte den Brief zurück in den Umschlag und reichte mir den nächsten.

Der zweite war weniger als eine Woche nach dem ersten geschrieben worden. Chet bat meine Großmutter wieder, sich Zeit zu lassen mit der Entscheidung, und schrieb ihr, wie sehr er sie liebte. Dann beschrieb er sein Leben in diesem Winter in Maine.

Gestern habe ich George Cleary und Ruby Swan gesehen, wie sie einen Schlitten den Hubbard Hill hinaufgezogen haben, und musste an Dich denken. Ich musste an den letzten Winter denken, als Du und ich zusammen auf denselben Hügel gestiegen sind, der frische Schnee knirschte unter unseren Füßen und unser Atem bildete Wolken in der Luft. Es ist kalt hier ohne Dich. Die Blaubeersträucher sind von Eis überzogen und die ganze Nacht heult der Wind wie ein hungriges Tier. Du fehlst mir. Ich liebe Dich.

»Das ist wunderschön«, wisperte ich, und meine Augen wurden feucht.

Wie, fragte ich mich, hatte sie diese Briefe nicht lesen können? Wie hatte sie sie nicht beantworten können? Chet tat mir schrecklich leid. Ich wünschte, ich könnte ihre Seelen heraufbeschwören, sie miteinander sprechen lassen und sie all die Dinge sagen lassen, die sie sich hätten sagen sollen, als sie noch gelebt hatten.

»Ich wusste gar nicht, dass mein Onkel so poetisch veranlagt war«, sagte Roy und sah kurz zu mir hinüber. »Er hat deine Großmutter auf jeden Fall geliebt.«

Ich nickte, weil ich nicht wusste, was ich sagen sollte. Ich reichte ihm den nächsten Brief, der im Januar 1951 verfasst worden war.

Ich habe über die Weihnachtstage überall in der Stadt nach Dir Ausschau gehalten. Ich hatte gehofft, Du würdest heimkommen, und ich könnte Dich kurz zu sehen bekommen, wie Du im Studebaker Deines Vaters herumfährst, oder Dich beim Eislaufen am Weiher treffen. Dann habe ich gehört, dass Du nach Kalifornien gefahren bist, um Weihnachten mit Henrys Familie zu verbringen. Das hat mir erneut das Herz gebrochen. Der Winter ist so lang ohne Dich.

Zwei Wochen später schrieb er:

Dein Bild hängt jetzt an der Wand des Cafés. Es wirkt gut dort. Die Leute beachten es und reden darüber, wie Du den Kunstpreis gewonnen hast. Ich bin froh, dass Du das Bild im Sommer gemalt hast. Es hilft mir, mich daran zu erinnern, wie dieser Ort ohne all den Schnee ist.

Im Februar schrieb Chet meiner Großmutter, dass er von ihrer Verlobung mit meinem Großvater gehört hatte. »Ich frage mich, wie ich weitermachen soll«, schrieb er, »mit dem Wissen, dass Du seine Frau wirst – dass er dort ist, wo ich mich sehne zu sein.«

Im Mai schrieb er einen Brief aus Vermont.

Ich bin hierhergezogen, weil ich aus Beacon wegmusste. Mein Cousin Ben hat mir einen Job in einem Sägewerk besorgt. Obwohl nun endlich der Frühling ausgebrochen war, konnte ich es nicht mehr ertragen, in der Nähe der Farm zu sein. Ohne Dich ist all ihre Schönheit verschwunden, und was mich einst mit diesem Land verbunden hat, ist mir abhanden gekommen. Da sind nur noch schmerzliche Erinnerungen. Mein Vater versteht es nicht. Er beharrt noch immer darauf, dass ich die Farm weiterführe. Er sagt, er werde langsam zu alt, und es sei an der Zeit, dass ich übernehme. Aber das war nie der Plan. Du und ich, wir wollten das gemeinsam machen. Ist es nicht seltsam, wie etwas, das einem immer so wichtig erschienen ist, plötzlich so bedeutungslos werden kann? Ich habe gehört, dass Du aus Chicago wegziehst und dass Du nächsten Herbst an der Universität von Kalifornien studieren wirst. Es macht mich traurig zu wissen, dass Du dann noch weiter weg sein wirst. Ich habe auch gehört, dass Du mit dem Malen aufgehört hast. Wenn das wahr ist, ist es ein schrecklicher Fehler. Du bist so talentiert, Ruth. Hör niemals mit dem Malen auf.

Als Roy zu Ende gelesen hatte, schmerzte mir das Herz, wenn ich an Chet dachte. Gran hatte jeden seiner Briefe ignoriert, und am Ende hatte er wegen ihr seine Farm und seine Heimatstadt verlassen. Ich nahm Roy den Brief aus der Hand und las ihn noch einmal stumm.

»Ich weiß jetzt, was meine Großmutter in ihrem Brief gemeint hat«, sagte ich schließlich. »An der Stelle, wo sie schreibt, dass dein Onkel die Sache aufgegeben hat, die er am meisten geliebt hat.« Ich sah Roy an. »Das war die Farm.«

Er nickte. »Ja.« Seine Stimme war ganz leise. »Ich denke, du hast recht.«

Wir saßen einen Moment lang da, starrten beide auf die Schatulle aus Zedernholz, und dann holte Roy den letzten Brief heraus und öffnete ihn.

9. Juli 1951

Liebe Ruth,

ich habe Dich letzte Woche in Beacon gesehen. Ist es nicht seltsam, dass wir beide zur selben Zeit in der Stadt waren? Ich war dort, um meiner Mutter beim Ausräumen des Hauses zu helfen. Ich weiß nicht, ob Du es gehört hast, aber sie haben die Farm verkauft. Ich habe Dich mit Henry auf der Ufermauer sitzen sehen. Du hast seine Hand gehalten. Zuerst habe ich Dich bloß von hinten gesehen, aber ich wusste sofort, dass Du es bist. Ich kenne jede Welle Deines Haares, den Umriss Deines Gesichts, die Haltung Deines Kopfes. Ich habe Dich eine Weile beobachtet. Du hast Dich zu ihm gedreht und gelacht. Du hast den Kopf an seine Schulter gelegt. Er zeigte auf etwas. Ich glaube, es war ein fliegender Fisch. Ich habe euch beiden eine Weile zugesehen, und dann habe ich dem

Mädchen, das ich einst kannte, Lebewohl gesagt. Monatelang habe ich gedacht, dass ich es nicht überleben könnte, wenn ich Henry jemals sehen würde, oder Dich mit ihm. Aber so war es nicht. Vielleicht weil Du so glücklich ausgesehen hast. Ich habe mich darüber gefreut. Denn ich wollte immer, dass Du glücklich bist. Und vielleicht auch deshalb, weil ich jetzt begriffen habe, dass Du, als Du Beacon verlassen hast, Deine Bestimmung gefunden hast.

Chet

Ich fing zu weinen an, Tränen liefen mir die Wangen hinunter. »Ich finde es schrecklich, dass sie das nie gelesen hat. Ich wünschte, ich könnte für sie um Verzeihung bitten.«

Roy ließ den Brief sinken. »Ellen, du musst niemanden um Verzeihung bitten. Das hat deine Großmutter bereits getan. Sie hat einen Brief geschrieben. Sie hat dich hierhergeschickt, um ihn zu überbringen. Sie wollte die Dinge geraderücken.« Er beugte sich ein bisschen weiter vor. »Wenn du die Wahrheit wissen willst, dann ist *sie* es, die mir leidtut.«

Ich wischte mit der Hand eine Träne weg. »Wirklich?«

»Ja«, sagte er. »Sie hat noch immer an meinen Onkel gedacht, als sie im Sterben lag. Hat das nicht etwas zu bedeuten? Dass sie sich bis zuletzt schrecklich deswegen gefühlt hat. Sie hat das all die Jahre mit sich herumgeschleppt. Das ist furchtbar.«

So hatte ich das noch gar nicht gesehen. Ich fragte mich, wie viel Zeit ihres Lebens sie diese Geschehnisse vor mehr als sechzig Jahren beschäftigt hatten. »Vielleicht hast du recht… Aber warum musste es so kompliziert sein?«

Roy schüttelte den Kopf und zuckte leicht mit den Schultern. »Ich weiß nicht. Weil die Liebe eben kompliziert ist, schätze ich.« Er legte die Briefe zurück in das Kästchen. »Weißt du, was wirklich traurig ist? Überleg mal – was hat sie schon Schlimmes getan?«

Er schaute mich so intensiv an aus seinen blauen Augen, die wie pulsierende Sterne funkelten, dass ich das Gefühl hatte, er könnte mir direkt in die Seele sehen. Ich senkte den Blick.

»Sie hat sich in jemand anderen verliebt, Ellen. Das passiert. Ich will damit nicht sagen, dass der Schmerz meines Onkels nicht schrecklich war, aber so ist das Leben. Er hat weitergemacht. Er hat meine Tante geheiratet. Manchmal wenden die Dinge sich zum Guten, weißt du.« Roy legte die Hand auf meinen Arm. »Lass es uns dabei bewenden. Sie haben ihren Frieden miteinander geschlossen.«

»Du hast recht«, stimmte ich ihm zu und prägte mir das Gefühl seiner Hand ein. »Sie haben ihren Frieden miteinander geschlossen.«

Ich steckte den Zündschlüssel ins Schloss, blieb aber wie betäubt vor Roys Garten im Auto sitzen. *Sie hat sich in jemand anderen verliebt… das passiert.* Hatte er da nur von meiner Großmutter gesprochen oder auch von mir?

Ich blickte zurück zum Haus. Glaubte Roy, ich sei in ihn verliebt? Glaubte er das wirklich? Ich umklammerte den Schalthebel mit der Hand.

Aber das war ich nicht… oder?

18

Zurück im Antler

Ich saß mit tropfnassen Haaren in ein Handtuch gewickelt auf dem Bett im *Victory Inn* und dachte noch immer über meine Großmutter und Chet und die Briefe nach. Roy hatte recht. Es war an der Zeit, es hinter sich zu lassen. Sie hatten Frieden geschlossen. Der Wecker auf dem Nachttisch zeigte zehn vor sechs. Hayden war nun schon seit Stunden mit den Leuten von der *New York Times* unterwegs, aber als ich unter der Dusche war, hatte er wenigstens eine Nachricht hinterlassen und gesagt, dass er auf dem Weg hierher war.

Ich nahm ein Fläschchen Nagellack, schüttelte es und begann damit, mir den roten Lack auf die Nägel meines linken Fußes aufzutragen, während ich die Pläne für heute Abend durchging. Hayden und ich würden erst unten in der Lounge Cocktails mit meiner Mutter trinken gehen. Dann würden er und ich zu Abend essen, an einem lauschigen kleinen Tisch, den ich im Speisesaal für uns reserviert hatte, und danach würden wir oben auf dem Zimmer Champagner trinken. Es war mir gelungen, Paula dazu zu bringen, ein paar Kerzen herauszurücken, und ich hatte bereits eine Flasche *Dom Pérignon* in einem Eiskübel kaltgestellt. Ich hätte eine 1996er Auslese bevorzugt, hatte mich dann aber doch für einen 98er entschieden, weil das alles war, was sie in der *Winery* dahatten. Alles war vorbereitet. Wir würden unser Abendessen genießen, den Champagnerkorken knallen lassen, uns ein bisschen betrinken und ein bisschen romantisch werden. Es klang alles ziemlich gut. Es klang …

»Ah super, ich sehe, du machst dich schon fertig.«

Ich blickte auf und sah Hayden ins Zimmer gefegt kommen.

»Wir treffen uns mit Jim und Tally zum Abendessen«, keuchte er und warf einen Blick auf die Uhr. »Um sieben.«

»Mit wem?« Ich drehte den Deckel auf das Nagellackfläschchen.

Er legte den Autoschlüssel auf der Kommode ab. »Der Journalist und die Fotografin von der *Times*. Ich habe ihnen gesagt, dass wir zusammen essen gehen.«

»Heute?« Er konnte doch nicht heute meinen. Nicht den einen Abend, an dem ich mit ihm allein sein wollte, allein mit ihm sein *musste*.

Hayden machte die Schranktüre auf. »Tut mir leid, Schatz. Ich weiß, dass ist jetzt sehr kurzfristig, aber sie wollen dich unbedingt kennenlernen, und sie hatten noch keine Pläne für heute Abend, also … ach, übrigens, Paula hat mir gesagt, dass deine Mutter hier ist. Das ist ja eine Überraschung!«

»Ja, Mom ist gekommen. Sie hat sich mal wieder Sorgen gemacht, weil ich sie nicht zurückgerufen habe. Du weißt ja, wie sie …«

»Wir nehmen sie mit«, unterbrach er mich und legte eine Hose und ein Hemd aufs Bett.

Ich drehte mich zu ihm um. »Ach, Hayden, ich hatte gedacht, wir könnten heute vielleicht hier essen. Du weißt schon, so ein nettes, ruhiges Abendessen im Speisesaal … nur wir zwei. Wir verbringen doch schon morgen den ganzen Vormittag mit ihnen bei dem Fototermin und dem Interview. Und ich habe uns eine Flasche *Dom* besorgt.«

Er setzte sich zu mir aufs Bett und legte mir den Arm um die Schultern. »Schatz, das sind einfach die Dinge, die wir tun müssen. Ich habe ihnen versprochen, dass wir gemeinsam ausgehen. Sie wollen unbedingt etwas vom Ort sehen.« Er strich mir mit der Hand über die Wange. »Den Champagner trinken wir dann einfach, wenn wir wieder zurück sind. Und abgesehen davon«, fügte er hinzu, während er anfing, sich umzuziehen, »rate mal, wo Tally, die Fotografin, aufgewachsen ist?«

»Keine Ahnung, Hayden.«

Ist mir auch vollkommen egal, dachte ich, während ich den Nagellack erneut schüttelte und anfing, die zweite Schicht aufzutragen. Warum diktierten uns diese Leute das komplette Abendprogramm?

Hayden schnallte seinen Gürtel zu. »In derselben Straße in Locust Valley, wo mein Onkel Greer wohnt. Sie kennt sogar meine Cousine Debbie.«

Er verschwand im Bad, bevor ich etwas darauf sagen konnte. Ich konnte sehen, wie er sich vor dem Spiegel die Haare kämmte.

»Ach, du wirst Jim und Tally mögen«, rief er, als er sich

das Hemd zuknöpfte. »Und es ist ja bloß ein Abend. Sie haben sich ein Lokal ausgesucht, das *The Anchor* heißt.« Er drehte den Wasserhahn auf.

The Anchor. »Ich hoffe, es ist nicht so weit weg«, brummte ich. »Ich bin wirklich nicht zu einer langen Fahrt aufgelegt.« Vielleicht, wenn wir es schnell genug über die Bühne brachten, ließe sich noch ein halber romantischer Abend reinquetschen.

»Ich glaube, sie haben gemeint, es sei in Beacon.«

Ich dachte einen Moment lang nach, den Nagellackpinsel in der Hand. »*The Anchor*? Sagt mir nichts.« Das bedeutete, es konnte auch dreißig Kilometer weg sein. Das gefiel mir gar nicht.

»Oh, vielleicht war es auch nicht *The Anchor*, sondern etwas Ähnliches.« Er schwieg einen Moment. »*The Antler*? Ja, ich glaube das war's.«

Der Pinsel fiel mir aus der Hand und hinterließ einen hellroten Klecks Nagellack auf meinem Knöchel.

Auf keinen Fall würde ich noch mal ins *Antler* gehen! Ich konnte unmöglich *dorthin*. Was, wenn mich der Barkeeper wiedererkannte? »Ich habe gehört, dort soll das Essen nicht besonders sein«, wandte ich ein und versuchte, den Fleck mit dem Finger wegzuwischen. »Warum versuchen wir nicht ein anderes Lokal?«

»Tally will unbedingt dorthin«, meinte Hayden, während er in den Badezimmerspiegel schaute und noch einmal an seinem Scheitel herumnestelte.

Schon wieder Tally. Warum bestimmte sie eigentlich, wo's langging?

Er drehte sich zu mir um. »Sie meinte, sie möchte etwas

von der hiesigen Atmosphäre einfangen, und das *Antler* scheint dafür gut geeignet zu sein.«

Die hiesige Atmosphäre. Was glaubte sie denn, wer sie war, eine Ethnologin wie Margaret Mead?

Ich sah ein, dass ich auf verlorenem Posten kämpfte. »Ja, na gut«, murmelte ich und versuchte, mir einzureden, dass ich mir keine Sorgen zu machen brauchte. Schließlich mussten sie hier ja wohl mehr als nur einen Barmann haben. Vielleicht hatte Skip ja heute seinen freien Abend.

Ein Plakat am Eingang des *Antler* verkündete LIVE-MUSIK VON DEN RIPCORDS & KARAOKE-ABEND! Meine Mutter folgte Hayden hinein, und ich folgte meiner Mutter. Sie hatte ihren Country-Club-Aufzug gegen eine Baumwollhose und eine Tunika mit indischem Muster eingetauscht, die ich noch nie an ihr gesehen hatte, und auch ihre goldenen Armreifen hatte sie abgelegt und durch ein einfaches Perlenarmband ersetzt.

Noch bevor sich meine Augen an das schummrige orangene Licht gewöhnt hatten, hörte ich, dass der Laden voll war. Alles lachte und rief durcheinander, und das beständige Summen von Unterhaltungen umgab uns.

Hayden sah mich an. »Ganz schön voll für einen Dienstagabend.«

Ich biss mir auf die Lippe und nickte.

»Siehst du die Leute, die wir treffen, schon?«, fragte meine Mutter.

Hayden sah sich um. »Nein, aber lasst uns mal nach hinten durchgehen. Wir finden sie schon.«

Wir kamen an überfüllten Tischen voller Essen und

Krügen mit Bier vorbei. Auf halbem Weg durchs Lokal bildete ich mir ein, jemanden das Wort *Schwimmerin* sagen gehört zu haben. *Jetzt werd nicht paranoid*, ermahnte ich mich selbst, während wir uns an Menschentrauben vorbeidrängten.

Jemand rief Haydens Namen, und ein großer Mann Anfang vierzig winkte uns von einem Ecktisch aus zu.

»Kommt mit!«, rief Hayden. »Das ist Jim.«

Ich ging zu dem Tisch und musterte die Frau, die neben Jim saß. Plötzlich fühlte ich mich underdressed in meiner weißen Baumwollhose und dem sandfarbenen Pulli. Sie war groß und schlank, und in dem puderblauen Kleid, das die Farbe ihrer Augen unterstrich, erinnerte sie mich an einen schnittigen Sportwagen. Ihr kinnlanges Haar, sehr glatt und naturblond, sah aus, als wäre es erst frisiert und Strähne für Strähne in Form gepresst worden, so perfekt fiel es um ihr Gesicht.

Jim auf der anderen Seite schien das komplette Gegenteil zu sein – lässig in Khakihosen und einem Poloshirt, sein Haar verwuschelt, die Schildpattbrille saß etwas schief auf der Nase. Hayden stellte uns vor, und als Jim meine Hand schüttelte und lächelte, fiel mir auf, dass auch einer seiner Schneidezähne oben leicht schief war, was ihn sehr sympathisch wirken ließ.

Mom nahm neben Jim Platz, und Hayden und ich setzten uns auf die andere Seite des Tisches.

»Ich glaube, den Namen Tally habe ich noch nie gehört«, begann ich und wandte mich an die Fotografin. »Ist das ein Familienname?«

Tally lächelte und ließ ihre langen Wimpern klimpern.

»Nicht im herkömmlichen Sinne«, meinte sie. Ihre Stimmlage war tief und sie sprach langsam, als wähle sie jeden Gedanken aus einem seit Langem bewährten Repertoire. »Mein richtiger Name ist Sally, aber meine kleine Schwester hat mich immer Tally genannt, und das ist hängen geblieben. Du weißt ja, wie das ist.«

Da ich selbst nie Geschwister hatte, war ich nicht sicher, ob ich das wusste, aber ich nickte. »Hayden hat mir erzählt, du seist aus Locust Valley und ganz in der Nähe seines Onkels aufgewachsen.«

»Ja, bis ich ins Internat kam«, erwiderte sie. »Ich kannte seine Cousine Deborah.« Sie lächelte Hayden an. »Gute Tennisspielerin.«

»Ja, das ist sie noch immer«, bestätigte Hayden.

»Ich hab sie trotzdem bei den Clubmeisterschaften geschlagen«, sagte Tally mit einem strahlenden Lächeln.

»Tja, dann ...«, meinte Hayden mit einem Lachen. Er wandte sich an Jim. »Warst du schon mal hier?«

»Meinst du in Maine oder in Beacon?«, fragte Tally und ignorierte die Tatsache, dass Hayden die Frage eigentlich an Jim gerichtet hatte. »Oder«, flüsterte sie mit einem leisen Lächeln auf den Lippen, »hier im *Antler*?«

»Maine oder Beacon«, sagte ich und sah erst Tally, dann Jim und dann meine Mutter an, die ein höfliches Lächeln aufgesetzt hatte, die aber, das wusste ich, genau mitbekam, was hier passierte.

Tally legte ihre langen manikürten Finger um den Stiel ihres Weinglases. »Meine Familie hat ein kleines Häuschen in Kennebunkport, also kenne ich Maine ein bisschen, aber ich war noch nie in Beacon.«

Jim lachte. »Ein *kleines* Häuschen in Kennebunkport?« Er stieß einen leisen Pfiff aus.

Tally stieß ihn mit dem Ellenbogen an. »Fang nicht wieder damit an.«

Jim fischte eine Olive aus seinem Martiniglas und steckte sie sich in den Mund. »Na ja, auf jeden Fall ist es nicht klein. Ich denke, da sind wir uns einig.«

Tally winkte ab und rückte dann ihre goldene Halskette zurecht, sodass der Anhänger, ein Segelboot, gerade auf ihrer Haut auflag.

»Das muss hier ein beliebter Laden sein«, warf meine Mutter ein und sah zur Bar hinüber, um die sich in zwei Reihen die Leute drängten.

Jim erhob sein Martiniglas. »Gut, dass ich reserviert habe.«

Hayden sah sich um, beäugte die Laternen, die Sepia-Fotos von Beacon, wie es früher war, die lackierte Bar. »Ja, das war gut«, meinte er mit etwas bestürztem Gesicht, als er die Elch- und Hirschköpfe an den Wänden erblickte.

Eine Kellnerin stürzte sich mit einem Stapel Speisekarten und einem Bestellblock auf uns. Sie hatte einen Stift hinterm Ohr. »Skip, der *Baa-keepah* hat gesagt, ich soll dir und deinen Freunden eine Runde Getränke aufs Haus bringen.« Sie grinste mich an. »Schließlich bist du hier eine Berühmtheit.«

Ich drehte mich zur Bar und bekam mit, wie Skip direkt zu mir rübersah. Er winkte und lächelte, Grübchen bildeten sich in seinen runden Wangen. »Hey, Schwimmerin! Willkommen zurück!«

Haydens Blick wanderte von Skip zu mir. »Wie hat er

dich genannt? Und warum gibt er uns eine Runde Drinks aus?«

Ich sah, wie Moms Gesicht einen Tick zu blass wurde.

Tally zog die Augenbraue hoch. »Du bist berühmt im *Antler*?« Sie stieß ein leises Lachen aus und beugte sich dann zu mir. »Und was genau muss man machen, um hier berühmt zu werden?«, säuselte sie fast flüsternd. Dann lächelte sie auf verschwörerische Weise, als wären wir alte Freundinnen, die ein Geheimnis teilten.

Ich schüttelte den Kopf und versuchte, wie beiläufig mit den Schultern zu zucken. »Ich schätze, ich sehe jemandem ähnlich.«

Hayden schaute wieder zu Skip und drehte sich dann zu mir. Er wollte gerade etwas sagen, als die Kellnerin dazwischenkam.

»Also, was soll's sein?«

Für den Bruchteil einer Sekunde sah ich einen Ausdruck in Haydens Augen, die Art von Ausdruck, den Leute bekommen, wenn sie argwöhnen, dass sie bei einem Witz außen vor sind, aber dann verschwand er wieder, und Hayden wandte sich an meine Mutter. »Warum fängst du nicht an, Cynthia?«

»Also gut«, sagte meine Mutter. »Ich nehme einen Bacardi Daiquiri.«

»Ich dachte, du hast aufgehört, Rum zu trinken«, flüsterte ich ihr ins Ohr, und ein beängstigendes Bild von meiner Mutter, die auf der Hochzeitsparty ihrer Nachbarin tanzt, flackerte vor meinem inneren Auge auf.

»Ach, ist schon okay«, raunte sie zurück und winkte ab.

»Aber gern«, flötete die Kellnerin und notierte es auf

ihren Block. Dann wandte sie sich an mich. Ich wollte gerade ein Glas Wein bestellen, als sie hinzufügte: »Hey, tut mir wirklich leid, dass ich den super Abend letzte Woche verpasst habe.« Sie sah mich bedauernd an. »Das Dartspiel und die Dead Presidents. Toll gemacht!«

Das Dartspiel und die Dead Presidents. Ich spürte, wie sich meine Kehle langsam zuschnürte.

»Dead Presidents?«, fragte Hayden. »Wer ist denn das? Eine Band?«

Die Kellnerin lachte. »Echt witzig, Kumpel! Du hast wirklich Sinn für Humor.« Sie klopfte Hayden auf den Rücken. Er hustete und drehte sich dann erschrocken zu mir.

Die Kellnerin legte Untersetzer vor uns hin. »Ihr wisst schon, dass ihr hier ein Naturtalent vor euch habt?«, sagte sie vornehmlich an Hayden gerichtet. »Sie ist echt gut! Wow!«

Hayden, Mom, Jim und Tally glotzten mich an. »Ein Naturtalent?«, fragte Jim lächelnd. »Was hat das alles zu bedeuten?«

Ich starrte die Kellnerin wütend an. »Ich glaube, Sie verwechseln mich mit jemand anderem.«

Sie sah zur Bar rüber. »Aber Skip meinte, du wärst …«

Ich hob abwehrend die Hand. »Ja, ich weiß, aber ich glaube, Skip braucht 'ne Brille.«

»Er trägt Kontaktlinsen.«

»Tja, dann eben neue Kontaktlinsen.«

»Er hat gerade erst neue Kontaktlinsen bekommen.«

»Dann eben *irgendwas*«, schnaubte ich, jetzt vollkommen aus der Fassung gebracht. Das Letzte, was ich gebrauchen konnte, war, dass Hayden herausfand, was passiert war, und sie war drauf und dran, mich auffliegen zu lassen.

»Hören Sie, können wir jetzt einfach unsere Bestellung aufgeben?«, sagte ich. »Ich hätte gerne eine Cola Light, bitte.« Auf keinen Fall, würde ich etwas mit Alkohol nehmen. Ich musste jetzt alle Sinne beisammen haben. So viel war sicher.

»Ja, in Ordnung.« Die Kellnerin schüttelte den Kopf, murmelte etwas, nahm die Bestellungen auf und ging.

Hayden beugte sich zu mir. »Hat sie gerade gesagt, du wärst besser ertrunken? Was um alles in der Welt redet sie da?«

»Hayden, ich glaube, dein Gehör lässt nach. Und du bist noch keine vierzig.« Ich zwang mich zu einem Lächeln.

Jim lachte, aber Hayden sah mich weiter eindringlich an, so als wüsste er, dass etwas nicht in Ordnung war. Plötzlich hatte ich das Gefühl, die Temperatur wäre um zwanzig Grad gestiegen. Ich spürte, wie mein Gesicht rot anlief, und jetzt sahen mich auch noch alle am Tisch an, warteten darauf, dass ich noch etwas dazu sagte, aber mein Mund wollte sich nicht bewegen.

Dann geschah ein Wunder. Die Hintertür ging auf, und die Bandmitglieder versammelten sich. Sie trugen Gitarren, Schlagzeug, ein Keyboard und einige andere Instrumente herein, und das ganze Restaurant applaudierte und johlte.

»Die scheinen hier berühmt zu sein«, meinte Hayden verdutzt.

»Hoffen wir, dass sie auch einigermaßen gut spielen«, seufzte Tally und reckte das Kinn leicht nach oben, als würde sie etwas darauf balancieren. »Wir sind hier ziemlich fernab der Zivilisation.«

Die Band fing mit dem Soundcheck an, und ein paar Minuten später kehrte die Kellnerin mit unseren Getränken zurück und ging dann um den Tisch herum, um unsere Essensbestellungen aufzunehmen.

Ich hatte noch nicht einmal in die Speisekarte geschaut, aber es gab zwei Dinge, an die ich mich noch von meinem letzten Besuch hier erinnerte: Hackbraten und Hummer. Ich wollte nicht wieder den Hackbraten nehmen, also platzte ich heraus: »Zwei Hummer mit geschmolzener Butter. Ach, und Pommes.« Ich klappte die Karte zu und legte die Hände in den Schoß.

Hayden quollen fast die Augen aus dem Kopf. »Geschmolzene Butter? Pommes? Hast du den Verstand verloren? Ich dachte, du achtest immer so auf deinen Cholesterinspiegel, Ellen. Da brauchst du einen Arzt, noch bevor du dieses Lokal verlässt.« Er schüttelte den Kopf, starrte mich noch einen Moment lang an und wandte sich dann an Tally. Ich hörte, wie er sie etwas über Kennebunkport fragte.

Na, großartig, dachte ich. Ich nahm einen Schluck von meiner Cola Light und versuchte zu hören, was Tally sagte, aber es war unmöglich, denn in diesem Moment legte die Band mit einem Cover von Johnny Cashs »Ring of Fire« los. Mehrere Paare standen auf und fingen an zu tanzen, unter anderem ein Pärchen mit I ♥ MAINE-T-Shirts im Partnerlook. Ich sah zu, wie der Mann seine Frau über die Tanzfläche führte und ihr dabei hin und wieder auf die Füße trat. Die Band beendete »Ring of Fire« und ging zu Van Morrisons »Wild Night« über.

Jim beugte sich über den Tisch zu mir und fragte mich, wie lange wir geplant hätten, noch in Beacon zu bleiben. Ich versuchte, mich mit ihm zu unterhalten, aber es war schwierig, hin und her zu schreien, und nach einer Weile gab ich ihm zu verstehen, dass ich nichts hören konnte.

Ich schaute Richtung Tanzfläche, die sich in eine Menge aus im schummrigen Licht herumwirbelnden Körpern verwandelt hatte. Dann warf ich einen Blick zur Tür und sah Roy Cummings hereinkommen. Er trug eine blaue Windjacke und schob sich langsam durch die Menge, tippte von Zeit zu Zeit an seine Baseballkappe oder zeigte lächelnd auf jemanden.

Oh nein, dachte ich und spürte, wie mir ein Atemzug in der Lunge stecken blieb wie eine eingeschlossene Luftblase. Roy und Hayden gemeinsam an einem Ort. Das konnte nicht gut gehen.

Roy sah mich und winkte. Dann kam er zum Tisch. »Also, das ist ja eine Überraschung, Ellen.« Er tippte an seine Mütze. »Schätze, du bist schon ein echter *Antler*-Fan.«

Ich konnte Haydens Blick auf mir spüren. Ich sagte Hallo, stellte ihm Mom, Jim und Tally unbeholfen vor und schloss mit: »Du erinnerst dich sicher an Hayden.«

»Ja … die Golfplätze«, witzelte Roy und schüttelte Hayden die Hand.

Ich lachte nervös und blickte von Roy zu Hayden, während meine Mutter zu mir rüberschielte.

»Möchten Sie sich zu uns setzen?«, fragte Jim. »Wir können noch einen Stuhl heranziehen.«

Haydens Gesicht wurde starr.

»Nein, aber danke«, meinte Roy, »ich bin bloß auf eine Minute vorbeigekommen.«

»Jim und Tally sind von der *New York Times*«, erzählte ich, weil ich nicht wusste, was ich sonst sagen sollte.

»Von der *Times*?«, staunte Roy und wandte sich an Jim. »Sie sollten Scotty Bluff treffen. Er sitzt da drüben.« Roy zeigte durch den Raum. »Er ist der Herausgeber der *Beacon Post*, der Lokalzeitung hier.« Er sah flüchtig zu mir. »Ich glaube, Ellen kennt die Zeitung bereits.«

Ich spürte, wie mein Gesicht rot zu leuchten anfing.

Roy stützte sich auf meine Stuhllehne. »Hey, Ellen, kann ich eine Minute mit dir reden?«

Ich sah zu ihm hoch. Er hatte keine Bartstoppel mehr. Seine Wangen waren glatt rasiert. In seinen Augen lag ein Funkeln. »Ich weiß nicht. Ich habe Gäste hier und ...«

»Nur eine Minute.«

»Hayden, macht es dir was aus?«, flüsterte ich. »Es geht vermutlich um meine Großmutter und seinen Onkel.«

»Tu, was du tun musst«, antwortete er und legte seine Hand auf meine.

»Ich bin gleich zurück«, entschuldigte ich mich.

Ich folgte Roy, der uns einen Weg durch die Menge zur Tür bahnte. Draußen führte er mich die Straße hinunter, an einem halben Dutzend Läden vorbei, bis wir vor der *Schneiderei Frank* angekommen waren. Drinnen konnte ich Ständer voller Kleidung sehen, die in hauchdünnen Plastikhüllen auf Bügeln hingen: Röcke und Kleider in Sommerfarben und Männeranzughosen und Jacken. Im Schaufenster war ein altes Hochzeitskleid ausgestellt. Ich stellte mir unwillkürlich die Bäckerei vor, die dort so viele Jahre gewesen war, Kekse und Cupcakes in Körbchen auf der Theke – die Verheißung von etwas Warmem, Köstlichem, sobald man die Tür öffnete.

»Danke, dass du kurz mit rausgekommen bist«, sagte Roy.

»Ja, na ja, ich war etwas überrascht, dich im *Antler* zu sehen.« Das leichte Zittern in meiner Stimme war zurück.

Roy nahm die *Red-Sox*-Kappe ab und fuhr sich mit der Hand durchs Haar. »Das war kein Zufall. Ich habe dich im *Inn* gesucht.«

Ich dachte, ich hätte mich verhört. »Bitte?«

Er setzte die Kappe wieder auf und zupfte noch einmal leicht am Schirm. »Ich habe dich im *Victory Inn* gesucht.«

Er hat mich gesucht. Ich hatte das Gefühl zu zerfließen.

Drinnen im Laden flackerte eine Deckenleuchte und schickte einen sanften Schimmer nach draußen, wie Wetterleuchten. »Paula hat mir gesagt, dass du im *Antler* bist.«

Er hatte Paula nach mir gefragt. Er war dort gewesen, um mich zu finden. Er musste noch etwas von seinem Onkel gefunden haben, mehr über die Geschichte zwischen Chet und Oma.

»Warum hast du nach mir gesucht? Hast du noch mehr herausgefunden?«

Er schüttelte den Kopf. »Nein, das ist es nicht.« Er zögerte. »Ich fahre morgen früh weg. Ich werde ein paar Wochen unterwegs sein … Arbeit.«

Mein Herz sackte weg bei dem Gedanken, dass er fort sein würde. Er fuhr schon morgen früh los. Und ich würde morgen Nachmittag abreisen, sobald die Interviews und das Fotoshooting vorüber wären. Das bedeutete, dass ich ihn nie wiedersehen würde. Ich fühlte mich, als würde ich in einen tiefen Abgrund stürzen.

Roy lehnte sich an das Schaufenster. »Ich wollte unbedingt noch mal mit dir reden, bevor ich fahre«, sagte er, dann senkte er seinen Blick auf den Gehsteig und rieb sich den Nacken. Schließlich holte er eine kleine Tüte aus der Tasche seiner Windjacke und reichte sie mir.

Was auch immer darin war, es schien nicht besonders schwer.

»Mach es auf.«

Ich öffnete die Tüte und holte etwas Quadratisches, Kleines heraus. Als ich es ins Licht des Schaufensters hielt, erkannte ich, was es war, und mir blieb das Herz stehen. Es war ein Miniaturhaus aus Holz, kunstvoll gefertigt. Es war weiß angemalt mit himmelblauen Verzierungen und nicht größer als zwölf auf zwölf Zentimeter. Es hatte eine Rundumveranda, drei Schornsteine, zwei Gauben, Holzläden und Fenster aus echtem Glas. Ich hatte noch nie etwas so Kleines gesehen, das so schön und detailreich gestaltet war.

»Woher hast du das?«, fragte ich mit einer Stimme, die sich in einem Flüstern auflöste.

Roy lächelte. »Gefällt es dir?«

»Es ist wunderschön.« Fasziniert drehte ich es in der Hand und betrachtete es aus allen Winkeln.

»Ich habe es gemacht.«

Ich konnte es nicht glauben. So etwas konnte doch nur mit Pinzette und Zahnstocher gemacht sein, und mit einer Geduld, die ich mir gar nicht vorstellen konnte.

»Es ist unglaublich«, hauchte ich und bewunderte das

winzige Verandageländer und die rot angemalten Ziegel der Schornsteine.

»Ellen«, sagte Roy, während ich das Haus hochhielt und durch die Miniaturfenster hineinspähte. »Ich habe dir gesagt, dass, wenn ich je wieder die richtige Frau fände, ich ihr einen Palast bauen würde. Es ist nicht das Taj Mahal, aber es ist die Art von Palast, die ich für uns bauen könnte.«

Er hatte mir einen Palast gebaut. Er sagte mir, ich sei die Richtige. Ich sah ihn an, mit seinen Grübchen und seinem Lächeln, und er sah so gut aus und so zuversichtlich und so vollkommen.

Er strich mir mit der Hand über die Wange. »Ich habe mich in dich verliebt, Ellen. Das ist die Wahrheit. Ich bin in dich verliebt und ich will, dass wir zusammen sind. Ich weiß, dass ich dir ein gutes Leben bieten kann. Ich weiß, dass ich dich glücklich machen kann. Das ist ein Versprechen.«

Ich blickte hinunter auf das winzige Haus, das sich in meine Hand schmiegte. Wie konnte ich ihm sagen, dass ich etwas empfand? Dass ich natürlich etwas empfand. Dass ich einfach nicht aufhören konnte, an unseren gemeinsamen Tanz an dem Abend neulich im *Antler* zu denken. Dass, als er meine Hand genommen hat auf der Blumenwiese der Kenley Farm, ein Beben durch mich gegangen ist. Und dass – obwohl ich versuchte, mich davon zu überzeugen, dass meine Gefühle für ihn bloße Schwärmerei waren, weil er meinem Ego schmeichelte oder weil er mir das Leben gerettet hatte –, ich doch wusste, dass es etwas Elementareres war.

Aber ich hatte Hayden ein Versprechen gegeben. Und

die Dinge waren schon viel zu weit fortgeschritten. Ich konnte jetzt keinen Rückzieher mehr machen. Es war verrückt, überhaupt darüber nachzudenken.

Ich atmete tief durch. »Du bist ein netter Mann«, sagte ich. »Ein wirklich wunderbarer Mann. Du hast etwas an dir … einen Charme, der dich anders macht als alle Menschen, die ich sonst kenne.« Oh Gott, das klang alles so bescheuert. »Und ich weiß all das, was du gesagt hast, auch wirklich zu schätzen. Es ist wundervoll, wirklich wundervoll.« Ich hielt inne, um meine Gedanken zu ordnen. »Und dieses kleine Haus«, ich hielt es hoch, »es ist tatsächlich ein Palast. Es ist wirklich prächtig. Es ist wunderschön, und es verdient jemanden, der dich liebt und deine Träume mit dir teilt.« Ich schaute zu Boden. »Aber dieser Jemand bin nicht ich. Ich kann nicht mit dir zusammen sein.« Ich hielt meinen Verlobungsring hoch und ließ die Diamanten unter der Straßenbeleuchtung tanzen. »Ich bin mit Hayden verlobt. Ich werde in ein paar Monaten heiraten. Es ist schon alles geplant, und meine Mutter hat ihre Checkliste schon zur Hälfte abgearbeitet.«

Ich dachte an meine Mutter und wie sehr ich auch sie enttäuschen würde. Sie liebte Hayden. Und sie liebte die Vorstellung von mir und Hayden zusammen. »Mom hat schon alles durchgeplant«, fuhr ich fort, »und wenn wir wieder zurück in New York sind, schicken wir schon die Einladungen raus. Sie sind schon fertig gedruckt. Ich habe sogar eine in meinem Hotelzimmer liegen.« Ich zeigte in Richtung *Victory Inn*.

»Einladungen«, murmelte Roy und blickte an mir vorbei.

»Ja«, sagte ich und musste an die elfenbeinfarbene Karte denken, die am Badezimmerspiegel steckte – das Datum, die Uhrzeit, der Ort. »Es ist alles arrangiert«, meinte ich schließlich. »Alles endgültig.«

Roys Blick traf meinen, und ich konnte nicht wegsehen.

»Und Hayden ist ein guter Mensch«, fuhr ich hastig fort. »Er ist wunderbar, wirklich. Wir sind aus demselben Holz geschnitzt. Ich weiß, dass ich mit ihm glücklich werde.« Ich nickte energisch. »Und lass uns den Tatsachen ins Auge blicken, ich lebe in New York City. Das ist Hunderte von Kilometern entfernt. Und ich habe einen guten Job dort. Ich genieße ziemlichen Respekt für das, was ich tue.«

»Ich verlange doch nicht, dass du deinen Beruf aufgibst«, warf Roy ein. »Ich sage bloß, dass ich weiß, dass ich dich glücklich machen könnte, Ellen.«

Zwei Jugendliche auf Fahrrädern, ein Junge und ein Mädchen, radelten gemächlich an uns vorbei die dunkle Straße hinunter. Ich sah ihnen nach, bis sie um eine Ecke bogen.

»Schau«, fuhr ich fort. »Selbst wenn wir all das mal beiseiteschieben, du kennst mich doch überhaupt nicht. Und wenn du mich kennen würdest, dann würdest du mich sicher nicht mögen. Ich bin stur, und ich führe mich immer auf, als wüsste ich alles, und ich bin ziemlich anspruchsvoll, und nachts knirsche ich mit den Zähnen.«

Roy lehnte sich an die Wand der Schneiderei. »Das weiß ich doch schon alles«, entgegnete er. »Abgesehen von dem Zähneknirsch-Teil. Und wahrscheinlich weiß ich sogar viel mehr über dich, als du denkst. Ich hab sogar nachgesehen, was über dich auf der Website von *Winston Reid* steht. Das Foto ist übrigens ziemlich gut.«

Er hat im Internet nach mir gesucht. Er mochte mein Foto. Oh Gott, warum sagte er bloß immer weiter solche Dinge? »Das Foto ist schrecklich.«

»Nein, es ist gut«, beharrte er. »Wie alles andere über dich im Internet – ich hab alles gelesen. Ich habe alle Artikel gefunden, in denen du erwähnt wirst, und deine Fotos.«

»Meine Fotos?«

»Ja, die Fotos aus deinem Blog. Die Bilder, die du in Italien gemacht hast … die haben mir am besten gefallen. Die Art, wie du die Dinge siehst, Ellen …« Er schien nach Worten zu suchen. »Du hast eine gute Art, die Welt zu sehen, das ist wirklich besonders. Es ist schön. Es ist eine Gabe.«

Ich spürte, wie mein Herz schneller schlug. Am liebsten wäre ich ihm in die Arme gefallen. Ich wollte, dass er mich für immer festhielt und mir all diese Dinge wieder und wieder sagte.

Aber das konnte ich nicht tun. Ich würde bald heiraten.

»Roy«, sagte ich. »Du hast recherchiert. Du weißt das eine oder andere über mich, aber …«

»Nein, warte einen Moment.« Er kam einen Schritt auf mich zu. »Ich weiß *viel* über dich, Ellen.« Er hielt mich wieder mit seinem Blick gefangen, und ich konnte nicht wegsehen. »Ich weiß, dass du intelligent bist und witzig. Und ich weiß, dass du deine Familie sehr liebst. Das ist offensichtlich, wenn man hört, wie du von deiner Großmutter sprichst – du bist für sie hierhergekommen. Ich weiß außerdem, dass du loyal und zuverlässig bist, dass du nie jemanden enttäuschen willst, wenn du einmal dein Wort gegeben hast. Und du bist eine Künstlerin, genau wie deine Großmutter. Auch wenn die Fotografie im Moment bloß ein Hobby von dir ist, musst du damit weitermachen, weil du großartig darin bist.«

Er legte den Kopf schräg und sah mich verschmitzt an. »Und ja, du hast recht. Du läufst wirklich herum und denkst, du weißt alles. Das habe ich schon im Meer festgestellt. Selbst inmitten der Wellen da draußen wolltest du mich noch davon überzeugen, dass du keine Hilfe brauchst, weil du mal im Schwimmteam von Exeter warst.« Er lächelte, und ich konnte nicht umhin zurückzulächeln.

»Aber ich weiß, so bist du nur nach außen hin«, meinte er. »Und weißt du was?« Er hob mein Kinn an und blickte mir in die Augen. »Das liebe ich an dir. Ich liebe es, weil … na ja, weil ich dich liebe.«

Ich sah schnell weg, damit er die Tränen nicht sah, die mir in die Augen stiegen. Das Hochzeitskleid im Schaufenster verschwamm in einem Wirbel aus Seide und Spitze. Ich blinzelte und konzentrierte mich auf die winzigen Perlen, mit denen das Oberteil bestickt war, meterweise Stoff, gefertigt für einen märchenhaften Tag vor langer Zeit. Ich dachte über all das nach, was Roy zu mir gesagt hatte. Und dann sagte ich ihm, was ich glauben wollte.

»Hör zu, es tut mir leid. Es tut mir wirklich, wirklich leid, aber ich bin einfach nicht in dich verliebt, Roy. Vielleicht ist da eine kleine Schwärmerei. Vielleicht ein gewisses Interesse. Aber ich bin nicht in dich verliebt. Ich liebe Hayden.« Ich verstummte und zwang mich, ihm in die Augen zu sehen. »Und ich werde ihn heiraten.«

Roy hob sein Gesicht zum Mond, eine silberne Sichel am Himmel. Ich stand da, nicht sicher, ob ich wollte, dass er mir glaubte oder nicht. Schließlich wandte er seinen Blick wieder zu mir. »Nun, das ändert natürlich alles.« Er schob die Hände in die Hosentaschen. »Ich kann deine Gefühle nicht ändern, Ellen. Ich dachte, ich wäre ziemlich gut darin, Menschen einzuschätzen – ich habe wirklich gedacht, du fühlst etwas Ähnliches wie ich, sonst wäre ich heute nicht hergekommen. Aber jetzt sehe ich, dass ich mich getäuscht habe.«

Ich schwieg, und er sah mich noch einmal an.

»Tja, das war's dann wohl, schätze ich.« Seine Stimme klang verloren, seine Augen wirkten müde. Er griff in die Tasche seiner Windjacke und holte ein zusammengefaltetes blaues Blatt Papier heraus. Der Brief meiner Großmutter.

»Ich habe ihn bei mir getragen, aber jetzt denke ich, du solltest ihn wiederhaben.«

»Aber ich wollte, dass du ihn …«

»Nein, Ellen. Du solltest ihn haben. Es könnte das Letzte gewesen sein, was deine Großmutter je geschrieben hat.«

Ich streckte die Hand danach aus. Roy nahm sie, hielt sie einen Moment lang fest und ließ meine Finger dann durch seine gleiten. »Also, Schwimmerin, dann mach's gut.« Er nickte mir noch einmal zu, drehte sich um und ging die Straße hinunter.

Ich hörte seine Schritte auf dem Gehsteig. Ich schaute zu, wie er in seinen Pick-up stieg, und hörte das Schnurren des Motors. Ich sah ihn davonfahren, bis die roten Rückleuchten in der Dunkelheit verschwanden.

19

Das Geständnis

Ich eilte zurück ins *Antler*, und die Salzluft lag schwer auf meiner Lunge. Ich hatte das Richtige getan, das einzig Mögliche. Ich fühlte mich sicher. Ich machte die Tür auf und drängte mich wieder durch die Menge. Die Band spielte »Don't It Make My Brown Eyes Blue«, einen alten Song von Crystal Gayle. Die große Dunkelhaarige am Mikrofon machte ihren Job gut, in ihrer Stimme schwang Trauer, und ich hatte das Gefühl, ich könnte jeden Augenblick losheulen.

Mich langsam durch die Menge schiebend, gelangte ich zurück an den Tisch. Hayden unterhielt sich mit Jim und Tally. Ein Mann mit einem nach oben gezwirbelten Schnurrbart stand am anderen Ende des Tisches und plauderte mit meiner Mutter. Ich setzte mich neben Hayden.

»Also, was war los?«, fragte Hayden.

»Nichts Besonderes«, antwortete ich und versuchte, fröhlich zu klingen. »Es ging bloß um seinen Onkel. Und die Farm.«

»Die Farm?«, Hayden sah mich prüfend an. »Er ist hergekommen, um mit dir über die Farm zu reden?«

»Er wird ein paar Wochen weg sein.«

Hayden nahm einen Schluck Wein. Ich konnte sehen, dass er darüber ins Grübeln geriet. Ich spürte seinen Blick auf mir, der verriet, dass er sich fragte, ob da nicht mehr dran war. Bei einer eidesstattlichen Aussage würde er jetzt mit der methodischen Befragung der Zeugin beginnen.

Aus dem Augenwinkel bemerkte ich die Kellnerin und winkte sie heran. »Ich hätte gerne was zu trinken, bitte. Schnell.«

»Noch eine Cola?«

»Was für Scotch haben Sie?«

»Äh, mal sehen.« Sie begann die Namen mit den Fingern aufzuzählen. »Wir haben *Dewar's, J&B, Johnnie Walker*…« Sie ratterte noch ein paar andere herunter.

Hayden kniff die Augen zusammen. »Scotch, Ellen? Seit wann trinkst du bitte Scotch?«

»Seit jetzt«, sagte ich. »Ich nehme einen *Johnnie Walker Black.*« Und dann fügte ich noch hinzu, als wüsste ich, was ich tue. »Auf Eis.«

»Geht klar«, antwortete die Kellnerin, während sie ein paar leere Gläser einsammelte und davoneilte.

Hayden beugte sich zu mir. »Was ist denn bloß heute Abend mit dir los? Du wirkst wie eine Fremde. Die Leute hier verwechseln dich mit jemand anderem, du trinkst Scotch, isst Hummer und Pommes frites. Vielleicht bist du ja wirklich eine andere?«

»Vielleicht wäre ich das gern«, murmelte ich.

Er sah mich überrascht an. »Was meinst du?«

»Nichts«, seufzte ich und winkte ab.

Der Mann mit dem Schnauzbart trollte sich, und Mom setzte sich auf einen Stuhl mir gegenüber. »Ich habe gerade den Herausgeber der Lokalzeitung kennengelernt«, plapperte sie. »Wusstest du, dass er aus New Jersey hierhergezogen ist? Faszinierender Mann. Er will nachher mit mir Darts spielen.«

»Darts?«, fragten Hayden und ich wie aus einem Munde.

»Ja, Darts. Ihr wisst schon, mit einer Zielscheibe und Pfeilen.« Sie grinste wie ein kleines Mädchen und rieb sich die Hände. »Was für ein Spaß.«

Das war zu viel. Erst Roy Cummings' Liebeserklärung und dann noch meine Mutter, die Darts mit dem Herausgeber der *Beacon Post* spielen wollte. Als mein Scotch kam, nahm ich einen Riesenschluck und ließ ihn meine Kehle hinunterströmen. Ich musste husten, meine Lunge fühlte sich wie zugeschnürt an.

»Das schmeckt ja wie Kerosin«, japste ich.

»Eigentlich nippt man auch nur dran«, witzelte Jim.

»Das habe ich auch gehört.« Ich nahm einen weiteren großen Schluck. Er brannte den ganzen Weg nach unten.

Die Band fing an, »Proud Mary« zu spielen, einen alten Song von Creedence Clearwater Revival.

»Das Lied mochte ich schon immer«, sagte Hayden.

»Ich auch«, rief Tally. »Ellen hat bestimmt nichts dagegen, wenn du mit mir tanzt, oder?« Sie zwinkerte mir zu, als würden wir gemeinsam etwas aushecken.

Die hat Nerven, dachte ich, aber dann ließ ich mich von dem Gedanken beschwichtigen, dass ich diejenige war, die zuletzt lachen würde. Hayden würde niemals an einem Ort wie diesem aufstehen und tanzen.

»Nimm's nicht persönlich, Tally«, sagte ich, »aber Hayden ist niemand, der …« Ich verstummte, weil er bereits von seinem Stuhl aufstand, um sie auf die Tanzfläche zu führen. Beleidigt und wütend sah ich die beiden davonstolzieren.

Der Herausgeber der *Post* mit dem Schnurrbart kehrte zurück, und bevor ich michs versah, sprang auch meine Mutter auf. Sie zwinkerte mir zu und machte eine kleine Geste, als würde sie einen Dartpfeil werfen. Ich fühlte mich von allen verlassen.

Jim wechselte auf den Stuhl mir gegenüber und ließ einen Eiswürfel zwischen den Zähnen knacken. »Willst du auch tanzen?«

»Nicht wirklich«, erwiderte ich und hob mein Glas, um einen weiteren Schluck zu nehmen, erwischte aber bloß Eiswürfel.

Er nickte und rührte mit dem Finger in seinem Drink. »Weißt du«, sagte er nach einer Weile, »du hast eine interessante Art, Scotch zu trinken, so wie du ihn weghaust.«

»Ich trinke normalerweise Wein«, sagte ich. »Und den nippe ich.«

Er schien meine Aussage zu überdenken. Dann beugte er sich über den Tisch zu mir. »Mein Redakteur Tim findet diese Serie, die wir über dich und Hayden machen, wirklich spannend. Sieht so aus, als würde es eine ganz schön große Hochzeit.«

Ich griff nach meinem Glas und ließ die Eiswürfel klappern. »Ich wusste nicht, dass wir gleich Aushängeschilder fürs Ehegelübde werden«, meinte ich und nippte am Eiswasser.

Jim zog die Augenbraue hoch. »Ach, nein? Ich habe eigentlich den Eindruck, dass du alles, was du tust, auch ziemlich gut machst, Miss Branford.« Er grinste und zerbiss einen weiteren Eiswürfel. Ich mochte sein Lächeln mit dem schiefen Zahn.

»Und woher willst du das wissen, wo wir uns doch gerade erst kennengelernt haben?« Ich schielte zur Tanzfläche hinüber, hielt nach Hayden Ausschau, aber alles, was ich erkennen konnte, war eine wogende Masse tanzender Körper.

»Ach, ich mache so meine Recherchen. Und eines der Dinge, die ich gelesen habe, war dieser Artikel über dich im *New York Magazine*.«

»Oh Gott, das Lark-Hawkins-Ding?«, stöhnte ich. »Ich weiß gar nicht, warum das solche Wellen geschlagen hat. Flächennutzungsthemen schläfern die Leute normalerweise ein.«

»Es war ein ziemlich großes Bauprojekt«, wandte Jim ein. »Es stand viel auf dem Spiel.«

»Ich kam in dem Artikel kaum vor. Und überhaupt ist es eine uralte Geschichte.«

Jim sank zurück in seinem Stuhl und sah mich prüfend an. »Es war vor drei Jahren, und der Verfasser hat sich sehr lobend geäußert.« Er hob sein leeres Glas in Richtung Kellnerin, die jedoch vorbeieilte, ohne stehenzubleiben.

»Lobend? Er hat mich gehasst. Wenn ich mich recht erinnere, meinte er, ich sei ein Haifisch im Rock.«

Jim zuckte mit den Schultern. »Kann sein. Aber er hat auch geschrieben, dass dein Plan brillant war. Daran erinnere ich mich.«

»Also gut, dann bin ich eben brillant.«

»Einverstanden.« Er verrenkte sich den Hals nach einer

Bedienung und zeigte dann auf mein Glas. »Willst du noch einen? Ich geh mal an die Bar.«

Ich nickte.

Als er zurückkam, hatte er einen Armvoll Drinks dabei.

»Das reicht für den ganzen Tisch«, stellte ich fest.

»Jawohl. Skip, der Barkeeper, bestand darauf. Meinte, es geht aufs Haus.«

Ich dachte mir, tja, die Hand, die man nicht abhacken kann, sollte man schütteln und nahm mir ein Glas Scotch. Ich kippte es auf ex und ließ mir die bersteinfarbene Flüssigkeit die Kehle hinunterrinnen. Langsam begann es, ganz gut zu schmecken – warm, fast schon weich.

Die Bedienung kam mit einem Tablett voller Essen an unseren Tisch.

Ich starrte die Hummer auf dem Teller an, den sie vor mich hinstellte, und verspürte plötzlich Heißhunger. »Meinst du, wir sollten auf die anderen warten?«

Jim breitete die Serviette auf seinem Schoß aus und nahm sich eine Gabel. »Nein, das meine ich nicht.«

Ich aß ein paar Pommes und starrte weiter auf die Hummer vor mir. Sie sahen irgendwie beängstigend aus.

»Also«, meinte Jim, »wie fühlt es sich an, jetzt, wo es nur noch ein paar Monate hin ist?«

»Ein paar Monate bis was?«, fragte ich, während ich die Hummerzange aus Metall beäugte und mich fragte, ob da vielleicht eine winzige Bedienungsanleitung draufgestanzt war. Ich nahm sie zur Hand, sah aber nichts dergleichen. Ich war noch nie eine Expertin im Umgang damit gewesen.

»Ein paar Monate bis zur Hochzeit.«

»Oh, fangen wir jetzt mit dem Interview an?« Im Lokal war es plötzlich warm und stickig, die Lampen verströmten einen grellen roten Schimmer.

»Bloß ein Backgroundcheck.«

»Okaaay«, stöhnte ich, während ich versuchte, mich daran zu erinnern, was die Frage gewesen war. Ach ja, richtig – irgendwas von wegen wie ich mich fühlte, jetzt, wo die Hochzeit so kurz bevorstand. »Na ja, ich freue mich drauf. Natürlich. Ich meine, wie sollte ich mich denn sonst fühlen?«

»Oh, ich weiß nicht«, erwiderte Jim. »Manchmal werden die Leute ein wenig nervös, wenn das tatsächliche Datum näherrückt. Sie machen sich Gedanken, ob auch alles gut laufen wird, alles perfekt ist, so was eben.«

Ich zuckte mit den Schultern. »Ich nicht. Es ist alles unter Kontrolle. Meine Mutter hilft mir und sie ist sehr …« Ich wollte eigentlich sagen, dass sie sehr organisiert sei, aber bevor ich michs versah, kam etwas anderes aus mir heraus. »Genau genommen ist sie eine professionelle Hochzeitsplanerin. Ja, und noch dazu eine sehr gute, also muss ich mir überhaupt keine Sorgen machen.«

Was redete ich da und warum sagte ich das? Offensichtlich war es der Scotch, der da aus mir sprach, aber ich konnte mir nicht helfen.

Jim blickte überrascht drein. »Eine Hochzeitsplanerin. Wow, das ist ja ein glücklicher Zufall.« Er erhob sein Getränk und Eiswürfel trieben in seinem Glas wie winzige Gletscher.

»Kein Witz«, beteuerte ich und hatte das Gefühl, ich sähe mir von außen zu. »Wir hatten Glück, dass sie uns dazwischenschieben konnte.«

Jim sah entsetzt drein. »Du meinst, sie ist so gefragt, dass sie beinahe nicht einmal *deine* Hochzeit hätte organisieren können?«

»Oh ja, sie ist ganz schön beschäftigt.« Jetzt sprudelten die Worte aus mir heraus, schneller, als mein Gehirn mit ihnen mithalten konnte. »Also jetzt nicht bloß mit dem Hochzeitszeug. Sie reist auch viel.« Ich hielt kurz inne. »Dartturniere.« Ich rührte mit dem Finger in meinem Drink, wie Jim es getan hatte.

Er musterte mich skeptisch und einer seiner Mundwinkel wanderte nach oben. »Darts?«

»Ja«, sagte ich und deutete zur anderen Seite des Lokals, wo die Dartscheibe hing. Allerdings war es unmöglich zu sehen, was dort vor sich ging, weil zu viele Leute im Weg waren. »Sie ist da drüben und gibt den anderen Spielern wahrscheinlich gerade Tipps.«

»Das ist ja … verblüffend«, meinte Jim.

Ich merkte, dass er nicht wusste, was er denken sollte. »Weißt du«, plapperte ich weiter und beugte mich vertraulich vor, »dass sie einmal sogar unser Sommerhaus auf Nantucket mit ihren Gewinnen bezahlt hat?« Das ganze fing an, mir Spaß zu machen.

Er stieß einen Pfiff aus. »Beeindruckend.« Er legte den Kopf schief. »Ich bezweifle, dass es viele Leute gibt, die es da mit ihr aufnehmen können.« Hochzeitsplanerin und Dartspielerin auf Wettkampfniveau.« Ich bemerkte ein leichtes Lächeln auf seinen Lippen. »Meine Mutter ist bloß eine gewöhnliche staatlich zugelassene Buchhalterin.«

Ich nahm noch einen Schluck. Endlich fühlte ich mich wohl, leicht und schwebend. Ich fing an, mit dem Fuß im

Takt der Musik zu wippen. Die Band spielte gerade »The Lucky One« von Faith Hill.

»Also«, hakte Jim nach einer Weile nach, »ich habe mich gefragt, ob ihr beide euch bei *Winston Reid* kennengelernt habt?«

Ich lehnte mich auf meinem Stuhl zurück. »Ja, wir sind uns in der Cafeteria begegnet. Es war bloß noch ein Pak-Choi-Nudelsalat übrig, und Hayden hat ihn mir überlassen.

»Daran erkennt man den wahren Gentleman.«

»Ja, so war's«, meinte ich. »Dann, bei unserer ersten Verabredung, hat er mich zu einer Benefizveranstaltung des Gouverneurs mitgenommen. Wir haben uns einfach«, ich klatschte die Hände zusammen, »super verstanden.«

»Ich höre, dass Hayden selbst an Politik interessiert ist. Dass er für den Stadtrat kandidieren will.«

Ich inspizierte wieder die Hummer mit ihrer harten glänzenden Schale. Dann sah ich mich suchend nach der Kellnerin um, in der Hoffnung, dass irgendwer in der Küche die Schale für mich knacken könnte, aber die Kellnerin war weit und breit nicht in Sicht.

»Stadtrat?«, wiederholte ich, zog ein paar Pommes durch einen Berg Ketchup und schob sie mir in den Mund. »Ja, stimmt.« Ich spülte alles mit einem weiteren Schluck Scotch runter. Der Raum strahlte, pulsierte, schwankte, als würde er langsam aus dem Gleichgewicht geraten. »Das hat er vor.«

Jim nickte und schnitt eine dampfende Ofenkartoffel auseinander. »Und was ist mit dir? Bist du auch an Politik interessiert?«

»Wer, ich?« Ich lachte. »Nein. Ich will für nichts kandidieren. Ich will etwas anderes machen.« Ich piekste eine weitere Fritte auf.

Jim lehnte sich zurück und schaute mich an. »Etwas anderes? Was denn?«

Was? Ich versuchte, mir etwas Kluges einfallen zu lassen. Und dann kam mir ein Bild meiner Großmutter und ihrer Blaubeermuffins in den Sinn.

»Na, zum Beispiel … eine Bäckerei eröffnen!«, rief ich.

Jim schaute mich überrascht an.

»Natürlich wären Blaubeeren meine Spezialität.« Ich schaute ihn so ernsthaft an, wie ich nur konnte. Der Scotch machte sich jetzt wirklich bemerkbar, und ich genoss es.

»Blaubeeren?«, fragte er kopfschüttelnd, als habe er sich verhört.

Ich nickte. »Klar. Das ist ein noch unerschlossener Markt, weißt du. Ich könnte Blaubeermuffins backen. Meine Großmutter war super darin.« Ich schloss die Augen und stellte sie mir vor, wie sie den Teig rührte. *Nicht zu stark rühren, Ellen, sonst wird er wie Gummi.* »Ja, diese Stadt braucht einfach bessere Blaubeermuffins.« Ich hob den Zeigefinger. »Und die könnte ich bieten.«

»Du klingst ja, als wärst du dir deiner Sache ziemlich sicher«, stellte Jim fest und gab einen Klecks Butter auf seine Ofenkartoffel.

»Und es gäbe auch immer Blaubeer-Pie«, fuhr ich fort und dachte dann kurz über weitere Möglichkeiten nach. »Teigtäschchen, Torten, Croissants …« Ich stopfte mir noch eine Fritte in den Mund. »Ich glaube nicht, dass schon jemand Blaubeercroissants versucht hat.«

»Nein«, meinte Jim bedächtig. »Das glaube ich auch.«

»Natürlich würde ich auch noch andere Sachen anbieten. Kann ja nicht alles mit Blaubeeren sein«, sinnierte ich, während ich anfing, mir die Bäckerei auszumalen – ein Tablett mit Zitronenkuchen. Pfirsich-Cobbler in einer altmodisch gerillten Kasserolle, ein Körbchen mit Granatapfel-Ingwer-Muffins. Ich sah mich schon, wie ich ein Backblech voller Kekse aus dem Ofen holte, der Geruch von geschmolzener Schokolade hing in der Luft. Es würden weiße Holztische und Stühle im vorderen Bereich des Ladens stehen, und die Leute könnten auch Kaffee und Sandwiches bestellen. Vielleicht würde es auch Afternoon-Tea-Sandwiches geben wie die, die Gran immer gemacht hatte. Gurke und Rucola. Schinken und Ei. Curryhühnchen. Und die Leute könnten dasitzen und die Zeitung lesen und …

Jemand tippte mir auf den Arm. Ich blickte auf und sah, dass Jim mich anstarrte.

»Wo warst du denn?«

»Tut mir leid«, sagte ich. »Ich habe bloß über die Bäckerei nachgedacht.«

»Ich schließe daraus, dass du Essen magst.«

Ich nickte und versuchte mir vorzustellen, welche Farbakzente zu den weißen Tischen und Stühlen im Laden hübsch aussehen würden. Blau? Weiß und Blau war immer eine tolle Kombination. Frisch. Wie am Strand.

»Aber was ist mit Politik?«, fragte Jim.

Ja, Weiß und Blau. Hatte er gerade Politik gesagt? »Wie bitte?«

»Ich habe mich bloß gefragt … in Anbetracht von Haydens Familie und der Tatsache, dass er nach einem Amt strebt – gefällt dir die Welt der Politik?«

Gefiel mir die Welt der Politik? Die Frage erwischte mich ein wenig unvorbereitet. Ich schaute hinunter zu meinen Hummern … die stacheligen Beinchen, die Scheren. Klar interessierte ich mich für Politik. Wer tat das nicht? Aber ob es mir wirklich gefiel? Ich hatte immer gedacht, die meisten Politiker seien Lügner und Gauner, Haydens Familie natürlich ausgeschlossen. Ich fürchtete, meine Antwort musste lauten: *Nein, mir gefällt die Welt der Politik nicht wirklich.*

»Natürlich gefällt sie mir«, sagte ich. »Wie könnte es anders ein?« Die Fritte rutschte mir aus der Hand und landete auf meiner Hose. Ich hob sie auf und bemerkte den Fett- und Ketchupfleck, den sie hinterlassen hatte.

Jim nickte und sah zu, wie ich versuchte, den Fleck mit einer Serviette wegzutupfen, die ich zuvor in Wasser getaucht hatte. Ein fünf Zentimeter großer nasser Kreis bildete sich um das rote Zentrum. Er sah aus wie eine Zielscheibe.

Er nahm einen Bissen von seiner Ofenkartoffel, und ich hielt wieder nach der Kellnerin Ausschau. Es musste doch jemanden in der Küche geben, der mit diesem Hummerpanzer zurechtkam. Schließlich gab ich auf und legte die Zange um den Hummerschwanz – und, *flutsch*, die Zange rutschte am Panzer ab und knallte gegen eine kleine Schale mit zerlassener Butter, die wie ein Swimmingpool in der Sonne glänzte. Ich setzte die Zange erneut am Hummerschwanz an und drückte mit aller Kraft zu. Diesmal explodierte die Schale und das Hummerfleisch flog kreuz und quer über den Tisch, auf meine Bluse, auf Jims Klamotten.

»Oh mein Gott, das tut mir leid!«, rief ich, schnappte mir eine saubere Serviette von Haydens Platz und reichte sie ihm. Und dann, obwohl ich wusste, dass es vollkommen unangebracht war, fing ich an zu lachen.

Jim rieb an den Flecken vorne auf seinem Hemd und an den Ärmeln herum, und als er die Sauerei so betrachtete, prustete auch er los. Wir rubbelten weiter an unseren Klamotten herum, aber jedes Mal, wenn wir uns ansahen, über und über mit Hummermatsch bekleckert, fingen wir wieder an. Wir konnten einfach nicht aufhören zu lachen. Als es uns endlich gelang, waren wir beide außer Atem und hatten Tränen in den Augen.

Ich hatte mich endlich wieder unter Kontrolle, als in der Menge um die Dartscheibe Jubel ausbrach und einer der Männer lautstark eine Runde Bier orderte. Ich reckte meinen Kopf und konnte einen Blick auf meine Mutter erhaschen, die einen Dartpfeil hochhielt. Dann ließ sie ihn fliegen, aber ich konnte nicht sehen, wo er landete.

»Das ist meine Mutter«, schwärmte ich. »Ich hab dir doch gesagt, sie ist ein Champion.«

Ich machte mich wieder am Hummerschwanz zu schaffen, aber Jim nahm mir die Zange weg. »Ich helf dir mal besser damit.« Er setzte sie an und knackte die Schale mit einem sauberen Bruch.

Ich saß staunend da, voller Respekt für seine Geschicklichkeit.

»Du wirst das Leben in Maine niemals überleben, wenn du so Hummer knackst«, ermahnte mich Jim.

Das Leben in Maine.

Er grinste, und ich wusste, er hatte es als Witz gemeint,

aber alles, woran ich denken konnte, war Roy Cummings und das kleine Haus, das er für mich gemacht hatte, und die schönen Dinge, die er zu mir gesagt hatte, als wir draußen vor der Schneiderei standen.

Ich sah zu Boden und meine Augen füllten sich mit Tränen. *Ich bin in dich verliebt. Ich weiß, dass ich dich glücklich machen kann.* Ich schlug die Hände vors Gesicht und schloss die Augen. Aber es gab kein Entkommen. Ich konnte noch immer sein Gesicht vor mir sehen, den stillen, niedergeschlagenen Blick, als er »Mach's gut« sagte.

»Alles in Ordnung?«

Ich öffnete die Augen. Jim sah mich mit besorgtem Gesichtsausdruck an.

»Ich weiß nicht.«

»Kann ich was für dich tun?«

Ich schüttelte den Kopf. Ich wollte, dass Hayden mich zurück ins Hotel brachte. Wo war er? »Mir geht's gut.«

Jim schob seinen Teller beiseite. »Okay, Ellen. Ich mache dir einen Vorschlag.« Als er nichts weiter sagte, blickte ich schließlich doch zu ihm auf. »Hör zu«, meinte er. »Heute Abend betrachtest du mich einfach als Freund, okay? Ich setze meinen Reporterhut ab.« Er tat so, als würde er etwas von seinem Kopf nehmen und es hinter sich werfen. »Er ist weg, okay?«

Ich starrte ihn an. Er hatte hübsche braune Augen, vertrauensvolle Augen, wie ein Welpe.

Ich nickte. »Ja, okay.«

Er beugte sich vor und flüsterte: »Also, erzähl mir, was los ist.«

Ich stützte ebenfalls meine Ellenbogen auf den Tisch.

Dann beugte ich mich noch weiter vor. »Erinnerst du dich an den Typen, der vorhin hier war? Groß, dunkle Haare?«

»*Red-Sox*-Kappe?«

»Ja«, sagte ich. »Das ist Roy.«

Jim sah mich verwirrt an. »Ich bin nicht sicher, ob ich …«

»Sein Name ist Roy. Roy Cummings.«

Ich starrte auf den verwässerten Scotch in meinem Glas. Mein Kopf fühlte sich sehr schwer an. Irgendetwas hatte der Alkohol in mir ausgelöst.

»Die Sache ist die …« Meine Worte fingen an, irgendwie matschig in meinen Ohren zu klingen. »Ich heirate in drei Monaten …« Ich hielt drei Finger hoch. »Alles ist in die Wege geleitet, alles bereit … und dann treffe ich ihn. Roy. Roy Cummings. Tritt einfach in mein Leben wie aus dem Nichts.« Ich winkte ab. »Nein, das ist nicht wahr. Nicht aus dem Nichts. Aus Beacon in Maine.« Ich zeigte auf den Boden. »Von hier. Und er sagt mir, dass er in mich verliebt ist. Oh Gott.«

Ich warf den Kopf in den Nacken, was eine schlechte Idee war, denn plötzlich begann der Raum sich zu drehen.

»Huch …«, machte ich und richtete mich wieder auf.

Jim wechselte auf meine Tischseite und setzte sich auf den Stuhl neben mich. »Geht's, Ellen? Meinst du, ich sollte dich besser zurück ins Hotel bringen?«

»Das verwirrt mich total«, fuhr ich unbeirrt fort und spürte das Bedürfnis, endlich alles loszuwerden. »Wie kann er in mich verliebt sein? Ich habe ihn doch erst vor einer Woche kennengelernt. Vor *einer Woche*. Ich meine, echt. Das sind bloß sieben Tage.« Ich streckte, was ich für sieben Finger hielt, in die Luft, aber ich schien mich vertan zu haben, denn Jim klappte einen wieder um.

Ich schaute auf den Hummer auf meinem Teller, mit der zersplitterten Schale und all den explodierten Stücken. »Natürlich«, erzählte ich weiter, »habe ich ihm gesagt, dass das ausgeschlossen ist. *Ausgeschlossen*. Ich heirate in drei Monaten, weißt du?« Ich streckte die linke Hand hoch. *»Van Cleef.«* Ich holte tief Luft und atmete aus. *»Und Arpels.«*

Jim nickte. »Sehr schön«, sagte er. »Schick.«

»Natürlich. Wenn Hayden etwas macht, dann richtig.« Tränen kullerten mir plötzlich über die Wangen. »Ich habe ihm gesagt: Ich bin nicht in dich verliebt. Wir können nicht zusammen sein.«

Jim sah mich entsetzt an. »Das hast du Hayden gesagt?«

»Nein, das habe ich Roy gesagt.«

Jim beäugte mich mit neugierigem Gesichtsausdruck. Er wollte gerade etwas erwidern, als eines der Bandmitglieder, ein Mann in einem rot-weiß-karierten Hemd, ans Mikrofon trat.

»Wir machen eine kurze Pause, Leute, aber die Unterhaltung geht weiter. Marty Eldon ist hier, also macht euch bereit für Karaoke und singt euch die Lungen wund!«

»Das klingt, als hättest du ein ernsthaftes Problem, Ellen. Vielleicht solltest du herausfinden, was du fühlst. Ich meine wirklich fühlst. Das könnte schwerer sein, als du denkst.«

Ich wollte es aber nicht herausfinden. Er hatte recht. Es war zu schwer und viel zu schmerzhaft, und ich wünschte, ich hätte nie davon angefangen, und ich wünschte, er würde nicht mehr davon reden. Ich drehte meinen Verlobungsring um meinen Finger. Ich würde einfach nicht mehr daran denken.

»Das ist der einzige Weg, das zu lösen«, meinte er.

Okay, jetzt lass es einfach. Wechseln wir das Thema.

»Du solltest wirklich in dich gehen«, fuhr er stattdessen fort, »und der einzige …«

»Hey, weißt du was?«, platzte ich heraus. »Ich bin *echt* gut in Karaoke. Ich glaube, ich will singen.« Ich schob meinen Stuhl zurück.

Jim sah mehr als entsetzt aus. Seine Stirn war voller Falten. »Bist du sicher, dass du das jetzt kannst?«

»Natürlich kann ich das«, entgegnete ich. »Vor zwei Jahren war ich beim Frauenjahrestreffen der Anwaltskammer von New York. Ich hab die Gruppe angeführt, die ein Cover von »Respect« gesungen haben. Du weißt schon, von Aretha Franklin.«

Jim nickte. »Klar kenn ich das.«

»Ja, wir haben das Lied gesungen, weil dieser Senior Partner aus einer anderen Kanzlei, dieser Typ namens Steve Ajello, endlich wegen sexueller Belästigung drangekriegt wurde.« Ich hielt kurz inne und genoss die Erinnerung. »Alle meinten, dass ich eine tolle Stimme hätte.«

Ich stand auf. »Also, dann mal los!«

Die Beine unter mir fühlten sich nicht an wie meine eigenen. Ich musste mich an der Stuhllehne festhalten. Auf meiner Hose prangte ein riesiger Ketchupfleck, und ich fragte mich, wo er herkam. Ich nahm ein Hummerlätzchen, das noch gefaltet neben meinem Teller lag und klappte es auseinander. Dort stand in weißer Schrift auf rotem Grund: IM ANTLER ZIEHT KEINER DEN SCHWANZ EIN! Ich wickelte den Latz um den Fleck und knotete die Bänder hinten zusammen. Das war schon besser.

Ich fing an, mir den Weg durch die Menge in Richtung Bühne zu bahnen. Nach ein paar Schritten merkte ich, dass ich etwas mit dem Fuß hinter mir herzog. Als ich runterschaute, sah ich eine ausgehöhlte Hummerschere, die sich am Riemen meiner Sandale verfangen hatte. Ich wollte nach der Schere langen, aber ich erwischte sie nicht. Sie war viel zu weit unten.

Ich erreichte die Bühne und machte endlich auch Hayden ausfindig, der inmitten der Menge stand, wild winkte und versuchte durchzukommen. Alle Farbe war aus seinem Gesicht gewichen, und ich konnte sehen, dass er etwas brüllte, versuchte, mir etwas zu sagen. Aber es war einfach zu laut. Ich konnte ihn nicht verstehen.

Keine Sorge, Hayden, dachte ich. *Du weißt es noch nicht, aber ich bin eine tolle Karaokistin. Wirst du gleich sehen*. War *Karaokistin* überhaupt ein Wort? Ich war mir nicht sicher.

»Schon okay, Hayden«, ich legte die Hände wie einen Trichter um meinen Mund und versuchte, gegen den Lärm anzukommen. »Jetzt kommt eine Überraschung!«

Ich machte einen Schritt auf die Bühne und sah auf den verschwommenen Nebel aus Gesichtern im dämmrigen Licht zu meinen Füßen. Sie lächelten erwartungsvoll. Sogar Skip, der hinter der Bar stand, prostete mir mit einem leeren Glas zu.

Der DJ schaute auf den roten Latz an meinem Bein und dann wanderte sein Blick zu meinen Füßen. Er grinste und schüttelte mir die Hand. »Du musst die Schwimmerin sein. Freut mich sehr, dich kennenzulernen.«

Er reichte mir ein Buch voller Songtitel und bedeutete mir, einen auszusuchen. Ich fing an, darin zu blättern, und ging die verschiedenen Musikbereiche durch: Pop, Rap, Rock, Top 40, Country. Auf jeder Seite standen Dutzende Songtitel, doch sie fingen an, vor mir zu verschwimmen.

»Habt ihr auch Jazz?«, fragte ich. »Alte Jazzklassiker, was in der Art?«

Er blätterte das Buch durch und gab es mir geöffnet auf der Seite »American Standards« zurück.

Super, dachte ich. Ich schloss die Augen und tippte mit dem Finger blind auf einen der Titel. Es war »Our Love Is Here to Stay«. Es war einer meiner Lieblingssongs von Gershwin. Vielleicht war das ein gutes Zeichen.

»Okay, das hier«, bestimmte ich und tippte drauf.

Er reichte mir das Mikro, und einen Augenblick später setzte die Musik ein. Es war ein opulentes Arrangement mit vielen Streichern und einem langen Intro, ganz im Stil dieser alten Songs. Die Menge verstummte, ich schaute zu unserem Tisch hinüber und sah meine Mutter, die mich nervös beobachtete und einen Pokal in der Hand hielt. *Einen Pokal?*

Neben Mom saßen Jim und Tally, und ganz am Tischende Hayden, der mich mit der schrecklichen Neugierde eines Unfallzeugen angaffte. Niemand redete.

Das Intro endete und der Text tauchte auf dem Monitor auf. Ich fing an zu singen, Zeilen von Liebe, die alles überdauert, die Radios und Telefone und sogar Berge überwand. Während ich sang, ließ ich meinen Blick durch den

Raum schweifen, und die Gesichter, die vorher noch verschwommen gewesen waren, wurden wieder scharf.

Arlen Fletch aus der Gemeindeverwaltung saß mit zwei anderen Frauen an einem Ecktisch. An einem anderen Platz an der Wand erkannte ich Phil, den Kassierer aus dem *Grover's Deli*, wo ich mein Foto zum ersten Mal in der Zeitung entdeckt hatte. Er war in Begleitung einer Frau, von der ich annahm, dass es seine Ehefrau war. Als ich zu ihm rübersah, winkte er mir zu. Susan Porter, ihr Mann und zwei andere Pärchen saßen an einem runden Tisch in der Mitte des Lokals, und die junge Bedienung aus dem *Three Penny Diner* stand ganz vorne und hielt Händchen mit einem hübschen blonden Jungen.

Ich ertappte mich dabei, wie ich nach Roy Ausschau hielt, ich suchte nach seiner *Red-Sox*-Kappe und seinem unbefangenen Lächeln. Ich wollte, dass er hier war. Ich überflog die Gesichter in der Menge, aber nach einer Weile sah ich sie gar nicht mehr. Stattdessen stellte ich mir Roy vor, die winzigen Fältchen um seine Augen, wenn er lachte, seine lockigen Haare, seine Grübchen.

Ich sah uns zusammen im Meer treiben, seine Beine um meine geschlungen. Ich spürte die Sonne auf meinem Gesicht und meine Arme um seinen Körper, und das Wasser fühlte sich nicht kalt an. Dann standen wir vor dem Schneiderladen, und er sagte mir, dass er mich liebte. Er hielt meine Hand. *Ich weiß, dass ich dich glücklich machen kann. Das ist ein Versprechen.* Ich spürte seine Finger auf meinen, einen Augenblick bevor er losließ und »Mach's gut« sagte.

Die Musik endete, und einen Moment lang herrschte

Totenstille. Ein blankes Schweigen, das sich über das Lokal legte. *Oh Gott*, dachte ich, *ich war schrecklich. Sie fanden es grauenvoll.* Wie war ich bloß auf die Idee gekommen, dass ich singen kann? Warum hatte ich bloß so viel getrunken? Warum …

Aber ich konnte den Gedanken nicht zu Ende denken, denn plötzlich explodierten Jubel und Applaus und Gejohle im Raum. Einige Leute standen sogar auf. Ich konnte es nicht glauben. Ich drehte mich schnell um, ob sie nicht für jemand anderen klatschten, aber hier oben war keiner außer mir.

Meine Hand mit dem Mikrofon zitterte. »Danke«, krächzte ich. »Das ist wirklich nett von euch.«

Jemand rief »Go, Schwimmerin, go!«, und alle lachten.

Ich stand da, hielt das Mikro umklammert, und irgendetwas wallte in mir auf – ein Rat, den Gran mir einmal gegeben hatte, und er erschien mir unheimlich wichtig in diesem Moment.

Der DJ wollte mir das Mikrofon abnehmen, aber ich ließ es nicht los. Ich ließ meinen Blick durch den Raum schweifen, über die bernsteinfarbenen Flüssigkeiten, die in Flaschen hinter der Bar aufgereiht standen, die Schiffslaternen, die von der Decke baumelten, die Tafel, auf der noch die Punkte vom letzten Dartspiel standen.

»Wisst ihr«, fing ich an, und meine Zunge fühlte sich plötzlich dick und schwer an. »Ich fotografiere gern, ich mach gerne Bilder.« Ich konnte spüren, dass ich lallte. Es klang, als würde ich *Biller* sagen. »Ich mache oft Biller.« Ein paar Leute fingen an zu tuscheln.

»Und manchmal«, fuhr ich fort und machte eine Handbewegung, »wenn ich denke, ich mache ein Bill von einer Sache … dann ist es am Ende ein Bill von etwas anderem.« Ich sah kurz zum DJ. Er wirkte besorgt. Vielleicht drückte ich mich nicht klar genug aus.

»Wisst ihr«, erklärte ich, »zum Beispiel ein Bill von einer Blume. Ich will die Blume fotografieren und schaue durch … Dingens … den Sucher.« Ich kniff das rechte Auge zu, als hätte ich eine Kamera in der Hand.

»Und ich könnte das Bill machen. Ich meine, es wäre okay, und es würde vermutlich sogar ganz gut rauskommen.« Ich sah zu Arlen Fletch hinüber und winkte ihr kurz zu. Sie winkte zurück. »Aber wenn ich noch mal *wirklich* genau hinsehe, dann fange ich an zu sehen … wisst ihr, andere Dinge. Dinge, die ich vorher überhaupt nicht gesehen hatte. Wie zum Beispiel … ein Blatt, das schön aussieht, weil die Sonne hindurchscheint und es erstrahlen lässt.« Ich hörte mehr Getuschel, aber ich redete einfach weiter.

»Und dann will ich auch das Blatt auf das Bill bekommen. Oder vielleicht ist da ein … äh … Schatten, der interessant aussieht. Vielleicht wirft die Blume einen Schatten, den ich vorher gar nicht bemerkt hatte. Und vielleicht«, fügte ich hinzu, »ist der Schatten noch interessanter als die Blume selbst … Das kann passieren, wisst ihr.« Ich nickte ein paarmal.

Dann sah ich Hayden direkt an. Er saß nervös auf der Stuhlkante, keine Spur von Farbe in seinem Gesicht. »Das Ding ist«, sagte ich, mein Mund so trocken, dass ich kaum noch sprechen konnte, »ich wäre nicht dahintergekommen, wenn ich nicht innegehalten … und ganz genau hingesehen hätte. Alles genau betrachtet hätte … so …

wisst ihr, aufmerksam. Weil am Ende ist es das, was man tun muss.«

Eine Träne lief mir über die Wange, und ich holte tief Luft: »Hayden, es tut mir ehrlich, ehrlich leid«, sagte ich, »aber ich kann dich nicht heiraten.«

20

Willkommen zu Hause, Schwimmerin!

Ich versuchte, die Augen zu öffnen, aber die Lider streikten. Ich rieb sie und blinzelte und rieb und blinzelte wieder. Mein Mund war trocken, und meine Haare rochen nach Fisch. Mein Kopf lag auf einem weißen Kissenbezug, und vor mir standen ein kleiner Tisch und eine Lampe, die ich noch nie gesehen hatte. Meine Uhr lag auf dem Tisch, neben einem Glas Wasser. Ich wandte den Kopf und sah, dass ich mich in einem Zimmer befand, das meinem ganz ähnlich war – Zimmer zehn oder acht oder wie auch immer Paula es nennen mochte –, abgesehen davon, dass zwei Einzelbetten darin standen, und auf der Kommode thronte ein Pokal mit einer Figur, die … was hielt sie da? Einen Dartpfeil? Ich rieb mir erneut die Augen.

Meine Mutter stand auf der anderen Seite des Zimmers und faltete einen rosa Pullover zusammen. Ihr Koffer lag offen auf dem Bett. Was machte ich hier? Ich bemühte mich, die Ereignisse der letzten Nacht zusammenzubekommen. Wir waren im *Antler,* die Leute tanzten. Hayden und … Tally? Ja, Hayden und Tally. Und Mom war … ich sah das flüchtige Bild meiner Mutter, die einen Dartpfeil in der Hand hielt, vor mir. Ich versuchte, es abzuschütteln.

Und Roy. Oh Gott, Roy. Er hatte mir gesagt, dass er mich liebte. Er hatte mir einen Palast geschenkt. Ich suchte das kleine Haus auf dem Nachttisch, aber es war nicht da. Und dann erinnerte ich mich, dass ich es ihm zurückgegeben hatte. Und er hatte mir Omas Brief zurückgegeben. Das Bild von uns beiden vor dem Schneiderladen mit den flackernden Lichtern kam mir in den Sinn.

Dann war da Jim. *Jim.* Was hatte ich ihm gesagt? Ich hatte all diesen Scotch getrunken, Herrgott noch mal. Ich trank niemals Scotch. Und dann … Karaoke? War ich wirklich aufgestanden und hatte gesungen? Gesungen und … oh nein, was zum Teufel hatte ich gefaselt? Irgendetwas übers Fotografieren.

Und dann … *Hayden.*

Mit der Hand umklammerte ich ein Stück Bettlaken und kniff die Augen zusammen, um die Erinnerung aus meinem Kopf zu vertreiben. Hatte ich wirklich meine Verlobung gelöst? Ich machte die Augen auf und blickte auf meine Hand. Mein Ring war weg … ich hatte ihn Hayden gestern Nacht zurückgegeben.

»Mom?«, rief ich mit krächzender Stimme.

Sie packte gerade einen Seidenpyjama in den Koffer und blickte auf. »Guten Morgen.« Sie klang zu kühl, zu sachlich.

»Morgen«, ächzte ich und brachte mich langsam in eine sitzende Position. Ich nahm einen großen Schluck Wasser. »Ich schätze … gestern Nacht ist viel passiert.«

Sie fing an, ihre Kosmetikartikel in eine rosa Tasche zu packen. »Ja, das könnte man sagen.«

Ich zog die Decke bis zum Kinn hoch. »Wo sind denn

alle?«, fragte ich zaghaft und warf einen Blick auf den Nachttisch, wo ich meine Uhr abgelegt hatte. Es war beinahe zehn. »Sie haben das Interview und den Fototermin sicher gecancelt, aber ich …«

»Sie haben schon alle ausgecheckt«, teilte mir meine Mutter mit, während sie den Deckel auf einen Tiegel Feuchtigkeitscreme schraubte. »Diese Leute von der *Times* sind abgereist, als ich heute früh unten Kaffee trinken war.«

»Und Hayden?«, wisperte ich.

»Hayden ist auch schon weg.«

Mom kam zum Bett und reichte mir einen Umschlag. Er trug die Tuschezeichnung des *Victory Inn* auf der einen und meinen Namen auf der anderen Seite. Es war Haydens Handschrift.

»Er hat ihn unter der Tür durchgeschoben«, sagte meine Mutter, und dann ging sie zur Kommode, holte einen blassblauen Schal heraus und packte ihn in ihren Koffer.

Ich öffnete das Kuvert, voller Angst, was ich darin finden würde.

Liebe Ellen,

mir gehen gerade so viele Dinge durch den Kopf.
Ich versuche, sie zu ordnen und mir einen Reim daraus zu machen. Erst habe ich mich hingesetzt und eine lange Liste von Fragen, die ich über Dich und Roy stellen wollte, aufgeschrieben. Ich dachte, es wären Dinge, die ich verstehen muss, und dass ich Dir, wenn ich die Antworten erst einmal hätte, sagen könnte, wo Du Dich geirrt hast

und warum Du Dich geirrt hast. Und dass ich Dich davon überzeugen könnte, dass diese ganze Idee, mit ihm zusammen zu sein, verrückt ist und dass Du, wenn Du diesen Weg weiterverfolgst, niemals glücklich wirst. Aber dann wurde mir klar, dass das nicht der richtige Moment für eine eidesstattliche Aussage oder ein Kreuzverhör ist. Schließlich geht es hier nicht um einen Rechtsstreit. Sondern um Dein Herz.

Ich weiß nicht, wie es tief in Deinem Herzen aussieht, Ellen, ich habe gedacht, dass ich dort einen Platz habe. Und ich hoffe, das habe ich auf gewisse Weise noch immer. Ich unterstelle, dass das, was auch immer Du für diesen Roy zu empfinden glaubst, bloß eine fixe Idee ist, die nicht von Dauer sein wird. Vielleicht bist Du lediglich nervös wegen der Hochzeit. Vielleicht ist es schwerer für dich, diesen letzten Schritt zu tun, als Du es erwartet hast. Das ist die einzige Möglichkeit, mit der all das einen Sinn für mich ergibt. Ich zähle darauf, dass Du Dich, wenn Du erst einmal wieder in New York bist, wieder in die Ellen verwandelst, die ich gekannt habe, in die, die mich geliebt hat.

Den einzigen Rat, den ich Dir geben möchte, ist, dass Du Dir etwas Zeit nehmen solltest, um herauszufinden, was Du wirklich willst. Bleib eine Weile hier. Denk sorgfältig über alles nach. Und wenn Du dann von ganzem Herzen glaubst, dass Roy Cummings der einzige Mann ist, der Dich glücklich machen kann, dann hast Du meinen Segen.

Hayden

Ich zog mir die Decke über den Kopf. Wie hatte ich Hayden nur so etwas Schreckliches antun können? Er liebte mich, und … nun ja, ich liebte ihn auch noch. Es war nicht so, dass ich weniger für Hayden empfand, es war bloß so, dass ich irgendwie noch mehr für Roy empfand. Wie konnte das bloß sein? Wie hatte ich Hayden dermaßen lieben können, dass ich ihn heiraten wollte, und wie konnte ich mich dann plötzlich in einen anderen verlieben? Was sagte das über mich aus? Dass ich launisch war? Unbeständig? Dass ich mich selbst nicht kannte?

Ich muss verrückt geworden sein, dachte ich. *Ich habe den Verstand verloren*. Nie wieder würde ich meinem Urteil, was Männer betraf, trauen können. Jetzt dachte ich vielleicht, dass ich Roy liebte, aber was, wenn es gar nicht stimmte? Was, wenn Hayden recht hatte und alles bloß eine flüchtige Schwärmerei war? Dann würde ich Roy am Ende das Gleiche antun, was ich jetzt Hayden angetan hatte. Dann würde ich das Leben der beiden zerstören? Das hatten sie nicht verdient.

Nein, das kann ich nicht tun, dachte ich. *Ich habe schon genug Schaden angerichtet*. Das Beste, was ich jetzt tun konnte, war, mich von beiden abzuwenden, mich vollkommen aus irgendwelchen Liebesgeschichten rauszuhalten. Wenn mein Urteilsvermögen so schlecht war, dann blieb mir bloß noch ein Ausweg. Es war vorbei mit Hayden, und mit Roy würde es gar nicht erst anfangen. Ich würde einfach alleine bleiben. Das war es, was ich tun musste.

»Was schreibt Hayden?«, fragte meine Mutter vom Fußende des Bettes aus.

Ich schob zögernd die Decke zurück. »Er glaubt, es ist

nicht von Dauer«, antwortete ich, und meine Kehle war wie zugeschnürt beim Gedanken daran, wie sehr ich ihn verletzt hatte. »Er glaubt, es ist bloß eine Schwärmerei.«

Meine Mutter nickte.

»Er hofft, dass ich mich, wenn ich wieder zurück in Manhattan bin, wieder in mein altes Selbst zurückverwandle. In diejenige, die ihn liebt.«

Mom nickte abermals, seufzte und wandte sich wieder ihrem Koffer zu.

»Das Ding ist …«, fuhr ich fort, während ich ihr zusah, wie sie eine Schmuckrolle in einer Ecke verstaute. »Ich liebe ihn ja. Bloß nicht …«

Sie drehte sich um und zog erwartungsvoll die Augenbraue hoch.

»… bloß nicht genug.«

Sie bedachte mich mit dieser Miene, die ihre Spezialität war – ein Drittel Besorgnis, zwei Drittel Enttäuschung.

»Warum machst du dieses Gesicht?«, stöhnte ich.

»Du löst deine Verlobung mit Hayden … Du kommst für eine Woche hierher, und schon stellst du dein ganzes Leben auf den Kopf. Du ertrinkst beinahe und denkst, du hättest dich in irgendeinen, irgendeinen … Zimmermann verliebt, der dich zufällig gerettet hat. Dann bläst du deine Hochzeit ab! Und jetzt muss ich wohl annehmen, dass du auch noch deinen Job kündigst und hier hochziehst und Brot backst oder so was.«

»Mom, jetzt sei nicht albern.«

»Liebling«, seufzte sie und kam zu mir rüber. »Weißt du, wie viele Frauen Hayden Croft vom Fleck weg heiraten würden? Der Mann ist klug, gutaussehend und erfolgreich.« Sie setzte sich zu mir. »Und er stammt aus einer hervorragenden Familie.«

»Vielleicht solltest du ihn heiraten«, erwiderte ich, stieg aus dem Bett und fing an, die Kleidungsstücke aufzuheben, die ich letzte Nacht verstreut hatte. »Diese ganze Hochzeit war sowieso mehr dein Projekt als meins.«

»Unsinn!«, rief Mom, und ihr Gesicht lief rot an.

»Ist doch wahr. Du siehst es bloß nicht. Du bist doch diejenige, die das Ganze in das gesellschaftliche Ereignis der Saison verwandeln wollte. Du und Hayden.«

»Ich habe gedacht, du willst es so«, erwiderte sie und wirkte bestürzt. »Jetzt versuch mir nicht einzureden, dass es nicht so war.«

»Du hast recht, es war so. Aber ich wollte es nur, weil *du* es wolltest. Es hat sich doch schon immer alles um das gedreht, was du willst. Alles muss auf eine bestimmte Weise aussehen, alle verhalten sich, wie du es dir vorstellst. Genau so bist du, und das ist es auch, was du mir beigebracht hast.«

»Ich weiß nicht, was du meinst.« Sie sprang auf, ging zur Kommode hinüber und begann, vor dem Spiegel an ihren Haaren herumzuzupfen.

Ich trat zu ihr. Damit würde ich sie nicht einfach so davonkommen lassen. »Was ich meine, ist der äußere Schein, Mom. Wie die Dinge nach außen hin wirken. Das ist wichtig für dich.«

Etwas in mir schien sich langsam zu lösen. Ich konnte spüren, dass es sich entwirrte wie ein Seil, Strang für Strang. Ich betrachtete das Spiegelbild von mir und meiner Mutter, zwei Generationen von Branford-Frauen, verbunden durch so viele Dinge. Dennoch war da Raum für mich, anders zu sein.

»Und die Konzentration auf den äußeren Schein war auch mir immer wichtig«, erklärte ich. »Aber jetzt ist er es nicht mehr, ich will das nicht.«

Mom wandte sich ab. »Ja, ich weiß. Das ist gestern Abend mehr als deutlich geworden, als du die Trennung inmitten einer betrunkenen Karaokevorstellung verkündet hast.«

»Du musst gerade reden! Du hast Darts gespielt, und wenn ich mich recht erinnere, hattest du da auch schon ein paar Daiquiris intus.«

»Der Unterschied, Ellen, ist bloß der, dass ich den Alkohol vertragen habe. Und wenn schon – dann habe ich eben ein paar Dartpfeile geworfen. Was ist schon dabei?«

»*Ein paar* Pfeile geworfen? Mom, du hast einen Pokal gewonnen, Himmelherrgott.«

»Na und, das hat doch niemand mitbekommen, außer ein paar Leuten aus Beacon. Zumindest habe ich keine öffentliche Verlautbarung deswegen gemacht.«

Sie ging wieder zu ihrem Koffer und packte eine weiße Hose oben auf ihre restliche Kleidung. »Und überhaupt, ich konnte nicht anders. Diese Leute im Lokal haben so darauf bestanden, dass ich spiele. Als ich ihnen gesagt habe, dass ich deine Mutter bin, haben sie einfach …« Sie winkte ab. »Ich glaube, sie haben eine gewisse Vorstellung von Darts und genetischer Veranlagung.«

»Von was?«

Sie zuckte mit den Schultern und nahm einen Seidenschal zur Hand. »An der Uni habe ich mich da ganz gut geschlagen, das ist alles.«

»Wie meinst du das? *Worin* ganz gut geschlagen?«

Sie legte den Schal oben auf die Hose. »Beim Dartspielen, Liebes. Beim Dart.« Sie drehte sich zu mir. »In Princeton war ich sogar im Wettkampfteam der Uni.« Sie machte den Reißverschluss ihres Koffers zu. »Wir haben es sogar bis zu den Landesmeisterschaften gebracht.«

»Wie bitte?« Ich kam einen Schritt näher. »Wovon um alles in der Welt redest du da?«

Sie nahm den Pokal von der Kommode und hielt ihn mit einem schelmischen Grinsen im Gesicht hoch. »Du hast doch wohl nicht geglaubt, dass das bloß Anfängerglück war, oder? Zu meiner Zeit war ich eine ziemlich gute Turnierspielerin.«

»Du veräppelst mich doch?«, schnaubte ich. »Das muss ein Witz sein.« Ich ließ mich aufs Bett fallen und starrte meine Mutter mit dem Pokal in der Hand an. Und dann fing ich an zu lachen. Ich lachte so sehr, dass es mich schüttelte, bis das Bett wackelte und bis meine Mutter anfing, mit mir zu lachen. Und dann setzte sie sich neben mich, den Pokal zwischen uns, und wir beide lachten, bis uns die Tränen übers Gesicht liefen.

Ich versuchte noch immer, Luft zu holen, als das Zimmertelefon klingelte. Mom sah mich an. »Geh du ran«, sagte sie kichernd.

»Nein, du«, japste ich.

Das Telefon klingelte weiter.

»Also gut, also gut.« Meine Mutter tupfte sich die Augen mit einem Taschentuch trocken und nahm dann den Hörer ab. »Ja? Hallo?«

Einen Moment trat Stille ein. Dann sagte sie: »Okay, ich

sag's ihr. Danke.« Sie wandte sich an mich. »Das war Paula. Unten ist ein Paket für dich.«

»Ein Paket? Ich hab doch nichts bestellt.«

Mom reichte mir ein Taschentuch. »Tja, sie hat gesagt, dass unten etwas für dich ist.«

Ich stand auf. »Na gut. Ich geh und hol es.«

Ich spritzte mir etwas Wasser ins Gesicht und putzte mir kurz die Zähne. Dann streifte ich mir ein paar Klamotten über und ging nach unten.

Paula war in der Lobby und unterhielt sich mit einem jungen Paar, das gerade eincheckte.

»Und ich müsste mal ihr Business-Center benutzen«, sagte die Frau, die eine Aktentasche um die Schulter hatte.

Ich sah Paula an, und ein Grinsen machte sich auf meinen Lippen breit.

»Ich werde sehen, was ich tun kann«, flötete Paula. Dann schob sie ihren Stift hinters Ohr und sah flüchtig zu mir rüber. Ich hätte schwören können, sie zwinkerte mir zu.

Das Pärchen ging zur Treppe und Paula zeigte auf einen Pappkarton an der Wand. »Der Lieferdienst hat das gerade für Sie abgegeben.«

»Lieferdienst? Sind Sie sicher, dass es für mich ist?«

»Ihr Name steht drauf.«

Die Kiste war groß, vermutlich ein Meter auf eins fünfzig, aber bloß 15 Zentimeter hoch. Auf einem Umschlag, der oben aufgeklebt war, stand CROWN COURIER DELIVERY SERVICE. Und in die Mitte hatte jemand meinen Namen geschrieben.

»Hey«, sagte Paula. »Bevor Sie gehen …«

Sie schob mir etwas über den Schalter zu. »Die *Beacon*

Post von heute«, meinte sie. Dann zeigte sie auf ein großes Farbfoto auf der Titelseite. »Ich könnte schwören, diese Frau sieht genauso aus wie …«

»Mom!«, kreischte ich.

Das war sie, mit glasigen Augen, einem breiten Grinsen im Gesicht und verrutschter Frisur hielt sie den großen Pokal schief in der Hand. Oh mein Gott, sie hatten sogar ihren Namen darunter gedruckt. »Cynthia Branford aus Connecticut machte den ersten Platz beim alljährlichen Sommerdartturnier im *Antler*.«

Ich musste einfach lachen. Ich konnte nicht anders. Die ganze Sache war so absurd. Paula schob den Kopf leicht zurück und starrte mich an. Dieses eine Mal war sie sprachlos. Ich schob ihr die Zeitung zurück und zeigte auf das Foto meiner Mutter. »Wissen Sie was?«, gackerte ich, »ich denke, wenn Sie sie fragen, dann gibt sie Ihnen wahrscheinlich sogar ein Autogramm.« Ich kicherte noch immer, als ich im dritten Stock ankam.

»Was ist denn das?«, fragte meine Mutter argwöhnisch, als ich das Zimmer wieder betrat. Ich lehnte das Paket an eines der Betten.

»Ich weiß es nicht«, schnaufte ich. »Aber hier ist ein Packzettel oder eine Rechnung oder so was.« Ich machte den Umschlag auf und zog einen kleinen weißen Zettel mit einer handschriftlichen Nachricht heraus. Oben stand das Datum von gestern.

Ellen,

ich habe veranlasst, dass die Bilder Deiner Großmutter an die Adresse Deiner Mutter in Connecticut geschickt werden – alle mit Ausnahme von diesem hier, mit dem ich Dich überraschen wollte. Ich kann es kaum erwarten, Deine Reaktion zu sehen.

In Liebe,
Hayden

Das hatte er vor dem Debakel im *Antler* geschrieben. Das war typisch Hayden – leise und gekonnt hatte er das Problem mit den Gemälden gelöst und dafür gesorgt, dass sie mir zugeschickt wurden. Ich musste mir auf die Lippe beißen, um nicht loszuheulen.

Meine Mutter kam zu mir. »Was gibt's? Was ist jetzt schon wieder los?«

Wortlos reichte ich ihr die Nachricht und betete, sie würde sich ein »Hab ich's dir nicht gesagt« verkneifen.

»Oje«, meinte sie und legte den Arm um mich, nachdem sie sie gelesen hatte.

Ich entfernte das Packband auf der einen Seite des Kartons. Dann zog ich das eingepackte Gemälde hervor und befreite es aus dickem Packpapier. Ich legte es aufs Bett und betrachtete die Szenerie. In der Mitte der Leinwand war ein weißes Farmhaus zu sehen und daneben eine rote Scheune. Nahe der Scheune stand eine einzelne Eiche, dahinter ein Hain kleinerer Eichenbäume, und ganz im Hintergrund sah man ein Feld voll Blaubeersträucher. Im

Vordergrund säumte eine grüne Wiese einen schmalen Schotterweg, und am Ende der Wiese stand eine Verkaufsbude mit einem handgemalten Schild, auf dem stand: BLAUBEEREN.

»Das ist die *Kenlyn Farm*«, presste ich hervor. »Da ist Chet Cummings aufgewachsen.«

Mom stand in stiller Verwunderung neben mir und betrachtete die Arbeit. »Meine Mutter war wirklich eine herausragende Malerin, nicht wahr?« Ich konnte den Stolz in ihrer Stimme hören. »Ich hatte absolut keine Ahnung.« Sie trat näher heran. »Das ist wunderschön. Schau dir an, wie detailreich sogar das Gras gemalt ist.« Sie zeigte auf die Pinselstriche aus Grün und Gelb und Brauntönen. »Man sieht jeden Halm. Und die Blaubeeren. Siehst du die Sonnenreflexe da? Und schau dir das Dach der Scheune an. Wie sie den Farbübergang gemacht hat.« Sie hatte einen traumverlorenen Ausdruck im Gesicht – als wäre sie soeben einem alten Schulfreund über den Weg gelaufen, dessen Namen ihr auf der Zunge lag und an den sie sich noch zu erinnern versuchte. »Da unten steht etwas … hier.« Sie zeigte auf eine Stelle im Gras. »Ich kann es nicht lesen, Ellen. Was steht da?«

Ich schaute genauer hin. »Da steht UNSERE FARM.«

»Unsere Farm«, wiederholte meine Mutter und drehte sich zu mir.

»Es hätte ihre werden sollen«, mutmaßte ich. »Chets und Großmutters Farm. Wenn sie erst geheiratet hätten.« Ich lehnte das Bild an die Wand und trat einen Schritt zurück. »Sie hätte ihnen gehören sollen. Sie hätten sie zusammen bewirtschaftet. Das war ihr großer Traum. Aber dann ging sie ans College und hat Opa getroffen …«

»Ja, ich weiß, was danach geschehen ist«, meinte Mom.

»Du weißt nicht alles«, erwiderte ich, während ich die Sonnentupfen auf der Eiche betrachtete und mich fragte, wie Gran sie wohl gemalt hatte. »Nachdem Chet erfuhr, dass sie sich verlobt hatten, verließ er Beacon. Er wollte nicht von alldem umgeben sein … von all den Dingen, die ihn an Gran erinnerten. Er hat sie noch immer geliebt.«

»Wohin ist er gegangen?«, fragte meine Mutter.

»Nach Vermont und ich weiß nicht, wo sonst noch hin, aber er war lange Zeit fort. Weil er Beacon verlassen hat, haben seine Eltern die Farm schließlich verkauft.«

»Diese Farm? Die auf dem Bild?«

»Ja. *Kenlyn Farm.*« Ich berührte die dicke rote Farbschicht der Scheune. »Und ich glaube, das ist es, was Gran am meisten belastet hat. Sie wusste, wie viel die Farm Chet bedeutet hat. Sie dachte, es sei ihre Schuld, dass die Familie sie aus der Hand gegeben hat.«

Mom legte den Kopf schief und sah mich verwundert an. »Und woher weißt du all das?«

»Weil Chet Großmutter geschrieben hat, nachdem sie sich getrennt hatten. Er hat ihr monatelang Briefe geschrieben, aber sie hat sie alle ungeöffnet zurückgeschickt.« Ich setzte mich aufs Bett. »Roy hat sie gefunden, und wir haben sie gestern zusammen gelesen.«

Mom ließ sich neben mir nieder, und eine ganze Weile sagte sie nichts. Sie schaute einfach nur das Bild an. »Also«, sagte sie schließlich, »die Tatsache, dass sie nach all den Jahren noch daran gedacht hat, ist irgendwie unglaublich.«

Sie sah mich an, ihr Blick war weich. »Und traurig.« Sie stieß einen leisen Seufzer aus. »Sie hat auf ihr Leben zurückgeblickt und muss gedacht haben, dass …« Sie verstummte.

Mein Blick war auf den Boden gerichtet, die breiten Holzdielen mit den Rissen und Spalten. »Ja«, sagte ich. »Ich schätze, so viel können wir daraus lernen – man sollte nicht erst achtzig werden, bevor man auf sein Leben zurückblickt und sich fragt, ob man die richtigen Entscheidungen getroffen hat und wie das eigene Leben vielleicht verlaufen wäre, wenn man sich für den einen Weg entschlossen hätte, statt für den anderen.«

Sonnenlicht flimmerte durchs Fenster herein und malte Flecken aufs Bett. Ich musste an Gran kurz vor ihrem Tod denken, als sie mich bat, den Brief zu überbringen. Und ich dachte an sie als junges Mädchen, unter der Eiche stehend, zusammen mit Chet. Ich fragte mich, wie ihr Leben wohl verlaufen wäre, wenn sie in Beacon geblieben wäre. Auf einmal schien mir die Aussicht auf ein Leben hier gar nicht mehr so trostlos und ohne Glanz, wie es mir noch vor einer Woche vorgekommen war. Die Vorstellung erschien mir sogar beglückend und schön und voller Möglichkeiten.

Meine Mutter strich mir eine Haarsträhne aus der Stirn. »Manchmal vergesse ich, dass du eine kluge, erwachsene Frau bist und dass ich die Entscheidungen, die du triffst, respektieren muss, auch wenn ich sie so nicht treffen würde.« Sie legte den Arm um meine Schulter. »Ich bin manchmal stur und in meinen Ansichten festgefahren, Ellen … und das tut mir leid.« Sie zog mich an sich. »Ich hab dich lieb«, flüsterte sie.

Ich legte den Kopf an ihre Schulter. »Ich hab dich auch lieb.«

Wir hielten uns im Arm, als ein Windzug durchs Fenster wehte, die Vorhänge aufbauschte und den frischen Geruch von Salzwasser ins Zimmer trug. Irgendwo über uns, in einem Baum, klopfte ein Specht sein Lied.

Ich trat das Gaspedal bis unten durch, bis ich in die Dorset Lane einbog, ein Quietschen kam von den Reifen. Sobald ich Roys Haus erblickte, wurden meine Hände ganz kalt und ein Gefühl der Leere machte sich in mir breit. Der Pick-up stand in der Einfahrt, aber der Audi war fort. Er musste schon weg sein. Enttäuscht schlug ich mit der Hand aufs Lenkrad und haute versehentlich auf die Hupe.

Vielleicht war er noch da, auch wenn der Audi weg war. Ich bog in die Einfahrt, ließ den Wagen im Leerlauf stehen und rannte die Verandastufen hinauf. Ich riss die Fliegengittertür auf und klopfte mehrmals laut an.

»Roy, Roy, ich bin's, Ellen! Bist du da?«

Keine Antwort.

»Roy, mach bitte auf!«, rief ich. »Ich bin's, Ellen.«

»Er ist weggefahren.«

Ich drehte mich um, erschrocken, Roys Nachbarin am Fuße der Verandatreppe zu sehen. Sie trug einen rosa Jogginganzug und hatte kleine Hanteln in der Hand.

»Ich war gerade Powerwalken.« Sie klang außer Atem. »Ich mache normalerweise drei Kilometer am Tag.«

Ich trat an die Schwelle der Veranda. »Wie war das? Haben Sie gesagt, er ist weggefahren?«

»Ja, vor ungefähr einer halben Stunde. Er wird ein paar

Wochen weg sein.« Sie bückte sich, um den Schnürsenkel an einem ihrer pinken Turnschuhe zu binden. »Ich kümmere mich um Mr. Puddy, seine Katze.« Sie richtete sich wieder auf. »Er regt sich immer furchtbar auf und zerkratzt alles, wenn er zu lange allein gelassen wird, aber mit mir kommt er ganz gut klar.« Sie nahm die Hanteln wieder zur Hand und hüpfte quer über den Rasen zur Straße. »Man sieht sich.«

»Ja, man sieht sich«, flüsterte ich. Eine Wolke hing über mir und verdeckte die Sonne, ein Windhauch raschelte im Gras. Ich ging zurück zum Auto.

Die Nachbarin, die nun schon ein paar Häuser weiter war, drehte noch einmal den Kopf und rief: »Sieht so aus, als hätten Sie ihm wirklich das Herz gebrochen.« Dann marschierte sie weiter.

Es gab nichts, was ich darauf sagen konnte. Ich stieg in den Wagen, meine Augen brannten. Ich spähte noch einmal zu Roys Haus hinüber – zu den Fenstern, wo ich damals »Mr. Cummings« gerufen hatte, auf der Suche nach Chet; zur Leiter an der Hauswand; zu der Bank, auf der Roy und ich gesessen und Omas Brief gelesen hatten. Und dann gab ich Manhattan in das Navi ein.

Ich war bereits die Bidwell Road hinuntergefahren und auf die Route 20A gebogen, auf dem Weg zum Highway, als mir klar wurde, dass es noch eine Sache gab, die ich für meine Großmutter tun musste. Oder vielleicht war es auch für mich. Ich musste ihr einen würdigen Abschied bescheren. Und dazu würde ich ihren Brief ins Meer werfen. Roy hatte gesagt, wir sollten all das hinter uns lassen und nach vorne schauen, und er hatte recht. Vielleicht musste ich genau das tun. Ich wendete und fuhr zurück Richtung Stadt.

Zehn Minuten später bog ich um die Kurve am Stadtrand, und das Meer tauchte auf. Die salzige Luft strömte in den Wagen, und ich war überwältigt vom satten Kobaltblau des Wassers, den baiserweißen Wellenkämmen und den Seemöwen am Himmel.

Ich fuhr die Straße zwischen Strand und Ladenzeile entlang, vorbei am *Three Penny Diner*, der Anwaltskanzlei und dem Kurzwarenladen von Beacon, vorbei am Weinladen und vorbei an der *Schneiderei Frank*, wo sich einst *das Blueberry Café* befunden hatte, wie auf dem Bild meiner Großmutter. Ich fuhr quer durch die Stadt und bis ans Ende der Paget Street, wo das neue Haus gebaut wurde.

Ich war verblüfft, wie sehr es sich von dem Haus unterschied, das ich am Tag meiner Ankunft noch hier gesehen hatte. Das Dach war fertig und mit Schindeln gedeckt, und die Rohre und Kabel, die Holzsplitter und all der andere Schutt, der überall auf dem schlammigen Grundstück verstreut gewesen war, waren verschwunden.

Ein weißer Transporter und ein brauner Jeep parkten vor dem Haus, und dazwischen stand Roys grüner Audi. Er war da. Er war noch nicht weggefahren.

Ich sprang aus dem Wagen, rannte zur Rückseite des Hauses und stieß mit einem der Arbeiter zusammen, der gerade um die Ecke gebogen kam. Er ließ eine Kaffeedose fallen und Hunderte von Nägeln flogen durch die Gegend.

»'tschuldigung«, murmelte ich atemlos, bückte mich und versuchte, einige der Nägel aufzusammeln. Ich warf sie zurück in die Dose. »Ist Roy Cummings hier irgendwo?«

Der Mann schaute mich prüfend an, und plötzlich blitzte etwas in seinen ruhigen braunen Augen auf. »Hey, sind Sie nicht die Schwimmerin?«

»Ja«, nickte ich. »Ja, ich bin die Schwimmerin. Das bin ich. Aber *bitte*, ich muss Roy Cummings sprechen.«

»Ich glaube, er ist drinnen«, meinte der Mann schulterzuckend, und ich stolperte weiter.

Es waren bestimmt zwanzig Arbeiter im Haus, die die letzten Arbeiten verichteten. Ich ging von Zimmer zu Zimmer auf der Suche nach Roy, aber er war nirgends zu sehen. Schließlich rannte ich wieder nach unten und zur Hintertür hinaus. Und dann sah ich es.

Der alte Pier war weg, und an seiner Stelle stand eine brandneue Konstruktion. Die zerbrochenen Planken, das fehlende Geländer, die morschen Pfosten waren alle ersetzt worden durch neues Holz. Und ein kunstvolles schmiedeeisernes Tor war ebenfalls errichtet worden. Ich ließ meinen Blick zum Ende des Piers schweifen und sah einen Mann dort stehen. Es war Roy.

Ich lief über den Sand, stürmte auf den Pier und riss das Tor auf. Roy schnellte herum, als ich den Pier entlanggelaufen kam, meine Schritte hallten dumpf auf dem Holz wider. Ich kam am Ende an und blieb stehen.

»Hey«, stieß ich atemlos hervor.

Er betrachtete mich von oben bis unten. »Hey auch. Was machst du hier?«

»Ich hab überall nach dir gesucht«, keuchte ich. »Ich dachte, du wärst schon weg.«

»Noch nicht«, meinte er. »Ich fahr demnächst los. Ich habe oben im Norden einen Termin für einen Job.«

Oh nein, dachte ich. *Er nimmt eine Stelle bei einer anderen Firma an und geht aus Beacon weg.* »Ziehst du weg?«, fragte ich. Ich konnte die Panik in meiner Stimme hören.

Roy legte den Kopf schief und sah mich blinzelnd an. »Was?«

»Nimmst du einen Job bei einer anderen Baufirma an?«

»Einer anderen Baufirma …« Er schüttelte den Kopf. »Nein, ich … Ellen, was machst du hier?«

Ich schaute auf die nagelneuen Planken unter meinen Füßen. Sie fühlten sich fest und solide an. Ich spähte übers Wasser zum Strand, wo ein Junge einen Ball für seinen Golden Retriever warf. Dann blickte ich Roy direkt in die Augen. »Ich werde Hayden nicht heiraten.«

Er sah mich wieder blinzelnd an, ein verwirrter Ausdruck lag auf seinem Gesicht. »Wirst du nicht?«

Ich schüttelte den Kopf. »Nein.« Ich hielt die linke Hand hoch und wackelte mit den Fingern. »Kein Ring, siehst du?«

Er nahm meine Hand und drehte sie mehrmals. Dann ließ er sie wieder los. »Was ist passiert?«

Ich dachte ans *Antler* und meinen Karaokeauftritt und meine betrunkene Ansage. »Weißt du, in New York habe ich immer gewusst, wann ich mit dem Trinken aufhören muss, bloß hier … aber das ist eine andere Geschichte. Ich war wieder ein bisschen beschwipst, gestern im *Antler*.«

Roy grinste. »Warst du nicht.«

»Oh, ich fürchte schon.«

»Wieder Dead Presidents gespielt, Frau Anwältin? Oder war es diesmal Steeplechase?«

»Weder noch. Ich habe nicht Darts gespielt«, erklärte ich. Dann erinnerte ich mich an den Pokal meiner Mutter.

»Oh, aber Mom schon, und sie hat sogar das alljährliche Sommerturnier gewonnen! Ich hatte keine Ahnung, dass sie werfen kann.«

Roys Augenbrauen schnellten hoch. »Deine Mutter? Wow. Ich glaube, die würde ich gerne mal kennenlernen.«

»Das fände ich auch gut«, erwiderte ich und lächelte. Er wich meinem Blick nicht aus und wir standen eine Weile so da.

Schließlich sagte er: »Also, was ist passiert?«

Ich erzählte ihm von meinem Karaokeauftritt und meiner Coverversion von »Our Love Is Here to Stay«. »Ich fürchte, die Gershwins haben sich im Grabe umgedreht, aber den Leuten hat's gefallen. Vielleicht haben sie aber auch nur für den Außenseiter mitgefiebert.«

»Wenn, dann haben sie mit der Schwimmerin mitgefiebert«, warf er ein.

»Kann sein. Ich weiß nicht. Aber die ganze Zeit beim Singen habe ich an dich gedacht und mir gewünscht, du wärst da. Und dann habe ich angefangen, all dieses Zeug zu reden, übers Fotografieren und … ich weiß auch nicht. Aber am Ende habe ich Hayden vor allen Leuten im *Antler* gesagt, dass die Hochzeit geplatzt ist.« Ich konnte das Wasser gegen die Stützpfeiler des Piers schlagen hören, während Roy dastand und meine Worte verdaute.

»Warum hast du das getan?«, fragte Roy nach einer Weile.

Ich holte tief Luft. »Weil ich nicht einfach weitermachen kann wie zuvor. Ich bin hier in der Erwartung einer Sache hergekommen und habe etwas völlig anderes gefunden. Alles hat sich verändert. Ich habe mich verändert.

Und ich kann Hayden nicht heiraten, wenn ich in dich verliebt bin.«

Er legte den Kopf schief. »Was hast du eben gesagt?«

»Ich sagte, dass jetzt alles anders ist und ich nicht einfach so weiter…

»Nein, ich meinte den letzten Teil.«

Ich nahm seine Hand und holte tief Luft. »Ich habe gesagt, dass ich in dich verliebt bin.«

Er umschloss meine Hand mit seinen Fingern. »Aber was ist mit all den Dingen, die du mir gestern Abend noch gesagt hast? Da hast du noch behauptet, dass du nicht in mich verliebt bist.«

Ich schüttelte den Kopf. »Ich hatte bloß Angst vor der Wahrheit. Die Wahrheit kann manchmal ganz schön schwierig sein. Ich habe Hayden sehr verletzt. Das weiß ich, und das ist etwas, mit dem ich klarkommen muss. Aber ich kann nichts dagegen tun, dass ich mich in dich verliebt habe.«

»Was ist mit New York und deiner Karriere? Was mit dem Zähneknirschen nachts, wenn du schläfst?«

Ich lachte. »Weißt du, ich glaube nicht, dass ich geknirscht habe, seit ich in Beacon bin.« Ich dachte an meine Großmutter und das Geld, das sie mir hinterlassen hatte, und ich dachte an die *Kenlyn Farm* und die Reste des Blaubeerstrauchs, die ich dort gefunden hatte.

»Und ich habe plötzlich diesen verrückten Drang, eine Blaubeerfarm zu haben. Vielleicht eine Bäckerei zu eröffnen. Ich könnte leckere Blaubeermuffins verkaufen und Blaubeerkuchen und…«, ich schaute über den Strand hinüber zur Statue der Blaubeerfrau, »…hast du dich eigentlich noch nie gefragt, warum es nirgends Blaubeercroissants gibt? Vielleicht könnte ich die auch machen. Weißt du, ich habe gehört, da steht gerade eine alte Blaubeerfarm zum Verkauf.«

Ein fliegender Fisch sprang aus dem Wasser, sein Körper ein silbernes Zucken über dem blauen Wasser. Roy sah mich an und lächelte. »Ich glaube, du bist verrückt, Ellen Branford. Aber ich liebe dich.« Er wollte mich an sich ziehen.

»Warte«, sagte ich. »Da ist etwas, was ich noch tun muss.«

Ich zog Grans Brief aus meiner Hosentasche, faltete das Blatt Papier auseinander, strich es glatt und betrachtete die Schrift meiner Großmutter ein letztes Mal. Dann ging ich zum Rand des Piers und ließ das Blatt los. Es flatterte im Wind und segelte aufs Wasser.

Roy trat neben mich. »Vielleicht findet sie jetzt endlich Ruhe.«

»Das hoffe ich.«

»Ich glaube, sie wäre sehr stolz auf dich«, sagte er.

»Meinst du?«

»Natürlich. Ich bin jedenfalls stolz auf dich.«

»Danke«, flüsterte ich.

Wir standen noch eine Weile an die Brüstung gelehnt und sahen zu, wie der Wind das Wasser kräuselte.

»Das Letzte, was ich erwartet hätte, war, dich noch einmal hier auf diesem Pier zu sehen«, sagte Roy.

Ich grinste. »Tja, hier bin ich. Und dieser Pier ist mir sehr viel lieber als der alte.«

Er lachte. »Gefällt er dir?«

»Er ist wirklich schön«, antwortete ich.

»Ich glaube, der Besitzer hatte Angst, man würde ihn verklagen. Weißt du, von dieser Frau, die eingebrochen ist.«

»Ah, stimmt«, kicherte ich. »Diese Anwältin. Meinst du, sie verklagt ihn noch?«

Er zuckte mit den Schultern. »Ich weiß nicht. Vielleicht. Vielleicht auch nicht. Es könnte da ein … einen Konflikt geben. Einen Interessenskonflikt?«

Ich schüttelte den Kopf. »Das glaube ich nicht. Warum sollte es einen Interessenskonflikt geben?«

»Na ja, sie hat dem Besitzer soeben gesagt, dass sie ihn liebt.«

»Nein, das habe ich nicht. Ich … warte mal. *Was*?«

Roy grinste.

»Du bist der Besitzer?«, fragte ich. »Du?«

»C. R. Cummings Bau GmbH.« Er streckte mir die Hand entgegen.

Ich weiß, dass ich verwirrt ausgesehen haben musste. Er versuchte, sich ein Lachen zu verkneifen.

»Du willst mir also sagen, dass dir der Pier gehört?«, fragte ich.

»Der Pier und das Haus. Die gehören zusammen, erinnerst du dich? Zumindest gehören sie mir, bis ich sie verkaufe. Ich weiß, du dachtest, ich sei Zimmermann. Und das bin ich auch, aber ich bin außerdem Unternehmer. Mir gehört eine Baufirma.«

Ich schaute den Pier hinunter zum Haus. Jetzt, wo ich wusste, dass es nur wegen Roy da stand, bewunderte ich es, als sähe ich es soeben zum ersten Mal. »Das ist ziemlich beeindruckend, Roy Cummings.«

Er grinste verlegen. »Tja, darum geht es auch bei meinem Termin später. Ich muss mit jemandem ein neues Projekt besprechen. Ein riesiges Grundstück mit See, und da wollen sie … oh, wir müssen jetzt aber nicht übers Geschäft reden. Da fallen mir bessere Dinge ein.«

Er schaute mir in die Augen, nahm meine Hand und zog mich an sich. Etwas in mir fing an zu flattern wie das Herz eines Vogels, der aus seinem Käfig befreit wurde und gleich losfliegen wird.

»Weißt du«, meinte er, »das mag jetzt vielleicht verrückt klingen, aber ich glaube, ich habe dich vom ersten Tag an geliebt, als ich dich hier draußen gesehen habe, als du am Ertrinken warst.«

Ich machte mich los. »Als ich *was*?«

»Als du am Ertrinken warst«, wiederholte er nüchtern.

Ich stützte die Hände in die Hüften. »Ich war nicht am Ertrinken, Roy Cummings. Ich war niemals am Ertrinken.«

»Verstehe.« Er versuchte, ein ernstes Gesicht zu machen. »Warum bist du dann im Wasser rumgepaddelt und hast panisch ausgesehen? Wolltest du damit etwa bloß meine Aufmerksamkeit auf dich ziehen?«

»Ich habe noch nie in meinem ganzen Leben panisch ausgesehen.« Ich straffte meine Schultern. »Besonders wenn es ums Schwimmen geht. Als ich noch in Exeter war …«

Roy zog mich wieder an sich. »Ja, ja, ich weiß. Da hast du's bis zu den Landesmeisterschaften gebracht.«

Und bevor ich die Gelegenheit hatte, noch ein Wort zu sagen, hatte er die Arme um mich geschlungen und sein Gesicht an meines geschmiegt. Er küsste mich auf die Stirn. Ich konnte seine Bartstoppeln spüren und sein Aftershave riechen, als sein Gesicht meine Wange streifte. Er roch wie das Feld voller Wildblumen, auf dem einst ein Farmhaus stand und wo Blaubeeren wuchsen und wieder wachsen würden.

Er küsste meine Nasenspitze, und dann wanderten seine Lippen zu meinen, und alles um mich herum – die Planken unter meinen Füßen, das Rauschen des Ozeans, der granitblaue Himmel –, jedes einzelne Atom außerhalb von Roy und mir verschwand.

EPILOG

Ein Jahr später

Ich schnappte mir die Topflappen und zog die Blaubeermuffins aus dem Ofen. Zimtduft erfüllte die Luft, als ich die beiden Backbleche auf ein Abkühlgitter stellte. Ich glaube, Gran hätte der kleine Dreh an ihrem Rezept gefallen – die Muffins mit Zimt und Zucker zu bestreuen, damit sie noch knuspriger wurden.

Als ich so in der Küche des Cafés stand, die Topflappen in der Hand und Cole Porters »Night and Day« im Hintergrund, fiel es mir schwer zu glauben, dass es erst ein Jahr her war, dass meine Großmutter gestorben und ich nach Beacon gekommen war. Ich glaube, sie wäre stolz drauf gewesen, was ich getan hatte, und ich weiß, dass sie das Café geliebt hätte, besonders da ich es nach dem *Blueberry Café* aus ihrer Jugend benannt hatte.

Fast konnte ich uns beide durch diese Küche tanzen sehen, so wie wir es früher in ihrer gemacht hatten, während die Muffins backten und Ella Fitzgerald »Bewitched, Bothered, and Bewildered« sang.

Als ich nach vorne in den Gästeraum ging, begrüßte mich schon ihr Bild von der *Kenlyn Farm*. Ich lächelte beim Anblick der roten Scheune und des kleinen Verkaufsstands und musste daran denken, wie glücklich Gran wäre, wenn sie wüsste, dass Roy und ich das Farmgrundstück gekauft hatten und etwas von dem Geld, das sie mir vermacht hatte, dorthin zurückgefunden hatte. Es würde noch ein paar Jahre dauern, bis die Blaubeersträucher, die wir angepflanzt hatten, wieder Früchte tragen würden. Aber wir konnten warten.

Neben Grans Bild hing eine Tafel, auf die ich immer die Tagesgerichte notierte. Ich nahm ein Stück hellgelbe Kreide und schrieb *Karrotten-Ingwer-Gazpacho*, *Apfel-Hühnchen-Sandwich mit Pecannüssen* und *Französisches Baguette mit Räucherschinken und Brie.* Roy würde das Räucherschinken-Brie-Baguette haben wollen, wenn er vorbeischaute. Wir verfeinerten es mit Feldsalat und der Dijonsenfsoße, die er so mochte. Er würde vermutlich seine zerschlissene Jeans und das *Red-Sox*-T-Shirt tragen, wenn er den Kopf in die Küche steckte oder mich in dem Kämmerchen vorfand, das ich mein Büro nannte. Er würde mich mit seinem kratzigen Samstagvormittagsbart küssen, und ich würde ihn dafür lieben.

Roy und ich wollten im Herbst heiraten – eine einfache Hochzeit mit der Familie und ein paar engen Freunden. Es würde perfekt werden. Für den Empfang und die Gäste von auswärts hatten wir das *Victory Inn* gebucht, und Paula drohte sogar, neue Stühle für die Dachterrasse zu kaufen.

Ein älteres Ehepaar stand von seinem Tisch auf und ließ eine Ausgabe der *New York Times* zurück. Ich nahm die Zeitung zur Hand und mir fiel eine Schlagzeile ins Auge: CROFT STARTET WAHLKAMPF MIT BESTEN AUSSICHTEN AUF SITZ IM STADTRAT. Ich fühlte ein

Kribbeln der Freude für Hayden. Die Wahl war erst im November, aber es sah so aus, als sei ihm ein Mandat für seinen Wahlkreis sicher, was mich nicht überraschte.

Ich musste an die E-Mail denken, die Hayden mir vor einigen Monaten geschickt hatte. Er hatte mir geschrieben, dass er bei der Frühjahrsgala des New Yorker Ballettensembles Tally wiedergetroffen hatte und dass sie seit Kurzem zusammen waren. Ich hatte ihm geantwortet, um ihm Glück zu wünschen, und ihm außerdem mitgeteilt, dass ich Jim getroffen hatte, der mittlerweile Restaurantkritiker bei der *Times* war. Jim war im April hergekommen und hatte dem *Blueberry Café* in einer Besprechung, die er für eine Serie über Comfort-Food-Restaurants in New England schrieb, zwei Sterne verliehen.

Manchmal denke ich an New York und frage mich, wie mein Leben wohl verlaufen wäre, wenn ich den Brief meiner Großmutter einfach in die Post gesteckt hätte und niemals nach Beacon gekommen wäre. Jetzt kann ich mir gar nicht mehr vorstellen, woanders zu leben und mit jemand anderem als Roy zusammen zu sein. Es ist seltsam, dass mich der Tod meiner Großmutter, auch wenn er sehr tragisch war, zu etwas so Wundervollem geführt hatte. Vielleicht hatte Roy recht, wenn er sagte, dass Gran mich hierhergeschickt hatte, um ihre Geheimnisse zu enthüllen. Aber vielleicht hat sie mich auch hergeschickt, damit ich meinen eigenen auf den Grund gehe.

Ich legte die gelbe Kreide weg und holte die Rezeptdose meiner Großmutter vom Regal hinter der Theke. Handgemalte weiß-blaue Blumen, verblasst und zerkratzt, aber noch immer sichtbar, zierten den Deckel. Ich fuhr mit dem

Finger über die Oberfläche und machte den Deckel auf. Die Handschrift meiner Großmutter füllte die vergilbten Karteikarten, ihre Buchstaben, aufrecht und elegant, erteilten Ratschläge zur Herstellung von Broten und Kuchen, von Pasteten und Gebäck, Keksen und natürlich Muffins. Selbst wenn die pfauenblaue Tinte bereits verblasst war, lebten ihre Worte weiter.

Danksagung

Viele Menschen haben mir im Zusammenhang mit diesem Buch geholfen, und für ihre Hilfe könnte ich nicht dankbarer sein.

Mein Mann, Bob, hat mich in jeder Hinsicht unterstützt, während ich das Manuskript schrieb und umschrieb und wieder umschrieb. (»Arbeitest du noch immer an diesem Buch?«, hat er mich oft gefragt, besonders um halb zwei Uhr morgens.) Zudem hat er als einer der ersten Leser bei mir für große Erleichterung gesorgt, als er immer an den richtigen Stellen gelacht hat.

Auch mehrere Familienmitglieder und Freunde haben das Manuskript gelesen und mir großartige Ratschläge gegeben, für die ich alle sehr dankbar bin und die ich zumeist auch beherzigt habe: Michael Simses, Kate Simses, Christine Lacerenza, Suzanne Ainslie, Ann Depuy, Rebecca Holliman und Angela Rossetti.

Das Team meines Verlages, Little, Brown, hat Unglaubliches geleistet, um meine Geschichte in ein Buch zu verwandeln. Michael Pietsch, mein Verleger, war wundervoll (danke für diese Chance!). Judy Clain, meine Lektorin, ist auf so gute Ideen gekommen und hat so viel Verständnis gezeigt – das hat meine Geschichte und mein Schreiben viel besser gemacht, als ich es mir je hätte vorstellen können. Und mit allen anderen bei Little, Brown – allen, die mich so tatkräftig darin unterstützt haben, aus dem Manuskript ein gedrucktes Buch zu machen, das in den Regalen der Buchläden steht – war es eine Freude zu arbeiten.

Mein besonderer Dank gilt Sue und Jim Patterson für ihre Ideen und Ratschläge, die entscheidend dazu beigetragen haben, der Geschichte Kraft und an den Schlüsselstellen mehr Dramatik zu verleihen (sie haben für das Sahnehäubchen auf der Torte gesorgt). Ich bin Jim besonders dankbar dafür, dass er so liebenswürdig war, Little, Brown auf das Manuskript aufmerksam zu machen.

Schließlich möchte ich noch Jamie Cat Callan, Freundin und Autorin, meine Dankbarkeit aussprechen dafür, dass sie beim Schreiben dieses Buches meine Mentorin war und mir während des gesamten Prozesses mit Rat und Ermutigung zur Seite gestanden hat. Es war Jamies Schlachtruf, der mich am Ende überzeugt hat, die Kurzgeschichten, an denen ich gearbeitet habe, beiseitezulassen und mich etwas Größerem zu widmen. Denn sie war es, die mir immer wieder gesagt hat: »Du musst einen Roman schreiben!« Endlich habe ich es getan.